KB052170

발끝이 바다에 닿으면

발끝이 바다에 닿으면

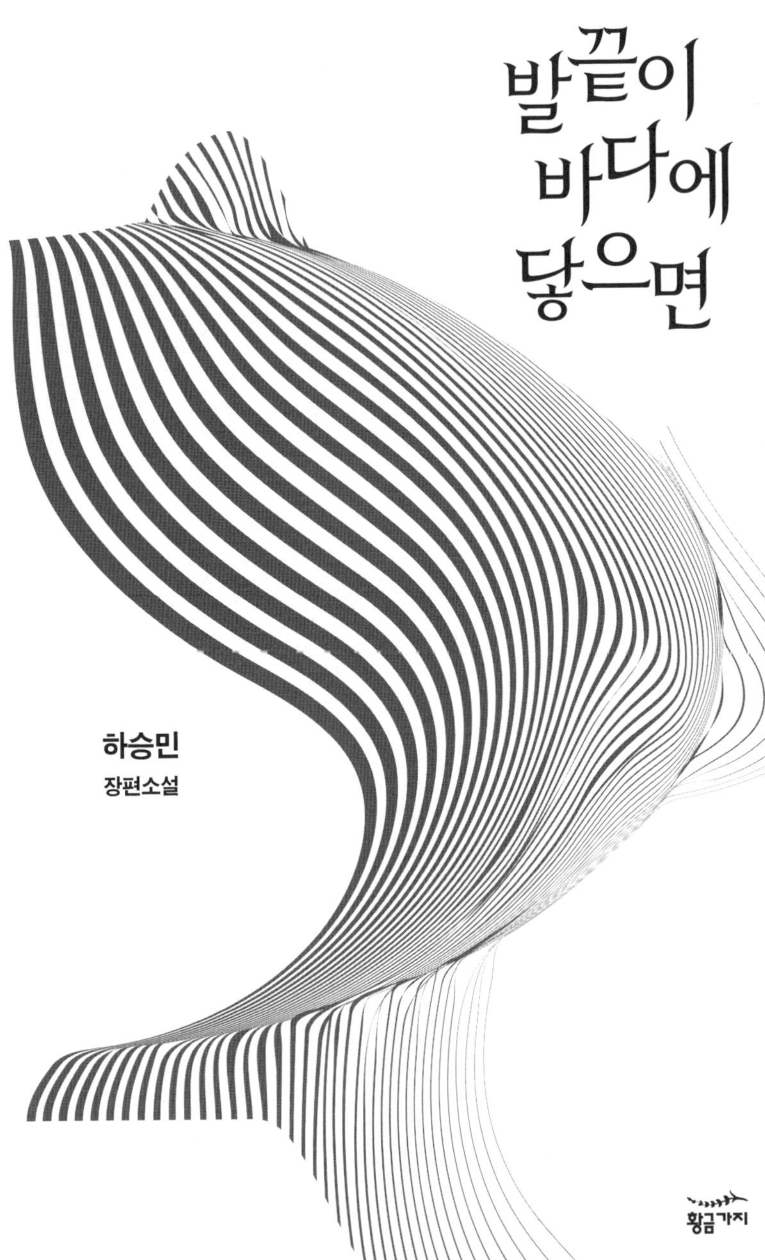

하승민

장편소설

황금가지

차례

커뮤니케이터

1

할아버지가 유코에게 고래를 연구해보라고 한 건 자신이 젊은 시절 경험한 신비한 사건 때문이었다. 유코 입장에서는 어렸을 때부터 질리게 들은 이야기로, 흔한 동화라고 생각했을 뿐 진심으로 믿지는 않았다.

상인이었던 유코의 할아버지는 시즈오카현 중부의 해안 도시 야이즈 정에서 해산물을 떼다 팔았다. 제법 수완이 좋아서 관에 납품하는 데다 부리는 직원도 몇은 됐다. 배를 곯고 살 정도는 아니었지만 그리 넉넉한 형편도 아니었던 것 같다.

할아버지는 외아들인 유코의 아버지가 태어나던 해에 조선행을 결심했다. 장생포에서 일하다 돌아왔다는 한 선원의 제안 때문이었다. 장생포가 그렇게 돈 벌기 좋냐는 할아버지의 말에 선원은 말해 무엇하냐며 대꾸했다. 내지인에게만 신식 어업권을 제공하는지라 반도인들의 낙후된 조업 기술로는 꿈도 못 꿀 만큼 많은 해산물을 확보할 수 있다고 했다. 어획량도 풍부하고 필요하면 반도인들을 고용해 배를 몰 수도 있으니 자리만 잘 잡으면 일본서 지내는 것보다 생활이 훨씬 나을 거라고도 했다. 그렇게 말하는 선원의 두툼한 팔목에는 매끈하게 번쩍거리는 손목시계가 매달려 있어 믿지 않을 도리가 없었다.

할아버지는 좀 불법적인 일도 저지르고 관리들에게 돈도 찔러주면서 자리를 잡으려 애썼던 모양이다. 원했던 곳은 장생포였으나 방황 끝에 정착한 곳은 조선의 동쪽, 울성이라는 도시였다. 조선어업령이 제정되고 다대포와 송도, 기장의 어민들이 어업 조합을 결성해 세력을 키워나가던 시기였다. 울성의 어민들은 조직을 확대하는 동시에 총독부의 인정을 받기 위해 지역 일본인을 조합원으로 받아들여야 했는데 유코의 할아버지가 그 조합원 중 하나였다. 지역 정부와 어민 조직 사이를 연결하는 역할을 담당하며 양쪽에서 수수료를 받는 일을 했다.

장생포와 달리 울성의 포경산업은 발전이 더뎠다. 투자금이 부족하니 선원이 모자랐고 배도 충분하지 않았다. 그래서 생각해낸 것이 정어리 건착선이었다. 개조한 건착선에 열두 명이 올라 노를 저었는데 속도도 느렸고 파도를 가르며 나아가는 힘도 부족했다. 다만 이따금 장생포 못지않게 곱세기가 득실거릴 때가 있어 포경산업을 계속할 수 있었다. 한반도에 서식하는 고래는 미국에서 다 잡아가고 나중에는 프랑스며 독일 같은 나라까지 가세해서 씨가 말랐다고도 했지만 고래는 결국 울성으로 돌아왔다.

하지만 일본이 전선을 확장해나가던 해의 여름, 언제부턴가 고래가 보이지 않았다. 누구는 바다신이 노한 거라고 했고 누구는 이 바다에도 드디어 고래 씨가 마른 거라고도 했다. 바다신이 노했건 고래 씨가 말랐건 포경선은 그 미끌거리는 회색 등짝에 작살을 꽂을 순간만 기다리면서 유령처럼 바다를 떠돌았다.

하루는 유코의 할아버지도 직접 배에 올랐다. 관료들에게 조업 현황을 설명하려니 지식이 부족하기도 하고 혹여 어민들이 보고하지 않는 것이 있나 감시도 할 겸 해서였다. 떨어지는 생산량을 관리하라는 상부의 지시가 있기도 했다. 그날 선장은 며칠째 허탕을 쳤으니 오늘은 어업 한계선까지 배를 몰 거라고 선언했다. 날은 맑은데 파도가 거칠어 뱃일에 이골이 난 선원들까지도 멀미에 시달렸다. 물간이라도 가득 채우면 좋을 것을, 그날도 어획량은 시원치 않았다.

너울 치는 파도가 평소와 달라 위장이 유독 부대꼈다. 할아버지는 속을 달래는 데 좋다는 칡뿌리를 씹으며 지루한 시간을 견뎠다. 언젠가부터 선원들이 일할 생각은 않고 묘한 표정으로 먼바다를 보고 있었다. 이놈들이 이렇게 빈둥빈둥 시간을 보내니 어획량이 떨어지는구나 싶어 버럭 화를 내려던 할아버지는 선원들의 시선이 향한 바다를 보고 입을 다물었다. 수평선 근방에 생전 처음 보는 형태의 구름이 피어 있었다. 어찌나 넓고 거대한지, 조금 전까지만 해도 이글거리던 태양을 단숨에 집어삼키고 수평선을 뒤덮는 중이었다. 일본에서도 볼 수 없는 태풍이었다.

전에 없이 먼바다로 나온 이 시점에 거친 풍랑을 만나면 배건 사람이건 성한 몸으로 돌아가기는 힘들 터였다. 선장은 배를 돌리라 지시했다. 선원들이 분주하게 움직였다. 하지만 구름이 몰려오는 속도가 배보다 빨랐다. 노를 저어도 배는 제자리걸음만 했다. 해류는 포경선의 반대 방향으로 흐르고 있었다.

파도가 배를 덮쳤다. 산이 움직이는 것 같았다. 그 산에 얻어맞는 것 같았다. 땅이 뒤집히는 것 같았다. 선원 몇이 바다에 빠져 젖은 휴지처럼 휩쓸렸다. 배에 남은 선원들이 작살에 연결된 밧줄을 풀어 바다에 던졌지만 파도 사이로 보이는 선원들의 팔은 허망하게 멀어지기만 했다. 선원들이 어찌할 줄 모르고 발만 구르고 있을 때 할아버지는 밧줄을 발목에 묶고 바다에 뛰어들었다. 목구멍으로 바닷물이 넘어왔다. 그 부피만큼의 공기가 뭉텅뭉텅 밖으로 빠져나갔다. 한참 동안 자맥질을 했지만 선원들과의 거리가 좁혀지지를 않았다. 포경선과 연결된 밧줄도 팽팽하게 당겨져야 할 텐데 어찌 된 일인지 파도를 밀어내는 발질이 가벼웠다. 할아버지는 발목을 더듬었다. 단단히 묶어뒀다 생각했던 밧줄이 어느 틈에 풀려 허전했다.

발 닿는 곳 하나 없는 무저갱에서 할아버지는 가라앉기만 했다. 가라앉다가 뭔가에 닿았다. 부드럽고 따뜻한 무엇은, 할아버지가 건드린 것이 아니라 제가 와서 닿은 것 같기도 했다.

사람의 촉감이 아니었다. 해파리나 물고기도 아니었고, 해초는 더더욱 아니었다. 섬찟한 느낌에 뒤를 돌아보는 순간 할아버지는 그 자리에 얼어붙었다. 태어나 처음 보는 커다란 고래가 입을 쩍 벌리고 있었다.

하늘이 바닥으로 곤두박질치고 바닥은 하늘로 솟구쳤다. 파도가 할아버지를 낚아채 하늘로 날려 보냈다. 햇볕에 그을리고 밧줄에 쓸려 망가진 할아버지의 몸뚱이는 해수면을 향해 낙하했다. 그대로 죽는 줄 알았다고 할아버지는 몇 번이나 얘기했다. 그리 위험한데 왜 목숨을 걸고 사람들을 구하려 했냐고 유코가 물어보니 그때 할아버지 눈에는 뱃사람들이 다 돈으로 보였다고 했다. 금덩이가 바다에 떠내려가는데 그걸 내버려 둬야겠냐는 거였다.

고래 눈에는 할아버지가 뭐로 보였을까.

정신이 가물가물한 중에도 할아버지는 고래가 나를 살리려 그러는구나, 생각이 들었다고 했다. 눈을 떴을 때는 익숙한 울성의 포구였다. 지옥 같은 폭풍의 가장자리에서 목숨을 건지고 돌아온 다른 몇몇 선원들과 함께였다.

할아버지가 조선에서 포경업을 그만두고 일본으로 돌아온 건 비단 전장에서 패망의 기색이 짙었던 탓만은 아니었다. 일본으로 돌아온 후로도 할아버지는 울성과 고래를 그리워했다. 아들을 후생성에서 일하도록 독려하고 해양생물학자가 되겠다는 손녀를 적극 지원한 것도 어쩌면 그날 마주한 고래 때문일지도 모르겠다고, 할아버지는 덤덤히 얘기한 적이 있다.

할아버지는 몇 해 전 울성에 별장을 세웠다. 그곳에 머무르며 죽기 전에 반드시 고래를 다시 보겠다고 다짐을 했지만 할아버지는 몇 차례 한국으로 건너가지도 못하고 세상을 떠났다. 감기인 줄 알았던 것이 폐렴이 됐고 밤새 기침이 좀 잦아지나 싶었는데 그대로 안녕이었다.

아버지는 유코에게 직접 한국으로 건너가 할아버지의 유산을 정리하라고 했다. 그런 일이야 사람을 쓰면 되지 않겠냐고 했더니 사람을 쓰더라도 관리는 집안에서 해야겠다며, 할아버지의 소중한 유산을 함부로 취급할 수는 없다고 했다.

울성의 별장에는 너른 방이 세 개나 됐고 벽난로에 태울 장작도 가득 준비돼 있었다. 고풍스러운 가구며 장식품들이 할아버지의 취향을 고스란히 담고 있는 데다 문외한인 유코가 보기에도 아까워 보이는 물건들이 많았다. 이런 유산을 돈이나 벌자고 처분할 수는 없으니 천천히 생각해 본 뒤에 결정하는 게 어떻겠냐고 가족들을 설득하는 데에는 노력이 꽤 필요했다.

유코는 할아버지의 유산 중에서 낡은 낚싯배를 가장 좋아했다. 배를 운전하기 위해 자격증을 딸 정도였다. 며칠 동안 하루도 빠짐없이 바다에 나갔는데 뱃놀이가 재미있기도 하고 할아버지의 유산이 애틋하기도 해서 새로운 이름을 붙여주기로 했다.

대개 일본 배에는 '마루[丸]'라는 한자를 썼다. 원을 뜻하는 글자로 그 기원은 명확하지 않았다. 반면 한국에서는 배 이름에 '호'자를 붙인다고 했다. 유코는 자신의 이름을 한국어로 유자라 읽는다는 말이 생각나 '유자호'라는 이름을 붙였다. 포구에서 일하는 마을 청년들이 이 한자는 무슨 뜻이냐고 물어보더니 고개를 끄덕끄덕했다. 개중에는 노골적으로 불쾌한 반응을 보이는 이들도 있었다. 외국인이 울성에서 조업을 하는 것이 아닌가 하는 우려 때문이었다. 선원이 아니라 연구하는 사람이라는 의미에서 RESEARCH라는 글자를 써둘까 했지만 일본 포경선이 떠올라 그만뒀다. 마루라는 단어를 피한 것도 오래전 후생성 연구 수주를 받아 동행했던 포경선이 떠올라서였다.

당시 유코가 탑승한 배는 수호마루라는 포경 모선으로 배 옆에 RESEARCH 마크가 커다랗게 붙어 있었다. 국제사회의 비난을 피하기 위한 연막이었다. 포경선이 포획한 고래가 모선 갑판으로 실려 오면 해체 작업이 시작됐다. 배를 가른 생명체라면 학부 시절부터 수도 없이 봤지만 사냥으로 잡은 고래를 해체하는 모습은 예상과 사뭇 달랐다. 해부와 도축의 차이였다. 바다는 고래가 흘린 피로 붉었다. 갈고리에 걸린 고래의 등에는 두꺼운 지방층이 벌어져 있었다. 펜트라이트 수류탄이 달린 작살로 포획한 흔적이었다. 내장이 빠져나가고 텅 빈 몸속을 마주했을 때, 메스껍다는 느낌은 들지 않았다. 다만 무척 생경하고 기이한 풍경 앞에서 유코는 눈을 감았다. 포경선은 느리게 오르내렸고 코끝에 닿은 비린내는 한참을 가시지 않았다.

유코는 동해 생태계를 연구한다는 핑계로 한동안 울성에 머물렀다. 유자호를 타고 망중한을 즐기는 것이 일과의 전부이다시피 했다.

고래를 발견한 건 울성에 온 지 몇 달이 지났을 때였다. 한밤중에 먼바다로 나갔을 때 고래 한 마리가 노크하듯 뱃전을 쿵, 쿵 들이받았다. 고개를 내밀어 보니 고래 지느러미 끝에 그물이 걸려 있었다.

유코는 갑판에 작은 사다리를 걸고 수면으로 내려갔다. 생선 다듬는 칼로 그물을 죽죽 그었지만 질겨서 쉽게 잘리지 않았다. 팽팽하게 당겨진 곳을 몇 번이고 그은 뒤에야 겨우 한 줄씩 잘라낼 수 있었다. 고래는 몸통을 틀어 그물이 얽힌 지느러미를 드러내 보이다 그물을 모두 걷어내고 나서야 푸르르 물을 뿜으며 멀리 사라졌다.

고래는 언젠가부터 약속이라도 한 것처럼 같은 자리에 나타났다. 유코가 뱃전에 사다리를 걸고 내려가 손바닥으로 수면을 잘싹잘싹 치고 있으면 고래는 거기에 대답하듯 유코의 팔을 더듬으며 지나갔다.

유코는 달빛마저 침침한 깊은 밤이 올 때까지 바다 위에서 시간을 보내곤 했다. 고래는 달빛을 받으며 물 위에 떠 있었고 유코는 그 옆에 누워 별을 셌다. 고래는 이따금 물을 뿜으며 몸을 빙글빙글 돌렸는데 그러면 얼마 지나지 않아 안개가 꼈고 수평선에서 짙은 비구름이 밀려왔다. 유코에게 육지로 돌아가야 할 때를 알려주는 것 같았다. 그 대응이 하도 기민하고 정확해서 일기예보를 볼 필요가 없을 정도였다.

타지에서 마냥 시간을 보낼 수는 없어 유코는 동해의 고래 생태계 연구를 진행하기로 결심했다. 초도 연구 성과를 가지고 후생성에서 지원을 받아볼 계획이었다. 혼자서는 버거운 연구였다. 동료가 필요했다. 가능하면 다양한 분야에 있는 인물들로. 별장에는 남는 방이 두 개였고 때마침 유코의 머리에 떠오른 옛 동료도 둘이었다.

하나는 몇 해 전 마다가스카르에서 진행된 합동 생태조사에서 협업한 뇌과학자 피시였다. 성격은 괴팍했지만 실력에는 의문이 없었다. 동물 지능 연구와 관련된 연구를 하고 있어 고래를 분석하는 일에 적임자일 터였다.

이어서 생각난 건 조성원 박사였다. 역시 마다가스카르에서 조우한 인물로 딥러닝을 통해 동물의 언어를 이해할 수 있다고 주장하던 한국인 공학자였다. 유코는 성원의 소속 대학을 검색했다. 울성에서 반나절이면 다녀올 수 있는 곳이었다.

* * *

뺨에 닿는 바람이 제법 맵고 차가웠다. 흙먼지가 일었다. 허옇게 분을 칠한 티베트의 설산은 응아바를 내려다보고 있었다. 아이는 코를 훌쩍 들이마셨다. 이 시간이면 많은 목소리가 들렸다. 남들은 듣지 못하는 소리, 비밀스러운 속마음이 물 흐르듯 아이에게 닿았다. 그런 목소리를 듣는 건 조금도 어렵지 않았다. 하지만 어떤 목소리는 아주 멀리서 전해졌다. 그 정체를 이해하기까지 오랜 시간이 걸렸다.

아이는 못을 들었다. 들리는 이야기를 그림으로 옮겼다. 울퉁불퉁한 벽에 그린 하얀 선은 땅이 됐다. 하늘과 물이 됐다. 그림은 이야기가 됐다. 이국의 영토에서 벌어지는 사건, 다른 피부색과 다른 언어를 가진 사람들, 인간이 아닌 존재를 그림 위에 올려놓았다.

구름이 걷히고 칼바람이 멎는 짧은 사이 속삭이는 목소리가 있었다. 아이는 돌담 아래 앉아 눈을 감았다. 귀를 막고 느리게 숨을 쉬었다. 해가 산꼭대기 너머로 모습을 감추고 구름이 서쪽으로 흐르면 주위는 어느새 깊은 물속이었다. 목소리는 깊은 바다를 지나는 중이었다. 빛이 들어오지 않는 심해에서 지느러미를 흔들며 힘차게 나아갔다. 아이는 목소리를 따라 함께 흘렀다. 수압이 사방에서 몸을 조였다.

오늘은 기분이 어때.

아이는 목소리에게 물었다. 목소리는 겁이 난다고 했다.

무슨 일이라도 있어?

그런 예감이 든다고, 목소리가 대답했다. 아이는 목소리가 하는 말을 잘 이해할 수 없었지만 불안한 감정만큼은 전달이 됐다.

아이는 자신의 소식도 전했다. 오늘도 군인들이 많이 보인다고, 아빠는 내가 하루빨리 티베트를 빠져나가야 한다는 말만 되풀이한다고 말했다. 그러지 않으면 안 좋은 일이 생길지도 모른다고 했다. 안 좋은 일이라는 건 뭐냐고 목소리가 물었다.

나쁜 교육을 받고, 하고 싶지 않은 일을 하게 되는 거야.

목소리는 널 도와줄 사람을 찾고 있으니 걱정하지 말라고 했다.

나 말고도 너랑 말을 할 수 있는 사람이 있어?

대답이 없었다. 목소리는 언제나처럼 인사도 없이 사라졌다. 신호가 끊어지는 것이다. 바람이 불거나 누가 다가올 때. 그래서 집중이 흐트러질 때. 소곤거리는 듯한 물방울 소리가 옅어지고 칼바람이 돌아왔다. 마른땅에 먼지가 날렸다.

목이 말랐다. 아이는 주방으로 가 입에 물을 머금은 채로 돌아왔다. 목구멍에 물을 한 방울씩 흘려보내며 다시 못을 들었다. 짚을 걷어내고 담벼락에 그림을 그렸다. 한쪽 끝에서 다른 쪽 끝까지, 담장은 아주 컸지만 아이가 본 것을 모두 담기에는 부족했다. 좋은 물감과 붓이 있으면 내가 본 것들을 얼마든지 그릴 수 있을 텐데. 아이는 좀 더 큰 도화지를 갖고 싶었다. 넓은 공간, 따뜻한 잠자리, 좋은 옷. 가지고 싶은 것과 가고 싶은 곳을 하나씩 손꼽아 봤다. 열 손가락을 다 접어도 모자랐다. 손가락을 몇 번이나 접었다 펴면서 목소리가 돌아오기를 기다렸다.

"너 또 누구랑 얘기를 하니?"

이모가 물었다.

아이는 턱을 치켜들고 물을 뿜었다. 물은 작은 분수가 되어 날리다 다시 얼굴로 쏟아져 내렸다. 그을리고 튼 얼굴이 젖어서 번들거렸다. 이모는 알 수 없다는 얼굴로 고개를 저었다.

2

심사위원은 모두 다섯 명이었다. 성원은 컵에 남은 물을 모두 마셨다. 갈증은 그대로였다. 무대 위로 쏟아지는 스포트라이트 때문에 물은 아까부터 미지근했다. 넥타이를 풀었다. 셔츠에 땀이 배어 목덜미가 축축했다. 경완이 선물한 셔츠는 겉으로 보기에만 그럴싸할 뿐 통기가 잘되지 않았다.

Non human-human communicator (비인간-인간 통신 장치)

자료의 제목은 화면 좌상단에 박혀 있었다. 연구 목표와 성과, 데이터 수집에 사용되는 트래커 생산을 위한 비용을 정리한 원 페이지 리포트였다.

"커뮤니케이터는 소프트웨어 알고리즘과 트래커라는 하드웨어 두 가지 시스템이 한 세트로 작동하는 언어 분석 시스템입니다. 트래커는 소리나 전자파, 진동 등의 정보를 수집합니다. 커뮤니케이터는 트래커가 모은 데이터를 바탕으로 신호의 의미를 분석합니다. 상용화가 되면 개미나 벌 같은 집단 유기체의 통신 체계 분석에 활용할 수 있습니다. 행동 패턴을 언어화할 수도 있습니다. 실생활에서는 동물이나 유아와의 소통 개선을 기대할 수 있습니다. 음성 및 행동 신호 전반의 이해도 향상이 목적입니다."

밤새 외운 발표문을 읊어 내렸을 때 객석에 앉은 누군가가 볼펜을 딸깍거렸다. 재미있게 좀 해보라는 항의 표시일까. 발표는 예정된 종료 시간을 조금 넘기고 끝이 났다. 성원은 단상에 지그시 몸을 기댔다. 심사위원이 하나둘 손을 들었다. 진행자가 그중 한 명을 지목했다.

"이거 용도가 정확히 뭐예요?"

질문을 한 사람은 서울 소재 국립대 명예교수로 재직 중인 한영식이었다. 자율주행 분야의 권위자로 대학에 몸담은 것만 아니라면 독일 민간기업 연구소에 진작 스카우트되었을 거라고들 했다. 평소 성향으로 미뤄봤을 때 돈이 되는 분야에 좀 더 높은 점수를 줄 것이 뻔한 인물이었다. 한 교수의 질문이 달갑지 않은 이유였다. 어디에 쓰면 좋겠냐고 되묻고 싶었다. '페니실린으로 사용할 목적으로 푸른곰팡이를 발견한 건 아니었잖아요?' 성원은 튀어나오는 대답을 집어삼켰다.

"실용성이 있냐고 묻는 거예요."

선정할 명분을 달라는 말이었다. 예산 따 오기 좋은 소재를 내놓으라는 말로도 들렸다. 심사위원들이 채점표를 넘기느라 분주했다. 성원은 손가락으로 셔츠 목 부분을 당겨 긁었다.

“커뮤니케이터는 종 사이의 진보된 교류를 가능하게 합니다. 행동과 의도, 감정을 쉽게 파악할 수 있게 되는 거예요. 가령 사람은 개에 대한 높은 이해도를 갖고 있습니다. 낮게 으르렁거리는 소리와 함께 이빨을 드러내는 행동은 위협으로 인식하지요. 꼬리를 흔들며 몸을 낮추면 환영이나 복종의 표시로 이해하고요. 복잡한 교류 방식이나 의사소통 수단을 갖추고 있지 않아도 가능한 일입니다. 하지만 코모도왕도마뱀이 무슨 생각을 하는지는 어떻게 알 수 있을까요. 전갈은 또 어떻고요. 알고리즘이 학습할 수 있도록 데이터만 확보할 수 있다면 인간은 확장된 인식 능력을 갖추고 타 종과 소통할 수 있게 됩니다.”

“무슨 우주여행이라도 하는 것처럼 말씀하시네. 일단, 제 질문은 그게 아니고요.”

한영식이 피식 웃었다.

“실용성 부분은 차치하고, 말씀하신 것부터 얘기를 해보면요. 그건 그냥 가능성이죠. 과대포장이잖아요. 커뮤니케이터가 행동과 음성 데이터로 종 사이 소통을 가능하게 하는 시스템이라는 건데, 그게 정말 생명체의 의도를 제대로 분석한 결과라고 할 수 있어요? 태풍 한가운데 놓인 나무를 생각해 보자고요. 바람 소리나 나뭇가지의 흔들림이 말씀하신 행동 데이터와 음성 데이터 아니에요? 그럼 커뮤니케이터는 나무가 화난 상태라고 인식하지 않겠어요? 자동차 엔진은 어때요. 시동 소리와 함께 자동차에서 진동이 발생하면, 커뮤니케이터는 자동차가 배가 고파서 울고 있다고 인식하지 않겠어요? 그런데 그런 것들이 나무와 자동차의 의도는 아니잖아요."

쪼는 듯한 말투였다. 성원은 격앙된 목소리로 대답했다.

"무의미한 자료는 더미로 분류합니다. 그걸 판단하는 근거는 액션과 리액션이고요. 사람이 거리를 좁혀 다가가면 도마뱀은 달아날 겁니다. 하지만 사람이 손을 흔든다고 해서 자동차 엔진이 꺼지지는 않잖아요. 커뮤니케이터는 양방향으로 시도하는 소통 과정을 기록하고 그 속에서 유의미한 자료를 추출해 표본으로 만드는 작업입니다."

한영식 교수가 납득이 되지 않는다는 듯 고개를 저었다.

"이해를 못 하시는 것 같은데, 실용성 얘기로 돌아가 볼까요. 이번 데모데이는 상업성도 중요한 채점 기준이에요. 가령 자율주행은 당장 사용이 가능한 기술이잖아요. 커뮤니케이터는 그렇지 않죠. 이 기계가 어떤 식으로 우리 생활을 편리하게 만들어줄 수 있어요? 그 답을 주셔야 해요."

그게 본심이겠지. 돈 되는 연구 과제를 다음 단계로 보내주고 싶다는 거. 다음 차례를 기다리고 있을 자율주행 연구팀이 싱글벙글 웃고 있을 것이 눈에 선했다. 성원은 콧바람을 뿜었다.

"외계인이랑 대화할 때 유용할 것 같은데요."

웃음이 헤픈 심사위원 몇몇이 실소를 흘렸다. 성원은 대답을 이었다.

"개는 배가 고플 때 사람의 입을 핥습니다. 늑대 시절부터 내려온 습성이에요. 어미가 음식을 씹어서 전해주던 걸 기억하는 거죠. 고양이가 앞발로 사람의 배나 가슴을 꾹꾹 누르는 건 애정 표현이고요. 어미젖을 짜내던 행동이 본능으로 남아 있는 겁니다. 하울링이나 그르렁거리는 소리, 꼬리를 흔들거나 배를 까는 행태 정보까지 더하면 반려동물을 키우는 사람들에게도 도움이 될 겁니다. 반려동물을 키우는 사람이 전체 인구의 25퍼센트거든요."

'원하신다면 돈도 벌어드리겠다, 이 말입니다.' 성원은 다시 한번 입 밖으로 나올 뻔한 말을 주워 담았다.

"밥 줄 시간 확인하자고 개한테 저 기계를 설치하자는 건 아니죠?"

한영식 교수는 성원이 샘플로 들고 온 트래커를 가리켰다. 주변 환경 정보를 수집해 커뮤니케이터에 전송하는 기계로, 일반적인 행동 데이터를 수집하기 위해서는 휴대전화 카메라와 마이크만으로도 충분했다. 무대에 가지고 올라온 건 범용성을 고려해 제작한 심화 모델이었다. 1킬로그램이 넘게 나가는 장치를 개에게 부착할 일이 없다는 건 한영식 교수도 알고 있는 사실이었다. 성원이 대꾸 없이 한 교수를 바라보기만 하는 사이 질의응답 시간까지 끝이 났다. 심사단은 노트북에 코를 박고 채점표에 점수를 기록했다.

성원은 화장실로 향했다. 요의는 느껴지지 않았다. 화가 가라앉을 때까지 물줄기를 맞고 있었다. 젖은 손으로 목덜미를 닦았다. 반년을 준비한 과제가 물거품이 됐다는 사실은 잠시 후에 깨달았다.

과학기술정보통신부가 주최한 데모데이였다. 오디션 프로

그램을 모방한 경쟁 프레젠테이션에 시작부터 학계의 관심이 쏠렸다. 젊은 학자들이 앞다투어 뛰어들었다. 개발 단계인데도 상용화 가능성이 큰 과제가 수두룩했다. 행정부와 정치권도 덩달아 움직였다. 대학 표를 의식한 국회의원과 여당 출신 장관이 지원에 나선 것이다. 연초만 해도 10억 수준이었던 전체 예산이 추경 지원에 힘입어 30억을 넘어섰다. 최종 당선팀에게는 연구 내용과 규모에 따라 5억까지도 배정될 거라고 했다. 심사를 맡은 건 이름깨나 알려진 정부 관계자와 학계 교수, 액셀러레이터, 벤처캐피털 투자역이었다.

성원의 랩은 커뮤니케이팅 디바이스 개발 프로젝트로 데모데이에 참가했다. 딥러닝 알고리즘으로 행동 언어와 음성 언어를 결합해 인간과 비인간 생명체의 소통을 가능하게 하는 연구였다. 경제성이 없는 과제인 데다 상용화까지는 갈 길이 멀었다. 정부 지원 사업에 선정되는 것이 아니라면 연구비를 확보하는 것도 인지도를 높이기도 쉽지 않은 일이었다. 약삭빠른 동료들은 수년 전에 번역 알고리즘 쪽으로 노선을 갈아탔다. 교통이나 의료, 금융 관련 분야도 인기였다. 모두 안정적으로 투자비용 회수가 가능한 분야들이었다. 누군가는 해야 할 일이라는 사명감으로 성원만 인기 없는 프로젝트를 계속했다.

연구는 더디게 진행됐다. 충분한 데이터를 수집한 객체의 심리 상태를 분석하는 데는 성공했지만 분석 영역을 확대할 경우 적중률이 현저히 낮아지는 문제가 남아 있었다. 반려견이 배가 고픈지 산책을 하러 가고 싶은지는 알 수 있지만 처음 보는 길고양이가 울어대는 이유는 파악할 수 없는 것이다. 연구비 확보가 절실한 이유이기도 했다. 대용량 행태 정보를 해석할 수 있는 장비를 구축하면 유의미한 알고리즘을 구현할 수 있을 터였다. 트래커를 대량 보급하고 행태 정보를 수집해 종 간의 메타데이터베이스를 구축하는 것이 최우선 과제였고 이 일에는 자본이 필요했다.

성원이 지지부진한 날을 보내는 사이 동료 학자들은 여기저기서 긁어모은 투자금을 활용해 상용화 수준의 번역 인공지능을 구현했다. 상업성, 화제성, 발전 가능성, 모든 면에서 성원의 랩이 밀리는 경쟁이었다. 예선을 통과해 본선까지 올라온 건 서른 팀이었다. 의료나 교통, 금융 분야만 연구 지원 과제로 선정되었다가는 공익성 부족으로 비판을 받을 테니 구색 맞추기용으로 예상 못 한 몇 팀이 함께 진출했다. 성원의 랩이 그중 하나였다. 얻어걸려도 좋고 구색 맞추기라도 좋으니 제발 최종 당선팀에 이름이 올라가길 바랐지만 방금 그 기회를 제 발로 걷어차 버린 것이다.

한영식 교수가 화장실로 들어왔다. 심사위원석에 있을 때와는 분위기가 달랐다. 두꺼운 안경을 올려 쓰고 손을 씻던 한 교수는 페이퍼타월을 뽑고 무심히 서 있는 성원을 거울로 바라보다 입을 열었다.

"아까 일은 이해해줘. 지금은 지도교수가 아니라 심사위원으로 앉아 있으니까. 상업성도 중요한 심사 항목이야. 게다가 커뮤니케이터는 마지막으로 봤을 때보다 별로 나아진 것도 아니고."

"개선했습니다. 인정하기 싫으시겠지만요. 그냥 솔직히 얘기하세요. 저 혼자 이 프로젝트를 진행하는 건 어렵다고 생각하시는 거 아닙니까."

성원은 페이퍼타월을 공처럼 뭉쳐 쓰레기통에 던져 넣었다.

"승희 얘기를 하려는 게 아니야. 자네 얘기를 하는 거야. 연구 성과가 좋지 않은 건 사실이잖아."

성원은 거울을 노려봤다. 언제부턴가 한 교수는 염색을 하지 않았다. 염색한 머리 사이로 흰머리가 올라왔다. 주름이 깊었다. 성원이 물었다.

"결과는 볼 것도 없겠죠?"

"다음 라운드로 진출하는 건 힘들겠지. 강아지랑 얘기하는 기계에 예산을 쓰기는 힘들어."

"바로 그게 승희가 바라던 거였는데요."

"죽은 승희가 돈을 벌어주지는 못해."

턱이 단단하게 죄어들었다. 성원은 한 교수를 향해 돌아섰다.

"승희가 두어 달만 먼저 진료를 받았다면 제가 지금 교수님을 원망하고 있지는 않을 겁니다."

"초진이 조금 늦었을 뿐이야. 결과가 달라지지는 않았겠지."

"프로젝트 빨리 끝내라고 스트레스 주는 사람이 없었으면 승희도 진통제 먹어가면서 버티지 않았겠죠. 잠잘 시간도 없이 연구에 매달리지 않았으면 진작 검진받고 암도 조기에 발견했을 겁니다."

"가정법으로 세상을 바라보면 편하지. 과학자로서는 직무유기고. 조 박사는 여전히 비난할 사람을 찾고 있네."

"그럼 안 됩니까."

"돼. 하지만 날 비난하는 것보다 커뮤니케이터 개발에 집중하는 게 조 박사한테 더 도움이 될 거야. 커뮤니케이터 성능이 부족하다는 건 진심이니까. 개선해서 가지고 와. 데모데이 따위 집어치우고 내가 직접 정부 지원을 받아주지."

한 교수가 먼저 화장실을 나섰다. 성원은 경연장을 떠나기 전 잠깐 무대를 바라봤다. 스크린에 다음 팀의 프로젝트 제목이 떠 있었다.

ADAS 기술 향상을 위한 센서 신호 처리와 센서 융합 알고리즘

발표 자료의 첫 페이지는 끝을 모르고 우상향하는 외국 전기 자동차 회사의 주가 그래프였다. 영리한 사람들이었다. 영악하고 계산적이어서 원하는 걸 얻어낼 줄 아는 사람들. 어둠 속 심사위원 자리에 한 교수의 흡족한 얼굴이 둥실 떠 있었다.

경연장은 서울, 학교는 대전이었다. 퇴근 시간이 겹쳐 고속도로에 차를 올리는 데만 한 시간이 걸렸다. 학교에 도착했을 때는 늦은 오후였다. 마스크로 얼굴을 가린 학생들이 무리 지어 학교를 나섰다. 이틀 전부터 미세 먼지 농도가 위험 수준이었다.

유코가 연구실에서 성원을 기다리고 있었다. 점심 이후로 쭉 연구실에 있었다고 했다. 오랜만에 만난 동료 과학자 앞에

서 성원은 경연을 망친 일은 금세 잊어버렸다.

"어쩐 일이야? 연락하고 오지 그랬어."

해양생물학자인 유코와는 마다가스카르의 생물다양성센터에서 만난 것이 마지막이었다. 이마와 머리 사이에 무성하던 잔머리가 조금 줄었고 그만큼 흰머리가 늘어난 걸 제외하면 예전 모습 그대로였다. 유코는 키가 작고 가무잡잡한 편으로 옷차림이나 헤어스타일은 영락없는 일본인인데 영어 실력이 유창했다.

"괜찮아. 경완 씨랑 얘기하고 있었어."

"무슨 얘기?"

"커뮤니케이터. 많이 개선됐다며?"

"그렇지만도 않아."

경완은 연구실의 랩장으로 처세술 좋은 대학원생이었다. 서울 소재의 멀쩡한 대학에서 학사를 마친 주제에 성원의 연구를 함께하고 싶다며 지방대 문을 두드린 인간으로, 일 처리가 깔끔하고 지도교수를 대하는 태도도 깍듯하지만 평소에는 장난기가 많고 유들유들한 성격이었다.

성원은 라면 봉지와 즉석밥이 쌓인 탁자 앞으로 유코를 안내했다. 살균 세탁이 절실한 간이침대가 연구실 한구석에 접혀 있었다.

"무슨 일이야. 한국에는 언제 왔고."

"연구하러. 몇 달 됐어."

"재미있는 일이라도 있어?"

"응. 있어. 이따 얘기해줄게. 넌 요새 데모데이 때문에 정신 없었다면서. 잘됐어?"

"아니. 탈락. 오디션이라는 것도 다 쇼잉이더라고. 전문 지식이 필요한 질문은 부담스러웠을걸. 괜한 질문을 했다가 본인 지식이 부족한 걸 들킬 수도 있을 테니까."

"어느 나라나 마찬가지야."

유코가 맞장구를 쳤다.

"연구 내용에는 별 관심이 없었을 거야. 돈이 안 될 게 뻔하니까. 연구 타당성을 검토하는 것보다는 정치권이나 여론에 얻어맞지 않는 게 중요한 거지. 조성원 박사는 미움받고 있네."

"언제는 안 그랬나. 이쯤에서 번역 프로젝트로 선회할까 봐."

"안 그럴 거 알아. 커뮤니케이터 얘기 좀 해봐. 이제는 원숭이와 대화할 수 있어?"

"원숭이 한 마리를 사육할 공간과 자본금을 투자해주면 여섯 달 안에 그 원숭이가 점심으로 뭘 먹고 싶어 하는지 알려줄 수 있지."

유코가 웃었다. 누군가의 악의 없는 미소를 보는 것이 오랜만이었다. 유코는 등받이에 엉덩이를 바짝 붙이고 허리를 폈다. 중요한 안건이 있을 때면 이런 식으로 자세를 고쳐 앉고는 했다.

"원숭이와 대화하는 데 여섯 달이 걸린다면, 고래는 어때?"

"고래?"

성원은 얼굴을 찌푸렸다.

"힘들어?"

"아니. 생각해 본 적이 없어서."

성원은 잠시 고민한 뒤 말을 이었다.

"사람은 발화를 위해 여러 기관을 활용해. 비강, 구강, 연구개, 혀, 폐…… 하지만 혀와 입술만 의사소통의 수단이라는 건 고정관념이야. 눈빛과 손짓도 언어야. 얼굴 근육의 분절된 움직임, 각도, 혈색, 주름도 언어고. 수화를 예로 들 수 있겠네. 폐를 사용하지 않는 언어도 있어. 흡착음이라고 하는 거."

성원은 공기를 빨아들인 뒤 혀를 당겨 '쯧' 소리를 냈다. 그리고 다시 혀를 튕기며 '딱' 소리를 냈다.

"줄루어나 코사어에서는 이런 소리가 언어의 일부야. 커뮤니케이터는 애초에 그 상황들을 모두 염두에 두고 만든 알고리즘이고. 고래와 대화하는 걸 생각해 본 적은 없지만, 트래커가 포착할 수 있는 신호체계 내에서 소통이 된다면 샘플은 확보할 수 있어. 데이터가 쌓이면 통계는 나오기 마련이고."

복잡한 수식을 천장에 그려놓은 듯 위를 바라보던 유코가 말했다.

"트래커가 포착할 수 있는 신호체계가 뭐야?"

"모션과 음파가 기본이야. 모듈화가 돼 있어서 분석하려는 객체에 따라 기능을 추가할 수 있어. 애드온을 부착하면 진동, 심박, 혈류, 뇌파 정보도 추적 가능해. 자이로센서로 가속이나 회전을 포함한 각속도를 측정해. 압력 정보도 수집하고. 방수 방진 기능이 있으니 어지간한 환경에서는 무리 없이 작동할 거야. 트래커가 전송하는 패킷 정보는 서버에 저장돼."

유코가 휘파람을 불며 박수를 짝 쳤다.

"좋아. 그거면 됐어. 고래 연구 좀 하자. 퍼시도 와 있어."

"퍼시라고?"

성원은 미간을 찌푸렸다.

"그 인간이 왜 한국까지 왔나 생각하고 있지? 괜찮은 뇌과학자를 찾기가 힘들어서 말이야. 잘 적응하고 있으니까 걱정 마. 초도 연구가 잘되면 지원금을 따낼 수 있을 거야."

유코는 울성에서 진행 중인 연구와 관련된 짧은 설명을 더 했다. 자세한 내용은 메일로 보내겠다고 했다. 성원은 고민해 보겠다고만 답했다. 4단계 BK21 지원 사업에 탈락한 데다 데모데이마저 다음 라운드 진출할 가능성이 요원한 터였다. 민간 프로젝트라도 참여할 수 있다면 랩에 도움이 될 것이었다. 마다할 이유가 없는 제안인데도 썩 내키지 않았던 건 성과를 확신할 수 없어서였다. 인지공학자가 수주하는 과제는 대개 웹 이용 행태나 학습 시뮬레이션 설계 같은 것들이었다. 커뮤니케이터와 트래커는 샘플을 대량으로 쌓아야 범용화가 가능한 장비였고 그 작업을 위해서는 사전 지원이 필요했다. 미완성인 장비를 고래 연구에 갖다 쓰겠다는 건 애초에 상업성을 염두에 두지 않은 일처럼 느껴졌다.

유코에게 저녁이라도 먹고 가라고 했더니 오늘 밤에도 배를 띄울 거라 일찍 돌아가야 한다고 했다. 성원이 주차장까지 유코를 배웅했다. 유코는 자동차 열쇠를 짤랑거리며 앞서 걸었다. 한국은 무척 춥네, 하며 차에 오른 유코가 창문을 살짝 내렸다.

"아내 소식은 들었어. 유감이야."

"인공지능과 딥러닝 발전에 큰 손실이었지. 커뮤니케이터의 기초를 만든 건 승희였으니까."

"우리가 필요한 게 바로 그 커뮤니케이터야. 커뮤니케이터를 완성하는 게 네 인생의 목표라는 것도 짐작하고 있고. 아내의 노력을 헛되게 만들고 싶지는 않겠지."

"뭐야. 혹시 그걸로 날 자극하려는 거라면……"

"자극하는 거 맞아. 그래야 네가 수락할 것도 알고. 흥미로운 구석이 많은 고래야. 너도 보면 분명 관심이 있을걸. 커뮤니케이터가 고래의 언어를 분석했다는 게 발표된다면 어떨 것 같아? 위상이 지금과는 완전히 달라지지 않겠어? 승희 씨가 바라는 게 그런 거 아니었어?"

하얀 세단이 우레탄 바닥을 비비며 주차장을 빠져나갔다. 성원은 멀어지는 자동차를 바라보다 연구실로 돌아왔다.

유코의 말을 곱씹었다. 순수 국내 연구진이 아니라 다국적 연구진이니 어느 정도의 성과만 있어도 지원을 받을 수 있는 범위가 늘어날 것이다. 해양생물학자와 뇌과학자가 함께 참여한다는 것도 어필할 요소가 될 것이다. 개선된 커뮤니케이터만 가져오면 자신이 직접 나서서 정부 지원을 받아주겠다는 한 교수의 말이 귓가에 어른거렸다.

책상이 지저분했다. 성원은 톱밥이 수북이 쌓인 연필깎이를 비우고 탁상시계와 큐브를 제자리에 놓았다. 교내 부처와 연결되는 전화기, 멋대로 쌓아놓은 공학 서적과 어학 서적들을 한쪽으로 밀어놓으니 유코가 주소를 적어놓은 메모지가 나타났다. 모니터 아래, 정갈한 필체였다. 성원은 휴대전화 캘린더를 띄우고 약속 장소를 입력했다. 캘린더가 주소를 인식해 자동으로 위치를 표시했다. 울성은 경북에 있는 작은 해안 도시였다. 대전에서는 차로 세 시간 거리였다.

3

"다 왔어."

동섭이 어깨를 흔들었다. 현지는 수면안대를 벗었다. 눈이 뻑뻑했다. 안경을 뒤집어서 쓴 것처럼 초점을 잡기까지 시간이 걸렸다. 좁은 창문 밖으로 공항 터미널이 보였다. 복도는 이미 성격 급한 사람들로 북적였다. 발 빠른 승객들은 벌써 게이트를 빠져나가는 중이었다. 동섭은 미적거리다가는 입국 심사 대기 시간이 더 길어질 거라며 현지를 재촉했다. 현지는 앞좌석에 머리를 박았다.

세관을 통과해 로비까지 빠져나가는 데만 30분이 넘게 걸렸다. 낯선 체취와 다른 색의 눈동자를 가진 사람들 속에 섞여 무표정한 얼굴로 줄을 따라 걸었다. 동섭이 바닥에 쪼그려 앉았다. 장시간 비행이 피곤하기는 현지도 마찬가지였다. 체조하듯 머리 위로 팔을 올리고 뻣뻣한 몸통을 비틀었다. 뼈와 뼈가 부대꼈다.

비행기 티켓 값을 생각하면 앞으로도 출장이 편할 일은 없을 것이다. '사계'의 플래너는 언제나 가장 저렴한 항공사의 티켓을 제안할 것이고 그건 보나마나 중국 항공사가 될 테니까. 현지는 티베트 피란민의 탈출기를 담을 사람이 중국 항공사를 이용하는 게 말이 되냐고 파이낸스 팀에 항의했다. 사계의 텔레마케터라 불리는 경비 처리 담당자는 현지를 진상 고객 취급했다.

"중국 국적기에서 사전조사한다고 생각하세요. 아낀 푯값만큼 경비도 늘어났으니 좋죠 뭐."

"경비가 늘면 뭐 해요. 그걸로 내 백 하나 살 수 있는 것도 아닌데."

"촬영에 필요한 거면 얼마든지 사세요. 영수증 챙겨 오고 사유서 제출하고요."

인권을 위해 활동하는 리서처의 형편이 이렇게 곤궁해도 되나 싶은 생각에 출발 전부터 속이 상해 있던 차였다. 환승 비행기가 연착돼 상해에서 다섯 시간을 기다렸을 때는 결국 현지도 애꿎은 항공사 직원에게 화를 내고 말았다.

사계는 국제 구호와 인권 운동을 수행하는 국제 연합 NGO로 스위스 베른에 본사를, 세계 50여 개 국가에 지부를 둔 거대 조직이었다. 공식 명칭은 '포시즌'이지만 한국 지부를 칭할 때는 사계라는 이름을 썼다. 사계는 다큐멘터리 제작사이기도 했다. 영상은 현장의 실태를 세계에 알릴 수 있는 효과적인 수단이었다. 해외 지부는 중동이나 아프리카의 내전 상황을, 한국 지부는 아태평양 지역의 아동 인권이나 환경과 관련된 다큐멘터리를 담당했다. 국내에서는 제철소 노동자의 사망 사건을 다룬 다큐멘터리가 반향을 불러일으킨 적이 있었고 독일 지부가 촬영한 예멘 내전 다큐멘터리는 국제 영화상을 수상하기도 했다. 국제적으로 민감한 주제를 다루는 만큼 보안 유지가 필수였기 때문에 사계에서는 외부 연출자를 고용하지 않았다. 보통 촬영 수업을 이수한 직원이 연출을 담당했다.

사계의 활동가 중 조사 업무 담당자를 리서처, 현장 잠입 담당자를 액터라고 불렀다. 리서처는 현장 상황 수집, 촬영, 첩보 역할을 담당했고 액터는 저지, 저항 활동을 했다. 액터가 기동대라면 리서처는 스파이인 셈이었다. 현장 조사와 잠입이 주 업무이기 때문에 액터와 리서처는 외부에 얼굴을 공개하지 않았다. 언론 인터뷰나 방송 참여는 금지돼 있었고 조사 지역에 진입한 뒤에는 마스크나 선글라스, 분장에 가까운 두꺼운 화장으로 얼굴을 가리고 다녀야 했다. 프로젝트 중에는 본명 대신 활동명을 사용하는데 보통 음식 이름을 가져다 썼다. 독일에서 활동하는 우락부락한 50대 액터는 슈니첼이었고, 일본 출신의 날렵하고 영리한 리서처는 규동이었다. 리서처인 현지의 활동명은 계피였다.

이번 프로젝트는 티베트 자치구 동향 파악을 위한 잠입 르포 촬영이었다. 일차 목적지인 다오푸와 응아바는 이따금 중국 정부의 정책에 반대하는 승려들의 분신 사태가 벌어지는 곳이었다. 이후 수도인 라싸에서 가이드와 합류한 뒤 피란민들과 히말라야를 넘어 네팔에 도착하는 것이 목표였다. 독일 지부가 스폰서를 구해 비용을 충당했다. 한족과 외모가 비슷하고 티베트와는 거리도 가까우니 도움이 될 거라며 현지에게 공조를 하자고 했다. 고지대의 저온을 견뎌야 하는 프로젝트였다. 착수가 결정된 직후 현지는 냉동 창고에서 몇 시간을 버텨가며 적응 훈련을 시작했다. 카메라 성능 테스트도 병행했다. 영하 20도까지밖에 내려가지 않는 냉동 창고가 좀 불만이었다. 밤의 히말라야는 영하 40도 아래로 떨어진다.

차근차근 준비하던 차에 돌연 독일 팀이 참여가 힘들게 됐다고 통보해왔다.

"그쪽은 신장위구르에 간대."

소식을 전한 사람은 동섭이었다.

"파키스탄 거쳐서 잠입하겠대. 우리는 티베트에 가서 영상 소스만 구하면 돼. 후작업은 독일에 있는 프로덕션에서 하는 걸로 얘기됐고."

"속 편한 소리 하네. 영상 소스만 만들면 된다는 게 뭐야. 다큐 촬영은 소스 확보가 전부야. 위험하기로 치면 티베트가 더하지. 신장위구르야 호주도 다녀가고 영국도 다녀왔잖아."

"그렇게 치면 지금까지 티베트 다녀온 사람이 더 많아."

독일 팀의 신장위구르행도 이해 못 할 바는 아니었다. 수용소 내 인권 탄압과 목화 생산에 투입된 강제 노동에 항의한 유명 의류 브랜드가 제품 보이콧을 선언했고 그에 맞서는 중국의 불매운동이 이어지고 있었다. 독일 팀 입장에서는 국제사회의 관심이 시들기 전에 촬영을 마치고 싶을 것이다. 혼자서는 못 가겠다고, 카메라에 짐까지 들고 맨몸으로 히말라야를 넘을 수는 없다고 화를 냈더니 동섭이 다람살라까지는 동행하겠다고 했다. 현지는 고작 다람살라 가는 걸로 입을 씻으려는 거냐며 네팔에서 난민 신청 절차 밟는 것까지 맡으라고 했다.

두 사람은 시크교도 운전기사가 모는 택시에 올랐다. 찬 공기가 입으로 쏟아지면서 옅은 향신료 냄새가 목구멍을 간지럽혔다.

"쿠날한테 연락 좀 해보지 그래."

현지가 지나가는 척 말했다.

"어제도 연락했어. 아직 광산에서 취재 중이야."

"아직도?"

한 달 전 사계 내부용 보고서에 운모 광산 취재기가 실렸다. 화장품 재료로 쓰이는 운모 채취에 열 살 내외의 아이들이 동원된다는 내용이었다. 부모의 빚을 갚기 위해 불법으로 동원된 아이들은 형편없는 임금만 받으며 착취를 당했고 교육에서 소외되어 계급화와 양극화를 고착시키는 원인이 된다고 했다.

"쉽지 않나 봐. 감시 인력이 많대. 대형 화장품 회사들까지 연결돼 있어서 또 이슈가 되면 문제가 커질 테니까."

"그 위험한 데를 왜 쿠날이 간 건데?"

"위험한 곳이니까 쿠날이 갔지. 슬슬 언론에서도 관심을 보이고 있어. 이번 일이 끝나면 꽤 지원을 받을 수 있을걸. 나름대로 사계에 도움이 될 일을 찾고 있는 거야.”

“걔는 액터가 너무 나대는 거 아니야?”

“너는 리서처가 너무 조신한 거 아니고?”

“리걸이 할 소리는 아니지. 기다려봐. 이 언니가 티베트에서 활극 한 편 찍고 올 테니까.”

택시는 뉴델리 기차역에 둘을 내려놓았다. 다람살라행 버스는 이미 운행이 끝난 상태였다. 델리에서 하루를 묵을 바에야 기차 침대칸을 구하는 편이 낫겠다는 생각에 숙소를 잡지 않고 다람살라행 첫 기차를 타기로 했다. 다람살라에서 가장 가까운 파탄코트까지 여덟 시간이 걸렸다. 출발 전까지 잠깐이라도 눈을 붙일 요량으로 현지는 빈자리를 찾아다녔다. 기둥 옆 빈자리에 배낭을 내려놓기 무섭게 인도인이 다가오더니 기차표를 구해줄 수 있는데 관심이 있냐고 물었다. 내일은 티켓 부스를 열지 않는다는, 익숙해서 지겨운 사기였다. 혹해서 따라갔다가는 사설 여행사에서 수수료가 옴팡지게 붙은 기차표를 사야 한다. 현지는 이어폰을 꽂았다. 인도인은 아쉬운 기색도 없이 다른 여행객을 찾아 떠났다.

다람살라에는 다음 날 오후에 도착했다. 뉴델리의 북서쪽, 5만 명이 사는 작은 도시였다. 구름이 지나가는 자리에 위치한 고산지대였지만 이따금 안개가 걷히고 해가 뜨면 쾌청한 하늘이 펼쳐졌다. 무채색 계열의 외투를 걸친 상인들이 이방인의 등장을 심드렁한 얼굴로 지켜봤다.

템플로드를 사이에 두고 쭐라캉과 남걀 사원이 양쪽에 서 있었다. 그 길을 따라 어퍼다람살라까지 걸으면 포시즌 호스텔이었다. 사계가 운영하는 숙박업소로 엘리베이터가 없는 5층짜리 건물이었다. 낡은 벽은 포시즌이 얼마나 오랜 시간을 이곳에서 버텨냈는지를 말해줬다.

로비에 찬 기운이 돌았다. 낮 동안 머금은 온기가 벗겨지는 시간이었다. 옷깃을 꽉 움켜쥔 현지에게 직원이 차이티를 권했다.

"낮에는 라디에이터를 꺼놔서 좀 추워요. 손님들이 돌아오면 난방을 시작하니까 저녁이 되면 좀 나을 거예요. 그때까지는 담요를 덮어쓰도록 해요."

직원은 현지와 동섭에게 열쇠 하나씩을 내줬다. 현지는 천천히 계단을 올랐다. 1층은 로비와 식당, 2층부터 4층까지가 호스텔, 5층은 사계의 사무실이었다. 호스텔은 한 해에 삼백 명 남짓한 티베트 아이들이 국경을 넘던 시절부터 운영을 계속하고 있었는데, 침대가 모자랄 경우를 대비해 가장 큰 방 하나는 항상 비워놓았다. 국경을 넘는 이들이 많이 줄어든 탓에 티베트 어린이 학교 기숙사에 자리가 모자라는 일은 없었지만 오래된 전통만큼은 이어가는 중이었다.

현지의 방은 4층 구석이었다. 인도풍 패턴을 날염 프린트한 천이 벽을 장식했고 모가 짧은 카펫이 삭막한 시멘트 바닥을 덮고 있었다. 도마뱀 한 마리가 침대 위를 기어갔다. 현지는 침대에서 멀리 떨어진 곳에서 짐을 풀었다. 잘 때도 머리맡에 놔두는 배낭에는 촬영 장비와 여분의 배터리, 메모리카드, 분장

도구, 형광 조끼, 사흘을 버틸 수 있는 옷가지가 준비돼 있었다. 무게가 10킬로그램을 넘었다. 저돌적인 일정이 이어지는 탓에 사계에서 오랜 시간을 일하다 보면 어깨나 허리 중 하나는 망가지기 마련이었다. 30대에 오십견과 디스크로 고생하는 활동가가 허다했다.

손끝을 바늘로 콕콕 찌르는 듯한 피로가 찾아왔다. 프로젝트는 한 번도 여유롭게 진행된 적이 없었다. 불법과 합법의 경계에서 이루어지는 다큐멘터리 촬영이었다. 매 순간 마음을 졸여야 했고 돌발 상황에 대비하느라 시간은 촉박했다. 모든 준비가 끝났다는 생각이 들 때가 가장 위험했다. 마음을 놓고 있으면 반드시 차편에 말썽이 생기거나 약속했던 가이드의 상황이 틀어지는 일이 발생하기 마련이었다. 날씨도 중요한 요소였으며 정치 지형에도 촉을 곤두세우고 있어야 했다. 사계의 리서처들이 프로젝트 일정을 검토할 때마다 이건 신이 도와야 완수할 수 있는 일이라며 투덜거리는 이유였다.

동섭이 문을 두드렸다. 현지가 걸쇠를 풀었다.

"피곤해. 쉬려던 참이었어. 네가 방해했어. 죽을래."

동섭은 산발이 된 현지의 머리를 훑어보며 대답했다.

"옷 갈아입어. 갤상이 지금 시간 된대."

현지는 감기는 눈을 번쩍 떴다. 쉬고 싶은 생각이 굴뚝같았지만 갤상이라면 얘기가 달랐다.

갤상의 사무실은 열 명 남짓한 인원이 회의를 할 수 있을 정도로 널찍했지만 정작 자신은 몸을 구겨 넣어야 겨우 들어갈 법한 좁은 책상을 썼다. 현지와 동섭은 소파에 앉아 갤상이 일을 마치기를 기다렸다. 창문 밖으로 히말라야 전경이 펼쳐졌다.

갤상 로디는 티베트 망명정부의 국제관계부 사무국장으로 사계에서는 티베트의 갤상이라고 하면 모르는 사람이 없었다. 미국 유학 후 대형 로펌의 파트너 자리까지 올랐던 갤상이 안정된 자리를 마다하고 인도로 돌아온 건 십여 년 전 일이었다. 마흔을 훌쩍 넘긴 나이에 갤상이 다람살라에 자리를 잡은 이유가 무엇인지 억측이 분분했지만, 당시 중국 정부가 갼첸 노르부를 판첸 라마에 임명하고 정치권에 편입시킨 사건 때문이라는 의견이 지배적이었다. 판첸 라마는 달라이 라마의 환생을 공인하는 직책이다. 갼첸 노르부가 중국의 영향력하에 있다는 건 곧 중국이 원하는 인물이 차기 달라이 라마가 될 것이란 의미이기도 했다. 달라이 라마는 자신이 환생하는 일은 없을 거라고 못을 박았다. 갤상은 그 사건이 있은 지 일 년 후 로펌 파트너 자리를 내려놓고 다람살라에 왔다. 개인의 승진이나 내부 정치에는 관심이 없는 인물이었다. 이상적인 행정가 스타일로 중요한 자리에 나갈 때만큼은 빳빳하게 다린 정장을 입고 반듯한 걸음걸이로 걸었지만 평소에는 체크무늬 셔츠에 면바지 차림으로 업무를 처리했다. 함께 일하기 편한 유형은 아니었다. 사계에서 준비 중인 프로젝트로 도움을 요청할 때면 갤상은 법률 지식과 사무적인 업무 태도로 무장하고 캐비닛에서 두툼한 서류를 꺼내 와 온갖 근거로 활동가들을 괴롭혔다. 숨 막히는 미팅이 끝나면 현지는 한바탕 욕을 쏟아내곤 했다.

갤상이 침침한 눈을 끔뻑이며 창밖을 내다봤다. 맥그로드간즈의 동쪽으로 뻗은 산등성이가 겹겹이 쌓여 있었다. 티베트식 건물들이 산 중턱에 색종이처럼 꽂혀 있었고 그 끝에 히말라야 만년설이 보였다.

"언젠가 에베레스트에도 오르고 싶어요."

현지가 말했다. 갤상이 천천히 고개를 끄덕였다. 두꺼운 안경을 코에 얹고 있어 상대를 물끄러미 바라볼 때면 렌즈 너머 눈매가 기이한 각도로 휘었다.

"초모룽마 말씀이지요."

초모룽마는 티베트에서 에베레스트산을 부르는 이름으로 세계의 여신이라는 뜻이다. 네팔에서 부르는 이름은 사가르마타, 하늘의 여신을 의미한다. 히말라야에 돌출한 15봉은 에베레스트라는 이름으로 가장 널리 알려져 있는데 그건 영국 동인도회사 측량 국장의 이름이다. 갤상은 누군가 에베레스트라는 말을 꺼낼 때면 슬몃 초모룽마라는 단어를 상기시킨 뒤 상대가 당황하는 모습을 보며 즐거워했다.

"네. 초모룽마요. 그 전에 낭파라를 다녀와야겠고요."

"낭파라요? 트레킹을 좋아하시는지 몰랐는데요."

갤상이 의외라는 듯 눈썹을 추켜올렸다. 옆에서 동섭이 몸을 배배 꼬았다. 갤상은 이 모든 프로젝트의 시작점이었다. 티베트 정부를 무시하고 프로젝트를 진행했다가는 이후 협업에 불이익이 있을 것이 분명했다. 리걸 입장에서는 티베트 정부가 사계의 도움을 외면하거나 미온적인 태도로 대하는 상황만큼은 원치 않을 거였다.

"아니요. 네팔에서 오르는 게 아니에요."

"네팔이 아니면, 인도인가요."

"티베트요."

갤상은 눈을 치켜떴다. 현지가 말을 이었다.

"티베트 탈출기를 다큐멘터리로 남길 거예요. 잠입 르포요. 완성하고 나면 티베트 상황을 알리기 더 좋을 거예요. 인터넷에도 올려두고요. 기부금이 늘어날지도 모르죠. 다람살라에도 도움이 될 거예요."

"쉬운 일이 아니에요."

갤상이 달래듯 말했다. 엄격함과 걱정이 동시에 묻어나는 말투였다.

"요즘 들어 감시가 더 심해지고 있어요. 자치구 거주민들은 이제 직업훈련소나 공장에서 교육을 받아요. 그걸 노동 캠프라고 부르더군요. 군대식으로 운영해요. 그 후에 다른 지역으로 강제 이주되죠. 이제 티베트는 저렴한 임금 노동자를 생산하는 기지예요. 갸낙 정부는 부인하고 있지만."

갸낙은 검은 영역이라는 뜻으로 티베트인들이 중국을 지칭하는 단어였다. 갤상이 갸낙이라고 말할 때면 옅은 경멸과 울분이 느껴졌다.

"강제성이 없을 수도 있잖아요."

"고위 공무원들에게 직업훈련소에 보내는 인부 할당량이 정해져 있다면 얘기가 달라지죠. 감시가 심해진다는 건 괜한 말이 아니에요. 칭하이성에서는 포상금이 더 올랐어요."

중국 정부에 항거해 분신하는 이들을 저지하거나 사전 집회 신고를 했을 때 지급하는 포상금 이야기였다. 불이 붙은 걸 소화하는 포상금이 가장 낮았고 사전 신고를 하거나 주동자를 고발하는 데는 높은 포상금이 붙어 있었다.

"얼마나요?"

"일 년간 벌 돈을 한 번에 챙긴다고 보면 돼요."

동섭이 감탄사를 뱉었다. 갤상은 차를 입에 머금고 향이 코끝에 돌 때까지 혀를 굴렸다.

"이것도 티베트가 가진 업보라면 업보겠죠. 그렇다고 갸낙이 하는 짓을 지켜만 보고 있을 수는 없잖아요. 티베트는 1950년부터 쉬지 않고 저항하고 있으니까."

1950년은 중국이 티베트에 인민해방군을 보내 국경을 침공한 해였다. 한국에서 6·25 전쟁이 벌어진 해이기도 했다. 서구열강의 관심이 한반도에 쏠려 있는 사이 티베트는 아무 원조 없이 중국과 항전을 벌여야 했으니 한국과 티베트는 역사 속에 얽혀 있는 셈이었다. 갤상은 턱짓으로 난민촌을 가리켰다.

"계속해서 피란민들은 넘어오고 있어요. 루트가 막힌 게 문제지만. 네팔 국경 감시가 살벌하거든요. 한 해에 이천 명씩 탈출하던 것도 십 년 전 이야기예요."

"중국 경계 병력은 인도 국경으로 다 몰려간 거 아니었어요?"

"맞아요. 그쪽 국경도 긴장감이 높아진 상태니까요. 판공호에서 주먹다짐을 한 것이 시작이었죠. 갈완 계곡에서는 몽둥이를 들었어요. 사망자가 발생했고요. 이제는 총기를 사용하기 시작했어요. 수십 년간 화기는 사용하지 않았는데 말이에요. 다음에는 무엇으로 싸우려는 걸까요. 인도는 얼마 전에 SFF까지 투입했대요. 티베트 망명자로 구성된 특수부대요. 갸낙도 여간 신경이 쓰이는 게 아닐 테죠. 장비도 디지털화한다고 하더군요. 인도 국경을 수비하는 데 병력을 많이 투입한 건 사실이에요. 하지만 지금 우리가 얘기하는 건 인도와 갸낙이잖아요? 세계에서 가장 많은 노동력을 보유한 나라 둘이요. 남은 병력으로도 피란민 감시하는 것쯤은 우스워요."

"밖으로는 그렇게 꽁꽁 묶어놓고서는 칭짱 열차는 잘도 운행하네요."

중국 정부는 서쪽으로 떠나라는 슬로건과 함께 티베트에 군 병력과 매춘부를 풀어놓았다. 이주민에게는 중국 본토보다 세 배나 높은 임금을 지급했다. 하나의 중국이라는 신념 외에도 경제적인 이유가 있다. 중국이 티베트를 부르는 용어인 시짱은 서쪽의 보물을 뜻했다. 광물 자원, 값싼 노동력, 거기에 수력발전 전력까지 확보할 수 있는 지역이었다. 인구밀도가 낮은 광활한 토지는 핵실험 후보지로 거론되기도 했다. 칭하이성의 코코노르호 인근에 방사선 폐기물이 묻혀 있다는 건 오래된 의혹이었다.

"국경 감시가 그렇게 심한데 피란민들은 어떻게 탈출하는 거예요?"

"티베트를 벗어나는 루트는 언제나 초모룽마예요. 어느 산을 택하느냐의 차이일 뿐이죠. 통제는 심해지고 갸낙이 점령한 지도 오래됐으니 이제는 포기한 사람들도 많아요. 갸낙 편에 선 사람도 늘어나고요. 물론 여전히 독립을 외치는 사람들도 있지만요. 티베트도 사람 사는 곳이에요. 티베트를 지키고 있는 사람들이 갸낙 체제에 익숙해져 가는 게 두려워요. 지금 아이들이 자라면 훗날 자신이 티베트인이라고 생각할까요, 갸낙 사람이라고 생각할까요."

갤상은 안경을 벗고 관자놀이를 주무르다 입을 열었다.

"지난주에 다람살라에 도착한 피란민이 있어요. 실력 있는 탈출 가이드와 함께했다고 하더군요. 라싸에서 그 사람과 접선할 수 있도록 주선해볼게요. 중국에 도착해서 자치구를 다니려면 퍼밋과 코디네이터도 필요하겠죠. 팽쵸라는 사람이 있어요. 오랫동안 우리를 도와준 분이라 믿을 수 있어요. 청두에서 팽쵸와 함께 이동할 수 있도록 일정을 잡아둘게요. 내가 할 수 있는 일은 그게 다예요."

"그거면 돼요. 고맙습니다."

동섭의 얼굴이 밝아졌다. 현지는 발을 동동 구르고 싶은 마음을 억눌렀다. 갤상은 그런 호들갑을 달가워할 인물이 아니었다.

"이번 일은 티베트 정부와는 무관한 일입니다. 갸낙에게 괜한 빌미를 주고 싶지 않아요. 우리와 연결되지 않는 쪽이 포시즌에게도 좋을 거고요. 갸낙에서 주시하기 시작하면 다른 나라 활동에도 방해가 되겠죠. 처리할 일이 많으니 이만 가보세요. 문은 열어놓고요."

갤상은 두꺼운 서류철을 꺼내 들었다. 현지와 동섭은 사무실을 나왔다. 마지막으로 돌아봤을 때 갤상은 서류철 대신 회색빛으로 일렁이는 히말라야의 끝자락을 바라보고 있었다.

국제관계부에 다큐멘터리 촬영 건을 언질해 두었으니 면피는 한 셈이었다. 나중에 망명정부에서 문제를 삼으면 갤상의 이름을 댈 수 있을 것이다. 코디네이터와 탈출 가이드까지 확보한 건 예상 못 한 수확이었다.

현지와 동섭은 템플로드를 나란히 걸었다. 차들의 무게를 이기지 못하고 움푹 팬 도로에 물이 고여 있었다. 거리의 아이들이 소 엉덩이를 때리며 달려갔다. 현지는 외투 주머니에 두 손을 집어넣었다. 히말라야의 냉기가 다람살라에 살짝 흘러든 것뿐인데도 뒷덜미가 으스스했다.

"천천히 좀 걸어."

동섭이 투덜거렸다. 현지가 걸음을 늦춘 사이 잽싸게 동섭이 따라붙었다.

"남걀 사원 갈 건데 같이 갈래?"

"거긴 뭐 하러."

"달라이 라마 설법 있는 날이라서."

"우리 집안 대대로 크리스천이야."

"네 조상이 구소련이나 서방국가 출신이 아닌 이상 네가 무슨 수로 대대로 크리스천이냐."

"살짝 섞여 있을걸. 올라가다 보면."

"그래, 너희 집안이 대대로 크리스천이라고 치자. 그런데 예수님이 원수를 사랑하라고 하지 않았나."

"달라이 라마는 원수가 아니거든?"

"설법을 들을 날이 얼마 안 남았는지도 몰라."

동섭은 현지의 말을 잘라먹었다. 설법을 듣기 싫어 둘러댄 거였지만 동섭의 말에 현지도 우울해졌다. 달라이 라마는 더 이상 환생을 하지 않겠다고 선언했으니 예정대로라면 14대 달라이 라마인 텐진 갸초가 마지막 달라이 라마가 될 것이다. 달라이 라마가 사는 망명 궁전 쭐라캉은 박물관이 되는 걸까. 아니면 유적지. 그것도 아니면, 입장권을 끊고 들어가는 그저 그런 관광지.

현지는 포시즌 호스텔로 돌아왔다. 구름이 끼는 고도에 속해 있어 안개 속에 사는 것과 다를 바 없는 다람살라였다. 옷부터 침구까지 죄다 축축하게 젖어 있는 느낌이었다. 모포는 피부처럼 등에 달라붙었다. 저녁이 한참 지나서야 라디에이터가 망치를 두드리듯 땅, 땅 소리를 내며 울었다.

현지는 휴대전화를 충전하고 배낭에 들어 있던 장비를 바닥에 늘어놓았다. 먼저 집어 든 건 액션캠이었다. 기동성을 높이기 위해서는 인력을 최소화해야 했다. 조명이나 붐마이크 같은 사치품을 기대할 수 없다는 뜻이었고 그건 현지가 피디와 촬영 감독 역할을 수행해야 한다는 의미이기도 했다. 어깨에 ENG 카메라를 들쳐 메고 티베트 자치구를 돌아다닐 수는 없어 액션캠을 택했다. 관광객들이 많이 쓰는 기종이라 특별히 의심받을 이유도 없었고 크기 덕에 잠입 취재에도 용이했다. 낮은 기온에서는 빨리 방전이 되니 보조 배터리를 넉넉히 챙겨야 했다. 필요한 영상이 있을 때 바로 가동시킬 수 있도록 조작법에도 익숙해져야 했다. 티베트로 떠나기 전까지 사용법을 익혀둘 생각이었다.

스크립트도 정리해야 했다. 하얀 모니터 위에 커서만 깜빡였다. 한참 후에 '다람살라 도착, 갤상과 대화'라는 문장 하나만 집어넣은 게 전부였다. 사계에서는 별다른 소식이 없었다. 국내 상황을 파악하느라 정신이 없을 것이다. 사계의 플래너에게 진행 상황을 공유하는 메일을 발송하고 노트북을 닫았다. 충전이 끝난 휴대전화를 뒤적이다 통화 목록을 열었다. 사계팀과 가족을 제외하면 스팸전화나 은행에서 걸려온 텔레마케팅 전화가 전부였다. 빈약한 인간관계를 증명하는 화면의 스크롤을 올리던 차에 성원의 이름이 눈에 들어왔다. 시계를 확인했다. 서울은 자정에 가까운 시간이었다. 현지는 이불로 등을 덮었다. 성원은 신호가 두 번 짧게 울린 뒤에 전화를 받았다.

"선배, 안녕."

성원은 '어, 그래.' 했다. 뭔가에 집중하다 전화를 받은 것인지 심드렁했다.

"어쩐 일이야."

"그냥 안부 전화."

"그래. 어떻게 지내?"

"좀 바빠. 지금은 인도에 있어."

"인도?"

"다큐멘터리 촬영이 있어서. 티베트에서 인도로 탈출하는 아이들을 찍을 거야."

"멋있네."

"멋있긴. 얼어 죽기 딱 좋지. 한 달 정도 걸릴 거야. 티베트 상황 보고, 히말라야 넘어서 복귀. 그다음에는 편집 작업."

"쉽게도 얘기한다."

"말이라도 쉽게 해야지."

현지는 모포에 튀어나온 실밥을 뜯었다. 단숨에 뜯어지지 않아 모포가 쭈글쭈글해졌다. 숙소의 침대는 여행자들이 쌓아 놓은 시간의 냄새를 품고 있었다. 온갖 대륙의 향과 인종의 체취는 섬유 속에 올올이 배어 있어 세제와 섬유유연제로는 벗겨지지 않았다.

"티베트 자치구까지 들어가는 건 처음이지? 중국어는 좀 늘었어?"

"응. 잘하는 건 아니지만. 현지 코디네이터가 붙을 거고 도와주는 애들도 있어."

"그래. 넌 영어라도 잘하니까. 나는 발음이 영 안 돼. 어렸을 때 남들 수술받을 때 같이 받을 걸 그랬어."

"무슨 수술? 영어 잘하게 해주는 수술이 있어?"

"모르는구나. 설소대 절단 수술이 유행한 적이 있었는데. 동양 사람이 혀가 짧아서 굴리는 발음을 못 한다는 얘기가 있잖

아. 그래서 설소대를 잘라버린 거지."

"설소대가 뭔데."

"혀 밑에 뿌리 부분. 혀를 붙잡고 있는 조직이라고 해야 하나. 그걸 절단하는 거야. 거울 봐. 너도 있어."

"효과가 있어?"

"증명된 건 없지."

현지는 뾰족한 혀끝을 굴렸다. 혀 아래 뭔가 잡아당기는 것이 있었다. 마흔이 넘도록 모르고 있던 신체 기관이 있었구나. 그 작은 부위에도 이름이 있구나. 그런 생각을 했다. 덜컹거리는 창틀 너머로 가로등이 길고 가느다란 나뭇가지 그림자를 드리웠다.

"선배는 요새 뭐 해."

"나 한동안 좀 바쁠 거야. 프로젝트 하나 시작했어."

"어디? 경연한다더니 잘된 거야?"

"그건 떨어졌고. 다른 연구. 아, 일 얘기 지겹다. 사는 얘기 하자, 우리. 한울림 애들하고는 종종 연락해?"

"아니. 딱히 연락하고 싶지도 않고."

한울림은 풍물패로 승인을 받은 중앙동아리였지만 실상은 사회운동 집단에 가까웠다. 1996년 범민족대회와 통일대축전으로 대중의 지지를 잃은 지 수년이 지난 때였다. 여전히 화염병과 죽창을 들어야 한다고 소리치는 복학생들과 이제는 혁명의 근간도 방대한 네트에 있다고 외치는 후배들 사이에서 현지는 갈피를 잡지 못했다. 변화는 필요해 보였지만 방법은 알지 못해 답답한 시절이었다. 캠퍼스에 새로 지은 건물이 변화의 시대를 상징하는 페인트 냄새를 풀풀 풍기는 가운데, 현지는 인문대 옆의 낡은 학생회관 건물에만 머물렀다. 곰팡이가 피고 칠이 벗겨진 어둡고 습하고 낮고 좁은 곳에 답이 있을 거라 믿었다. 같은 과를 나온 선배와 동기들은 연구원으로 취직하는 경우가 많았지만 현지는 나랏돈 먹는 게 싫었다. 정치를 하자니 당내에서도 종일 싸움만 하다 끝날 것 같았다. 진보정당 공천에서 탈락한 한울림 윗기수 선배가 보수정당에 자리를 찾아 비비는 모습을 보고는 더욱 정나미가 떨어졌다.

둘은 잠시 말이 없었다. 두 사람 모두 적당한 대화거리를 떠올리지 못했다. 성원과 현지가 온전히 공유하는 기억은 승희였지만 누구도 승희 이야기를 쉽게 꺼내지는 못했다. 길고 힘든 이야기가 될 거라는 걸 두 사람 모두 알고 있었다. 현지는 승희의 기일이 언제였나 기억을 더듬었다. 겨울과 봄 사이였던 것 같았다. 애매한 날에 세상을 떠났다며, 성원이 마지막으로 꽃구경을 데려가지 못해 아쉽다던 말이 떠올랐다. 현지는 이제 졸린다고 했다.

"그래. 잘 자. 힘내고. 다 덤비라고 해."

'힘내, 다 덤비라고 해.' 승희가 사람들을 격려할 때마다 하던 말이었다. 그 말이 현지의 마음속에서도 무시로 튀어나왔다.

시간이 미끄러지듯 흘렀다. 따뜻한 것이 그리워 현지는 한동안 라디에이터 옆에 앉아 있었다. 더듬거리며 창을 핥던 안개는 밤이 되면서 자취를 감췄다. 그 사이로 성긴 별이 보였다.

4

오전까지만 해도 날이 좋더니 울성에 가까워서는 구름이 꼈다. 화물 트럭이 스치듯 옆을 지났다. 풍압에 차가 휘청였다. 성원은 핸들을 꽉 쥐었다. 히터는 퀴퀴한 냄새를 뿜었다.

고속도로를 빠져나오자 우측은 바다였다. 검푸른 물빛의 덩어리들이 다가오다 멀어졌다. 황색 중앙선이 유코가 알려준 주소까지 이어졌다. 해안도로 옆으로 늘어선 해송 숲 사이에 목적지인 별장이 있었다. 벨을 누르자 벽에 붙은 스피커에서 영어가 튀어나왔다.

"카메라에 얼굴을 비춰주세요."

"장난하지 마, 퍼시."

"날 기억하다니 영광인데."

"그 목소리를 어떻게 잊겠어."

텅 소리와 함께 문이 열렸다. 붉은 벽돌 건물을 담쟁이덩굴이 뒤덮고 있었다. 놋쇠로 된 현관문 손잡이를 잡아당기자 더운 공기가 달려들었다.

내부는 전형적인 별장이었다. 정원을 바라보는 벽면은 통유리, 벽과 바닥은 갈색 코팅을 입힌 나무였다. 벽난로에서 장작이 타고 있었다. 유코와 퍼시는 거실에서 바둑을 두는 중이었다.

"퍼시한테 한 수 알려주던 참이야."

유코가 말했다.

"물론 퍼시 실력은 형편없지만."

성원은 퍼시에게 악수를 청했다. 퍼시는 앉은 채로 성원의 손끝을 두어 번 흔들다 놓았다. 성원은 이 까불기를 좋아하는 중년의 백인 뇌과학자가 얼마나 예의가 없는 인물인지를 새삼 되새겼다. 스트레스로 일찌감치 하얗게 세버린 머리카락, 신경질적으로 마른 몸매에 전체적으로 선이 얇은 인상은 여전했다. 사람들과 쉽게 어울리지 못하는 성격 탓에 동료들 사이에서는 곧잘 무시를 당했지만 사실 퍼시는 뇌과학과 심리학계에서 이름이 알려진 인물이었다. 자기공명장치로 인간의 마음을 읽어낼 수 있다는 사실을 증명해 유명세를 누린 적도 있었다. 퍼시는 자신이 고안한 장치에 피실험자를 넣어두기만 하면 미국의 핵폭탄 발사 코드도 알아낼 수 있을 거라 장담했다. 일각에서는 퍼시의 장치가 대뇌 시각피질을 분석해 피실험자가 시청한 영상을 복원해낸 잭 갤런트의 연구에 주석을 단 것에 지나지 않는다고 주장했다. 사람의 생각은 뇌가 아닌 내적 영역에 존재하는 불가해한 분석 영역이라 말하는 이들도 있었다.

굳이 진영을 가르자면 성원은 퍼시 편이었다. 언젠가 인간의 마음이나 생각은 낱개의 요소로 분해되어 해석 가능해질 거라 믿는 쪽이었다. 결국 우리의 마음은 뉴런과 시냅스, 중추신경계의 작용이 만들어내는 것이라 믿었다.

"너도 바둑 둘 줄 알아?"

유코가 성원에게 물었다.

"어렸을 때 조금 뒀어. 이제는 관심이 없고."

"왜?"

"딥마인드 시대에 바둑이 무슨 의미가 있겠어."

"재미야 재미."

"짐부터 풀어. 네 방은 2층이야."

퍼시가 화장실 옆에 난 계단을 가리켰다. 짐을 끌고 올라가니 문이 열린 방이 보였다. 책상과 의자, 침대와 옷장이 구비돼 있었다. 창밖으로 널찍한 정원이 내려다보였다. 성원이 도착한 날에는 안개가 조금 껴 있었지만 날이 맑으면 마을 전경은 물론이고 해안도로와 바닷가까지 한눈에 들어올 것 같았다. 성원은 캐리어를 구석에 두고 거실로 돌아왔다. 대국은 유코의 불계승으로 끝나 있었다. 돌을 정리하던 퍼시가 말했다.

"커뮤니케이터라는 거, 설명 좀 해봐."

"번역 알고리즘을 베이스로 하는 커뮤니케이션 툴이야."

성원은 소파에 엉덩이를 붙였다.

"딥러닝으로 학습한 데이터가 원 소스고. 사람의 언어에 적용시킨다면 마틴 루터 킹의 연설을 380개 언어로 번역할 수 있어."

"정확도는?"

"평균 70퍼센트 정도 돼."

인간 번역과 기계 번역의 일치도였다. 퍼시가 고개를 저었다.

"그건 사람의 언어를 기반으로 했을 때잖아. 그것도 인용이나 번역이 많이 된 문장의 경우겠고. 동물 대상으로는 어때?"

"샘플이 충분히 확보된 상태에서 사회화가 된 포유류를 대상으로 한다면 분석률이 30퍼센트를 넘어."

"사회화된 포유류라면 개나 고양이 말이겠지. 그건 이미 연구가 진행된 사례가 많잖아. 번역한 내용도 아주 단순한 정보일 거야. 종을 아우르는 적중률은 아니라고 들었어. 고래 같은 객체를 분석하려면 샘플이 필요하겠지?"

성원은 고개를 끄덕였다. 연구 성과를 깔보는 듯한 태도에는 자존심이 상했지만 커뮤니케이터의 작동원리는 꽤나 잘 이해하고 있는 것 같았다. 퍼시가 계속해서 물었다.

"커뮤니케이터로 메시지를 보내는 것도 가능해? 고래의 행동과 음성 언어를 분석했다면 말을 거는 것도 가능한지 물어보는 거야."

"시도한 적은 없지만 가능할 것 같은데. 지능과 환경을 고려해야겠지만."

듣고 있던 유코가 끼어들어 질문했다.

"유아 정도 지능은 있다고 가정한다면?"

"그런 지능을 말하는 게 아니야. 미로찾기를 잘하는 바퀴벌레가 사람과 토론을 할 수 있는 건 아니니까. 언어를 인식하게 만드는 방법은 다양해. 개의 경우라면 시각, 청각, 후각 모두를 동원할 수 있어. 짖는 소리나 하울링 외에도 제스처나 냄새를 추가하는 거지. 부위별 근육을 개별적으로 조작할 수 있는 로봇 개와 소리를 재조합하는 장비가 있으면 더 효과적이겠네. 냄새를 분비하는 장치도 있으면 도움이 돼. 고래라면 어떨까. 로봇 고래를 만드는 건 어려울 테니 결국 청각으로 해결해야 하지 않을까 싶어. 내가 연구하는 건 동일한 형태의 의사소통 체계를 갖고 있지 않은 대상에게 의도를 전달하는 작업이야. 소프트웨어로 상대의 언어체계를 분석하고 하드웨어로 변형된 신호를 송출하는 거. 온칼로가 비슷한 일을 하고 있지."

"온칼로?"

퍼시가 손가락을 귓바퀴에 갖다 댔다. 모르는 용어가 있을 때 취하는 행동이었다. 눈썹을 함께 추켜세우는 모습이 그렘린을 연상시켰다.

"핀란드의 핵폐기물 처리시설이야. 우리가 사용하는 언어나 신호체계가 전승되지 않을 정도로 시간이 흐르거나 세대 간 단절이 일어났을 때를 가정하고 설비를 구축하는 중이거든."

"우리가 피라미드를 발견한 것처럼?"

"그래. 우리가 피라미드를 발견한 것처럼. 피라미드는 무덤이고 온칼로는 방사선이 득실거리는 핵폐기물 처리시설이라는 점은 다르지만. 후손이 온칼로를 발견했을 때 접근을 막아야 하는 거지. 이걸 마커 시스템이라고 불러. 넓은 의미에서 내 연구와 비슷해. 상이한 언어체계를 가진 두 집단의 대화라는 점에서."

"해골을 걸어놓으면 어때? 시약병에 표시하는 거 있잖아. 그 시대에도 사람은 죽을 테니 해골은 위험하다는 걸 뜻할 테고."

"해적 지도에 해골이 그려져 있으면 보물이 있다는 뜻이지. 해골은 무덤을 나타내는 표식이기도 해. 무덤이라면 유품이 묻혀 있겠고. 온칼로 정도의 규모라면 후손들이 호기심을 가지기에 충분할 거야."

"시끄러운 소리나 빛은?"

"괜찮은 방법이야. 온칼로에서도 그 방법을 검토 중이래. 하지만 개인적으로는 완벽한 해법이라고 생각하지 않아."

"아이디어가 있나 보네."

다시 유코가 끼어들었다. 초롱초롱한 눈빛이 성원의 대답을 기다리고 있었다.

"나라면 긴 통로를 만들어 구획을 나눌 거야. 칸마다 그 정도가 심해지는 부비트랩을 설치할 거고. 처음에는 압정으로 시작했다가 마지막에는 소형 폭탄이 터져. 이 다음에는 뭐가 기다리고 있을까, 두려워하라는 의미로 말이야. 이 경우에는 폭탄도 광의의 언어인 셈이야. 물론 가장 좋은 방안은 따로 있어. 내가 커뮤니케이터를 완성하는 거지. 후손들의 언어를 분석해 그들의 말로 따박따박 경고해줄 수 있을 거야."

유코 입꼬리가 기분 좋은 호를 그렸다. 줄곧 고민하던 뭔가를 해결한 눈빛이었다. 시계를 확인한 유코가 말했다.

"가자. 고래를 만날 시간이야."

유코가 운전대를 잡았고 성원은 조수석에 앉았다. 퍼시는 차가 출발하는 순간부터 노래를 흥얼거렸다. 노래가 고음 부분에 들어설 때마다 유코가 짜증 섞인 경적을 울렸다. 성원은 창을 열었다. 기분 좋은 돌풍이 퍼시의 노래를 싣고 밖으로 빠져나갔다.

퍼시가 노래 세 곡을 완창했을 때 바다가 나타났다. 회색 물거품이 부서지는 파도 위로 전단지와 폐그물, 페트병과 깡통이 한데 엉켜 있었다. 육지에서 흘러나오는 구정물은 바닷물과 뒤섞여 뱃전을 때렸다.

"저게 내 배야."

유코가 낚싯배 한 척을 가리켰다. 조업용 어선들 사이에 자리한 평범한 배였다.

"유자호?"

"응. 내 이름을 한국식으로 읽으면 유자래. 나 선박 조종 면허증도 땄어."

유코가 면허증을 내밀었다. 획득 일자가 불과 몇 개월 전이었다. 증명사진이 지금보다 훨씬 앳돼 보이는 얼굴이라 성원이 놀리듯 말했다.

"신분증으로는 못 쓰겠네."

"오래됐지. 결혼식 전에 겸사겸사 찍은 사진이니까."

부유물이 파도에 실려 배 옆구리에 달라붙었다. 유코는 볼라드에 묶인 밧줄을 풀었다. 밧줄은 해수면을 향해 느슨하게 늘어졌다. 성원은 선수에 매달린 고무 타이어를 밟고 배에 올랐다. 유코가 시동을 걸었다. 디젤 엔진이 매연을 뿜었다. 안개도 매연도 구름도 서쪽으로 흘렀다. 검은 바다 위에서 유자호는 행성 사이를 이동하는 우주선 같았다.

배는 한 시간을 넘게 달렸다. 얼마 지나지 않아 추위에 콧속이 쩍쩍 들러붙었다. 퍼시는 앙상한 손에 해바라기씨를 올려놓고 하나씩 입으로 가져가는 중이었다. 바닷물이 맑아지기 시작한 건 육지가 보이지 않을 만큼 멀리 나온 뒤였다. 유코가 천천히 속도를 늦췄다. 성원은 겨드랑이에 손을 찔러 넣었다. 입김이 짙었다.

"곧 나타날 거니까 일어나. 앉아 있으면 잘 안 보여."

유코가 말했다.

"고래가 올지 어떻게 알아?"

"이 시간에 항상 여기로 오거든."

성원은 고개를 뽑아 들었다. 광활한 물의 땅이 그곳에 있었다. 정수리 위로 새카만 하늘이 펼쳐졌고 달빛은 물결을 따라 조각조각 부서졌다.

배 아래를 지나는 이질적인 것이 있었다. 암초처럼 어른거리는 그림자였다. 커다란 형체가 수면 가까이 접근했다가 다시 깊은 바다로 빨려 들었다. 철썩, 수면을 때리는 소리에 성원은 고개를 돌렸다. 이번에는 반대쪽이었다. 입김을 불어 티셔츠로 안경을 닦았다. 선수 끄트머리를 비껴 나간 형체가 다시 배 아래를 빠져나갔다. 고래는 일행을 놀리듯 배 아래를 헤엄치고 있었다. 유코가 말했다.

“우리는 이 고래를 이드라고 불러. 라틴어로 ‘그것’이라는 뜻이지.”

해수면이 둥근 모양으로 융기했다. 모습을 드러낸 건 흡사 검은 벽이었다. 머리와 등, 꼬리로 이어지는 곡면이 시야를 가렸다. 하늘로 솟구치는 그림자 뒤로 달빛이 번졌다. 윤곽선은 하얀 물보라로 촘촘하게 빛났다. 허공에 뿌린 물방울이 하늘을 등진 채 실루엣으로 남아 있었다. 형체는 울음소리와 함께 해수면으로 쏟아졌다.

경계의 저쪽에서 넘어온 존재였다. 인식의 바깥에 존재하는 그 거대함은 어떤 신념처럼 느껴졌다. 그래서 차라리 섬이라고, 바다에서 솟구친 대륙이라고 불러야 할 것 같았다. 성원은 환호성을 질렀다.

5

성원은 별장으로 돌아와 남은 짐을 마저 풀었다. 캐리어에서 구겨진 영수증과 기차표가 튀어나왔다. 그것들을 손바닥에 올려놓고 한참을 쳐다봤다. 방콕에서 치앙마이로 가는 야간 기차 티켓이었다. 승희가 세상을 떠난 뒤 가슴속에 고약한 종양이 자라는 것 같아서, 그걸 토해내야 괜찮아질 것 같아서 향한 곳이었다. 커튼을 친 침대칸의 너른 유리창 밖으로 어두운 도시 풍경이 지났다. 야간 기차 복도에서 아직 잠들지 않은 승객들이 나누는 대화 소리가 나른했다.

치앙마이에서는 보름을 머물렀다. 로컬 시장을 다니며 사진을 찍거나 요리 수업을 들었다. 2박 3일로 트레킹도 다녀왔다. 정신없이 몸을 움직였지만 성원은 결국 아무것도 토해내지 못했다. 가만히 있으면 자꾸 승희 생각이 났다. 그 후로는 여행 따위 가지 않았다.

잠이 오지 않아 한밤중에 노트북을 열었다. 디버깅만 돌려놓고 쉴까 했는데 손이 자꾸만 분해하고 조립할 뭔가를 찾았다. 트래커를 열고 기판에 납땜을 덧대며 음악을 들었다. 올드팝이 흘렀다. 제목이 뭐였더라. 승희가 좋아하는 곡이었는데.

인두를 옮기다 실수로 매트리스에 구멍을 냈다. 새벽 다섯 시였다. 창문을 조금 열고 침대에 누웠다. 이불로 몸을 돌돌 말고 한참을 뒤척였다. 그러다 제목이 떠오르지 않던 음악을 검색했다. 찾고 보니 승희와 함께 병원에서 듣던 음악이었다. 기억 속의 승희는 진통제를 맞고 누워 있었다. 연한 크레졸 냄새가 떠도는 병실에서였다. 성원은 매일 밤 승희와 함께 드라마를 보다 잠이 들었다. 둥글게 등을 말고 누운 승희 옆에서 성원도 눈을 감았다. 눈꺼풀 속에서 펄떡펄떡 날뛰는 억울함이 있었다. 가까스로 열기를 잠재우고 나면 병동은 고요했다.

일곱 시가 다 돼서야 잠이 들었다. 일어났을 때는 정오였다. 유코가 과학자는 게으르면 안 된다고 핀잔을 줬다. 성원은 짝 소리가 나게 뺨을 때렸다. 볼이 붉게 부어올랐다. 승희가 살아 있었다면 열심히 하라고 말해줬을 것이다. 힘내라고, 다 덤비라고. 울성에 가기 전에 집안일은 끝내놓으라고 했을 것이다. 여름옷 정리해서 옷장에 넣어두고 청소며 설거지며 다 해놓지 않으면 아무 데도 못 간다고. 그러면 성원은 손 하나 까딱 안 하면 이제 아무 일 안 하고 둘이 함께 있을 수 있는 거냐고 물어봤을 것이다. 승희는 어디 한번 그래보라고 하면서 화난 얼굴을 지어 보였을 것이고, 성원은 분명 그 표정이 사랑스럽다고 생각했을 것이다.

승희는 액션 영화를 좋아했다. 성원도 그랬다. 승희는 오래된 SF를 좋아했다. 성원도 그랬다. 승희는 자신이 태어나기도 전에 나왔던 칠십 년대 초반의 음악을 즐겨 들었다. 성원도 그랬다. 성원의 모든 취향은 승희에게서 온 것들이었다.

열두 살 때 처음 같은 반이 됐다. 일 분단 중간의 왼쪽, 하얀 커튼 사이로 햇볕이 스며드는 곳이 승희의 자리였다. 승희는 질문을 잘하고 대답도 잘하고 운동도 잘하고 노래도 잘했다. 남자애들이 우르르 몰려다니며 여자애들을 괴롭힐 때면 승희는 대걸레를 들고 맞섰다. 남자애들이 물러서지 않으면 머리를 쥐어뜯고 발로 걷어찼다. 그래도 안 되면 이로 물었다. 한번 물면 절대 놓지 않았다. 물어도 소용이 없으면 선생님을 불렀다. 승희는 지는 법이 없었다. 여자애 주제에 반장이었다. 성격이 괄괄하고 공부까지 잘해서 재수가 없었다.

어릴 적 성원은 다리가 가늘었다. 그냥 가늘기만 한 것이 아니라 내반슬로 살짝 휘어져 있기까지 했다. 같은 반 남자애들은 성원을 도다리라고 불렀다. 저것도 다리냐. 저것, 도다리, 냐. 학급의 도다리로 시작해 얼마 후엔 전교생의 도다리가 됐다. 곧 전국적인 도다리가 되어 수족관이나 횟집 어항에 들어가 있어야 할 것도 같았다. 웃고 떠드는 아이들 틈에서 성원은 아무래도 혼자가 된 것 같다는 생각을 했다.

성원은 책만 읽었다. 쥘 베른이나 로알드 달의 소설을 좋아했다. 쉬는 시간에도 책만 보는 성원에게 먼저 말을 걸어준 것이 승희였다. 너 책 좋아해? 성원은 그렇다고 했다. 며칠 후 담임은 반장이 추천을 했다며 성원에게 2학기 도서부장을 맡아보면 어떻겠냐고 했다. 성원은 할 일이 생겨서 좋았고 그제야 승희가 마음에 들었다.

성원은 남자 중학교로, 승희는 여자 중학교로 진학했다. 얼굴을 마주할 일은 많지 않았지만 소식은 전해 들었다. 몇 단계를 걸쳐 부풀려진 소문 속에서 승희는 여전히 인기가 많은 아이였고 가끔 일탈을 하기도 했으며 그럼에도 준수한 학교 성적을 유지했다.

고등학생이 됐을 때 승희에게 남자친구가 생겼다는 말을 들었다. 화가 났지만 그 이유는 알 수가 없었다. 곰곰이 생각하니 부러워서 그런 것 같았다. 승희의 남자친구는 달리기를 잘한다고 했다. 성원은 평생 승희 같은 애와 사귀는 일은 없을 거라 생각했다. 간질간질하고 아픈 마음이 가라앉지 않아 길에 보이는 은행나무며 플라타너스를 뻥뻥 차고 다녔다. 여드름이 얼굴을 덮은 것도, 반골 기질을 드러내기 시작한 것도 그즈음이었다.

대학에 갔을 때 다시 승희를 만났다. 같은 학교에 같은 과였다. 오리엔테이션에서 만난 승희를 성원은 한눈에 알아봤다. 승희가 뒤늦게 성원을 알아보고 호들갑을 떨었다. 얘가 내 초등학교 동창이야. 우리 엄청 친했어. 승희가 그렇게 말해줘서 좋았다. 여전히 반짝이는 아이였다. 여백을 자연스럽게 자기 쪽으로 끌어들이는 힘이 있었다.

승희가 한울림이라는 사물놀이 패에 가입을 했다고 해서 성원도 다음 날 바로 가입 신청을 했다. 여기가 뭐 하는 동아리인지는 알고 있냐고 승희가 물었을 때야 뭔가 좀 이상하다 싶었다. 성원은 장구를 쳤고 승희는 꽹과리를 쳤다. 갈수록 악기를 드는 시간보다는 대자보를 그리거나 민중가요를 부르는 시간이 늘었다.

어려서부터 친구였는데 같은 학교 같은 과에 같은 동아리까지 됐으면 나중엔 같은 집에서 살겠네. 동기들이 놀렸다. 그게 싫지 않았다. 승희도 별로 신경 쓰지 않는다고 했다. 그럼 이참에 밥이라도 먹자고 성원이 말했다. 승희는 스무 살이 넘어서 밥은 무슨 밥이냐, 술을 마셔야지 했다. 재수 없는 반장의 말투로 또박또박 말했기 때문에 성원은 바보같이 어, 어 하고 말았다.

혜화역 근처 4차선 도로가 보이는 오뎅집이었다. 꼬치 끝에 달린 고무 조각 색깔로 가격을 구분했다. 파란색은 두 개에 천 원, 주황은 천오백 원, 검은색은 이천 원. 성원은 파란색만 집었다. 승희가 검은색 꼬치를 가져다 성원 앞에 놓아줬다. 꼬챙이가 쌓였다. 따뜻한 정종이 몇 차례 오가다 소주가 등장했다. 가게의 모든 손님이 두 번이나 바뀌는 동안 두 사람은 자리를 옮기지 않았다. 지갑은 비어 있고 날은 추웠는데 그 비좁은 가게에만 훈풍이 불었다. 정종에 전 머리는 그날 나눈 이야기를 절반도 저장하지 못했다. 성원은 시곗바늘처럼 심장이 딸깍딸깍 뛰던 것과 마주 잡은 승희의 손이 가늘고 따뜻했다는 걸 기억했다. 오랜만에 봐서 좋았어, 와 사실은 널 좋아했어, 사이에 얼마나 많은 수렁이 있었는지는 기억하지 못했다.

대학을 졸업한 후에 결혼했다. 같은 대학원에 같은 랩 소속이었기 때문에 결혼한 후에도 하루 종일 같이 있을 수 있었다. 박사 과정을 밟으며 함께 커뮤니케이터를 개발했다. 성원이 먼저 교수 자리를 구했다. 승희는 새 논문을 준비하던 중 시한부 선고를 받았다.

승희가 떠나고 한동안 성원은 승희를 추억하지 않았다. 언젠가 벌어질 일이었다. 모두가 한 번은 경험하는 상실이 새치기처럼 훅 와 버린 것이다. 일상은 미지근하게 이어졌고 그렇게 상처는 낫는 줄 알았다.

다시 승희를 떠올린 건 교통사고 수치를 알리는 고속도로 전광판 아래였다. 사망 2, 부상 17. 빨간 브레이크 등이 줄을 지어 서 있었다. 이 중 몇 명은 내일 전광판에 숫자로 기록될 것이다. 죽음은 그만큼이나 가까이 있었다. 불쑥 승희 생각이 났고 그 후로는 걷잡을 수 없었다.

6

현지는 템플로드 뒷길을 걸었다. 오후만 돼도 해가 들지 않는 좁은 골목이었다. 자료화면으로 사용할 영상을 촬영하러 가는 길이었다. 다람살라에 부는 바람이 며칠 새 부쩍 차가웠다. 걸인 한 명이 다가왔다. 현지와 나란히 걸으며 해시시나 초코바를 할 생각이 없냐고 물었다. 싸구려 마약을 뜻하는 은어였다. 낮은 목소리로 속삭이는 남자의 앞니가 휑하니 벌어져 있었다.

손사래를 치며 돌아서는 현지 앞에 여행객이 서 있었다. 문신 가득한 팔에 긴 머리를 두건으로 묶은 남자였다. 손에는 카메라를 들고 있었다. 커다란 렌즈가 프레임 속에서 현지를 잘라내고 걸인을 겨냥했다. 걸인은 얼굴을 가렸다. 굳은 표정, 강렬한 불편함이 렌즈를 채우는 순간 여행객은 셔터를 눌렀다. 걸인은 왜 허락도 없이 사진을 찍느냐고 항의했다. 힌디어 특유의 억양이 묻어나는 영어였다. 여행객은 걸인에게 지폐를 쥐여준 뒤 기어이 사진 한 장을 더 찍었다.

리얼 라이프를 찾는 여행객들이 있다. 질척거리는 땅과 더러운 모포, 파리 떼, 노인의 깊은 주름이나 배만 볼록 튀어나온 아이를 발견하면 주저 없이 카메라를 들어 올리는 이들이었다. 그렇게 찍은 사진들은 낡고 지저분한 부분이 도드라지도록 콘트라스트가 강하게 보정돼 있었다. 맥락도 서사도 없는 이미지들이 페이스북과 인스타그램을 돌아다니며 관심을 구걸했다.

빈곤 포르노라 불리는 광고를 만드는 몇몇 NGO도 가난을 상품화한다는 오명에서 자유롭지 못했다. 후원금은 화면을 채운 파리의 수에 비례했다. 구정물을 마시는 아이의 키와 몸무게에 반비례했다. 가난을 과장하기 위해 아이들에게 더러운 티셔츠를 입히고 지역에서 가장 오염이 심한 곳에서 영상을 찍었다. 그런 곳이 없으면 일부러라도 만들었다. 유명 연예인의 내레이션과 슬픈 음악을 더했다. 빈곤 포르노에는 현지도 반대하는 입장이었지만, 후원자를 확보하기 위해 신파가 필요할 때가 있다는 주장에 무턱대고 어깃장만 놓을 수는 없었다.

인도에 거주하는 망명 티베트인은 외국인으로 분류됐다. 금융 지원을 받을 수 없어 사회 활동에 어려움이 많았다. 자연히 피란민촌은 민족주의에 기반한 자본주의의 논리로 운영됐다. 후자가 더 힘이 셌다. 인도 생활에 적응하지 못하고 그곳에서 숙식을 해결하는 피란민들이 수두룩했다. 가끔은 온 가족이 다람살라로 넘어왔다가 부모만 티베트로 돌아가는 경우도 있었다. 인도에서 교육을 받을 수 있는 아이들과는 달리 부모들은 마땅한 일거리를 찾기가 힘들기 때문이었다. 아이들은 후원자를 찾아 해외에서 교육을 받기를 꿈꿨다.

현지는 저녁이 될 때까지 거리를 촬영했다. 호스텔 골방에서 남은 작업을 처리하기는 싫었기 때문에 옥상에 위치한 테라스에 자리를 잡았다. 영상을 옮기고 일정을 짜야 하는데 몸은 까라지기만 했다. 권 팀장의 잔소리를 생각하면 마냥 쉴 수도 없었다.

상사인 권 팀장은 현지와 같은 리서처 출신으로 올해 쉰일곱이 됐다. 왼손에 『철학 에세이』를, 오른손에 『역사란 무엇인가』를 끼고 대학 시절을 보낸 인물이었다. 한때는 김밥이라는 활동명으로 불리기도 했지만 이제는 사무직에 관리직만 담당했다. 내근업무를 맡은 후로는 염색도 하지 않아 백발이 성성했다. 현지는 권 팀장에게 학점도 토익 점수도 별로인 데다 내세울 만한 자격증이 있는 것도 아닌 날 왜 뽑은 거냐고 물어본 적이 있었다. 권 팀장은 현지의 활배근과 삼각근이 마음에 들었다고 했다. 사계는 튼튼한 신입사원을 가만히 놔두는 조직이 아니었다. 현지는 첫 프로젝트에 투입되기 전까지 수상 구조 요원 자격증을 취득하고 업무 시간을 할애해 헬스장에 다녀야 했다. 여름에는 바위에서 클라이밍 교육을 받았고 겨울에는 빙벽에 아이스바일을 박았다. 토익 점수가 형편없었기 때문에 해외 업무는 맡지 않을 거라 생각했었는데 수습 기간이 끝난 후 처음 담당한 업무가 인도 다람살라의 구호 활동이었다. 현지는 그곳에서 몇 차례 다큐멘터리 촬영에 참여했다. 출장 때마다 열 시간이 넘도록 비행기를 타는 것이 내키지 않아 틈만 나면 팀장에게 국내 업무 좀 맡겨달라고 졸라댔다. 권 팀장은 미소를 흘리며 말했다.

"계피 네가 우리 팀에서 제일 젊으니까 맡긴 거야."

"나이와 직급으로 사람을 차별하는 곳인 줄은 몰랐는데요. 오히려 이런 일은 경력 많은 분들이 해야 하는 거 아니에요?"

"그게 아니야. 우리가 실력이 없어서 그래. 아직도 열정은 넘친다고. 그런데 카메라 조작법도 제대로 못 익히는 사람들이 좋은 영상을 찍겠어? 너는 빨리 배울 거야. 그런 기대가 있어서 부탁하는 거야."

현지는 감동했다. 다람살라에서 영어와 중국어를 익히고, 티베트 망명정부와 다큐멘터리 촬영 협상을 하고, 해외 지부에서 파견된 사계 액터와 공조를 하면서 차츰 팀장에게 속았다는 걸 깨닫기 전까지는 그랬다. 그런 지가 10년이 넘었다. 다큐멘터리 몇 편을 영화제에 출품하고 오지에서 구호 활동을 했다. 절규하는 사람들 틈바구니에서 살았다.

사계를 평생직장으로 생각하는 활동가는 드물었다. 경력을 살려 유엔 등의 국제기구에 들어가려는 이들이 대부분이었다. 하지만 현지는 사계를 떠나겠다는 생각을 하지 않았다. 그럴싸한 채용공고와 연봉에 혹해 일자리를 구한 20대의 현지는 사라진 지 오래였다.

권 팀장은 현장을 벗어난 리서처에게 시간을 보내는 나름의 방식이 있어야 한다고 강조했다. 실무에 들어가기까지 마음을 정리하는 시간이 필요하다는 것이었다. 책이나 영화를 즐기는 리서처가 있는가 하면 요가와 명상으로 시간을 보내는 리서처도 있었다. 커뮤니티에 악플을 다는 것으로 시간을 보내는 경우도 있는데 반대파와 설전을 벌이고 있으면 사람 만나는 기분이 든다고 했다.

현지는 발을 쭉 뻗고 볼펜 끝을 잘근잘근 씹었다. 허벅지에 올려놓은 영상 편집용 노트북이 간신히 균형을 잡았다. 중국 입국 후 티베트 자치구까지의 이동 루트와 라싸에서 확인해야 할 사안들, 도시별 접선 대상과 인터뷰이 리스트를 날짜순으로 정리했다. 첫 접선 대상은 청도에서 만날 코디네이터 팽쵸였고 두 번째는 라싸부터 함께할 피란민 탈출 가이드였다. 피란민 열 명 정도가 대기 중이라 약속한 날짜에는 반드시 라싸에 도착해야 했다. 탈출 가이드의 정체는 여전히 물음표였다. 이름도 성별도 나이도 알지 못했다. 과거 공안에 체포된 피란민들이 가이드의 이름과 인적 사항을 모두 적어 중국 당국에 제출해버리는 일이 수두룩했기 때문에 탈출 가이드의 정체는 접선 전까지 비밀이었다. 고문이 두려워 공안의 질문에 곧이곧대로 대답한 피란민들을 비난할 일은 아니었지만 가이드의 정체가 발각돼버리는 건 큰 문제였다. 가이드 한 명이 체포되면 수십 수백 티베트인의 발이 묶이는 데다 접선 장소와 방식, 루트까지 변경해야 했다. 탈출 가이드들의 비밀스러운 행동은 최소한의 안전장치였지만 가이드의 인적 사항을 모른 채 티베트로 넘어가야 한다는 부담감은 현지의 몫이었다. 망명정부에서는 가이드가 먼저 현지 일행을 알아볼 테니 안심하라고만 했다.

입국 전에 필요한 서류도 점검했다. 자치구에 들어가기 위한 퍼밋이 시급했다. 관광이나 사업 목적으로 허가증을 받을 수는 있지만 응아바쯤 되는 곳이면 내부 상황이 민감하다는 이유로 허가가 나지 않는 경우가 많았다. 퍼밋을 받는다 해도 자치구 입구에서 공안이 돌려보낼 가능성이 있었다. 티베트의 설날인 로사르 즈음이 되면 분신으로 세상을 떠난 승려를 기리는 시위가 격해진다고 했다. 탈출 가이드와 약속한 날짜에 라싸까지 이동하려면 시간이 빠듯했다. 취재 과정에서 공안에게 발각되기라도 한다면 이후에는 감시 대상으로 등록돼 퍼밋을 받기가 쉽지 않을 것이다. 작은 실수나 변수가 전체 일정에 영향을 미칠 수 있다는 의미였다.

현지는 모니터에 지도를 띄웠다. 스마트폰과 GPS가 판치는 세상에 사계의 액터와 리서처는 아직도 지도 보는 법을 익혔다. 동선을 확인하면서 지형을 머릿속에 속속들이 집어넣어야 했다. 카트만두부터 티베트 자치구를 잇는 어느 곳에 던져놔도 바로 위치를 읊을 수 있는 상태가 돼야 했다. 이 꼼꼼함이 목숨을 구해줄 거라 믿으면서. 현지의 눈은 G318 국도를 따라 움직였다. 중국에서 가장 긴 도로였고, 이번 여정에서 가장 많은 시간을 보내게 될 도로이기도 했다. 다오푸와 응아바를 잇는 G317 국도에서 G318 국도로 옮겨 타면 간쯔부터 라싸로, 라싸에서 낭파라 인근 마을로 이동할 수 있다.

지도는 축척과 등고선으로 지리 정보를 표시했지만 그곳의 냄새와 소리는 전해주지 못했다. 몸에 기름을 붓고 성냥에 불을 붙이는 사람들, 살이 타는 냄새, 소화기가 내뿜는 매캐한 분말, 압제를 피해 달아나는 사람들의 고단함, 둥지처럼 산 정상을 덮은 만년설과 그 산을 넘는 동안 겪게 될 설맹과 동상은 지도 밖에 존재했다.

사계가 너무 일을 벌여놓은 것이 아닌가 걱정이 됐다. 액터와 리서처뿐만 아니라 리걸, 파이낸스, 펀딩까지 모든 부서가 인력 부족과 자금난에 시달리고 있었다. 그 와중에 후원자의 돈으로 다람살라까지 온 것이다. 후원이 줄어드는데도 돈 나갈 일은 많은 시기였다. 불법을 감수하고 다큐멘터리를 찍어대는 과격 NGO 단체가 미디어 광고를 할 수도 없는 노릇이었다. 국제 구호 단체에서 모금액의 일부를 떼 주기도 하고 독지가의 후원을 받기도 했지만 조직을 운영하기에는 부족했다. 그래서 숙박업도 하고 밥도 팔았다. 운영이 평탄하지는 않았다. 재해가 덜한 시즌에는 직원 봉급을 챙겨주는 것조차 힘들 때가 있었다. 형편이 넉넉하지 않다 보니 열정적인 리서처나 액터는 아르바이트로 번 돈을 프로젝트에 쓰기도 했다. 사계에서 버티기 위해서는 지치지 않아야 했고 지치지 않으려면 리듬에 맞춰 움직여야 했다.

현지는 구부정하게 등을 말았다. 눈이 침침했다. 목은 거북이, 눈은 두더지, 척추는 아르마딜로. 쌩쌩하던 젊은 시절은 가고 이제는 움직이는 종합병원이요 걸어 다니는 동물원 신세였다.

"동선 짜는 거야?"

뒤에서 보고 있던 동섭이 말을 걸어왔다.

"야. 너 좀 씻어라."

현지는 한 손으로 코를 막고 나머지 손으로 부채질을 했다. 동섭은 부스스한 머리를 긁으며 사람 좋은 웃음을 지었다. 스파 브랜드에서 구매했을 법한 잠옷 차림이었다. 털이 기다랗게 자란 엄지발가락을 내놓고 호스텔이 제집인 양 잘도 돌아다녔다. 나이가 몇인데 아직도 노량진에서 사법 고시를 준비하던 시절의 습관을 버리지 못했다.

"벌써부터 디테일하게 계획 짜면 나중에 지쳐. 출발하려면 멀었으니까 마음 편히 가지고 있어."

"그냥. 심심해서 그래."

"준비하는 자세 좋지. 그런데 생각이 많으면 짐도 늘어나. 필요한 것만 생각해."

"맞아. 필요한 것들은 챙겨야지. 그래서 말인데, 쿠날은 어떻게 됐어."

동섭이 한숨을 토했다.

"언제 올지 모르잖아. 포기하고 다른 액터한테 부탁해. 정 불안하면 나라도 같이 가줄까."

"필요한 것만 챙기라며. 짐은 간결하게 싸는 게 좋지."

"나 무시하냐."

"냉정한 거야. 일이 잘못되면 우리는 추방 정도로 끝나겠지. 하지만 티베트 사람들은 인생을 걸어야 하는 일이야. 그러니까 쿠날이 필요해. 보통 액터로는 안 된다고."

티베트인들이 택할 수 있는 탈출 루트는 인도 아니면 네팔이었다. 최근에는 인도와 중국의 국경 분쟁으로 경계가 심해져 피란민들은 대개 네팔을 택했다. 중국 측에서도 탈출 경로를 파악하고 있기 때문에 가이드는 가장 험난한 길을 택해 루트를 짜기 마련이었다. 날씨와 시기에 따라 루트를 수시로 바꾸고, 국경수비대를 피해 이동하는 머리싸움을 벌였다. 산에서는 예측대로 진행되는 일이 없다. 길이 없는 곳으로 걷고 열흘이 넘는 기간을 눈과 얼음으로 덮인 땅에서 버티기 위해서는 체력이 필요했다. 카트만두도 공무원의 부패에서 자유롭지 않기 때문에 네팔에 넘어간 뒤에도 안심할 수는 없었다. 간신히 국경을 넘은 피란민이 네팔 경찰에 체포돼 중국인에게 팔려 가는 일이 허다했다. 그 모든 과정을 거쳐야 비로소 탈출이었다. 인도와 중국, 네팔 상황까지 이해하는 조력자가 필요했다. 아무리 머리를 굴려봐도 이 과정을 믿고 맡길 수 있는 액터는 하나뿐이었다. 현지가 말했다.

"호스텔 앞에 쿠날이 타던 오토바이가 그대로 있더라."

"그래서 오토바이만 보고 기다리겠다고? 그러다 출발할 때까지 쿠날이 안 오면 혼자 가려고?"

"올 거라니까."

쿠날은 언제나 돌아왔다. 필요할 때는 반드시 옆에 있었다. 그렇게 돼버린 사람들이 있다.

여행객 한 무리가 식당으로 올라왔다. 동섭이 반갑게 인사했다. 새로 사귄 친구들인 모양이었다. 여행지에서는 쉽게 친구가 됐다. 모두들 외롭고 불안하니까. 유대를 형성하면 안전하다고 느껴지니까. 조용하던 식당이 금세 소란스러워졌다. 포시즌 호스텔에서는 자정 이후로 음주를 금했지만 취기가 필요했던 여행객들은 주섬주섬 술을 꺼냈다. 동섭은 현지에게 손을 모아 합장하는 시늉을 했다. 현지는 기꺼이 공범이 되어주기로 했다.

현지는 컴퓨터를 껐다. 검은 모니터 속에 곰팡이 같은 인간이 앉아 있었다. 모발은 머리끈의 통제를 벗어나 사방으로 갈래를 뻗었고 피부는 핏기 없이 거칠기만 했다. 얇은 피부가 자외선 아래에서 쉽게 부르텄다. 마지막으로 화장을 한 것이 언제인지 기억도 나지 않았다. 가면을 쓰는 건 리서처가 될 때뿐이었다. 귀촌을 앞두고 서울에서 내려와 땅을 알아보는 회사원 행세를 할 때, 공장 구내식당에서 일하는 주방 보조가 됐을 때, 현지는 짙은 화장을 하고 다른 사람의 인생을 훔쳐 살았다. 혹여 품속에 넣어둔 카메라를 들키지 않을까 초조해하면서 현장의 배경이 되기 위해 용을 썼다. 화장기 없는 밋밋한 얼굴이 더 눈에 띄는 세상이었고 그래서 평범해 보이기 위한 분장이었다. 이번 프로젝트에는 화장이 필요하지 않다. 가벼워진 공간을 바셀린과 선크림이 대신할 것이다.

"다큐멘터리 감독님이라면서요?"

언제 왔는지, 옆에 앉아 있던 여행객이 물었다. 취한 모습이었다. 동섭이 대충 상대해주라는 손짓을 했다.

"얘기 들었어요. 저 친구는 NGO 소속 변호사고, 이쪽은 다큐멘터리 감독이라고요."

티베트 촬영을 앞둔 마당에 액터나 리서처라고 말할 수는 없었을 것이다. 현지는 그렇다고 대답했다.

"멋있네요. 재미있을 것 같아요."

'이 일은 멋있지 않아요. 굶어 죽는 사람들과 죽어가는 사람들과 죽은 이들의 가족을 영상에 담는 건 절대 재미있는 일이 아니에요. 불에 타는 사람, 총에 맞는 사람, 끌려가는 사람, 매달린 사람, 그 사람들이 지르는 비명과 울분과 허탈함을 담는 건 끔찍한 일이죠.' 현지는 하고 싶은 말을 속으로 삼켰다.

"저기, 저도 사진을 찍어요. 조언 좀 해줄 수 있어요?"

여행객이 카메라를 들이밀었다. 관광 사진이나 찍고 다니기에는 지나치게 좋은 카메라였다. 다람살라의 거리가 작은 화면에 펼쳐졌다. 구도나 색감이 그럴듯했다. 기대했던 것보다 좋은 실력이라 대충 칭찬을 해주고 돌려보낼 생각이었는데 사진 한 장이 눈에 들어왔다. 템플로드 뒷길을 배경으로 잔뜩 화가 난 걸인이 렌즈를 노려보고 있었다. 현지는 여행객을 훑었다. 팔의 문신과 긴 머리. 낮에 본 남자였다. 현지는 카메라를 돌려주며 말했다.

"좋네요. 잘 찍었어요. 진정성이 부족한 건 아쉽지만요. 진짜 다람살라는 이런 모습이 아니에요."

현지의 말에 기분이 상한 것 같았지만 여행객은 최대한 예의를 장착한 목소리로 대답했다.

"아마추어니까요. 그러는 그쪽은 무슨 영화를 찍어요?"

현지는 고개를 틀어 창밖을 바라봤다. 어느 먼 곳으로 날아가고 싶었다. 에베레스트. 아니, 초모룽마로. 하지만 산들은 너무 멀고 높았다. 여행객이 현지의 대답을 기다리고 있었다. 현지는 여행객을 향해 돌아앉았다.

"포르노요. 나는 포르노를 찍어요."

멀찍이서 듣고 있던 동섭이 붉게 취한 얼굴로 엄지손가락을 들어 보였다. 좋은 대답이라는 듯이.

7

이드가 수면 위로 머리를 뽑아 올렸다. 유자호는 수십 미터 떨어진 곳까지 밀려났다. 균형을 잃었다가는 꼴사납게 갑판을 뒹굴 판이었다. 바닷물이 유리창을 덮었다.

목주름을 부풀린 이드의 입 주변에 돌기가 빼곡했다. 조밀한 수염판 옆으로 작은 소용돌이가 일었다. 바닷물이 목구멍으로 빨려 들었다. 유코는 고래의 식사가 지구에서 가장 큰 규모의 생체역학이라고 했다. 생태계가 회전하고 있다고 해도 좋을 순간이라는 것이다. 그 모습은 인력처럼 성원을 끌어당겼다.

"몇 년 전에 중국 학자들이 호박에 박제된 공룡 꼬리랑 깃털을 발견한 거 알아? 그것 때문에 학계에 난리가 났어. 이드에 관한 논문을 성공적으로 발표하면 그 반응도 못지않을걸."

유코가 말했다. 유코는 벌써 논문 초록을 정리하고 있다고 했다.

"이드가 그렇게 대단해?"

"그럼. 아무래도 대왕고래의 변종인 것 같아. 다른 고래에 비해 물줄기를 높이 뿜어. 한 줄을 수직으로 뿜는 것도 대왕고래의 특징이고. 생김새로만 보면 혹등고래와 대왕고래가 섞인 것 같기도 해. 대왕고래가 가지고 있을 법한 수염판과 함께 돌고래 같은 이빨도 가지고 있어. 발견된 적 없는 개체인 것이 분명해. 문제는 이드가 이 종의 마지막 개체일 가능성이 높다는 거지."

"어째서?"

"이드는 생식기능에 문제가 없는 암컷이야. 좋은 소식이지. 하지만 이드와 같은 종의 수컷이 있는지를 알 수 없어."

"나이가 얼마나 됐을까."

"글쎄. 정확히 확인하려면 이빨을 뽑아야 해."

"살아 있는 동안에는 확인하기 힘들겠네."

유코는 이드의 섭식이 끝날 때까지 성원에게 고래의 생태를 설명해 주었다. 쥐돌고래와 밍크고래의 머리 모양이 어떻게 다른지, 한 줄 뿜기와 두 줄 뿜기로 어떻게 종을 구별할 수 있는지, 고래의 꼬리, 몸의 색깔, 지느러미의 모양과 위치, 몸의 크기로 고래의 특성을 알아낼 수 있는지, 향유고래의 아래턱에 위치한 지방이 소리를 전달하는 데 무슨 역할을 하는지. 유코의 설명이 끝났을 때 퍼시가 USB를 내밀었다.

"뭔데?"

"네가 합류하기 전에 수집한 데이터. 유코가 준비해달라고 했어."

성원은 유코를 돌아보며 글쎄, 하듯 어깨를 올렸다. 유코가 말했다.

"이드는 분명히 리액션을 해. 인간의 의도를 파악하고 있다는 뜻이겠지. 수족관에서 훈련받은 돌고래라면 모를까, 자연 상태의 고래가 저런 행동을 보이는 건 놀라운 일이야. 다른 고래보다는 높은 지능을 갖고 있다는 뜻이 될 수도 있고, 인간과 교류가 있었다는 증거가 될 수도 있어. 둘 다일 수도 있겠고. 데이터를 좀 확인해 봐. 커뮤니케이터로 분석할 수 있는 자료가 있을지도 몰라."

성원은 알고리즘에 데이터를 업로드했다. 웨이브 형식의 소리 정보가 전부인 파일이었다. 준비운동도 못 되는 적은 용량이라 분석은 쉽게 끝이 났다. 결과는 자료 불충분이었다. 퍼시가 수집한 데이터는 자연이 몸부림치는 것에 불과했다.

"쓸 만한 건 없는데."

"아무것도? 조금이라도 언어체계라고 할 만한 건 없을까?"

"포악한 방법으로 몇 가지 음향을 문장 구조에 대입할 수는 있겠지. 명사 형용사 동사로만 문장을 구성할 수도 있어. 고차원적인 언어는 아니고 오히려 경제적이라고 할 수도 있는 언어가 될 거야. 하지만 이걸 언어라고 한다면 냉장고 팬 돌아가는 소리도 언어라고 해야지. 이런 자료는 테라 단위로 모아봐야 의미가 없어."

배가 출렁였다. 내장이 지하 깊은 곳으로 곤두박질쳤다가 제자리로 돌아왔다. 소금기가 마른 자리들이 따끔거렸다. 성원은 흡착판이 붙은 트래커를 꺼내 들었다. 소랑화와 방수 처리를 한 신규 모델이었다. 완충제와 소수성 네오프렌 원단으로 내부를 채우고 매끈한 유선형으로 성형한 강화플라스틱으로 겉면을 보강했다. 언뜻 보면 커다랗고 검은 알약 같기도 했다. 퍼시는 이 작은 기계가 뭘 할 수 있을지 궁금해하며 야구공 다루듯 던지고 받았다.

성원은 프리다이빙용 웨트수트와 오리발을 착용했다. 유코와 함께 트래커를 설치할 계획이었다. 그때까지 퍼시가 배를 몰기로 했다. 퍼시는 몸은 조타실에 두고 목만 내민 채 호들갑을 떨었다.

“바다에서는 상어나 해파리만 위험한 게 아니야. 진짜 겁나는 건 이드처럼 덩치 큰 놈들이라고. 바다 밑으로 배를 끌고 들어가질 않나, 전복시키질 않나. 머리로 막 들이받아. 지금이야 얌전하지만 언제 돌변할지 모른다니까.”

“알았으니까 배나 잘 몰아.”

난간에 몸을 기댄 유코가 방향을 지시했다. 퍼시는 갓 면허증을 딴 스무 살짜리처럼 거칠게 배를 몰았다. 유자호는 쉽사리 이드에게 접근하지 못했다. 전진과 후진을 반복하며 한참을 씨름한 끝에 선수에 달린 타이어가 이드의 몸통을 들이받았다. 이드는 눈을 굴려 작은 배가 자신의 옆구리를 찌르는 모습을 지켜보고 있었다.

유코가 먼저 바다에 뛰어들었다. 성원이 뒤를 따랐다. 고무 슈트가 몸을 조였다. 이음매로 냉기가 스몄다. 아랫도리가 오그라들었다. 성원은 손바닥에 트래커를 올렸다. 빨간 램프가 점멸하고 있었다. 정상적으로 작동하지만 데이터를 수신하지 않는 상태를 의미했다. 성원은 이드의 분수공 쪽으로 위치를 옮겼다. 트래커를 설치하기 좋아 보이는 부위였다. 조심스레 팔을 뻗었지만 이드는 몸을 틀며 물을 뿜었다.

"조심하랬잖아!"

퍼시가 소리쳤다.

"내가 시선을 끌어볼게."

유코가 이드의 정면으로 헤엄쳤다. 흰자위 없이 투명한 점막으로 된 이드의 눈동자가 홱 돌아 유코를 향했다. 성원은 다시 팔을 뻗었다. 매끈한 피부에 트래커를 부착하는 순간 흡착판이 작동하며 공기를 빨아들였다. 램프가 적색에서 녹색으로 바뀌었다. 다시 거리가 가까워지면 이드의 생체 데이터는 자동으로 커뮤니케이터에 전송이 될 것이다. GPS도 부착해놓은 터라 앞으로는 위치와 동선도 파악할 수 있게 됐다.

"잘 붙어 있겠지?"

성원이 있는 곳으로 돌아온 유코가 물었다. 성원은 고개를 끄덕였다.

"예전부터 학자들이 고래 생태 연구에 사용한 디지털 음향 태그가 있어. 탄소섬유 봉으로 붙이는 거야. 트래커도 같은 원리로 설계했어. 안심해도 돼."

"이걸로 충분할지 모르겠어."

"자금이 충분했다면 극지연구소에서 사용하는 수중음향관측 장비를 사용했겠지. 우리에게는 트래커와 커뮤니케이터가 최선이야. 소프트웨어는 자신 있어."

이드는 지느러미를 펼치고 헤엄치기 시작했다. 성원과 유코는 파도에 실려 배로 돌아왔다. 미끄럼틀을 처음 탄 아이처럼 유코가 깔깔거렸다. 물속에 있던 시간은 얼마 되지 않았는데도 체온이 훅 떨어진 기분이었다. 퍼시가 마른 수건을 던져주었다. 성원은 머리를 닦으며 노트북을 확인했다. 커뮤니케이터에 가공되지 않은 데이터가 쌓여 있었다. 트래커의 데이터 전송 범위는 수 미터에 불과했기 때문에 다음 데이터는 다시 이드를 만났을 때나 확인할 수 있을 터였다.

"기분이 어때?"

유코가 물었다.

"모르겠어. 설레는 건지 긴장되는 건지."

"재미있을 거야."

바람이 유코의 검은 머리카락을 흩트려 놓았다. 흰머리 몇 가닥이 보인다고 하니 유코는 뽑아, 뽑아, 했다. 성원은 침침한 눈으로 유코의 머리카락을 더듬었다.

"분석에는 얼마나 시간이 걸릴 것 같아?"

유코가 물었다.

"이제 겨우 트래커를 설치한 것뿐이야. 샘플을 쌓고 다른 동물과의 유사도를 분석해서 입력해야지. 이드의 행동 데이터가 뭘 의미하는지는 일일이 수기로 작성해야 해. 무엇보다 교감이 중요하고.”

“교감은 왜?”

“리액션을 관찰해야지. 필요하다면 이드를 괴롭힐 필요도 있어. 이드를 즐겁게 만들 방법도 찾아봐야겠고. 트래커를 달았으니 섭식하는 순간을 관찰할 수 있다면 도움이 될 거야. 포만감과 행복을 의미하는 행동 데이터가 추가될 테니까.”

퍼시는 드론을 띄웠다. 상공에서 바라본 이드는 배 주위를 배회하고 있었다. 떠나는 듯하다가 돌아오고, 다시 멀어졌다가 원을 그리기도 했다. 그러다 결국은 멀어졌다. 모니터 속 지도에 뜬 붉은 점이 화면을 벗어났다. 트래커의 녹색 불빛도 석양에 묻혔다.

“이드는 우리를 좋아해.”

유코가 말했다.

“그걸 어떻게 알아.”

“알 수 있어. 느낌이 와. 너도 그렇지 않아, 퍼시?”

“내가 느끼는 건 지금 배가 고프다는 것뿐이야.”

그러고 보니 저녁부터 이드를 찾느라 아무것도 먹지 못했다. 성원은 항구에 있던 실비집을 떠올렸다.

“너희들 혹시 막걸리 먹어봤어? 한국 술인데.”

퍼시는 새로운 시도라면 질색이라고 했고 유코는 그건 과학자의 태도가 아니라며 퍼시를 비판했다. 뭍이 가까워질수록 고요했던 바다는 사람의 흔적으로 지저분해졌다. 밤이 깊으면 이

동네 어디에선가는 사이렌이 울렸다. 소방차인지 경찰차인지 앰뷸런스인지 구분할 수 없는 경고음이 다가오다 멀어졌다.

열 평 남짓한 실비집은 공사장 앞에 자리를 잡은 덕에 깊은 밤에도 취객으로 북적였다. 작업을 끝낸 인부들이 빳빳한 지폐를 들고 좀 더 값싼 곳이 없나 두리번거리다 결국 대안이 없어 선택하는 곳이었다. 주인은 때아닌 호황에 신이 나서 카운터에 주문을 넣었고, 그래 봤자 시급을 더 받는 것도 아닌 알바생은 투덜거리며 찬을 날랐다. 취기가 오를 대로 오른 중년의 사내들은 누구 목청이 더 큰가 경쟁하듯 목소리를 높였다. 고막을 광광 울리는 트로트가 끊이지 않았다. 이런 것이 여행의 묘미이며 이국의 정취라 말하는 유코는 신이 나 있었지만 퍼시는 트로트가 마음에 들지 않는다며 얼굴을 찌푸렸다. 유코는 퍼시의 얼굴에 뻥튀기를 던졌고 퍼시는 맞고만 있었다. 성원이 맥주와 막걸리를 주문했다. 유코는 오늘 기분이 좋으니 먹고 싶은 거 다 시키라고 했다. 성원은 굳이 그러지 않아도 된다고 했다. 막걸리와 함께 나온 기본 안주가 상을 가득 채우는 걸 본 유코는 여기는 천국이 아니냐고 물었다.

세 사람은 온갖 것을 축하하며 밤을 보냈다. 올드멤버의 재회와 기술 문명의 발달, 이드를 발견한 행운에 축배를 들었다. 밤이 깊도록 실비집이 시끄러웠다. 퍼시도 유코도 질세라 큰 소리로 떠들었다. 술기운으로 붉어진 코와 귀가 둥둥 떠다녔다. 오랜만에 성원도 소리 높여 웃었다. 유코와 퍼시를 다시 만나 좋았고 이드를 연구할 수 있어 두근거렸다. 격자로 나열된 얇은 유리창이 덜그럭거렸다. 설명하기 어려운 설렘, 모든 것이 잘될 거라는 막연한 희망이 오랜만에 성원을 품었다.

다만 자꾸 이쪽을 쳐다보는 남자 둘이 신경 쓰였다.

8

석기는 양말을 벗었다. 엄지발가락 옆에 단추 크기의 물집이 잡혀 있었다. 손톱으로 살갗을 찢어 진물을 뺐다. 종일 그물을 던지고도 빈 배로 돌아온 터라 속이 쓰렸다. 아무리 생각해도 바다가 문제였다. 이맘때면 동지 동치미처럼 쩍쩍 갈라지면서 겨울 어장을 펼쳐놓아야 할 울성 앞바다가 어찌 된 일인지 쇠죽처럼 질척하기만 했다. 명태는 고사하고 최근 풍년이라 만 원이면 한 삽을 퍼 식탁에 올려준다는 양미리 한 마리 보이지 않았다. 어쩌다 운이 좋으면 돼지비계를 넣어둔 통발에 문어 두어 마리 잡혀 올라오는 게 전부였다. 연비가 2킬로미터도 안 나오는 낚싯배인 데다 휘발유 엔진을 쓴 터라 배를 띄울 때마다 손해를 보는 꼴이었다. 연안에서 고기가 잡히지 않으니 마을도 어수선했다. 다들 먼바다로 나간 배만 기다렸다. 바닷가 마을인데도 어시장에서 떼 온 고기를 사다 팔아야 할 판이었다. 동네 어른들은 이런 날에는 그물을 던져서는 안 된다고 했다. 바다가 노한 것이라며 배를 띄울 것이 아니라 위령제를 지내야 한다고 했다. 석기에게는 그것이 다 개소리로 들렸다.

석기는 막걸리 잔에 소주를 채웠다. 목을 축이려는데 원구가 잔을 뺏었다.

"형님, 술 너무 많이 자시는 거 아닙니까?"

석기는 원구를 노려봤다. 지저분한 시선이 원구의 눈썹과 콧방울에, 인중에 차례로 머물렀다. 얼굴 한쪽에 마비 증상이 있는 원구는 언제나 조금 일그러진 인상이었다.

"사람을 와 그래 노려봅니까. 좀 천천히 드시라는 거지."

원구가 돌려놓은 잔을 석기가 비웠다. 원구도 술 한 사발 따라 마셨다. 턱까지 기른 더벅머리가 자꾸 입으로 흘러서 삼킨 걸 뱉었다 다시 마시고, 또 뱉고 했다.

"용쓴다. 잘라라 그냥."

원구는 멋쩍게 노란 고무줄을 꺼내 머리를 묶고는 뒤통수를 긁적였다.

원구는 먼 친척뻘 되는 동생으로 석기와는 한동네에 살았다. 배달도 하고 건설 현장에서도 일하다가 요즘은 그마저 일감이 없다고 푸념하는 녀석을 데려다 술을 먹이던 차였다. 마시기는 석기가 더 마셨고 원구는 시중이나 들었다.

"근데 아까부터 와 이래 시끄럽노."

석기는 떠들썩한 테이블을 노려봤다. 외국인들이 앉아 있었다. 저들 사는 곳도 아니면서 동네 사람들 회포 푸는 가게에 자리를 차지하는 것도 고까웠지만 예의 없이 소리 높여 웃어대는 데 더 화가 났다. 원구가 맞장구를 쳤다.

"저것들이 아까부터 정신 사납구로 영어로 씨부리고 지랄이네."

"눈데?"

"얼마 전부터 마을 와서 산다카던 놈들 아입니까."

"맞나."

"네. 여자는 일본 사람이고 남자는 미국에서 왔대요. 나머지 하나만 한국인이고요."

"뭐 하러 왔다대."

"무슨 연구한다 그라던데 자세한 건 모르고요."

"와 남에 나라 와서 남에 바다에서 연구를 하노. 신경 쓰이구로."

빈속에 들어간 소주는 비리고 썼다. 쇳물을 부은 듯 목구멍이 울컥거렸다. 기다렸던 취기가, 간절했던 몽롱함이 마침내 찾아왔다. 석기는 벌떡 일어나 고함을 질렀다.

"조용히 해라, 이 개새끼들아!"

"그래, 이 개새끼들아!"

석기의 선창에 원구가 덩달아 소리쳤다. 좌중을 둘러보는 석기의 눈빛에 노기가 등등해서 가게에 있던 모두가 시선을 피했다. 옆에서 원구가 우쭐거렸다.

뱃사람은 성질이 거칠었다. 바다와 붙어살다 보면 자연히 깨지고 쪼개져서 날카로워지기 마련이었다. 몇 시간이고 배를 몰며 파도에 맞서는 일이었다. 바람과 싸웠다. 추위와 싸웠고 시간과 싸웠다. 집으로 돌아오면 마누라와도 싸웠다. 새파랗게 어린 자식 놈과도 싸웠다. 술집에서도 싸우고 길에서도 싸우고 전봇대를 붙들고도 싸웠다. 다음 날이면 또 배를 타러 갔다. 할 줄 아는 것이 그것밖에 없어서 그랬다. 싸우고 배 타는 일만 해서 겉은 투박한데도 옹골차게 속을 채우지는 못했다. 그래서 울성의 선원들은 바보같이 속는 일이 많았다. 속으면서도 속는 줄을 모르고, 속고 나면 화를 내면서도 언젠가 또 속았다. 그 썩은 가슴을 달래주는 것은 고기밖에 없었다. 그러니 울성 앞바다가 고기 떼로 펄떡인다면 앞뒤 가릴 것 없이 달려가야 했다.

두 사람이 다시 술잔을 나누기 시작했을 때 실비집 주인이 다가왔다. 검은 방수 앞치마가 신선한 비린내를 풍겼다.

"석기 니 와 그라노. 무슨 안 좋은 일 있나?"

"시끄럽잖아요."

"그란다고 욕을 하면 되나. 아나. 이거 먹고 속 풀어라."

주인은 우네 한 접시를 담아 왔다. 배 주름살인 우네는 고래고기에서 최고로 치는 부위였다. 석기는 우네 한 점을 집었다. 수육을 닮았지만 지방층이 두껍고 색이 거무튀튀했다. 고소한가 싶다가 비리기도 하고, 닭고기 같다가 돼지고기 맛이 나기도 했다. 입 안에 남은 고기를 소주와 함께 내려보냈다. 탄력을 잃고 내려온 눈꺼풀 너머 회색 눈동자는 무심히 외지인을 향했다. 주인도 석기의 시선이 향한 쪽을 쓱 흘겨보더니 말했다.

"석기 니 요새는 고래 안 잡나?"

"있어야 잡지요."

석기가 고래를 잡아다 파는 건 공공연한 비밀이었다. 해경에게는 죽어서 해안에 밀려왔다고 사인을 조작해 보고했다. 울성 바다에 고래 씨가 마르기 전에는 한 달에 수천만 원을 벌기도 했다. 주인은 외국인들을 곁눈질로 바라보며 목소리를 낮춰 말했다.

"한 마리 있다. 저기 저 사람들이 고래 있는 곳을 기가 막히게 찾아낸다더라. 배 이름이 유자호라대."

"고래를요? 무슨 수로요."

"낸들 아나."

주인이 자리에서 일어나며 말했다.

"술은 기분 좋을 때까지만 마시라. 소주 날로 마시면 속 버리니까 안주 잘 챙겨 먹고. 우네 남으면 가는 길에 좀 가져가라. 냉동실에 넣어놓고 조금씩 꺼내 먹으면 술 한잔할 때 딱 좋다."

잔소리는. 석기는 혀를 쯧 찼다. 원구가 소주를 가져왔다. 둘은 병이 다 비도록 잔을 기울였다. 실비집은 다시 떠들썩했다. 연구한다는 인간들은 어느새 보이지 않았다. 옆에서 잔을 홀짝이던 원구가 취해서 해롱대기 시작했다. 석기의 눈도 게슴츠레 감겼다.

"형님."

원구가 꼬인 혀로 물었다.

"와."

"고래는 우째 잡습니까?"

"궁금하나?"

"네."

"그물에 걸려주면 제일 좋은데 그게 안 되면 작살을 써야지. 처리가 좀 복잡해져서 탈이지만. 작살 꽂아놓고 지칠 때까지 따라다니면 된다. 고래가 잠영을 하다 지쳐서 물 위로 올라오는 시간이 늘어나거든. 그 간격이 줄어들다가 물 위에 둥둥 뜨면 그게 항복 신호라 생각하고 건져 올리는 거지. 작살 던지기가 쉬울 것 같아도 그래 만만히 볼 일은 아니다. 물속에 있는 고래를 손바닥 위에 올려놓은 것처럼 움직임을 읽어야 된다."

원구는 손으로 나물을 집어 먹었다. 손가락을 쪽쪽 빨며 말했다.

"그런데 형님,"

"와."

"내도 같이 배 타면 안 돼요?"

"물질 한 번 해본 적 없는 놈이 배는 무슨 배고."

석기가 피식 웃었다.

"왜요. 내도 어렸을 때 많이 탔는데."

"맞나."

주인이 외국인들이 떠난 자리를 정리 중이었다. 석기는 빈 테이블을 물끄러미 바라봤다. 한국인, 일본인, 미국인이 한 명

씩이었다. 고민하던 석기가 원구에게 물었다.

"니 진짜 배 타볼 생각 있나?"

"태아주시면 타지요."

"진짜로?"

"네."

"원구야."

"네."

"옛날 어른들이 고기 잡을 때 왜 배에다 망치질을 했는지 아나?"

"내는 모르지요."

"그걸 구집활동이라고 한다. 겁을 줘서 고기 떼를 한쪽으로 모는 거다. 배 두 대가 그물을 한쪽씩 잡고 투망을 하거든. 양쪽에서 동그랗게 원을 만들면 고기는 어망에 갇히는 거다. 그것들도 살겠다고 그물 없는 데로 달아날라 하지 않겠나. 빨리 입구를 닫아야 고기를 가두는데 그때 도망 못 가게 망치 소리를 내는 거다. 그걸 종일 하고 나면 사람 진이 다 빠진다. 거기다 빈 그물로 돌아오면 배만 곯는 거다. 건물 짓는 거랑 다르다. 뱃일이 보통이 아니다 이 말이다. 니 진짜 할 수 있겠나."

원구가 무릎에 손을 얹고 고개를 끄덕끄덕했다.

"그럼 수고비 좀 떼 줄 테니까 같이 할래?"

원구는 다시 고개를 끄덕였다.

"그래. 같이 하자. 술 한 잔 따라봐라."

술이 끝도 없이 들어가는 날이었다. 떠들썩하던 실비집도 기세가 한풀 꺾이는 시간이 되어서야 석기는 자리를 정리했다. 그만 일어나자고 해도 원구는 잠꼬대를 하며 모기를 쫓듯 손만 휘휘 저었다. 석기는 원구가 일어날 때까지 뺨을 때렸다. 원구는 볼이 붉게 부어오른 뒤에야 긴 숨을 토했다. 눈을 떴다 감았다 하며 초점을 잡더니 물을 벌컥벌컥 마셨다.

"마. 가자고. 날 새겠다."

석기는 비닐봉지에 고래 고기를 챙겨 밖으로 나왔다. 시내는 제멋대로 어둡거나 밝았다. 조명은 행인의 몸을 더듬었고 후미진 그늘에선 작업복 차림의 무리가 맹렬히 하루를 게워냈다. 시큼한 위액이 길을 수놓았다.

막걸리를 얼마나 퍼부었던지 요의가 들끓었다. 석기는 바다에 오줌을 갈겼다. 부글부글 끓는 거품 위로 파도가 쳤다. 연거푸 치는 게 아니라 딱 한 번 몰아치는 풍랑이었다. 수평선에 걸린 희뿌연 것이 언뜻거렸다. 처음에는 구름이겠거니 했다. 아니면 안개인가. 귀신인가. 사람인가. 머리카락이 쭈뼛 서고 등허리가 서늘했다. 분명 허여멀건 것이 움직이고 있었다. 배를 띄울 시간이 아닌데 자욱한 안개 속에서 첨벙첨벙 소리가 끊이지 않았다. 그 속에 뭔가가 물기둥을 쏘아 올렸다.

"원구야. 정신 차려봐라. 저거 보이나."

안개의 틈새를 노려보던 석기가 말했다. 머리 위에 물음표를 수십 개 띄운 원구가 '뭐가요?'하고 되물었다.

"저거 보라고. 고래다."

"내는 고래 잡았어요."

"아니, 그게 아니고 새끼야. 우리가 저거 잡는 거다. 잘 봐놔라."

석기는 바다를 향해 가슴을 폈다. 고래 한 마리면 몇천은 번다. 몇억을 벌 수도 있다. 원구한테 수고비를 떼줘도 남는 돈이 꽤 될 것이다. 그걸로 뭘 할 수 있을까. 뭘 살 수 있을까. 석기는 돌아가지도 않는 머리를 열심히 굴렸다.

며칠 후 석기는 원구를 집으로 불렀다. 아침부터 흐느적 눈이 내리는 날이었다. 마당에 쇠꼬챙이와 숫돌을 꺼내놓은 석기는 원구를 앞에 앉혀두고 말했다.

"고래 잡을 때 화약 들어가는 건 쓰면 안 된다. 기계도 안 된다. 그런 것들 부리려면 장비가 필요하고, 장비가 있으면 들키기 마련이다. 작살만 가지고 사람 힘으로 잡아야 한다."

원구가 코를 훌쩍 삼켰다. 뭔가를 생각하듯 고개를 갸웃거리다 물었다.

"작살은 우째 구하는데요?"

"사도 되는데 괜히 남들 눈에 띄어서 좋을 게 없지. 우리는 이걸 쓸 거다."

석기가 쇠꼬챙이를 들었다. 공사장에서 구할 수 있는 손가락 굵기의 철근이었다.

"이걸 뾰족하게 갈 거다. 하루 이틀로는 안 된다. 앞으로 틈날 때마다 여기 와서 갈아라. 작업이 끝나면 끄트머리에 밧줄을 묶으면 된다."

광주리에는 튼튼한 밧줄도 들어 있었다. 길이가 10미터쯤 됐다.

"고래는 우째 찾고요?"

"연구한다는 인간들을 따라다닐 거다. 그놈들이 고래 있는 곳을 귀신같이 안다더라."

"경비정이 따라붙으면 우짜고요."

"니는 평소에 안 하던 질문을 오늘따라 와 그래 많이 하노."

석기가 싫지 않은 역정을 냈다. 원구는 머리를 긁적이며 헤실거렸다.

"해경은 현장에서 고래 잡는 걸 눈으로 직접 봐야 처벌을 한다. 안 들키게 브이패스 끄고 다니면 된다."

둘은 광주리를 챙겨 들고 포구로 나왔다. 정박한 배들 사이에서 유자호를 찾아냈다. 주위에 아무도 없는 걸 확인한 석기는 원구에게 망을 보라고 한 뒤 유자호에 올랐다.

조타실에 무전기와 레이더, GPS 항법 장치가 보였다. 용도를 알 수 없는 기계도 몇 개나 됐다. 스노클링과 스쿠버 장비, 고무보트까지 한 척 구비돼 있었다. 다행히 엔진은 디젤이었다. 울성에서 배를 모는 사람들은 다들 디젤 엔진을 썼다. 경유는 기름차가 배달도 해주니 편리한 데다 배가 치고 나가는 힘도 좋았다. 하지만 석기는 속도가 빠른 게 좋아 휘발유로 움직이는 가솔린 기관을 썼다. 파도가 심한 날 엔진을 최고 출력으로 쏘면 해풍호가 물수제비를 날린 것처럼 수면 위에 붕붕 떴다. 따라다니는 데는 문제가 없겠구나 싶었다.

장비를 살핀 뒤 석기는 원구를 앞세워 교수들이 산다는 별장으로 향했다. 언제 고래를 찾으러 가는지 단서를 구할 생각이었다. 언덕을 헥헥거리며 올라가니 이번에는 담장이 높았다.

"원구야, 니 등 좀 받쳐봐라."

석기는 원구를 밟고 담장을 넘었다. 떨어진 곳은 푹신한 흙바닥이었다. 거름 냄새가 진득했다. 현관에 도착했을 때 거실창 너머로 교수들이 보였다. 모두들 깨끗한 옷차림이었고 테이블에는 차와 디저트가 놓여 있었다. 대화는 조곤조곤 이어졌다. 고래를 찾으러 나갈 기미는 보이지 않았다.

대문으로 나오니 원구가 오들오들 떨며 석기를 기다리고 있었다. 석기는 바닥에 코를 팽 풀었다. 원구도 따라서 코를 풀었다.

"원구 니는 앞으로 오전 한 번 오후 한 번 포구에 나와서 배가 있나 확인해라. 저것들이 언제 배를 띄우는지 알아야겠다."

"네."

"배가 안 보이면 바로 내한테 연락해라. 알았나?"

"네, 형님. 그래 할게요."

원구는 추위에 턱이 달그락 부딪히는 걸 참으며 대답했다.

9

쿠날은 수통에 남은 물로 목을 적셨다. 뿌연 먼지 위로 태양이 떠 있었다. 검게 그을린 뺨이 따끔거렸다. 카메라 디스플레이 속에 땅굴을 드나드는 일꾼들이 보였다. 흙으로 더러워진 옷을 치대며 바구니를 나르는 아이들이었다. 쿠날은 운모 구덩이를 향해 줌을 당겼다. 감독관이 몽둥이를 들고 아이들을 재촉했다. 개처럼 짖었다.

아이 한 명이 겨우 들어갈 수 있는 너비의 굴에 사다리가 박혀 있었다. 추락하면 다리가 부러질 높이였다. 여자아이가 바구니를 받기 위해 사다리 중간에서 기다리는 중이었다. 토굴 밖에는 맨발의 남자아이가 대기하고 있었다. 여자아이가 굴 밖에 운모 바구니를 올려놓으면 남자아이가 받아 커다란 포대로 날랐다. 옷에 손을 슥슥 닦은 아이는 다시 제자리로 돌아가 바구니가 올라오기를 기다렸다. 다른 아이들은 포대 근처에 모여 질 좋은 운모를 골라냈다. 장갑도 끼지 않은 손이 호미처럼 구부러져 있었다. 포대가 가득 차면 감독관들은 수백 킬로그램에 달하는 자루를 지게차로 옮겼다.

쿠날은 석 달 전 영국 방송국으로부터 운모 광산의 실태를 조사해달라는 요청을 받았다. 방송국이 취재 자료를 확보하는 동안 쿠날은 다큐멘터리 소스를 준비한다는 계획이었다. 자르칸드는 전 세계 운모의 4분의 1을 생산해내는 광산 지역이었다. 700개가 넘던 운모 광산은 당국이 본격적으로 관리를 시작하며 한때 상당수가 문을 닫았지만 수요가 증가하면서 슬금슬금 폐광에서 불법 채굴이 이어지고 있었다. 돌로 만들어진 이 산을 누군가는 돈으로 보고 누군가는 땅으로 봤다. 쿠날에게는 열 살짜리 아이들의 발목을 쥔 족쇄로 보였다.

감독관이 다른 장소로 이동하는 것을 확인한 쿠날은 광산 아래로 내려갔다. 마른 흙 위로 소똥이 굴렀다.

"빨리 받아."

굴에 뛰어든 아이의 목소리가 애달팠다. 남은 하루 동안 제 키만큼은 더 파고 들어가야 일당을 받게 될 아이였다. 그 일당에 가족의 하루 생계가 달려 있었다. 쿠날은 굴 앞에 쪼그려 앉아 손을 내밀었다. 광산의 아이들은 건장한 어른의 손을 두려워했기 때문에 쿠날은 몸을 낮춰 바구니와 함께 아이를 굴 밖으로 끌어 올려야 했다. 쏟아지는 햇볕에 아이는 눈을 찡그렸다.

"제가 일을 너무 게을리했나요?"

아이가 물었다.

"라케쉬가 열심히 하지 않아서 그래요. 일을 시작한 지 얼마 안 돼서 그런지 모르겠지만 감독관이 없으면 놀 궁리만 한단 말이에요. 제가 잘못한 게 아니에요."

운모 광산에서는 말보다 행동이 앞섰다. 행동이 굼뜬 아이들의 등에는 나무 회초리 자국이 죽죽 그어졌다. 흉터는 몸에만 새겨지는 것이 아니었다. 폭력은 정신을 길들였다. 매를 맞는 아이들은 순종적인 노동력이 됐고 운모 광산은 죽은 영혼으로 부를 쌓았다. 쿠날은 은박지로 싼 차파티를 내밀었다. 돌가루와 먼지로 범벅이 된 마른 몸들이 옆에 와 앉았다. 아이의 숨소리가 탁했다. 규폐증으로 폐가 망가진 것이다. 굴에서 나온 아이에게 쿠날이 물었다.

"이름이 뭐니."

"프리야요."

"그래. 와서 앉아. 야단을 치려고 부른 게 아니야. 같이 먹어도 돼."

쿠날은 프리야에게 가장 큰 차파티를 건넸다. 프리야는 잠시 눈치를 보다 입 안 가득 차파티를 밀어 넣었다. 다른 아이들도 서둘러 제 몫을 챙겼다. 흙투성이에 성한 곳이 없는 손들이 분주했다. 깨진 손톱마다 피떡이 졌다. 쿠날은 카메라를 들었다.

"너 이게 립스틱을 만드는 재료라는 거 알고 있니."

프리야가 고개를 끄덕였다. 이 아이는 자신이 캔 돌로 만든 화장품을 쓸 일이 없을 것이다. 기껏해야 플라스틱 글리터를 섞은 화장품을 바르거나 매일 아침 빈디를 찍는 게 전부겠지.

아이들을 이곳에 보낸 건 브로커였고 브로커에게 아이를 넘긴 건 부모나 친척이었다. 집에서 광산까지는 걸어서 한 시간이 넘게 걸렸다. 왕복 두 시간이 걸리는 그 길에 화장품 회사와 민간단체가 협업해 설립한 학교가 있었지만, 학교에 다닐 수 있는 건 운 좋은 아이들뿐이었다. 노동법의 외곽지대에서 아이들은 하루 열두 시간을 일했다. 그 대가로 버는 일당은 300루피도 되지 않았다. 그 돈으로 부모의 빚을 갚았다.

신나게 차파티를 집어 먹던 아이들의 얼굴이 차례대로 굳었다. 뒤에서 다가오는 감독관 때문이었다.

"거기서 뭐 해요?"

감독관이 물었다. 쿠날은 대답하지 않았다. 감독관보다 머리통 하나는 더 크고 체중도 절반은 더 나가는 쿠날이었지만 감독관에게 무력을 행사하지도 않았다. 폭력이 해결할 수 없는 영역이 있다는 걸, 폭력으로 해결하지 않는 편이 더 나은 결과를 가져온다는 걸 깨닫게 해준 사건이 오래전에 있었다. 감독관은 곤봉을 꺼내 들었다. 코앞까지 다가온 감독관에게서 지독한 구트카 냄새가 풍겼다. 구강과 식도에 암을 유발한다고 알려진 씹는 담배였다. 운모 광산의 아이들도 구트카를 씹으며 값싼 유희를 즐기고 있을 것이다. 아이들은 감독관이 선심을 쓰듯 나눠주는 것들을 생각 없이 받아 들었다. 제 몸을 해하는 물질이 어떤 아이들에게는 권력이 되고 자랑이 되었을 것이다.

감독관이 검은 침을 뱉었다. 쿠날은 뒤돌아 걸었다. 감독관은 영문도 모른 채 멀뚱히 그 모습을 지켜보다가 뒤늦게 쿠날을 따라왔다.

"당신 뭐 하는 사람이야? 어디서 왔어?"

쿠날은 걸음을 재촉했다. 감독관이 동료들을 불러 모으는 사이 쿠날은 광산 언덕을 뛰어올랐다. 발에 챈 흙이 문드러져 몇 번이나 미끄러졌다. 카메라는 계속해서 광산의 풍경을 기록하고 있었다. 싯누런 먼지가 날렸다. 뒤따라온 감독관은 모두 셋이었다. 귀찮은 질문이 이어지기 전에 쿠날은 차에 올랐다. 감독관들이 차를 에워쌌다. 쿠날은 그중 간격이 헐거운 곳을 노려 페달을 밟았다. 덩치 큰 감독관 하나가 곤봉을 휘둘러 사이드미러를 깨트렸다. 바퀴가 흙먼지를 일으켰다. 운모 광산의 살풍경이 조각 난 사이드미러 밖으로 멀어졌다.

쿠날은 자르칸드의 주도인 란치까지 차를 몰았다. 교통경찰이 수신호로 사거리의 차들을 통제하는 중이었다. 문짝을 떼어낸 버스에 사람들이 매달려 있었고 바이커들은 속도를 높여 그 앞을 달렸다. 쿠날은 숙소 건물을 한 바퀴 돈 다음 그림자에 몸을 숨기고 내부로 들어섰다. 수상한 기척도, 누군가 따라오는 낌새도 없었다. 복도에 발소리가 잔잔했다. 그런데도 사방에 눈이 달린 기분이었다.

운모 광산의 잔당을 경계하는 것이 아니었다. 쿠날은 사복경찰이 뒤를 따라오고 있지는 않나 신경을 곤두세웠다. 불과 몇 년 전 국제 NGO 단체의 인도지부가 불시 단속을 당해 계좌 동결 조치까지 당한 일이 있었다. 당국은 해외에서 유통되는 불법 자금 조사를 명분으로 내세웠지만 실상은 NGO 활동에 제약을 걸기 위한 조치라는 사실을 모르는 사람은 없었다. 운모 광산 취재 활동이 당국에 발각될 경우 사계 활동에도 제약이 가해질 거였다. 쿠날이 공권력을 경계하는 이유였다. 경찰과 군인, 다부진 몸, 짧은 머리, 전술용 신발에서 멀어져야 했다. 제복을 입은 모든 이들의 사각지대에서 움직여야 했다.

메모리카드에 저장된 자료를 컴퓨터에 업로드했다. 석 달간 촬영한 운모 광산의 현실이 담겨 있었다. 관찰기인 동시에 치부였다. 바르나와 자띠가 만들어낸 계층 구조의 밑바닥이었고 학대받는 아이들을 위한 고발장이었다. 영국의 방송국 기자에게 영상을 전송했다. 제목과 본문에는 아무 내용도 입력하지 않았다. 'Free_Children'이라는 제목의 첨부파일이 전부였다. 내용을 짐작할 수 있을 정도의 파일명에 암호를 걸어 메시지를 대신하는 것이 사계의 방식이었다. 작업을 끝내고 나서야 창문을 열었다. 릭샤 경적 소리로 기차역 주변이 시끄러웠다. 소 한 마리가 보도블록을 느긋하게 걷고 있었다. 셔츠가 땀으로 축축했다. 프로젝트가 끝났는데도 몸은 여전히 뜨거웠다. 더워서 그런 것만은 아니었다. 긴장감과 울분이 사라지지 않아서였다.

해가 지기를 기다리는 동안 샤워를 하고 빌린 차를 반납했다. 저녁에는 기차에 올랐다. 샤워를 한 보람도 없이 셔츠는 다시 커민 냄새를 풍겼다. 이따금 기차를 향해 돌이 날아왔다. 철로 주변 마을에 거주하는 빈곤층 아이들의 유희였다. 금이 간

유리창에 풍경이 구겨졌다.

맥그로드 간즈까지는 마흔 시간이 걸렸다. 다람살라에 도착한 쿠날은 곧장 포시즌 호스텔로 향했다. 검은 오토바이가 먼지를 뒤집어쓴 채 서 있었다.

로비 소파에 앉아 스마트폰을 뒤적이던 동섭이 쿠날을 맞았다. 굳어 있던 쿠날의 얼굴에 비로소 밝게 피었다. 팔을 벌려 다가오는 쿠날을, 동섭은 코를 막으며 밀어냈다.

"너 좀 씻어야겠다."

쿠날은 셔츠를 끌어당겨 킁킁 냄새를 맡았다. 겨드랑이는 이제 건초 냄새를 풍기고 있었다.

"맨바닥에서 오래 지냈더니 이래. 광산 근처에 소가 많아서 똥더미를 구른 거나 마찬가지거든. 노동과 저항의 냄새지."

"그래. 확실히 노동은 열심히 한 것 같고, 저항은 어떻게 됐어?"

"방송국에 파일 전송했어."

"자르칸드 상황은 어때."

"광산이 다시 늘어나고 있어. 정부에서 묵인하면 예전으로 돌아가는 건 시간문제겠지. 영국 방송국에서는 그렇게 되기 전에 방송을 한 번 터뜨릴 생각이야."

"이번에는 인도 정부도 움직이려나."

"그렇게 만들어야지. 영국 방송국은 이번 뉴스로 인도 정부를 압박하려는 게 아니야. 화장품 회사 이름을 줄줄이 나열할 걸. 방송이 나가고 나면 다시 뜨끔하겠지."

"광산 근처에 학교나 몇 개 더 세우는 걸로 끝내지 않으면 좋겠네. 다친 데는?"

"없어. 몇 군데 긁힌 게 전부야."

"잘됐네. 이제 다음 프로젝트 준비해야지."

쿠날이 동섭의 연락을 받은 건 보름 전이었다. 세 번째 운모 광산을 취재하던 중이었다. 티베트 피란민 촬영에 인력이 부족하니 일을 얼른 마무리하고 다람살라로 돌아와 달라는 부탁이었다.

"히말라야는 한 발로도 넘을 수 있어. 내 파트너가 따라올 수 있을지가 걱정이지."

말을 멈춘 쿠날이 미심쩍은 눈으로 동섭을 쳐다봤다.

"혹시 몰라서 하는 말인데, 너도 함께 가는 거라면 다시 생각해봤으면 해. 히말라야를 다녀오려면 체육관에서 일 년은 운동해야 할 거야."

"포시즌에 입사할 때부터 매일 운동을 하고 있어. 나도 같이 갈 거야. 티베트까지는 아니지만."

"그럼?"

"네팔에서 기다릴 거야. 낭파라 반대편에서. 너는 피란민들이랑 낭파라를 넘을 거고. 국경에서 랑데부."

"그럼 나랑 같이 움직일 운 좋은 리서처는 누굴까."

"계피야."

쿠날은 재미없는 농담을 들은 것처럼 쓴웃음을 지었다. 잠시 후에는 웃음기를 거두고 고개를 모로 꼬았다.

"장난이지?"

"아니. 진짜야."

"허현지가 리서처라면 미리 말해줬어야지."

"그랬으면 네가 안 왔을 테니까."

동상처럼 서 있는 쿠날 뒤로 뒤꿈치를 쿵쿵 찍으며 현지가 계단을 내려왔다. 부스스한 머리에 주머니에 손을 꽂은 채였다. 현지는 쿠날 앞에 섰다. 팔만 뻗으면 서로의 멱살을 쥘 수 있을 거리였다.

"액터 주제에 감정 조절도 못 하고 날뛰는 건 여전하네. 일하러 왔으면 일 얘기를 해. 애꿎은 동섭이 괴롭히지 말고."

쿠날은 어디를 두드려야 이 여자가 밑동이 썩은 나무처럼 무너질까 생각하는 것처럼 머리를 비스듬히 기울였다. 현지가 조곤조곤 이어 말했다.

"쉬어. 좀 쉬고 나서 프로젝트 준비해. 카메라에 등반 장비까지 들고 다녀야 해. 나 혼자서는 무리야. 티베트에 갈 수 있는 최대 인원은 둘, 네팔에서 기다릴 사람을 포함하면 총 셋이야. 마침 여기 세 사람이 있네. 동섭이는 리걸, 너는 액터. 나는 리서처. 각자 할 일을 하자고."

"극장에 가는 것처럼 얘기하네."

"별로 다를 것 없지. 표를 사고 영화를 보고 팝콘이나 먹다가 나오면 돼. 코디네이터는 구해놨어."

"한국에 처박혀서 입이나 다물고 있으면 좋았을 텐데. 기억력이 나쁜 거야, 양심이 없는 거야."

"기억력도 좋고 양심도 있어."

"티베트에서는 또 누굴 죽일 셈인데."

"살리려고 가는 거야."

쿠날은 입을 잠갔다. 현지의 선언이 무책임한 거짓말이라 생각하는 듯, 그래서 더는 들어줄 수가 없다는 듯, 아주 지긋지긋해서 죽겠다는 듯 노한 얼굴로 돌아섰다. 호스텔 밖으로 오토바이 엔진 소리가 희미하게 멀어졌다. 동섭이 말했다.

"기껏 데려왔더니 잘하는 짓이다. 넌 말 좀 곱게 하지 그러냐."

"곱게 하면 듣고? 저건 좀 맞아야 돼. 혼이 나야 정신을 차리지."

"혼은 누가 낼 건데?"

"네가. 찾아와."

"내가 왜."

"협상은 리걸 몫이야. 얼른. 오늘 안으로 데려와."

동섭은 투덜거리면서도 쿠날을 찾아 나섰다. 현지는 쿠날이 돌아올 때까지 호스텔을 떠나지 않았다. 무심한 척 로비 소파에서 잠을 자다가도 문이 열리는 것 같으면 입구를 향해 눈을 돌렸다. 체크인하는 여행객을 물끄러미 바라보다 업무 일지를 작성했다.

쿠날이 촬영에 합류하기로 결정한 건 이틀 뒤였다. 둔탁한 오토바이 엔진 소리와 함께 도착한 쿠날은 방수 재질의 전술 배낭과 방한용품을 바닥에 던져놓았다. 짐을 정리하는 쿠날

옆에서 현지도 가방을 정비했다. 포장을 뜯고 라벨을 붙이면서도 두 사람은 눈 한 번 마주치지 않았다. 손등에 새겨진 잔흉터 자국들을 세면서 현지가 말했다.

"다큐 촬영을 마치려면 정상 루트로는 못 돌아와. 먼저 응아바에서 촬영한 다음에 라싸로 이동할 거야. 거기서 낭파라를 넘은 뒤에 네팔을 거쳐서 다람살라로 들어오는 거야. 낭파라에서 카트만두로 이동하는 건 동섭이가 미리 기다리고 있다가 도와줄 거고. 응아바에서 라싸까지는 현지 코디네이터랑 이동해. 라싸부터는 탈출 가이드와 움직이고."

"루트는 나도 알아."

"준비가 잘됐는지 확인하는 거야."

"너나 준비 잘해. 티베트 아이들까지 이크발 꼴로 만들고 싶지 않으면."

"말 좀 조심해. 네 대가리 기능이 좋지 않은 건 알겠지만 그거라도 있으니 생각이라는 걸 좀 하라고."

정리를 끝낸 쿠날이 배낭을 짊어지고 방으로 들어갔다. 문이 닫히는 소리에 동섭이 놀라 어깨를 움츠렸다.

"차라리 한 대 맞았으면 좋았을걸."

현지는 팔짱을 끼고 소파에 기댔다. 동섭은 코웃음을 쳤다.

"그런다고 풀릴 거면 진작 때렸겠지. 쿠날 성격이 어떤데. 하지만 쿠날이 정말 널 때리면 그땐 내가 가만있지 않을 거야."

동섭이 가냘픈 팔을 들어 올리며 복싱 자세를 잡았다. 그런 동섭을 현지는 그윽한 눈빛으로 바라봤다.

"고마워. 하지만 티베트에 가기 전에 쿠날을 건드리면 널 죽여버릴 거야."

언제나 장난기 많은 현지였지만, 적어도 그 말은 진심이었다.

10

조사단은 며칠 후 다시 배를 띄웠다. 성능을 개선한 장비, 새로운 연구 과제와 함께였다. 조타실 유리창에 밖으로 손톱만 한 달이 떴다. 회색 하늘과 바다는 뚜렷한 경계 없이 맞닿아 있었다. 유자호는 GPS 신호를 따라 전진했다. 카랑카랑한 엔진 소음이 주위를 에워쌌다.

커뮤니케이터가 데이터를 수신했다. 모니터에 붉은 그래프가 죽죽 그어졌다. 이드를 육안으로 확인하려면 거리를 더 좁혀야 했다. 유코와 성원이 모니터만 들여다보는 동안 퍼시의 시선은 먼바다를 향해 있었다. 안경을 고쳐 쓴 퍼시가 얼굴을 찌푸리더니 파이프 담배를 입에 문 것 같은 말투로 중얼거렸다.

"누가 있는데."

성원이 퍼시의 시선을 따라 고개를 돌렸지만 아무것도 보이지 않았다.

"누구?"

"모르지. 잘 봐. 불을 끄고 있어. 아까부터 따라오는 것 같아."

성원은 뱃고물 쪽으로 이동해 망원경을 들었다. 퍼시의 말대로 멀리서 배 한 척이 유자호를 뒤쫓고 있었다. 선수에 해풍호라는 배 이름이 보였다.

유코는 해풍호가 있는 곳으로 배를 몰았다. 해풍호는 유자호와 거리를 유지하며 이동했지만 이쪽에서 자신들의 존재를 눈치챘다는 사실을 알고는 더 이상 멀어지지 않았다. 유코는 해풍호와 나란히 배를 세운 뒤 조명을 올렸다. 백색 투광기가 주위를 환하게 밝혔다. 배에는 두 남자가 타고 있었다. 한 명은 군복 차림, 다른 한 명은 부스스한 더벅머리였다. 군복의 눈이 성원을 향했다. 지저분하고 차가운, 오랜 시간 바라보고 있으면 뭔가 옮을 듯한, 그래서 피하고 싶은 시선이었다.

더벅머리는 그물 위에 앉아 있었다. 등 뒤에 감춘 손으로 뭔가를 만지작거리는 것이 분명했다. 성원이 랜턴으로 비추자 더벅머리는 깜짝 놀라 등 뒤로 뭔가를 감췄다.

"뭐 하노. 신경 쓰지 말고 하던 거 해라."

군복이 호통을 쳤다. 더벅머리는 이러지도 저러지도 못하고 군복과 성원을 번갈아 보며 눈치만 살피고 있었다.

"이드가 왔어."

퍼시가 말했다. GPS에 표시된 점이 가까워지면서 빠른 속도로 점멸하고 있었다. 멀찍이 일렁이던 물결이 거리를 좁혀

다가와 배 주위를 선회했다. 커뮤니케이터는 이드의 감정 상태를 분석했다. 불안, 의심, 경계. 단어들이 모니터를 채웠다.

이드가 배 아래를 지났다. 더벅머리가 침을 꿀꺽 삼켰다. 부리로 쪼듯이 이드를 따라 눈을 옮겼다. 이드는 유자호 옆에 다다라 수면 위로 머리를 내밀었다. 군복과 더벅머리의 눈이 동시에 번쩍였다.

"유코!"

성원이 소리쳤다. 유코가 그 이유를 알아차렸다. 유자호는 해풍호와 이드 사이를 비집고 들어갔다. 군복도 방향을 틀어 행로를 확보했다. 두 배가 이드와 가까운 곳을 차지하려 싸우는 중에도 더벅머리는 이드만 노려봤다. 이드가 물 밖으로 나오기만 기다리고 있었다.

이드가 수면에 떴다. 분수공이 열리며 물을 뿜어냈다. 군복이 고함을 질렀다. 선창에 답하듯 더벅머리가 일어섰다. 창던지기 선수처럼 자세를 잡은 더벅머리의 손에 철근이 번뜩였다. 끝에 묶인 밧줄은 배에 고정된 상태였다. 더벅머리는 환하게 열린 이드의 등을 향해 힘차게 팔을 뿌렸다. 철근 끄트머리가 이드를 찔렀다. 커뮤니케이터의 감정 곡선이 요동쳤다. 더벅머리가 밧줄을 당겼다. 철근은 이드가 몸부림을 치는 순간의 장력을 버티지 못하고 쑥 빠져나왔다. 그 끝이 피와 기름으로 번들거렸다. 유자호가 해풍호를 들이받았다. 그 충격으로 두 배가 출렁였다. 더벅머리가 다시 철근을 손에 쥐고 자세를 잡았을 때는 이드가 몸을 틀어 육지 반대 방향으로 헤엄치기 시작한 뒤였다. 군복은 이드를 향해 타륜을 틀었다.

"유코, 배를 가까이 붙여줘."

성원이 말했다.

"어쩌려고?"

"건너가야겠어."

이드가 달아날 시간이라도 벌 생각이었다. 유자호가 해풍호를 쫓았다. 군복은 조타실에서 이드를 쫓느라 정신이 없었고 더벅머리는 검은 물을 지켜보며 이드가 사정거리에 들어오기를 기다리는 중이었다. 유코가 배를 가까이 붙인 사이 성원은 해풍호로 건너갔다. 더벅머리의 널찍한 등판이 숨을 헐떡이고 있었다.

성원은 더벅머리의 허리를 붙들어 배 가운데로 끌고 왔다. 예상외로 쉽게 끌려 나왔다. 군복이 성원을 발견하고는 배를 세웠다. 그걸로 됐다 싶었는데 몸을 홱 돌린 더벅머리가 철근으로 성원의 어깨며 다리를 연거푸 때렸다. 폭력에 익숙하지 않았던 성원은 매질 몇 번에 그리 순식간에 몸에서 힘이 빠져나가는 줄 알지 못했다. 허벅지와 옆구리가 욱신거렸다. 철근에 맞은 다리가 무거웠다. 저기, 잠깐만요, 하는 성원의 말을 듣지도 않고 군복이 성원을 힘껏 밀었다. 성원은 균형을 잡지 못하고 바다에 빠졌다. 나선을 그리며 좁아지는 소용돌이가 갈퀴처럼 성원을 깊은 바다로 끌어 내렸다. 발밑에 시커먼 어둠이 기다리고 있었다. 코와 입으로 짠물이 밀려들었다. 발구름을 했지만 배와의 거리는 가까워지지 않았다. 머금고 있던 호흡이 다하고 남은 숨마저 토해내자 몸은 더 무거워졌다.

그때 성원은 짧은 환각을 경험했는데, 훗날 유코와 퍼시는 그것이 저체온과 질식으로 인한 임사체험이었을 거라고 했다. 성원은 그 말이 맞을지도 모른다고 생각했고, 그럼에도 오랜 시간이 지나도록 미심쩍은 마음을 거두지 못했다. 순간순간이 생생했다. 촉감으로 그 순간을 기억했다.

발아래에서 다가오는 것이 있었다. 성원은 초점이 맞지 않는 눈을 게슴츠레 떴다. 눈이 따가워 잠깐만 감았다 떴다 했다. 이드가 커다란 그림자를 드리우고 헤엄치다 성원의 발에 가만히 닿았다. 바닷물은 따뜻했고 안개는 껴안듯 몸을 감쌌다. 은은한 빛이 머리와 팔에 내려앉았다. 물방울이 반딧불처럼 빛을 내는 것 같았다. 낮고 묵직한 이드의 목소리가 해류에 실려 왔다. 성원에게는 그것이 고래의 울음이 아니라 사람의 언어로 들렸다. 문법 체계를 갖춘, 하지만 이해할 수 없는 이국의 말이었다. 어딘지 그리운 감정이 흘렀다.

이드는 성원을 밀어 올렸다. 수압이 줄어들고 차가운 공기가 폐를 가득 채웠다. 환각은 그 순간 끝났다. 괜찮냐며 뺨을 때리는 퍼시의 손길에 눈을 떴다. 어느새 배 위였다. 겁먹은 얼굴들이 내려다보고 있었다.

성원은 머리를 털고 바닥에 앉았다. 뒤틀린 허리를 펴고, 어둑한 바다로 가라앉으며 멀어지는 이드를 바라봤다. 수면 위로 내민 눈을 보면서 성원은 어쩐지 이드가 웃고 있다는 생각을 했다.

"해풍호는?"

성원이 물었다.

"아까 달아났어. 네가 물에 빠졌을 때."

퍼시가 대답했다. 이드의 신호는 점점 멀어지다 모니터 밖으로 벗어났다.

별장으로 돌아온 성원은 젖은 옷을 갈아입고 책상에 앉았다. 바다에서 수집한 데이터를 커뮤니케이터에 로딩한 뒤 시간대별로 발생한 사건을 입력했다. 심장 박동과 혈류량, 저주파의 울음소리를 데이터로 전환한 커뮤니케이터가 분석 자료를 내놓았다. 이드의 감정 상태 중 분노에 해당하는 수치가 유독 높았다. 체온은 줄곧 37도를 유지했고 맥박은 1분에 10회를 뛰었다. 중요한 건 성원이 바다에 빠져 있던 약 5분 사이의 변화였다. 해당 구간의 데이터는 비정상적인 곡선을 나타내고 있었다. 무질서해 보이는 파형 사이에 동일한 신호가 반복되는 구간이 있었다. 문법적인 성질을 추측해 내기에는 그 구성 요소가 충분하지 않았다. 분석 가능한 데이터의 비율이 3퍼센트를 넘기지 못했다.

성긴 눈이 유리창으로 달려들었다. 제 몸을 뭉개며 빗물 같은 흔적을 남기고 흐르는 눈발이 밤새 이어졌다. 몸을 감싸던 가벼운 빛줄기, 이드가 내던 낮은 목소리가 밤새 꿈속을 휘저었다.

다음 날 성원은 파출소를 찾아 불법 포경과 폭행 건을 신고

했다. 몇 번이나 그 앞을 지나다녔지만 피해자 신분으로 파출소를 찾을 거라는 생각은 하지 못했다. 태극기 옆에서 요란하게 휘날리는 참수리 깃발을 보며 제법 귀찮은 일에 휘말렸다고 생각했다.

장 경위가 사건을 접수했다. 양 끝이 뾰족하게 솟은 눈썹에 입 주위에 주름이 직선으로 죽죽 그어져 있어 고집이 세 보이는 경찰이었다. 당장 해풍호 사람들을 집어넣을 수 있을 줄 알았는데 일이 생각처럼 쉽게 흘러가지는 않았다. 증거가 없으면 체포가 힘들고, 폭행은 아마 쌍방으로 처리될 거라는 대답이 돌아왔다. 두 사람 이름을 들은 것이 수확이라면 수확이었다. 해풍호라는 말을 듣자마자 장 경위가 되물었다.

"해풍호요? 김석기랑 양원구?"

"맞아요, 해풍호. 누가 김석기고 누가 양원구예요?"

"나이 많은 쪽이 김석기지요. 양원구는 그 친척 동생."

"그럼 절 때린 사람은 양원구네요."

김석기. 양원구. 성원은 그 이름들을 잊어버리지 않도록 속으로 얼마간 되뇌었다. 얼굴을 찌푸린 장 경위는 어디 보자, 하며 말을 이었다.

"현장 적발한 것도 아이고 뭐 증거가 있어야 조치를 취하지요. 얼마 전에 장생포에서 고래 고기 수십 톤을 유통하는 일당이 있었다 아입니까. 그게 혐의가 제대로 입증이 안 됐어요. 유통 증명서를 위조한 게 밝혀졌는데도 검찰이 뭐 대부분 무혐의로 처분했다니까요. 잡은 고기를 돌려주기까지 했다카든데,

내가 뭐 검찰 일하는 거 가지고 뭐라 하는 건 아니고, 잡아놓은 고기 가지고도 불법이다 아니다 구분을 못하는 마당에 잡지도 않은 놈들을 무슨 수로 조사를 하겠나 이 말입니다."

"폭행은요?"

"그것도 선생님이 먼저 손을 댔다 안 했습니까. 누가 더 많이 다쳤는가는 차치하고, 그라믄 일단 쌍방이지요. 양원구 쪽에서 고의성이 있었는지도 확인해 봐야겠고. 쉽지 않은데, 뭐 일단 조서는 쓰시고 양원구 불러서 조사 좀 해볼게요. 그런데 어지간하면 일 키우지 않는 게 좋지 않겠어요? 맞고소 들어가서 저쪽이 쌍방 주장하면 일이 더 복잡해질 텐데. 괜히 일 복잡하게 만들기보다는 같이 화해하고 좀 그러는 게……. 필요하면 내가 자리 한번 만들어주고요."

성원은 진단서와 장 경위를 번갈아 쳐다보다 말했다.

"그러실 건 없고요."

"네네. 그래요, 그럼."

장 경위는 조서에 필요한 인적 사항을 받아 적었다. 그러는 동안 파출소 앞으로 선원들이 지나갔다. 햇볕을 많이 받은 목과 그렇지 않은 등 사이에 경계가 뚜렷했다. 질척거리는 장화를 신경질적으로 털면서 성원을 곁눈질로 쳐다봤다.

파출소를 나오자 다시 매운바람이 부는 거리였다. 종아리에 흙탕물이 튀었다. 별장으로 돌아온 성원에게 유코가 중간 점검을 하자고 했다. 마침 커뮤니케이터가 관측 데이터 분석을 끝낸 터라 성원이 먼저 결과를 공유하기로 했다. 퍼시와 유코가 양 옆에 앉았다. 성원은 모니터에 표시된 숫자에 마우스 커서를 갖다 대고 빙빙 돌렸다.

"이 숫자는 인간 행동 데이터 평균과 이드의 유사성이야. 커뮤니케이터가 인간에게 이드를 얼마나 잘 설명해줄 수 있는지를 나타내는 척도라고 할 수 있어. 80퍼센트 이상이면 인간을 분석하는 것과 마찬가지지. 지금은 2.7퍼센트니까 한참 모자라. 보더콜리가 27 정도야. 집고양이는 16 언저리."

"그거밖에 안 돼? 그동안 데이터를 많이 쌓았잖아. 커뮤니케이터도 열심히 돌렸고."

퍼시가 실망스러운 말투로 말했다.

"이드는 표정이 없어. 팔다리도 없지. 내가 참고할 수 있는 건 지느러미를 젓는 속도와 수심 정도야. 이드가 내는 소리는 200데시벨짜리 소음에 불과하고. 준비를 했다면 모르겠지만 물고기와 대화할 거라고는 생각을 안 해봤거든."

"그러는 퍼시 너는 성과가 있어?"

대화를 듣고 있던 유코가 퍼시를 바라보며 물었다. 퍼시가 노트북을 열었다. 유럽에서 개발됐다는 오픈소스 소프트웨어가 작동 중이었다. 퍼시가 연구 결과를 공유하는 동안 유코도 자신이 연구한 자료를 가지고 왔다. 텍스트와 숫자, 기호만 가득한 정리 자료를 펼쳐놓은 유코와 퍼시는 이드의 운동에너지를 분석하기 시작했다. 그런 뒤에는 스키너 상자 실험을 하면 어떨지 논의했다. 제안을 한 건 퍼시였고, 유코는 대체 무슨 수로 이드를 상자에 구겨 넣을 거냐고 했다. O, X가 표시된 커다란 널빤지만 있어도 된다는 퍼시의 주장에 보상으로 지급할 크릴새우가 얼마나 되는지는 아냐며 유코가 반박했다. 퍼시는 쉽게 고집을 꺾지 않았다. 과학자들이 서로의 가설에 가설을 얹고 상대가 세운 가설을 반박하는 풍경은 평온해 보였다. 저녁에는 함께 퍼시가 촬영한 드론 영상을 관찰했다. 이드는 우아한 동작으로 15인치 화면 위를 헤엄쳤다. 사각 모니터 속 바다는 광활하지도 복잡하지도 않은 세계였다. 설명이 가능하고 이해할 수 있는 일만 벌어지는 안온한 풍경이었다.

성원은 트래커가 전송한 데이터를 분석 가능 데이터와 더미 데이터로 구분했다. 생체 데이터 속에는 수십 기가바이트의 음성 데이터도 포함돼 있었다. 그중 하나를 선택해 재생했다. 이어폰을 꽂고 눈을 감았다. 이드가 그곳에 있었다. 물방울 부서지는 소리, 잉크가 번지듯 수면이 사각거리는 소리, 지구 반대편까지 도달할 수 있을 저주파의 음성이 박동하는 노래가 되어 한데 뭉개졌다.

11

칡뿌리에서 흙냄새가 났다. 묽은 단내가 날 때까지 꼭꼭 씹고 있으면 울렁거리던 속이 천천히 가라앉았다. 그렇게 마음이 여유로워지기를, 석기는 기다렸다. 바다에서는 서두르지 않아야 한다. 마음이 조급하면 일을 그르친다. 바다에서 나고 자란 석기가 터득한 지혜였다. 깊이 담그지 않은 낚싯바늘이 고기를 낚을 리 없고 넓게 펼치지 않은 그물은 잔챙이만 잡고 끝나기 마련이었다. 마음이 급하면 한 번 할 일을 두 번 해야 하고 수습을 하는 데는 더 오랜 시간이 걸린다. 석기의 인생도 그랬다. 급해서 그르친 일들이 많았다. 그간 허비한 시간을 주워 담아야 했다. 천천히, 우직하게 이번 일을 처리할 생각이었다.

원구가 짐을 가득 실은 포터를 끌고 항구에 도착했다. 석기는 원구가 장비를 제대로 챙겼는지 확인했다. 튼튼한 밧줄과 그물은 이해가 갔지만 곡괭이는 뭘 어쩌자는 건지 알 수가 없었고 외발 수레를 봤을 때는 좀 난감하기까지 했다.

"원구야. 니는 니가 장비를 제대로 챙겼다고 생각하나."

원구는 벌을 받는 사람처럼 손을 앞으로 모으고 서서 머리카락만 날리고 있었다. 이 날씨에도 히터 대신 창문을 열고 찬 바람을 쐬는 녀석이었다. 석기는 원구의 등을 짝 때렸다.

"됐다. 배에 짐 실어라. 수레랑 곡괭이는 있던 자리에 갖다 놓고."

원구는 불평도 없이 짐을 날랐다. 석기의 명령이라면 핏불테리어처럼 사냥감을 향해 달려들 동생이었다. 장전된 총이었다. 우직하고 말수가 적은 총. 울성의 뱃사람다운 자세였다.

뱃일하는 사람들은 원체 거칠고 말수가 적었지만 그중에서도 울성 사람들이 유별났다. 외지인들은 울성 사람들이 항상 화가 나 있는 것 같다고 했다. 정말로 화가 나 있기 때문일지도 몰랐다. 울성은 이리저리 치이고만 살았다. 영향력 있는 정치인이 배출된 적이 없기 때문이라고들 했다. 그러니 지역 경제에 별 도움이 되지 않는 공장이 들어선다고 해도, 발전소를 건설한다고 해도 받아들였다. 변변찮은 보상금을 받으면서 외곽으로 밀려날 뿐이었다. 정치인들은 표가 궁할 때만 가족이 됐다. 울성의 아들이니 손자니 며느리니 하는 소리에 한 표 두 표 던져주고 나면 몇 년 후에는 똑같은 사람들이 부산의 딸이며 목포의 손녀며 대전의 사위가 되어 있었다. 그러면서도 이번에는 다르겠지 하며 선거철마다 속아줬다. 정치인들은 울성 사람들이 속이기가 쉬워서 속이러 왔다. 당명을 바꾸고, 사람을 바꾸면서 꾸준히도 찾아왔다. 울성 사람들은 여기에도 큰 인물이 하나 나와야 한다며 기금을 모으고 똑똑한 아이들을 서울에 올려 보냈다. 재서울 울성 장학회가 목 좋은 곳에 지어 둔 번듯한 건물 몇 채를 기숙사로 사용하기도 했다. 아이들은 어떻게든 꾸역꾸역 자라서 서울로 올라갔고 한번 올라간 아이들은 다시 내려오지 않았다. 정치권이건 법조계건 기웃거려주길 바랐지만 제 식구 건사하는 데도 바빠 죽겠다고 했다. 그래서 울성은 나이 든 사람들의 동네가 됐다. 남아 있는 젊은 사람들은 어서 울성을 떠야지 하면서도 떠날 도리가 없어 불만만 늘었다. 석기도 원구도 그랬다. 이유도 없이 불만이 많았다. 고기가 잡혀도 불만 안 잡혀도 불만, 날씨가 좋건 나쁘건 불만이었다. 불만이 습관이 되고 인이 박였다. 그래도 울성이 고향이라 애틋한 마음이 없지는 않았다.

석기는 마흔이 되도록 울성 아닌 다른 바다를 본 일이 없었다. 거칠고 변화가 심해 멀미가 나는 곳, 그래서 힘이 넘치는 고기를 잡을 수 있는 삶의 터전인 울성이 석기가 아는 유일한 바다였다. 외지인이 쉽게 적응할 수 있을 만큼 만만한 곳이 아니었다. 이곳에서 평생을 산 석기였다. 자신 아닌 다른 이가 활개를 치고 다니는 걸 봐줄 생각이 없었다.

배에 짐을 옮겨 담은 석기는 너른 바다로 배를 몰았다. 속도를 높여 파도를 넘었다. 고래를 잡아서 돈을 벌면 이 배도 좀 손봐야겠다고 생각했다. 해풍호라는 이름에 걸맞지 않게 망가진 곳이 많았다. 그나마 하부선실이 봐줄 만했다. 먼바다로 나가는 지루한 시간을 견딜 수 있도록 바둑판에 화투, 간식을 구비해 두었고 작은 유리창으로는 바깥 경치를 구경할 수도 있었다. 창밖에는 도둑이 들지 않도록 튼실한 철망을 덧대어 놓았다. 원구는 하부선실이 꼭 잠수함 같다고 헤실거렸다. 다만 물간을 불법 개조해 만들어낸 공간이었기 때문에 해경에 적발되기라도 하면 벌금이 만만치 않을 것이었다.

석기는 풍랑이 덜 거친 바다에 배를 댔다. 원구는 라면을 끓일 준비를 했다.

"물 좀 자작하게 담지."

"에이 짜게 먹으면 안 좋아요."

"건강 걱정할 시간이 있으면 고래 있나 살펴보기나 해라."

"네, 형님."

원구는 라면 가락을 휘저어 집어 올렸다. 라면이 순식간에 반으로 줄었다. 뜨거운 줄도 모르고 덥석 입에 집어넣었다가 뱉는 모습이 순박하다 못해 안쓰러웠다.

"입에 넣었으면 그냥 삼키지 더럽게시리."

석기도 기세 좋게 한 젓가락 말아 올렸다. 원구 말대로 엄청나게 뜨거웠다. 오기가 생겨 입 안에 있는 걸 삼키고 국물까지 마셨다.

"와. 형님은 세네요, 역시."

몇 술 뜨지도 않아 식사가 끝났다. 원구는 남은 라면 국물을 바다에 버렸다. 시간이 차고 넘치게 많아서 두 사람은 통발과 뜰채를 정리했다. 맨손으로 정리한 탓에 손바닥 가득 작은 가시가 박혔다. 석기는 커터칼을 빼들고 피부를 얇게 저며 가시를 뽑아냈다. 외피가 벗겨진 자리가 쓰라렸다. 원구가 하부선실에서 화투를 갖고 올라왔다.

"화투는 와 갖고 오노. 치아라."

"기다리기 심심한데…… 같이 안 하실래요?"

"안 한다."

원구는 토라진 애처럼 입술을 삐죽 내밀더니 주섬주섬 모포를 펼쳤다.

"안 치우고 뭐 하노."

"심심해서 점 한번 볼라고요."

"점은 또 무슨 점이고."

"재미로요. 재미로."

원구는 손때 묻은 물건을 쉽게 버리지 못했다. 군부대에 납품하는 모포를 장터에서 건져 와 십 년을 넘게 쓴다고 했다. 패가 모포에 쩍쩍 붙었다. 제철 방어회가 입천장에 들러붙는 느낌이 꼭 그랬다. 첫 패로 비광이 떴다. 그걸 보던 석기도 제법 궁금해져 물었다.

"뭔 뜻이고."

"손님 온다카네요."

손이라고 해서 다 반가운 건 아니었다. 이 비린 세상에는 손님도 있고 손놈도 있으니 어느 쪽인지를 봐야 할 차례였다.

"다음 것도 넘겨봐라."

석기가 말했다. 원구는 신나게 남은 패 한 장을 더 뒤집었다.

구불구불한 머리가 덩달아 출렁거렸다. 시월 단풍이 볼기를 때리듯 모포에 달라붙었다.

"그건 또 무슨 뜻인데."

"뭐, 흉한 일이 있다 이런 뜻이고."

"에라이. 기분 잡치게. 치아라 인자."

석기는 망원경을 들었다. 배들이 지나는 길목을 지키고 있으면 교수 놈들을 발견할 수 있을 거라는 생각이었다. 원구가 혼쭐을 내줬으니 전처럼 그리 쉽게 뻗대지는 못할 것이다. 외지인들이 방해하는 꼴을 가만히 앉아서 봐줄 석기가 아니었다.

유자호가 지나간 건 해가 떨어진 뒤였다. 출발할 때부터 목적지를 알고 있었던 양 어두운 바다에 불을 밝히고 직선으로 달렸다. 석기는 원구에게 철근을 쥐여줬다. 고래 등에 박히자마자 쑥 빠져버리던 것이 생각나 바깥을 향해 말려 올라가는 네 개의 가시를 달아놓았다. 살을 도려내기 전에는 빼낼 수 없는 구조였다. 원구는 철근 뒤를 밧줄로 꽉 묶었다.

밤바다에서는 몸을 숨기기가 쉬웠다. 유자호의 엔진 소리가 시끄러워 주변 소리를 듣기 힘들었고 불을 끈 배는 일렁이는 파도 속에 풍경처럼 스며들었다. 석기는 발자국처럼 남은 물거품을 따라 타륜을 틀었다. 뱃머리가 파도를 쪼개며 전진했다.

12

돌카르 라모는 얼마 되지 않는 지폐를 몇 번이고 다시 셌다. 두 장이던 것이 세 장으로, 세 장이던 것이 네 장으로 늘어나기라도 할 것처럼 열심이었다. 수익을 장부에 옮겨 적고 합을 냈지만 아무리 계산을 해도 답이 서지 않았다. 겨울은 손님이 뜸한 계절이었다. 시내 건물 공사에 투입된 인부들이 저렴한 숙소를 찾아 올라오는 게 전부라 여관에는 빈방이 많았다. 인부들에게 식사와 술을 제공하며 부족한 수익을 충당했지만 동생의 가족까지 먹여 살리기에는 빠듯했다. 그런데도 여관 일을 도울 생각은 않고 밖으로만 도는 돈둡을 생각하면 심장이 벌떡벌떡 뛰고 열이 올랐다. 뭉개진 코와 귀, 잘 벌려지지도 않는 입술로 웅얼거리는 말투, 어느 한구석도 마음에 들지 않았다. 승려도 아닌 인간이 무슨 생각으로 분신을 시도했을까. 이 외진 곳에 사는 소시민에게 무슨 명분이 있고 사명감이 있어 그

뜨거운 불길을 집어삼킬 생각을 했을까. 성공하지 못할 시위였다. 군경의 눈과 귀는 다정한 이웃의 얼굴을 하고 도처에 숨어 있었었다. 사전에 정보를 확보한 공안은 불이 붙고 얼마 지나지 않아 소화기를 들고 몰려왔다. 돈둡이 얻은 것은 자유와 열반이 아닌 전신 화상이었다. 죽는 게 나았을 정도로 끔찍한 치료와 교화 작업이 이어졌다. 그런 돈둡에게 하필 라모의 동생이 연민을 느낀 건 또 누구의 장난이었는지. 그저 조언이나 해주고 위로나 건네주면 좋았을 것을, 두 사람이 부부의 연을 맺겠다고 했을 때부터 라모는 돈둡을 원망했다.

야크와 양을 사육하겠답시고 산에 올라간 동생 부부는 티베트에 변혁이 일고 있다는 걸 알지 못했다. 중국이 선물한 개혁의 효과를 인정하고 싶지 않았는지도 모른다. 야크를 사육할 목초가 줄어들었고 서로 들러붙은 돈둡의 손가락은 야크의 털을 자르고 젖을 짜기에 유용하지 못했다. 아무리 여관 일이나 도우라고 닦달을 해도 돈둡은 들을 생각을 하지 않았다.

조카도 답답하긴 마찬가지였다. 여관 일이나 열심히 도우면 좋을 것을, 멍하니 딴생각을 하는 시간이 많았다. 그냥 공상을 하는 것이 아니라 허공에 대고 뭔가를 중얼거렸다. 길을 걷다가도 잠을 자다가도 뭔가를 속삭이는 조카를 보며 마을 사람들은 애가 귀신이랑 애기한다며 농을 걸었다. 내 조카는 상상력이 좀 풍부한 것뿐이라며 변호했지만 가끔 혼잣말을 하는 아이가 섬뜩할 때도 있었다. 서늘한 시선에 마음을 읽히는 기분이었다.

라모는 주먹을 쥐었다 펴면서 다리를 쭉 뻗었다. 몸 구석구석 피가 돌 때를 기다리는 것이다. 그러지 않으면 일어날 때 빈혈로 고생하기 일쑤였다. 이불을 걷고 내려가니 조카는 카운터 옆에 놓인 긴 의자에 앉아 있었다.

"너 또 귀신이랑 얘기하니."

어깨를 두드리자 조카는 화들짝 놀라 정신을 차렸다.

"안녕하세요, 이모."

"혼잣말 좀 그만해. 사람들이 무서워한다니까."

라모는 손님에게 대접할 아침을 준비했다. 주방을 정리한 뒤에는 리셉션에 앉았다. 어디선가 쥐 소리가 들렸다. 쥐는 여간 귀찮은 존재가 아니었다. 아무리 좁은 곳이라도 비집고 들어가 숨어 있다가 인적이 없는 시간이 되면 기어 나와 닥치는 대로 갉아 먹었다. 중국인들이 응아바에 이주한 후로 쥐들도 더욱 기승이었다. 하지만 라모는 외지인을 향한 비난도 원망도 하지 않았다. 달라이 라마가 티베트를 떠난 지 60년, 중국 공산당은 그사이 100주년을 맞았다. 독립은 공허한 주문이었다. 얼굴 한 번 본 적 없는 지도자보다 당장 먹을 것을 주는 쪽이 더 도움이 됐다.

다만 동생이 걱정이었다. 피란민들의 탈출을 암암리에 돕다 체포된 동생은 6년 형을 선고받았다. 감옥 소식을 확인하기 위해 백방 날뛰었지만 크게 건진 것이 없었다. 다만 얼마 전 형을 마치고 돌아온 사람에 따르면 수감된 사람들이 종종 고문을 당한다고 들었다. 때리고 찌르지 않아도 사람을 괴롭힐 방법은 많았다. 그저 추운 곳에 맨발로 내놓기만 하면, 철창 안에 가둬두고 얇은 옷 한 벌만 주면, 모포를 빼앗으면, 죄수들은 서서히 시들었다. 라모에게는 그런 시간을 견딜 강단이 없었다. 독방에 갇혀 날짜만 셀 자신이, 살이 썩어 들어가는 그 서걱거리는 느낌을 견딜 자신이 라모에게는 없었다. 어느 날 덜컥 군경이 동생의 사망진단서와 함께 총알값과 시체 처리 비용을 받으러 오지는 않을까 라모는 걱정하지 않는 날이 없었다. 형을 마치고 돌아올 때까지 조카를 돌봐주겠다고 동생에게 약속했었다. 그게 라모의 최선이었다. 라모는 동생이 남긴 터키석을 꼭 쥐었다. 영혼을 지켜준다는 믿음이 깃든 보석이었다. 이것마저 팔아야 하는 상황이 되면 라모는 돈둡을 용서하지 못할 것이다.

공안은 수시로 집 주위를 어슬렁거렸다. 까치발을 하고 집에서 무슨 일이 벌어지나 살피다 떠나곤 했다. 슬슬 여관 일을 접고 시내 일자리를 알아보는 쪽이 낫지 않을까 생각도 했다. 이미 발 빠른 이웃들은 한족이 운영하는 식당이나 가게에서 봉급을 받으며 일했다. 잔소리를 많이 듣는 것이 흠일 뿐 남 밑에서 일하는 게 속이 편하다고 했다.

라모는 조카를 데리고 주방으로 갔다.

"여길 정리해. 시간이 남으면 침구도 정리하고. 귀신이랑 얘기할 시간에 일을 해."

라모는 조카의 손에 빗자루를 쥐여줬다.

"귀신이 아니에요."

조카가 마지못해 바닥을 쓸었다. 제대로 하는 청소가 아니었다. 괜한 먼지만 날렸다.

"넌 어떻게 된 애가 잘하는 게 하나도 없어. 라싸에서는 어떡하려고 그래."

"모르겠어요."

조카는 고개를 저었다.

"에휴. 나도 모르겠다. 몇 년 후면 직업학교도 다녀야 할 텐데. 그러면 너도 좀 나아질지도 모르지."

조카는 빗자루를 들고 움직이지 않았다. 멍하게 눈을 뜨고 생각에 잠겨 있는 것 같았다. 라모는 조카의 등을 찰싹 때렸다.

"왜 그래 또."

"록빠가 아파요."

"누구? 걔도 귀신이야?"

"록빠는 목소리예요."

또 알 수 없는 소리. 라모는 손바닥으로 턱을 괴었다.

"귀신이네."

"누가 록빠를 괴롭히고 있어요."

조카는 마을 입구가 있는 쪽으로 몸을 돌렸다. 아무도 없는 곳을 향해 귀를 기울였다.

"손님이 올 거예요."

"언제? 예약 전화라도 있었어?"

"아니요. 하지만 와요. 멀리서요. 아주 멀리서."

"누가 그래?"

"록빠요."

"아, 진짜! 청소나 해."

어쩌면 동네 사람들 말대로 조카가 귀신에 씐 건지도 모르겠다고 라모는 생각했다. 스님에게 데려가야 할까. 아니면 병원에. 하지만 돈이 들 텐데. 더한 겨울이 오면, 그때는 정말 어떡할까. 라모는 걱정이 많았다.

저녁이 됐다. 그 시간이면 여관 로비는 항상 어둑했다. 태양은 개 혓바닥처럼 길게 늘어져 로비를 비집고 들어왔다. 그 뒤로 돈둡이 걸어왔다. 화염에 속이 뒤집혀 조금만 움직여도 쉰기침을 해댔다.

"애는요?"

"뒤뜰에 있어."

돈둡은 짐을 내려놓았다. 라모는 뒤뜰로 향하는 돈둡을 불러 세웠다.

"저기, 이제 정말 며칠 안 남았어. 애가 적응할 수 있게 잘 설명해줘. 아직 실감을 못 하는 것 같아."

돈둡이 인상을 구겼다.

"무슨 설명이요. 가족이랑 떨어져 살아야 한다는 걸 어떻게 설명해요."

"모두를 위해서 하는 말이야. 이게 맞아. 애한테 좋은 일이야."

"애를 아비랑 떼어놓는 게요? 친척 집에 보내는 게요? 중국 정부 아래서 일하는 집에 애를 맡기는 게요?"

"그래. 좋은 일이야. 직업 기술학교에 들어갈 거야. 괜찮은

직장을 구할 거야."

"노동 캠프에 다녀온 사람들이 군사 훈련을 받는다는 얘기를 들었어요? 달라이 라마를 비난하고 중공 찬양가를 부르게 한다는 얘기는요?"

"나쁜 것만 과장해서 듣지 마. 얘도 사회에 적응을 해야 해."

"내 딸이에요."

"내 조카야."

돈둡은 뒤뜰로 향했다. 라모는 그 뒤에 외쳤다.

"딴생각하지 마. 공안에 신고해버릴 테니까."

돈둡이 고개만 돌려 라모를 노려봤다.

"무슨 생각이요."

"허튼수작 부리지 말라는 얘기야."

돈둡은 라모의 말을 못 들은 척 걸음을 옮겼다. 혹시나 싶어 던진 말에 당황한 것이다. 정말로 딴생각을 한다면, 조카를 티베트 밖으로 보낼 생각이라면 라모도 가만있지 않을 생각이었다. 라모는 그저 소박하고 평범한 삶을 원했다. 그러기 위해서는 체제에 순응해야 했다. 아무리 돈둡이 막는다 해도 라모는 반드시 조카에게 살아남는 법을 알려줄 생각이었다.

해가 산 너머로 사라지고 밤이 찾아왔다. 들개가 목청을 높여 짖었다. 고민과 염려 위로 새까맣게 졸음이 몰려왔다. 라모는 카운터에 앉아 졸다 깨기를 반복했다. 손님은 오지 않았다. 대신 바람이 불었다. 밤과 바람, 차가운 것들은 모두 초모룽마에서 흘러나왔다. 라모는 구겨진 종이처럼 웅크렸다.

13

퍼시가 핏기 없는 하얀 손으로 난간을 부여잡았다. 파도 위로 토사물이 쏟아졌다. 바다가 위아래로 움직이는 듯한 착시가 모두를 괴롭혔다. 파도는 휘청이며 다가오는 파란 거인 같았다. 그 모습에 홀려 정신을 놓고 있으면 멀미에 시달리기 십상이었다. 꼭대기에서 바닥으로, 다시 꼭대기로 시선이 옮겨가다 덜컥 속이 울렁거렸다. 성원이 퍼시의 등을 두드리며 말했다.

"멀미약을 먹지 그래."

"먹었는데도 이래. 좀 쉬어야겠어."

퍼시는 입을 닦은 휴지를 성원에게 쥐여주고는 조타실로 들어갔다.

이드의 신호가 잡히지 않아 평소보다 훨씬 먼 곳까지 배를 몰고 나와야 했다. 유코는 어쩌면 지진 데이터로 이드를 찾을 수 있을지도 모르겠다고 했다. 새로운 신호가 포착될 때까지 유자호는 험한 바다를 갈랐다. 끝없이 밀려오는 바닷물에 데크가 흠뻑 젖었다. 방위를 구분할 수 없는 일렁임의 연속이었다. 성원은 선글라스를 눌러 썼다. 렌즈가 눈두덩에 닿을 것 같았다. 그 좁은 틈새로도 찬 공기가 훅훅 들이쳤다.

유코의 노트북에서 알람이 울렸다. 지도 위 산발적으로 분포하던 수십 개의 점이 스위치를 끈 것처럼 툭툭 사라졌다. 동해의 한가운데, 붉은 점 하나만 깜빡이는 중이었다. 동심원을 그리는 붉은 원이 조사단이 위치한 곳으로 밀려들었다.

"이드지?"

성원이 물었다. 유코는 고개도 돌리지 않고 대답했다.

"응. 남동쪽으로 50킬로미터 앞이야."

두 점은 서로를 향해 가까워졌다. 이윽고 유자호의 위치를 나타내는 중심점과 이드를 표시하는 붉은 점이 겹쳐졌을 때 유코가 레버를 당겼다.

이드는 파도를 뚫고 도착한 사람들이 악의 없는 친구들임을 확인하고 느린 속도로 헤엄치며 나타났다. 트래커는 그동안 쌓은 데이터를 커뮤니케이터에 전송했다. 예후가 좋지 않았다. 이드는 고통스러워하고 있었다. 성원이 말했다.

"직접 들어가서 봐야겠어."

이드의 상태가 괜찮으면 배 위에서, 그렇지 않다면 근접 관찰을 할 계획이었다. 잠수는 성원 담당이었다. 배와 이드의 거리를 유지하며 다음 과제를 지시하는 건 유코의 일이었고 수

중 탐사가 진행되는 동안 데이터를 수집하고 장비를 점검하는 건 퍼시 몫이었다. 성원은 웨트수트와 산소통을 걸치고 바다에 몸을 담갔다. 웨이트벨트가 성원을 깊은 곳으로 내려보냈다. 기포가 마스크 밖으로 빠져나갔다. 잠수 가능 수심은 오픈워터 기준인 18미터, 시간은 30분이었다. 그 이상 잠수하거나 입수 가능 시간을 넘길 위험이 있으면 유코가 중단 신호를 보내주기로 했다.

"천천히 이동해."

유코가 무전으로 말했다. 랜턴 불빛이 이드에 닿았다. 성원은 검푸른 바닷물 사이로 부드럽게 나아가는 이드를 눈으로 좇았다. 물속에서 관찰한 이드는 새삼 거대했다. 우주를 유영하는 행성처럼 궤도를 따라 흐르고 있었다. 성원은 분수공이 있는 곳으로 이동했다. 이드의 눈이 성원을 따라 움직였다. 철근이 꽂혔던 자리가 아물지 않은 채 벌어져 있었다. 성원은 분수공 가까이 손을 가져갔다. 이드가 지느러미를 꿈틀거렸다. 수압에 끌려가는 사이 바라본 해저는 까마득한 무덤인 듯했다. 성원은 쉭쉭거리는 호흡을 내뱉으며 트래커 상태를 확인했다. 성원이 물었다.

"커뮤니케이터는 뭐래?"

"아프다, 괴롭다. 이런 단어만 보여."

퍼시가 대답했다.

"우리를 경계하는 것 같지는 않네. 도움을 구하는 건지도 몰라."

"상처는?"

유코가 물었다.

"내가 봐서는 잘 모르겠어. 사진을 찍어둘 테니까 나중에 확인해줘."

"알았어. 수심도 체크해. 작업이 끝났으면 그만 올라올 준비하고."

소형 컴퓨터에 부착된 수심계 바늘은 안전 상태를 가리키고 있었다. 수온과 해류는 일정했고 잠수에도 문제가 없었다.

"이 정도 깊이면 무감압 수준이니까 괜찮아. 조금만 더 살펴볼게."

성원은 이드의 분수공 주위의 근육 신호를 분석해 감정 체계를 분류할 수 있을지도 모르겠다고 생각했다. 분수공은 호흡을 위한 기관이고 호흡은 흥분과 긴장을 파악하는 단서가 될 테니까. 이드의 눈도 더 관찰하면 좋을 터였다. 조사 초기엔 고래에게 눈꺼풀이 없어 육지 포유류처럼 눈을 끔뻑이거나 가늘게 뜨는 형태의 감정 전달을 할 수 없을 거라 판단했었지만, 수중 촬영으로 데이터를 쌓으면 다른 정보와의 관련성을 분석하는 데 도움이 될 것 같았다.

"커뮤니케이터가 좀 이상한데?"

탐사를 계속하던 성원에게 퍼시가 말했다.

"뭔데."

"단어가 너무 많아. 갑자기 너무 많은 단어가 떴어."

"하나씩 읽어봐."

"불안, 공포, 걱정……."

퍼시는 잠시 말을 멈췄다. '유코, 망원경이 어디 있지?' 하고 묻는 목소리는 멀리서 들렸다.

이드가 몸부림을 치기 시작했다. 조급해 보였고, 그래서 성원의 존재를 잊어버린 것 같았다. 지느러미가 아슬아슬하게 성원을 스쳤다. 성원은 수면을 향해 팔을 저었지만 물살을 밀어내고 있다는 저항감이 느껴지지 않았다. 이드가 휘저은 공간에 형성된 하강 조류 때문이었다. 경보음이 귀를 때렸다. 수심계가 순식간에 30미터를 가리켰다. 컴컴한 바다가 성원을 빨아들이고 있었다. 성원은 허리춤으로 손을 가져갔다. 7킬로그램짜리 납이 장착된 핑크색 웨이트벨트가 손에 닿았다. 잠금장치를 해제하는 순간 납덩이는 바닥으로 가라앉았다. 성원의 몸은 그 반발력으로 수면을 향해 급부상했다. 감압 과정 없는 상승이었다.

갑판에 올라 마스크를 벗었다. 낮게 깔린 구름이 수평선에서 으르렁거렸다. 유코가 그쪽으로 턱짓을 했다. 바닷물로 범벅이 된 렌즈 너머 해풍호가 보였다. 풍랑이 거친 쪽에서 접근한 모양이었다. 원구가 꼬나 쥔 작살 끝에는 화살촉을 닮은 날개가 달려 있었다. 해풍호는 몸을 숨길 생각도 없이 힘껏 속도를 높였다.

낚싯배 두 척이 최고 속도로 달리기 시작했다. 해풍호가 더 빨랐다. 석기는 사이드미러를 보며 유자호의 진로를 막았다. 유코는 쏟아지는 바닷물을 와이퍼로 날려 보내며 해풍호의 꽁

무니를 좇았다. 그 틈에 원구가 작살을 들고 일어섰다. 물을 머금은 밧줄이 묵직해 보였다.

"원구야. 조심해라."

석기가 소리쳤다.

"걱정 마세요, 형님."

튀는 바닷물을 삼키며 원구가 대답했다. 이드가 몸부림을 치며 꼬리를 휘두를 때마다 해풍호는 급히 방향을 틀었다. 파고가 높았다. 원구는 이드의 속도가 느려진 순간을 놓치지 않고 기지개를 켜듯 팔을 곧게 위로 뻗었다. 뱃전에 걸친 왼발에 체중을 싣고 이드가 수면 위로 모습을 드러내기를 기다렸다. 파도와 파도가 양쪽에서 부딪히는 순간이 있었다. 일순 바다가 잠잠해졌다. 진동과 진동이, 파동과 파동이 엇갈려 에너지가 원하는 방향으로 뻗치지 못하고 무위의 상태로 돌아가는 찰나 원구가 눈을 크게 뜨고 작살을 뿌렸다. 쌔액 소리를 내며 날아간 철근 끄트머리가 분수공에 수직으로 박혔다. 아물지 못한 상처 위였다. 살덩이는 지방층까지 침투한 쇳조각을 꽉 움켜쥐었다. 고래 울음소리가 끈적이는 비처럼 배 위에 내려앉았다.

분노, 분노, 분노. 커뮤니케이터가 단어를 뱉었다.

원구는 작살에 연결된 밧줄을 배에 묶었다. 이드가 방향을 전환할 때마다 해풍호가 출렁거렸다. 원구는 몸이 흔들리지 않도록 줄다리기를 하듯이 밧줄을 팔뚝에 단단히 감았다. 성취감에 젖어 저지른 바보 같은 짓이었다. 밧줄에 엮인 몸은 쉽게 중심을 잡지 못했다. 원구는 파도가 치는 반대 방향으로 몸을 구부려 균형을 유지하는 것이 아니라 파도가 치는 쪽으로 기울어지기만 했다. 어, 어, 하며 휘청거리는 원구의 눈앞에 검고 깊은 바다가 기다리고 있었다. 당황한 원구가 다시 밧줄을 풀어버렸다. 그건 더 바보 같은 행동이었다. 해풍호의 선수가 파도를 넘으며 솟구치는 순간 원구의 머리가 난간을 들이받았다. 선미까지 굴러간 몸은 배 밖으로 튕겨 나왔다. 허공에 잠시 떠 있던 원구는 포물선을 그리며 추락했다. 수면은 콘크리트처럼 단단했다. 찰싹, 뺨을 때리는 것 같은 소리가 났다.

석기가 이드에게 연결된 밧줄을 끊고 바다에 뛰어들었다. 그러는 중에도 파도가 산처럼 밀려왔다. 유코는 해풍호 가까이 배를 댔다. 조사단이 힘을 합쳐 원구와 석기를 끌어 올렸다. 원구의 얼굴이 창백했다. 거의 파란색으로 보였다.

유코가 나섰다. 깍지 낀 손에 체중을 실어 원구의 명치께를 눌렀다. 원구가 바닷물을 울컥울컥 토했다. 물을 다 뱉은 뒤에도 정신을 차리지는 못했다. 석기가 악을 썼다. 일어나라고, 눈을 좀 떠보라고 핏대가 툭툭 불거져 나오는 목으로 소리쳤다.

이드는 등에 작살을 꽂은 채 흐르는 안개를 따라 뱃전을 맴돌았다. 커뮤니케이터가 새로운 신호를 감지했다. 그래프가 여태껏 본 적 없는 곡선을 그렸다. 28퍼센트의 분노, 27퍼센트의 공포, 45퍼센트의 슬픔. 돌가루같이 날카로운 침묵이 바다에 내려앉았다. 파도가 휘몰아치는 수평선 너머로 이드가 멀어졌다.

14

현지는 쌍류 국제공항에서 코디네이터 팽쵸를 만났다. 고원 지대의 햇볕에 그을린 피부와 자글자글한 주름이 잘 어울리는 남자였다. 악수를 하는 손은 스테이크처럼 두툼했다. 팽쵸가 영어로 말했다.

"웃어요. 두 사람은 나와 함께 있는 동안에는 관광객이고, 여기 오는 관광객들은 모두 웃으니까."

현지는 이 유들유들한 코디네이터가 마음에 들었다. 하지만 쿠날은 주위를 두리번거리며 경계를 늦추지 않았다. 사냥감이라도 찾는 들개 같았다.

공항 주차장에 농기구를 실은 픽업트럭이 기다리고 있었다. 팽쵸가 짐칸에 공간을 만들어 배낭을 실었다. 조수석 시트는 음료수를 엎질러 생긴 얼룩으로 지저분했다. 담배를 비벼 끈 자국도 눈에 띄었다. 방향제를 얼마나 뿌렸는지 눈이 매웠다.

팽쵸는 청두 외곽의 저렴한 숙소가 모여 있는 지역으로 차를 몰았다. 안내 표지판과 상점 간판에 적힌 간체자를 보고서야 중국에 왔다는 실감이 났다. 몇 번이나 중국을 방문했지만 사투리 같은 성조와 길게 늘어지는 문장의 종결부는 도통 적응하기 어려웠다. 팽쵸가 글로브박스를 열어보라고 했다. 속에는 각기 다른 이름으로 된 가이드 신분증이 한 줌 놓여 있었다.

"짐칸에는 자동차 번호판도 그만큼 있고요."

팽쵸의 부친은 한족이라고 했다. 정부가 티베트 자치구에 강제 이주시킨 중국인으로, 당의 혜택을 받기 위해 티베트인과 결혼을 했다. 팽쵸는 다섯 형제 중 둘째였다. 관광지의 가이드가 대여섯 개의 언어를 한다고 떠벌리는 경우 십중팔구는 외운 말만 읊는 법이었는데 팽쵸는 티베트어와 중국어는 물론 영어까지 구사했다. 티베트 자치구 이곳저곳을 전전해 현지 사정에 대한 지식도 충분했다. 다만 운전 실력이 형편없는 것이 흠이었다. 급브레이크를 밟거나 페달에서 너무 자주 발을 떼는 것까지는 봐줄 만했지만 기어 변경을 하지 못해 수시로 엔진을 꺼트리는 건 신경이 거슬렸다. 차가 크게 코너를 돌 때마다 현지는 긴장감으로 등이 팽팽하게 말렸다.

팽쵸는 인적 뜸한 골목에 차를 세웠다. 현지인만 이용하는 허름한 식당 앞이었다. 조도가 낮은 조명이 듬성듬성 천장에 박혀 있었고 테이블은 끈적거렸다. 손님 둘이 식사를 마치고 식당을 떠나는 중이었다.

"요기부터 해요. 내일은 하루 쉬면서 장비도 점검하고 일정도 확인하고요."

팽쵸가 알아서 요리 몇 가지를 주문했다. 쿠날은 짜사이와 건두부 무침만 집어 먹었다. 입맛에 안 맞아서 그러냐고 팽쵸가 물었다. 쿠날은 향이 너무 강하다며 접시를 밀어냈다. 배가 고팠던 현지가 쿠날의 몫까지 먹어치웠다.

"티베트에 도착하자마자 인터뷰를 진행하려고 해요. 자치구 상황은 어때요?"

현지가 팽쵸에게 물었다.

"예전처럼 뜨겁진 않아요."

종업원이 영어를 알아듣지 못한다는 걸 알면서도 팽쵸는 목소리를 낮췄다.

"티베트 사람들, 이제는 납득하고 사는 경우가 많아요. 오히려 중국 덕에 먹고사는 걱정은 덜었다고 생각하기도 하고요. 달라이 라마가 중국과 공존하겠다고 발표한 걸 중국 정부가 은근히 홍보하기도 했어요. 그래도 더 나은 삶이 있을 거라고 믿는 사람들이 있어요. 뭔가를 바꾸려는 사람들도 여전히 있고요."

"팽쵸 씨 가족들은요? 모두 인도로 건너갔어요?"

"아니요. 삼촌은 라싸에서 일해요. 돈을 벌어야 하니까요. 삼촌은 다람살라에 조카를 보내놓고 자신은 라싸로 돌아왔어요. 다람살라에서는 아이들이 학교에 다니고 지정 후원을 받도록 도와주지만 어른들까지 보살펴주지는 못하잖아요. 삼촌은 지금 식당 일을 해요. 조카는 덴마크인에게 후원을 받는데 아직 얼굴을 보지는 못했대요. 편지만 주고받아요."

"조카가 탈출한 게 언제였어요?"

"이 년 전이에요."

팽쵸의 눈이 먼 과거를 더듬는 것처럼 멍하게 흘렀다.

"그 후로는 조카를 보지 못했어요. 삼촌도 조카하고 가끔씩 연락을 주고받을 뿐이고요. 덴마크 후원자를 통해서 소식을 전해 듣는 모양이에요."

일행은 팽쵸가 잡아놓은 낡은 모텔에 짐을 풀었다. 현지의 방은 침대 하나에 옷장 하나, 화장실이 딸린 작은 공간이었다. 창틀이 외풍에 달그락거렸다.

리서처 일을 처음 시작했을 때는 민얼굴에 필름 카메라만 들고 현장에 뛰어들었다. 열의로 들끓는 나이였다. 이제는 선크림을 덕지덕지 바르고 선글라스를 쓴다. 디지털 카메라와 녹음 장비를 활용하며 필요하다면 여론을 이용해 정치권이나 정부 부처를 압박한다. 불구덩이에 뛰어드는 과감함은 사라진 지 오래였다. 열정이나 의지, 정신력에 기대기보다는 시스템을 활용했다. 계획과 절차, 과정과 결과. 일이라는 건 결국 변수를 제거하는 작업인지도 모른다고 현지는 생각했다.

창밖으로 느린 시간이 흘렀다. 똑같이 생긴 가로등이 저마다 낯설게 느껴졌다. 길을 걷는 사람들을 하나씩 붙잡고 당신에게는 무슨 사연이 있느냐고 물어보고 싶었다. 퇴근 시간에 맞춰 몰려나온 자전거와 스쿠터 무리는 30분도 되지 않아 자취를 감췄다. 멀리 보이는 국도를 따라 오토바이와 차가 번갈아 시원하게 질주했고 거리는 적막했다. 이따금 길을 잃고 변두리로 흘러든 관광객들이 주위를 두리번거렸다.

Q.E.D

15

호주의 한 연구팀이 음성 데이터를 기반으로 고래 집단의 소통 체계를 분석 중이라고 했다. 연구팀장과 친분이 있는 퍼시가 성원을 소개했더니 그쪽에서도 관심을 보여 서로 연구한 내용을 교류하기로 했다. 며칠 후 호주 연구팀이 확보한 고래 음성 데이터가 성원의 손에 들어왔다.

시계열 자료가 관심을 끌었다. 하루 중 특정한 시간대에 비슷한 패턴이 반복되고 있었다. 호주 연구팀은 이 패턴이 고래 집단의 리더가 특정한 움직임이나 행동을 지시하는 소리일 것으로 예상했다. 계절과 날씨, 환경 데이터를 접목하니 가설은 더 명확해졌다. 수온에 따라 음성 패턴의 시작 지점이 늦어지거나 당겨지는 것으로 보아 해당 자료는 사냥 시작을 알리는 신호일 가능성이 높았다. 성원은 호주 팀의 데이터와 이드의 언어를 비교했다. 하지만 이드가 내는 어떤 소리도 다른 고래의 언어와 일치하지 않았다. 이드는 유일한 존재였고 그래서 고립된 존재였다. 연구가 진행될수록 커뮤니케이터가 더미로 분류하는 데이터가 늘어났다. 힘겹게 모은 자료가 삭제 대상 폴더에 차곡차곡 쌓였다.

"기껏 데이터를 구해왔는데, 소용이 없다고?"

퍼시는 왜 성과를 내지 못하냐고 생떼를 썼다. 성원은 키보드 위에서 F와 J를 배회하던 손을 주머니에 꽂았다.

"행동 데이터가 충분하지 않아. 지금까지 모은 자료에는 일관성이 없고."

"반복되는 패턴이 있다면서."

"그게 문제야. 호주 팀 데이터는 시간이나 날씨와 상관관계를 보이는 패턴이야. 목적이 있는 거지. 몇 번이나 얘기했잖아. 액션과 리액션. 의도를 가지고 하는 반응이라고. 하지만 이드의 패턴에는 논리가 없어. 사람에 비유하자면 하품이나 재채기에 가장 가까운 데이터란 말이야. 어쩌면 우리 기대가 너무 컸던 건지도 몰라. 이드에게 우리가 기대하는 수준의 지능은 없을지도 모르지."

퍼시는 게슴츠레한 눈으로 모니터를 들여다봤다. 분석 결과창에 찍힌 형편없는 숫자를 확인하고는 새는 웃음을 지었다. 유코가 새로운 제안을 했다.

"고래는 유제류잖아? 사슴이랑 비교해 보면 어때. 소나 양도 좋고."

"이미 해봤어. 조금도 비슷하지 않았고. 프로그램의 한계가 아니라 이드의 샘플이 부족한 거야. 통계를 내고 해석하기에 충분한 양이 아니니까. 단순히 번역기를 돌리는 것과는 달라. 유사성을 파악할 자료가 부족하니 행동 데이터부터 쌓아야 해. 딥러닝 기술은 사용하지도 못하는 단계지. 지금 필요한 건 전통적인 알고리즘이고, 그건 굉장히 느리고 힘든 작업이야."

화면에서 눈을 떼지 않던 퍼시가 아메리카 원주민 흉내를 내며 테이블 주위를 뱅뱅 돌았다.

"연구에는 자신있단 말이네. 그럼 내가 무슨 말을 하는지 알겠어? 모르겠으면 나한테 트래커를 붙여도 좋아."

깐죽거리는 퍼시를 유코가 말리고 나섰다.

"아직 인간으로 진화하려면 멀었다는 건 알겠다. 그러는 너야말로 아무 단서도 못 내놓고 있잖아."

퍼시는 들은 척도 하지 않고 성원의 얼굴에 엉덩이를 흔들며 우스꽝스러운 춤을 이어나갔다. 유코는 퍼시를 가리키며 입 모양으로 '난 저 인간이 싫어.' 하고 말했다. 성원은 격하게 고개를 끄덕여 동의했다.

유코가 성원을 돕겠다며 클라우드 서버에 알고리즘을 업로드했다. 복잡계 데이터에서 유닛의 가치를 계량화하고 의미 내포 가능성이 높은 데이터의 조합을 제외한 잔여 데이터를 제거하는 필터링 시스템이었다. 성원은 지금까지 추출한 데이터에서 유코의 알고리즘을 적용해 더미 데이터를 제거했다. 데이터의 범주인 줄 알고 분석하던 정보가 뭉텅이로 날아갔다. 좀 더 선명한 형태의 상관관계 그래프가 표시됐지만 여전히 특별한 의미를 가지고 있는 정보는 아니었다. 텁텁한 공기가 머물렀다. 유코가 조바심이 난 목소리로 물었다.

"나한테도 커뮤니케이터 알고리즘을 보내주겠어? 더미를 제거하는 로직을 더할 수 있을지 연구해볼게."

성원은 유코에게 프로그램 접근 권한을 열어줬다. 간단한 사용법과 주석의 위치를 알려주는 것으로 충분했다. 유코는 승희가 한글로 적어놓은 주석을 몇 차례 번역을 해달라고 했다. 그런 뒤에는 모니터에 코를 대고 코드를 읽어 내려갔다. 이따금 어려운 코드를 이해하기 위해 집중하느라 입을 헤벌리기도 했고 머리를 긁어대기도 했다. 흥미로운 내용을 발견할 때면 깊고 느린 숨을 들이마시며 등을 곧게 폈다.

"보고 있어. 나는 잠시 나갔다 올게."

성원이 말했다.

"어디 가려고?"

"그냥 산책."

"오는 길에 간식거리 좀 사다 줘."

퍼시가 말했다. 유코가 작은 목소리로 퍼시를 향해 뭐라고 속삭였다. 들리지는 않았지만 입 모양은 '닥쳐, 퍼시' 라고 말하고 있었다.

성원은 별장을 나와 항구로 걸었다. 가끔은 안개가 꼈고 가끔은 하늘이 흐렸지만 근 며칠간 해안가는 대체로 춥고 잔잔했다. 밤바다는 두꺼운 안개를 끝없이 밀어 올렸다. 밭고랑에는 눈이 두껍게 쌓였다. 가로수가 혈관을 닮은 모습으로 앙상하게 뻗어 있었다. 울성에 내려온 뒤로 많은 것들이 그리웠다. 이드를 찾아 배를 타고 대해를 떠다니며 유동하는 바다에서는 기억으로 이정표를 삼아야 하는 건지도 모르겠다고 생각했다. 쓸쓸하게 비어 있을 집을 생각했다. 승희를 떠올리는 날도 있었고 티베트에 간다던 현지를 생각하기도 했다. 랩에서 빈둥거리고 있을 경완을 생각할 때는 좀 얄미웠다.

십여 분을 걸어간 뒤에 바다가 나왔다. 어부들이 제멋대로 엉키고 쓸려 뺏뺏하게 얼어 있는 그물을 털고 있었다. 발목에 바닷물이 튀었다. 석기가 불발탄처럼 바다 어딘가를 배회하고 있을 것 같았다. 불규칙적으로 밀려오는 파도, 포말에 묻은 소금기, 폐그물과 썩은 밧줄, 방치된 통발에서 석기의 기운을 느꼈다. 흙탕물이 바지에 튀었다. 소매는 끈적거리는 비린내를 풍겼다. 기분을 좀 풀고 싶었고 오래전에 들었던 웃긴 이야기가 있을까 생각했다. 청어가 방귀로 의사소통을 한다는 말에 자지러지게 웃었던 기억이 있는데, 다시 생각하니 조금도 재미있지 않았다.

항구에서 마을 쪽으로 방향을 틀었다. 밤바람이 실어 나른 비린내는 찐득찐득하게 뺨에 닿았다. 가림막 위로 공사 중인 건물이 보였다. 발가벗은 채 축 처진 철선 앞으로 폐자재가 늘어섰고 크레인 위를 검은 새가 배회했다. 정비가 되지 않은 마을이었다. 그래서 눈에 닿는 풍경은 모두 불안하고 위태로워 보였다. 슈퍼마켓에 들러 피시에게 줄 해바라기씨를 샀다. 전자레인지에 돌려 먹기 좋을 냉동식품과 음료도 챙겼다.

별장으로 돌아가니 유코가 여전히 코드를 분석 중이었다.

"이 코드는 뭐야? 분석 옵션 같은데 적용을 안 하고 있네."

유코의 손가락이 주석이 달린 부속 코드를 가리켰다. 내용을 살펴본 성원이 대답했다.

"아. 이건 승희가 만든 거야."

"용도는?"

"장난, 아니면 농담. 나는 별로 좋아하지 않았던 코드야."

"왜?"

"쓸 일이 없을 것 같았거든."

"작동시켜봐도 돼?"

"응."

유코는 코드를 활성화시킨 뒤 계속 얘기해 보라고 손짓했다.

"승희는 외계인이 지구에 온다면 아무 조사도 없이 오지는 않을 거라고 생각했어. 적어도 인간이 쓰는 언어와 문자 정도는 이해하지 않겠냐고 했지. 다만 그걸 재현할 발성 기관이 없으니 의사소통은 되지 않을 거라고 했어."

"잘 모르겠어."

"음. 혹시 코끼리 소리를 낼 수 있어?"

"해본 적이 없는데. 이런 건가."

유코는 목구멍을 꽉 막은 상태로 나팔을 부는 듯한 소리를 냈다.

"그래. 그런 거. 우리가 아무리 코끼리 소리를 흉내 낸다고 해도 코끼리 입장에서는 같은 동족의 소리로 들리지는 않겠지. 외계인이 자신의 신체 기관을 활용해 지구의 언어를 흉내 낸다면 우리는 알아들을 수 없을 거야. 하지만 우리가 외계인의 발성 기관과 표현 방식을 이해하고 있다면, 그러니까 우리가 외계인이 우리의 언어를 어떤 방식으로 이해하고 표현하려 하는지 정확히 파악하고 있다면, 우리는 외계인의 언어를 역으로 번역할 수 있지 않을까. 승희는 그 상황을 가정하고 코드를 짰어. 그게 트랜슬레일리언이야."

"트랜슬레이션과 에일리언의 합성어?"

"맞아."

"만약 이드가 인간의 언어를 구사한다면 이 코드를 적용해서 번역이 가능하다는 거지?"

"정확해."

트랜슬레일리언은 기존 함수를 후킹해 만든 127줄짜리 코드로, 수집한 데이터에서 반복되는 문구를 찾아 각 언어에서 자주 쓰이는 빈도 순서로 대응 작업을 수행하는 간단한 알고리즘이었다. 일치율이 낮은 언어를 탈락시키고 전체 문장 구조를 반복 분석해 차순위 언어와의 일치율을 반복 검토했다. 작업을 반복하다 보면 특정 언어군을 선별할 수 있게 되는데, 새로 유입되는 데이터에 해당 언어를 대입해 완벽하게 번역이 이루어지는지를 점검했다. '외계인은 영어를 하고 있다'는 가설을 세운 뒤 영어 문법에 기반해 번역을 하는 연역 추론이었다.

"오케이. 이해했어. 재밌네."

유코가 코드를 종료시키려는데 커뮤니케이터에서 알람이

울렸다. 분석 성공률이 유의미하게 높다는 안내였다. 성원은 로그를 확인했다. 커뮤니케이터가 삭제 대상 폴더로 옮겨졌던 올드 더미를 재검토 중이었다. 폐기 대상으로 분류한 자료를 복구한 거였다. 트랜슬레일리언을 활성화한 것뿐, 여타 세팅값에는 변화가 없었다. 흠. 성원이 콧바람을 뿜었다.

"뭐야?"

유코가 물었다.

"별거 아니야. 트랜슬레일리언을 활성화했더니 갑자기 커뮤니케이터가 더미 데이터를 분석해서."

"분석 성공률이 높은데?"

"맞아. 버그겠지 뭐."

"버그가 아니라면?"

"이드가 사람 말을 한다는 뜻이지. 영어든, 프랑스어든."

"진도가 빠르네. 영특한 고래야."

듣고 있던 퍼시가 말했다. 셋은 함께 웃었고, 곧 기묘한 침묵이 깔렸다.

커뮤니케이터는 동물의 언어를 이해하기 위해 만들어진 알고리즘이었다. 실험체를 인간이 아닌 존재로 간주하는 것이 기본 세팅이었다. 실험체가 제대로 된 문법 체계를 갖춰 언어를 구사한다면 커뮤니케이터는 분석에 실패할 것이다. 사람이 사람과 대화하기 위해 트래커를 부착하고 심장 박동과 혈류량을 분석하지는 않을 테니까. 인간의 언어는 애초에 분석 대상이 아니니까.

성원은 다시 키보드에 손을 올려놓았다. F와 J 위에. 모니터 건너편에 수만 줄 코드의 모습을 한 승희가 있었다. 승희는 모든 오류가 가설이며 가설은 증명한 뒤에야 오류가 된다고 믿었다. 증명하지 못한 가설, 납득하지 못한 오류는 성공의 가능성을 내포한 도전과제라고 했다.

'말이 안 되는 일이지. 말이 안 되는 거 아는데, 그런데 만약이라는 게 있잖아?'

점잖은 웃음소리가 들리는 것 같았다.

성원은 음성 데이터를 추출해 시계열로 나열했다. 필터링을 거친 데이터가 수십 분의 일로 줄었다. 남은 음성 데이터 전체가 유의미한 것도 아니었다. 제거할 부분을 찾아야 했다. 어디를 걸러내야 할까. 어디서부터 어디를, 잘라야 할까.

눈앞에 딱딱 소리를 내는 손가락이 보였다. 퍼시가 성원을 부르고 있었다.

"무슨 생각해?"

"음성 주파수를 분석해볼까 해. 유의미한 구간을 찾아야 해서."

성원의 말에 퍼시가 모니터를 가리켰다.

"그래서 말인데. 이 부분, 파형이 좀 튀지 않아?"

퍼시의 말대로 파형 중 한 부분의 형태가 다른 곳과 달랐다. 유코가 말했다.

"고래는 종에 따라 사용하는 주파수대가 달라. 대왕고래는 10에서 40, 참고래는 15에서 25, 혹등고래는 20에서 2만 4000까지 사용할 수 있어. 이드는 다양한 주파수를 사용해. 특이한 케이스지. 가역 주파수를 분석해본 적은 없지만 무게로 짐작할 수 있어. 그런데……."

유코는 50헤르츠 언저리에 불룩 튀어나와 있는 파형의 골 부분을 짚었다.

"이게 무슨 의미가 있는데?"

성원이 물었다.

"40헤르츠라면 의미 없지. 60헤르츠도, 100, 200헤르츠도. 하지만 52헤르츠라면 얘기가 달라. 1989년에 북태평양에서 노아가 52헤르츠의 주파수로 말하는 생명체를 포착한 적이 있어."

"노아?"

"미 연방해양대기청. 실체를 확인하지 못했지만 고래일 거라고 생각해. 우즈홀 해양연구소에서는 아직도 그 소리를 추적하고 있어. 학자들은 그 고래를 세상에서 가장 외로운 고래라고 불러."

"왜?"

"한 마리가 내는 소리였거든. 주위에 그 주파수로 대화하는 다른 생명체는 존재하지 않았어."

"그 주파수가 52헤르츠였다는 말이지?"

"52헤르츠 고래. 고래의 이름이야."

성원은 52헤르츠의 주파수를 제외한 모든 신호를 더미로 인식하도록 설정한 다음 히든 코드가 잔여 데이터를 분석하도록 설정했다. 퍼시가 말했다.

"52헤르츠 고래는 북태평양에서 사는 고래라고 했잖아."

"태평양에는 쓰레기 섬이 있다고 하더라. 살기 힘들어서 여기저기 돌아다니는지 누가 알겠어."

트랜슬레일리언에는 약 육천 개의 인간 언어 중 유형 분류 집단의 대표군으로 선별된 수십 개의 기축 언어가 저장돼 있었다. 커뮤니케이터는 데이터베이스에 저장된 언어 시스템과 이드의 소리를 하나씩 매칭하기 시작했다. 이드의 언어가 영어라면. 일본어라면. 러시아어나 프랑스어라면. 각각의 가설에 대입하고 검증하는 작업이었다. 언어 데이터베이스의 압축 파일을 파싱하는 과정에서 특정 시그니처가 포착될 경우 해당 언어의 유사 언어를 선별해 절차를 거치며 언어군을 특정해 나갔다. 대용량 데이터를 일일이 대조하는 작업이었기 때문에 렌더링에 걸리는 예상 시간은 200분을 넘어섰다. 램 점유율이 높아지면서 쿨링팬이 돌았다. 카운트다운으로 줄어드는 숫자들은 지루하고 초조한 시간을 예고했다.

퍼시가 해바라기씨를 가져왔다. 유코는 테이블에 맥주를 올렸다. 조사단은 의자에 앉아 잔여 시간을 알리는 숫자가 줄어드는 모습을 지켜봤다. 맥주는 미지근하게 식었다. 장작이 탔다. 창밖에는 짙은 어둠이 재처럼 쌓여 있었다.

분이 초로 바뀌었다. 알람이 울렸다.

커뮤니케이터가 1차 분석 결과를 표시했다. 성원이 몸을 일으켰다. 모니터의 우측 하단, 커뮤니케이터와 트랜슬레일리언을 함께 구동한 결괏값이 1초에 한 번씩 깜빡이고 있었다. 퍼시가 물었다.

"이 숫자는 뭐야?"

"확률을 보여주고 있어. 12.1퍼센트의 확률."

성원은 숫자 옆에 위치한 T, I, B 세 개의 알파벳으로 이루어진 문자를 가리켰다.

"12.1퍼센트의 확률로, 이드는 티베트어를 말하고 있어."

"오류겠지?"

"모르겠어. 커뮤니케이터는 변형생성문법에 기반해서 만들어진 알고리즘이야. 그걸 심화 학습시킨 게 트랜슬레일리언이고. 인간에게 내재된 언어능력이 있다고 가정하는 거지. 변형생성문법은 통사, 음운, 의미로 구성돼. 사람은 이 세 가지 카테고리를 모두 활용할 능력을 가지고 있어. 이드는 음운 능력을 가지고 있지 않다고 생각하겠지만, 단순히 발성기관의 차이 때문에 소리를 못 내는 건 아니야. 이드도 말을 해. 사람과 같은 형태가 아닐 뿐이지. 그러니까, 이건 피진일 수도 있다는 말이야."

어려운 단어에 퍼시가 눈살을 찌푸렸다.

"서로 말이 통하지 않는 집단이 의사소통을 하기 위해서 새로운 단어를 만들어내기도 하고 새로운 문법을 만들기도 하잖아. 피진은 그렇게 두 언어가 혼합돼 만들어지는 신종 언어야. 이 분석 결과만 놓고 보면 이드가 구사하는 건 티베트어와 정체를 알 수 없는 다른 언어가 혼합된 피진 같아. 피진이 세대를 거쳐 고착화되면 크리올이 돼. 피진이 임시 언어라면 크리올은 완전히 새로운 언어야. 이건 아직 크리올이 되지 못한 단계고."

"역시. 이해가 안 가."

"문자 메시지나 채팅을 생각해 봐. 피진은 자생하는 언어야. 휘발성이 강하고. 해당 문화권 내에서만 통용되는 거라 외부에서는 이해하기 어려워."

"이드가 자기 나름대로 발음과 단어를 변형한 거라고, 멍청아."

유코가 성원을 거들었다. 성원은 설명을 이어나갔다.

"모국어가 아닌 언어를 구사하는 건 사람에게도 힘든 일이야. 한국인과 일본인이 에프와 알 발음을 하기까지 얼마나 오랜 시간이 걸리는지 알면 놀랄걸. 스페인어를 할 때 혀를 트릴하는 건 또 어떻고. 아프리카의 일부 부족이 쓰는 흡착음은 느낌표로밖에 표기할 수가 없어. 하지만 다들 자신들이 이해한 방식으로 상대의 언어를 이해하고 발음해. 문법을 변형하거나 불필요한 것들을 제거하기도 하지. 분석 결과만 놓고 보면 이드도 나름의 방식으로 티베트어를 구사하는 중이야. 티베트어와 고래의 발성 기관이 더해져서 만들어진 피진인 거라고."

"암호 해독이네."

"맞아. 키만 알고 있으면 아주 쉽게 해석할 수 있는 암호야. 커뮤니케이터가 그 키를 찾아냈어."

말하는 중에 모니터에 표시된 숫자가 13.7로 상승했다. 성원은 다른 분석 결과도 읽어 내렸다.

"중국어일 가능성은 3.2퍼센트, 몽골어나 만주어일 확률은 4.7퍼센트. 다른 언어일 확률은 낮아지는 중이고 티베트어일 확률만 높아지고 있어."

"엄청나게 낮은 확률 아니야?"

"그렇지 않아. 트랜슬레일리언이 작동하기 전에는 이드의 행동 데이터와 인간 언어의 유사성이 0.7퍼센트였거든."

"이거 실시간이지? 숫자가 올라가는데."

모니터를 보고 있던 유코가 흥분을 감추지 못했다. 숫자는 30을 넘어가고 있었다. 커뮤니케이터의 연산 능력 밖에 있는 고래의 음성 데이터를 무시한 결과였다. 커뮤니케이터는 이드가 고래라는 사실을 배제해버렸다. 이드가 남다른 발성 기관을 가진 티베트인이라 가정하고 그동안 수집한 이드의 모든 음성 신호를 번역하는 중이었다. 분석 내용이 사실이라면, 이드는 말을 하는 고래였다.

"무슨 말을 하고 있지."

"이 창을 보면 돼."

성원은 화면의 왼쪽을 가리켰다. 영어 단어가 나열돼 있었다. 팬이 시원하게 돌 때마다 표창처럼 날아온 단어가 화면에 박혔다. 나, 고래, 대화, 고통, 중지, 고통, 슬픔, 고통. 감정을 추측하는 것이 아니었다. 이드가 발음하는 말 그대로의 결과물이었다.

"이거 진짜야?"

"꽤 그럴듯해. 누군가 조작하는 건 아닌 모양이야."

"고래가 어떻게 사람 말을 하지."

"나도 그게 궁금해."

성원은 고래에게 언어를 학습시키기 위해 어떤 과정이 필요할지 생각해봤다. 아이가 언어를 습득하는 과정과 크게 다르지 않을 것 같았다. 아이는 타인의 행동을 흉내 내며 말을 배운다. 중요한 것은 상대의 반응이다. 마마, 파파 같은 말을 했을 때 부모가 보여주는 행복한 모습은 아기에게 보상으로 작용한다. 아기는 언어가 나를 안전하게 만들어줄 수 있다는 것을, 내 기대 수준을 충족시킬 수 있는 행동을 상대로부터 유도할 수 있다는 것을 알게 된다. '맘마'가 밥을 뜻한다는 것을, '아야'가 엄마의 관심을 끈다는 것을 깨닫는 것이다. 언어 습득이 느린 아이라도 자신이 큰 소리로 울면 방문이 열리면서 부모가 달려온다는 사실을 익히기까지 오랜 시간이 걸리지 않는다.

이드에게 언어를 학습시킨 것이 사람이라면, 이드와 인간 두 개체가 공유하는 감각이 최소 두 가지 이상이라야 했다. 언어가 지칭하는 대상을 설명하기 위해서였다. 물이라는 단어에 물이라는 물성을 결합하기 위해서는 바다를 보여주거나 차갑게 흐르는 액체의 질감을 반복해서 느끼게 해줘야 한다. 고래와 인간이 둘 이상의 감각 정보를 공유하는 상태라는 의미였다. 그것이 시각 정보라면 가장 효율적이겠지만, 가능한 일일까. 물 밖에서 생활하는 인간이 물속의 고래에게, 그것도 수족관같이 통제된 공간이 아니라 대양이라는 환경에서 언어를 학습시킬 수 있었을까. 설령 이드에게 말을 알려준 사람이 있었다고 해도 이드의 말을 들을 수는 없었을 것이다. 이드의 티베트어는 프로그램이 아니면 해석할 수가 없는 형태니까. 이드와 사람 사이에 원활한 교류가 가능했을 리도 없다. 티베트에는 바다가 없다.

커뮤니케이터는 계속해서 이드의 말을 번역했다. 티베트어와의 일치도는 50을 넘어섰다. 퍼시가 휘파람을 불었다. 변환 결과를 데이터베이스에 저장한 성원은 등받이에 몸을 던졌다. 문장 구조를 정교화해 이해 가능한 형태로 수정할 차례였다. 눈으로 분석이 가능한 내용만 추려도 짐작 가능한 문장 몇 가지가 보였다.

우선 이드는 자신을 '고래'라고 인식하고 있었다. 대화의 타자, 즉 인간이 언젠가 자신의 말을 이해할 것이라고 가정한 발화였다. 누가 자신을 괴롭히는지를 알고 있었고 그래서 그만하라 외치는 중이었다. 주어와 술어를 거칠게 조합하면 '고래. 아프다.' '고래. 슬프다.' '고통. 중단.' 등의 문장을 구성할 수 있었다.

그 사이로 드문드문 반복되는 문장이 있었다. 엄밀히 말하면 단어의 조합, 특히 명사의 나열에 불과해 문장이라 할 수는 없었다. 다만 다른 단어와의 대조를 통해 통사구조를 짐작하는 건 가능했다. '나'를 주어로 하지 않은 문장이었다. '고래'가 목적어도 아니었다. 그건 성원이 알지 못하는 고유명사였다. 문장 내에서 처음 위치하는 단어는 '체텐 돌마'였다. '돌마'라고 할 때도 있고 '체텐 돌마'라고 할 때도 있었다. 두 번째는 '응아바'. 부사어 형태로 체텐 돌마를 수식하는 문장 구조였다. 이 둘을 합하면 '응아바의 체텐 돌마'가 됐다. 통합된 목적어 전체를 묶는 서술어는 '돕다'였다. 문장에 섞이지 않고 따로 노는 '검은 천막'이라는 단어도 있었다. 다시 말해 이드는 '응아바의 체텐 돌마를 돕다. 검은 천막.'이라고 외치는 중이었다. 성원은 브라우저를 열어 단어들을 하나씩 검색해 보았다. 체텐 돌마는 티베트 여성들이 흔히 쓰는 이름이었고 응아바는 티베트의 지명이었다. 문장에 맥락이 보였다. 유코가 말했다.

"이드가 말을 한다는 거지. 사람 말을."

"그래 보여. 믿기지 않지만."

"영어밖에 못하는 퍼시보다 낫네."

듣고 있던 퍼시가 옆에서 어깨를 으쓱 올리며 말했다.

"오류가 있겠지. 알고리즘이 잘못된 거야."

유코는 천천히 고개를 저었다.

"그럴지도 모르지. 그런데 칸지라는 보노보는 수화로 인간과 의사소통을 한대. 그림문자인 렉시그램을 이용하는 거야. 기억력과 학습 능력을 갖고 있는 건 물론이고 상징이라는 개념을 이해한다는 소리야. 칸지는 도구를 제작하고 불을 만들어. 프랑스에 있는 열네 살짜리 범고래는 사람 말을 흉내 낸대. 인사를 하고 숫자도 세. 언어를 구사하는 고래를 상상해보면 어때? 이드가 인류와 다른 방식으로 진화한 생명체라면. 지능이 충분히 높다면. 그런 이드에게 누군가 인간의 문명을 전해줬다면. 이드가 인간의 지성을 이해하고 있다면. 그래서 이드가 인간의 말을 하는 거라면. 다만 여태 그 말을 고래 울음소리라고만 생각했던 우리의 상상력이 한계였다면. 인간만큼 지적인 개체의 등장을 상상하지 못했던 거라면. 그러면 어떨 것 같아?"

성원은 내용을 좀 더 살펴봐야겠다고 말한 뒤 방으로 돌아왔다. 노트북을 침대에 던져놓고 책상에 앉아 이드의 말을 곱씹었다. 제대로 갖춰지지 않은 문장 구조가 신경 쓰였다. 커뮤니케이터의 한계일 수도, 이드가 완벽히 언어를 익히지 못한 탓일 수도 있다. 물속에서 사람의 언어를 이용해 생각을 전달하는 가장 효율적인 방식을 택했는지도 모른다. 가설이라면 앉은자리에서 수십 개는 세울 수 있었다. 검증할 방법은 요원해 보였다.

티베트와 관련된 지식은 많지 않았다. 중국의 서쪽이면서 인도의 북쪽, 달라이 라마, 우스꽝스러운 표정의 티베트여우와 혀를 불쑥 내미는 괴상한 인사, 독립을 바라는 이들이 아직도 시위를 이어가고 있다는 정도가 성원이 아는 전부였다. 현지가 티베트에 간다고 했다.

기묘한 우연이 넌지시 성원의 등을 떠미는 것 같았다. 다시 이드를 만나야겠어. 샘플을 더 많이 수집해야지. 더 많은 교감이 필요해. 언어 학습의 기본은 액션과 리액션이고, 상호작용은 학습능력을 발전시키는 핵심이니까. 상호작용, 리액션, 말하고, 듣기.

그보다 그 전에.

꽉 막힌 방에 그럴 리 없는 바람이 부는 것 같았다. 성원은 휴대전화를 들었다. 통화 목록을 주르륵 쓸어내렸다. 현지가 아직 티베트로 출발하기 전이었으면 했다.

16

프로젝트가 끝나면 어디에 가고 싶냐고 팽쵸가 물었다. 현지는 꼭 어딜 가야 하냐고, 그냥 집에서 잠이나 많이 잤으면 좋겠다고 대답했다.

"왜요. 휴양지 좋잖아요. 하와이 어때요? 푸켓, 보라카이, 발리!"

현지는 고개를 저었다. 그 이름들 대신에 달이나 화성을 집어넣어도 크게 어색하지 않을 것 같았다. 가본 적 없는 곳, 가지 못할 곳이었다. 현지는 자신이 생의 어느 순간에도 선베드에 누워 칵테일을 마시고 있을 거라 생각하지 않았다. 아마도 다음 여정은 파키스탄, 아이티, 팔레스타인, 우크라이나 중 한 곳이 될 것이다.

「인터내셔널가」와 「임을 위한 행진곡」, 「단결투쟁가」 같은 노래들이 혀끝에 달랑거리는 청춘이었다. 먼지 냄새가 향수를 대신했다. 팝과 아이돌이 끼어들 자리는 보이지 않았다. 많은 동기들이 휴학을 했던 3학년과 4학년 사이, 대학과 취업 사이의 공백도 존재하지 않았다. 빈틈없이 빽빽한데도 어딘지 무기력한 인생이었다. 졸업을 앞둔 시점에는 사회의 일원이 되지는 못할 거라는 패배감이 현지를 지배했다. 월세 25만 원짜리 반지하 자취방에 누워 새벽부터 출근하는 사람들의 부지런한 발목을 쳐다보면서 현지는 앞으로 자신이 할 수 있는 일이라고는 밀린 설거지를 처리하고 쓰레기를 내다 버리는 정도밖에 없을 거라는 절망도 했다. 오전 일곱 시에 여의도 지하철역이 토해내는 정장 속에도, 테헤란로를 중심으로 늘어선 신생기업들 속에도, 파주의 출판단지나 동대문 의류 도매 시장 속에도 이가 꼭 맞는 톱니바퀴가 되어 작동할 자신이 없었다. 남들에게는 평범한 일상이 현지에게는 버거웠다.

졸업을 앞두고 석 달 정도 극단에 몸을 담았지만 진득이 붙어 있지 못했다. 작은 배역이라도 맡으려면 적어도 일 년은 걸린다는 말에 지레 겁을 먹었다. 판자를 나르고 천을 연결하고 페인트를 개어 무대 배경을 그리는 동안 팔자에도 없는 인테리어 실력만 늘었다. 언제부턴가 무대에 있는 것들은 죄다 가짜로 보였고 진짜 인생은 대학로를 벗어나야 경험할 수 있을 것 같았다. 극단을 떠나던 날 선배들은 현지에게 그만두길 잘했다며 입을 모았다. 그동안 말은 못 했지만 실은 탈이 좋지 않다고 했다. 연기할 상은 아니니 괜찮은 일자리를 알아보거나 시집을 가라고 했다.

시집은 가기 싫어서 입사 지원서를 냈다. 사계의 현장직 모집 공고를 보는 순간 웃음이 터졌다. 직무 소개란에는 비폭력 시위 방법을 고민하고 현장에 적용하는 일이라고 적혀 있었다. 그 우대 조건으로는 1종 보통 운전면허, 2종 소형면허, 소형 선박 조종사 면허, 응급구조사, 전기 기술 자격증, 영상 촬영 경험 등을 제시했다. 유단자나 파쿠르 유경험자는 특별 채용도 가능하다고 되어 있었다. 이렇게 뻔뻔한 채용 공고라니. 버금가는 공고로는 '가족 같은 회사', '야식 제공' 따위가 있겠다. 전자는 가족처럼 편하게 부려 먹겠다는 의미고 후자는 정상 퇴근하는 날이 며칠 안 될 거라는 의미다. 사계는 비폭력 시위를 대체할 방법으로 무단침입과 도둑질을 요구하고 있었다.

지원서 항목을 하나씩 채우다 어학 능력 항목에서 진도가 막혔다.

"아직도 토익을 안 봤다고요?"

학생 식당에서 과 후배가 콩나물국밥을 먹다 말고 고개를 들었다. 덜 씹힌 콩나물 대가리가 입술 끝에서 대롱거렸다.

"포시즌 같은 데 들어갈 때도 토익 시험을 봐야 해? 내가 들어가겠다고 하면 넙죽 절하고 받아야지."

"거기도 경쟁률 높아요. 다들 들어가고 싶어 난린데."

후배가 헛웃음을 지었다. 현지는 고개를 갸웃거리며 물었다.

"왜 인기가 많아? 금융권도 아니고 공무원처럼 안정적이지도 않은데."

"더 큰 NGO 갈 때 이력이 되니까요. 거기 일하는 사람들 목표는 전부 유엔일걸요."

참 멀리들 보고 산다 싶었다. 현지는 당장 졸업 후에 놀고 있을 것이 두려워 취업 공고를 깨작거렸는데 사람들은 징검다리를 건너듯 다음에 발을 내디딜 곳까지 보고 살았다.

"토익은 몇 점 만점이야?"

"990점이요."

일천 점에 육박하는 점수를 내야 하는 시험이라니 지레 기가 막혔다. 현지의 학점은 3점이 채 되지 않았다.

"몇 점 받으면 되는데?"

"높을수록 좋죠, 뭐. 그래도 사계가 글로벌 단체인데 800은 넘어야 하지 않겠어요. 누나, 지금부터 공부하면 늦어요. 휴학하고 내년에 준비하는 게 낫지. 아니면 다른 회사 인턴 자리라도 알아봐요. 유학은 좀 오래 걸리려나. 대학원은 어때요."

후배가 음식점 메뉴판을 나열하듯 현지의 미래를 몇 가지로 분류했다. 그중에 토익을 준비하는 게 제일 쉬워 보였다. 현지는 서점으로 가 토익 문제집을 샀다. 한 권을 다 푼 뒤에 다시 두 세트를 더 샀다. 토익 시험 결과는 한 달 후에 발표됐다. 현지가 사계에 입사한 것은 반년 뒤였다. 영어 실력보다는 한울림 활동과 극단 경험이 참작됐다고 들었다. 다큐멘터리 연출자 경력에 NGO 활동 경력이 추가로 쌓일 테니 몇 년 구르고 나면 해외 취업이건 다른 NGO 활동이건 뭐든 하겠다 싶었다. 현지는 자신의 청춘이 엑셀과 워드 파일 앞에서 산화하지 않기를 바랐다. 사계에서라면 목표가 생길 것 같았다. 30평대 아파트와 3000cc급 수입차 말고, 진짜 목표가.

청두의 저렴한 숙소는 좁고 어두웠다. 중국방송만 나오는 텔레비전은 켤 일이 없었다. 검열 시스템 탓에 인터넷 접속도 여의치 않았다. 금순공정, 이른바 황금방패가 적용되는 지역에서는 한국의 포털사이트와 SNS에도 접속할 수 없었다. 짐을 줄이겠다고 책 한 권 가져오지 않은 게 후회됐다. 갈 길을 잃은 손이 휴대전화 액정 위에 머물렀다. 한동안 검은 화면만 보여주던 휴대전화에 문자가 날아왔다. 성원이었다.

응아바, 체텐 돌마, 돕다, 검은 천막. 뭐 떠오르는 거 없어?

퀴즈인가.

성원이 먼저 연락한 게 언제였나 생각해 봤다. 승희 언니의 부고를 알릴 때였던 것 같았다. 현지는 문자 메시지에 적힌 단어들을 하나씩 읽었다. 서로 연결되지 못하고 맥락을 잃은 단어들이었다. 답장을 썼다.

응아바는 티베트 사람들이 자치구 내 암도 지역의 아바현을 일컫는 명칭이야. 중국 입장에서 제일 성가신 지역이기도 해. 소신공양한 사람이 160명이 넘어.

소신공양이라면, 몸에 불을 붙이는 거?

응. 휘발유를 마시고 불을 붙여.

또? 다른 것들은?

체텐 돌마는 티베트에서 많이 쓰는 이름이고.

응아바에 체텐 돌마라는 사람이 있어?

있겠지. 아마도. 응아바 인구가 7만 명이 넘거든. 체텐 돌마는 우리나라로 치면 민지나 현수 같은 이름이야.

티베트 사람들은 부모의 성을 물려받지 않는다. 성과 이름을 구분해 부르지도 않는다. 덕망 높은 승려, 존경하는 인물의 이름에서 한 자씩 가져와 이름을 짓는 경우가 많은데 그중에서도 돌마는 여자아이들에게 가장 흔하게 붙이는 이름이었다. 성원이 다시 물었다.

그럼 검은 천막은?

그건 뭔지 정말 모르겠는데. 어디서 나온 거야?

문자를 보내는 동안 성원은 자주 머뭇거렸다. 쓰고, 지우고, 다시 썼다. 잠시 후 새로운 문자가 전송됐다.

고래가 한 말이야.

하. 하. 하.

한때 성원은 재미있는 선배였다. 한울림에서 활동할 때는 곧잘 유머 감각을 발휘하기도 했다. 승희가 떠난 뒤로는 일에만 몰두하는 사람이 돼버렸지만. 휴대전화 너머에 성원이 어떤 표정을 짓고 있을지 궁금했다.

나 요즘 고래를 연구해. 커뮤니케이터로 고래와 대화를 시도하고 있어.

하. 하. 하.

고래 이름은 이드야. 이드가 하는 말을 커뮤니케이터가 번역했어.

하. 하. 하. 버그네.

그럴지도 모르지. 나도 내가 무슨 말을 하는지 모르겠다.

공기가 차가웠다. 폭스바겐 몇 대가 연달아 지나갔다. 현지는 창문을 닫았다. 이불 속에 몸을 구겨 넣고 체온이 구석구석 전달되기를 기다렸다. 이불이 현지의 키보다 조금 작았다. 밖으로 빠져나온 발가락을 주무르는 사이 새 문자가 도착했다.

티베트 가면 한동안 고생하겠네.

응. 열흘 안에 히말라야를 넘어야 하니까.

상상도 안 가. 화면으로 봤을 때는 멋지기만 하던데.

세상은 좋은 카메라로 찍으면 좋아 보여. 사진으로 보면 다 예뻐 보이고.

티베트 들어가도 연락이 될까?

힘들걸.

그래. 혹시라도 생각나는 게 있으면 연락줘. 응아바, 체텐 돌마, 돕다, 검은 천막이야. 조심해서 다녀와.

하. 하. 하.

현지의 엄지손가락이 '조심해서 다녀와' 위에 머물렀다. 모텔에는 희미한 기름 냄새가 떠돌았다. 중국을 떠날 때까지 현지를 따라다닐 냄새였다. 쇠와 윤활유를 연상시키는 비리고 진득한 냄새. 콧바람을 뱉었다.

휴대전화를 내려놓은 지 얼마 지나지 않아 팽쵸가 찾아왔다. 티베트 자치구에 들어간 뒤에는 좋은 제품을 구하기 어려우니 큰 도시에 있을 때 필요한 장비를 구입해야 한다고 했다. 쿠날이 옆에 서 있었다.

"표정이 왜 그래요?"

팽쵸가 물었다. 현지는 어깨를 으쓱 올렸다.

"혹시 검은 천막이 뭔지 알아요?"

"글쎄요."

"아는 선배가 이상한 소리를 해서요. 응아바가 어쩌고 체텐 돌마가 어쩌고…… 그 사람이 돕는대요. 아닌가. 그 사람을 도우라는 건가. 뭐든. 그런데 그 말을 고래가 했대요."

"고래요? 바다에 사는 고래?"

팽쵸는 새는 웃음을 지었다.

"웃기는 사람이네요."

"웃기면 다행이죠. 보통 이 사람은 진지하거든요."

세 사람은 시내로 이동했다. 퇴근 시간이 지난 마트 주차장에는 차들이 제법 보였다. 붉은 글씨로 인쇄된 세일을 알리는 문구가 도처에 깔려 있었다. 간드러진 목소리의 음악이 흘렀다. 조명은 어울리지 않게 밝았다. 현지는 등산용품 매장으로 향했다. 어떤 건 꼭 필요해 보였고 어떤 건 자칫 배낭 무게만 늘릴 것 같아 판단하기 어려웠다. 결국 아이젠과 방수가 되는 등산화와 침낭, 피켈만 구입했다. 한국을 떠나기 전에 뭘 준비해야 하나 고민하던 현지에게 권 팀장은 알렉산드라 다비드 넬의 책을 흔들며 말했다.

"넬이 라싸에 갔던 게 백 년 전인 거 알아? 그때가 쉰여섯 살이었대."

"알아요. 그 책은 저도 읽었고요. 넬 얘기는 왜 하시는데요."

"본받으라고. 엄청난 잠입 실력 아니냐. 진정한 실력자는 장비에 연연하지 않는 법이지."

넬은 서양인 여성 최초로 라싸를 방문한 인물이었다. 여성 등반가들이 드레스를 입고 산을 오르던 시절에 넬은 탁발승으로 변장해 운남성을 방문했다. 코코아와 숯가루를 머리에 바른 채 라싸를 찾았다. 야크 털로 얼굴을 가리고 현지인의 복장을 흉내 내고 다니면서도 언젠가 들켜서 쫓겨나지 않을까 마음을 졸였다고 했다.

"그래서 넬이 애들을 데리고 티베트를 탈출하길 했어요, 낭파라를 넘길 했어요."

"선배한테 예의 좀 차리지?"

"아, 니에니에. 여부가 있겠습니까요."

이죽거리며 대화를 끝냈지만 사실 넬은 현지가 가장 존경하는 인물이었다. 백 살이 넘은 나이에 여권을 갱신하며 다시 티베트로 돌아가고자 했던 사람이었다. 무정부주의자이고 평화주의자였으며 프리마돈나이자 여행자였다. 정복이 아니라 깨달음을 위해 미지의 땅을 밟은 구도자였다.

행동으로 가르침을 준 사람이 넬이라면 말과 사상으로 현지를 변화시킨 사람은 승희였다. 이 세계의 톱니바퀴가 어떻게 움직이는지를 궁금해하던 사람이었다. 그렇게 고민한 결과를 현지에게 조곤조곤 말해주던 사람이었다. 한울림 엠티에서 자유의지의 존재 여부를 두고 토의하던 밤이 떠오른다. 현지는 양자역학, 그 무수한 인과관계의 정합성, 환경 영향론, 인간의 행동에 앞서 뇌에서 벌어지는 준비 전위 현상을 들어 자유의지라는 건 존재하지 않는다고 주장했다. 동조와 비판, 반박과

옹호의 말들이 오갔다. 어떨 때는 동조하다가도 어떤 대목에서는 고개를 갸웃거리던 승희는 함께 자리했던 한울림 사람들이 모두 곯아떨어진 뒤 미지근하게 식은 맥주를 마시며 말했다.

"하지만 우리에게 자유의지가 없다면 그건 너무 허무하지 않니."

그렇게 말하는 승희는 무척 단단해 보였다.

승희는 약자를 향한 연민을 감추는 법이 없었다. 논쟁이 필요하다면 그 화자가 누구라 해도 겁 없이 맞섰다. 침범할 수 없는 성벽을 쌓고 그 가운데에 굳건히 뿌리를 내린 철학으로 무장한 승희는 일찍이 자신의 세계를 완성하고 남은 인생을 소진해 나가는 사상가였다. 기억은 빙하처럼 짓눌리며 단단해질 뿐 결코 사라지지 않았다. 불쑥 파도가 치면 가라앉은 얼음덩어리가 모습을 드러냈다. 낡은 기억은 이불을 뒤척이게 했고 이유 없이 울컥하게 만들었다.

등산 장비를 모두 구매한 현지는 서점 앞에서 펴즐 책이라도 한 권 사려던 마음을 접었다. 그 자리에 장갑이라도 하나 더 넣는 쪽이 이득일 것 같았다. 그렇게 머릿속도 정리하고 싶었다. 냉정한 상황 인식이 필요한 순간에도 잡다한 고민거리가 현지를 괴롭혔다. 응아바. 체텐 돌마. 돕다. 검은 천막. 수수께끼 같은 성원의 문자가 자꾸 생각났다.

신경 쓰이지? 승희가 가까이서 싱긋 웃는 듯했다. 현지는 옆에 있는 사람을 툭 밀치듯 손을 뻗었다. 어디선가 따뜻한 공기가 손을 잡아주는 것 같았다.

17

숨을 내쉴 때마다 막걸리 냄새가 코를 찔렀다. 그 위를 배회하는 악취가 있었다. 익숙한 냄새였다. 익숙하지만 달갑지 않은 냄새였다. 눈을 감아도 명징하게 떠오르는 오물과 폐수의 냄새였다. 석기는 힘겹게 몸을 뒤집었다. 며칠째 술만 마시면 이 꼴이었다. 겨드랑이부터 골반까지 커다란 멍이 들어 있었고 앞니가 힘없이 흔들렸다. 어떻게 집으로 돌아왔더라. 누구와 주먹다짐을 했더라. 석기는 기억하지 못했다. 기억나는 것이라고는 원구가 바다에 처박히던 순간과 조곤조곤 원구의 상태를 설명하던 재수 없는 의사의 면상뿐이었다.

원구의 눈 주위에는 시커먼 멍이 들어 있었다. 언뜻 보면 뻥 뚫린 구멍 같았다. 회색 거품과 한데 엉켜 둥둥 떠 있던 원구의 모습이 머리를 떠나지 않았다. 의사는 원구가 언제 깨어날지 확신할 수 없다고 했다. 바닷물에 흠뻑 젖은 90킬로그램짜리 덩치를 업고 도착한 응급실에서 듣고 싶은 대답은 아니었다. 흡입기가 뭔가를 세차게 빨아들였고 의료용 카트가 시끄러운 바퀴 소리를 내며 달려갔다. 로비에 있는 환자의 가족들이 디귿자 모양의 의자에 앉아 전광판만 보며 진료 순서를 기다리고 있었다. 의사는 원구가 어디서 다친 거냐고 물었다.

"바다에서 낚시하다가요."

"테트라포드? 위험한 데 계셨네."

석기는 고개를 모로 꼬았다. 촌동네에서 의사랍시고 사람들이 대접해주는 데다 집안에서도 오냐오냐 해주니 폼깨나 잡고 다녔을 것이다. 그런 허세와 안일함이 불편했다. 주머니 속에 주먹을 결박시킨 석기는 그래서 대체 어디가 문제냐고 따져 물었다.

"물에 빠져 있던 시간이 너무 길었어요. 뇌 손상이 있을 거예요."

죽을 뻔했다는 말을 의사는 참 쉽게도 했다.

"안 죽지요?"

의사는 조개처럼 입을 다물었다.

"안 죽는 거 맞지요?"

재차 물었다. 일단은요, 하고 대답하던 의사의 떨떠름한 면상이 자꾸 생각났다. 석기는 그길로 병원을 나와 술을 마셨다. 배가 고파 밥을 먹고 입가심으로 또 술을 마셨다. 마시다 보니 맛있어서, 기분이 좋아서, 기분이 더러워서 또 마셨다. 며칠을 그렇게 보냈다. 누군가와 시비가 붙었다. 잡히는 대로 쥐고 패고 물었다. 겨우 집으로 돌아오긴 했는데 이부자리를 제대로 찾지 못하고 문지방 위에서 잠들어버렸다. 올이 나가 구멍이 숭숭 뚫린 니트는 삭은 된장 냄새를 풍겼다. 가랑이 사이가 질척거렸고 살얼음이 낀 바지는 기분 나쁘게 바스락거렸다.

동이 틀 시간이 지났지만 겨울 아침은 어둑했다. 빽빽한 밀도로 대기를 채운 안개 탓이었다. 석기는 차에 올랐다. 양손을 더듬거리며 안개를 헤치는 사람들을 지나 시내로 향했다. 등 뒤에서 울리는 뱃고동은 너무 낮고 처절해서 꼭 구조신호 같았다.

"총 줘요."

파출소에 도착한 석기가 말했다. 장 경위는 노골적으로 불편한 내색을 했다. 석기가 들어오기 전부터 곱지 않은 눈으로 노려보던 차였다. 석기는 곱게 총기를 돌려받은 적이 없었다.

"어디 쓰게."

"꿩 잡게요."

총기류 반출 장부가 앞에 놓였다. 수렵 기간을 맞아 총기를 찾으러 온 사람들의 이름과 서명, 출납일자가 기록돼 있었다. 석기가 빈칸을 채우는 사이 장 경위는 무기고에서 엽총을 가져왔다. 매끈하게 빠진 홑치기 방식의 총이었다. 처음 엽총을 구매한 것이 3년 전이었다. 수렵 기간이면 원구와 차를 몰고 꿩을 잡으러 갔다. 총으로 살아 있는 것을 잡던 날, 마음속에 있던 끈 하나가 끊어진 것 같았다. 상실감이나 연민이 아니었다. 그보다는 좀 더 통쾌하고 짜릿한, 그리고 명징한, 말하자면 해방감이었다. 총은 반동이 컸다. 펑 하고 터지는 소리와 함께 탄피가 튀어나올 때마다 숙변을 밀어내는 기분이었다. 개머리판을 견착한 어깨에 전해지는 충격도 시원시원했다. 원구는 그 느낌이 좋다며 아무것도 없는 허공에다 탄을 날리기도 했다. 석기는 총알도 다 돈이니 함부로 쓰지 말라고 핀잔을 줬다.

"원구 애기 들었다. 입원했다면서."

석기는 대답 없이 서류만 작성했다. 장 경위가 다시 물었다.

"입원비 꽤 나오겠다. 퇴원은 언제하노?"

"못 해요. 머리를 다쳐가."

"아 맞나."

두 사람은 서류와 엽총을 주고받았다. 엽총은 석기가 기억하는 것보다 더 묵직했다.

"니 요새 안 좋은 소리 들리던데."

"뭐요."

"고래 잡는다던데."

"누가요."

"와 모르는 척하노. 바다에서 그것 때문에 싸우고 그랬다면서."

석기는 대꾸 없이 파출소를 나왔다.

다음 목적지는 주유소였다. 기름때에 전 야구 모자를 눌러쓴 직원은 인사를 받는 둥 마는 둥 했다. 석기는 짐칸에서 말통을 내려놓았다. 20리터들이로 모두 일곱 통이었다.

"휘발유."

석기가 말했다. 직원은 말통에 주유건을 꽂았다. 싯누런 휘발유가 쏟아졌다.

"다 하면 얼마고."

직원은 스마트폰으로 야구를 보고 있었다.

"얼마냐고."

직원이 액수를 말했다. 웅얼거리는 말투라 잘 들리지 않았다. 싸가지 없는 새끼가. 석기가 중얼거렸다. 직원이 석기를 힐끔 쳐다봤다.

"마트 다녀올 테니까 기름 딱 채워놔라."

"네."

석기는 차를 끌고 근처 대형 마트로 향했다. 쌍안경과 판초우의, 배에서 편하게 먹을 수 있는 캠핑용 음식을 구입했다. 고어텍스 바지와 속옷은 마트 화장실에서 갈아입었다. 생수와 휴지까지 구입하고 나니 양손이 무거웠다. 주유소로 돌아왔을 때는 말통 일곱 개가 휘발유로 채워져 있었다.

마을은 이상하게 조용했다. 얼마 전까지만 해도 잡을 것도 없는 바다에 낚싯대를 드리운 사람들이 항구에 드문드문 보였는데 이제는 해일이 지난 자리처럼 쓸쓸했다. 횟집의 수조는 텅 비어 있었다. 백반집에는 이 시간쯤 보여야 할 연기가 보이지 않았고 간판만 남은 상가 건물에는 임대 문의 쪽지가 붙어 있었다. 오르막길을 장식한 나무는 죄다 휘어지고 뒤틀렸다. 어쩌면 사람들이 몽땅 늙어서 이 마을이 조용해진 것도 모르겠다고 석기는 생각했다. 눈도 어둡고 귀도 어둡고 그물 끌어올릴 힘도 없으니 자연히 세상사에서 멀어지기 마련이다.

집으로 돌아와 차를 대는데 건넛집 개가 짖었다. 덩치가 큰 누렁이였다. 석기가 지나가면 짖지 않는 동네 개가 없었지만 이놈은 유독 심했다. 쉿, 쉿 하며 발을 굴러 위협하니 개는 송곳니를 드러내고 달려들었다. 목줄이 팽팽하게 당겨졌다. 개 짖는 소리에 할머니가 밖으로 나왔다. 파마머리가 비스듬히 한쪽으로 눌려 있었다. 할머니는 물때 낀 밥그릇에 쌓인 눈을 비우고 먹다 남은 찬거리를 섞어 부었다. 허겁지겁 밥을 먹어 치운 개는 석기를 향해 다시 짖었다. 싸리비를 든 할머니가 머리며 등을 때리자 개는 꼬리를 말고 달아났다.

할머니가 집으로 들어가는 걸 확인한 석기는 엽총을 꺼내 들었다. 겨드랑이에 개머리판을 고정하고 개를 겨냥했다. 아무리 커다란 놈이라도 가늠자 안에 들어오면 이상하리만치 작아 보였다. 탕. 입으로 총을 쏘는 시늉을 하며 방아쇠를 당겼다. 공이가 빈 실린더를 때리는 철컥 소리가 심상치 않았던지 개는 바닥에 배를 깔고 엎드렸다.

냉동고에 있던 고래 고기를 가지고 부두로 향했다. 휘발유를 배에 옮겨 실은 뒤 갑판에 앉아 있으니 밤 출항을 하는 배들이 어두운 바다를 요람처럼 부드럽게 굽이져 흐르고 있었다.

예전에는 좋은 날들이 있었다. 그물만 던지면 펄떡거리는 고기가 잡혀 올라오던 많은 날 중에서도 고등어 떼가 나타나는 날이 가장 그리웠다. 먼 데서부터 몰이라도 한 듯 울성 앞바다가 은빛으로 퍼덕거렸다. 주민들은 광주리를 가지고 나와 잡히는 대로 고등어를 퍼 날랐다. 먹을 게 지천에 널려 있으니 누구는 소금을 가져오고 누구는 회칼에 초장과 와사비를 들고 나왔다. 연탄불에 석쇠를 올리고 생선을 굽는 날에는 마냥 좋았다.

고래 고기를 주머니칼로 얇게 포를 떠 혀에 얹었다. 한 덩이를 다 삼키는 동안 피 맛과 비린내가 콧속에 진득하게 들어찼다. 소주를 따르려다 말았다. 더 이상은 취해 있고 싶지 않았다.

한국 놈, 미국 놈, 일본 년. 원구를 병신으로 만든 인간들은 모두 셋, 고래까지 더하면 넷이었다. 석기는 휴대폰을 꺼내 별장 근처에서 찍은 교수의 사진을 열었다. 두꺼운 안경알, 단정하게 다듬은 머리카락, 잘 다린 셔츠 차림에 햇볕과는 거리가 멀어 보이는 피부가 공부만 하고 자란 사람이라는 걸 말해주고 있었다. 마흔이 좀 넘었을까. 사진에 손가락이 희멀겠다. 그 고운 손가락들을 하나씩 분질러주고 싶었다.

말이 많은 것들은 입으로 모든 걸 해결하려 했다. 입은 먹는 것과 토하는 데만 쓰면 된다는 걸 모르는 족속들이었다. 이쪽 사투리를 쓰지 않는 걸 보면 인근 출신은 아닐 것이다. 서울이나 대전, 충청도나 강원도일지도 모른다. 이놈도 원구가 입원한 병원 의사가 그랬던 것처럼 교수랍시고 어깨에 힘 좀 주고 다녔겠지. 집안에서도 오냐오냐했을 것이고. 인생에서 경험한 굴곡이라고는 포경수술 정도밖에 없을 것이다. 부자들은 포경수술도 대학병원의 권위 있는 교수에게 받을지 궁금했다. 그런 곳에서 수술을 받으면 흉터 없이 말끔하게 정리가 되는지도. 석기의 것은 아무래도 좀 거무튀튀하고 울퉁불퉁한 데다 실밥자국까지 남아 있는 것이 고구마를 닮았다.

석기에게 생물이란 감정을 주고받는 대상이 아니었다. 뼈와 근육, 신경과 내부 장기로 구성된 구조물이었다. 그래서 약하고 단단한 부위를 쉽게 간파할 수 있었다. 석기가 보기에 고래는 등을 따라 내려오는 신경다발이 약점이었다. 지방층이 상대적으로 얇은 데다 통증을 유발하기에도 적당해 보였다. 통증은 공포다. 공포는 생물을 마비시킨다. 석기는 철근 끝에 밧줄을 단단하게 묶었다. 풀리거나 끊어지지 않고 고래가 숨이 끊어질 때까지 작살을 붙들고 있을 매듭이었다.

부두를 밝힌 조명 아래로 하루살이가 지나갔다. 불빛을 가로지르는 먼지 같은 하루살이가, 수십 마리가, 궤적을 바꾸어 날아다니다 시야 밖으로 사라졌다. 석기는 허공에 손을 휘저었다. 또 원구 생각이 났다. 고막에서 펄떡이는 피가 가라앉을 때까지 기다렸다. 노기와 고독이 위장을 긁었다. 고래를 잡아야, 그 등에 엽총을 쏘고 작살을 꽂아야 사라질 분노였다. 선명한 복수가 필요했다. 복수심은 석기를 움직이는 연료였다. 방향 없는 증오는 때로 엉뚱한 곳으로 튀기 마련이었다. 석기도 그 사실을 알고 있었다. 다만 그걸 멈출 방법을 알지 못했다.

석기는 수평선 너머에서 으르렁거리고 있을 짐승을 향해 코를 내밀었다. 구름이 무리 지어 서쪽으로 흘렀다. 대기에서 소독약 냄새가 났다.

18

다오푸로 가던 중에 차들이 멈춰 섰다. 산사태로 굴러 내려온 아름드리나무가 도로를 막은 탓이었다. 엉겨 붙은 흙이 계곡물에 뒤섞여 도로를 흘렀다. 굴삭기가 나무를 밀어내는 중이었다. 한쪽 차선이 뚫린 뒤에야 겨우 차가 한 대씩 지나갈 공간이 생겼다. 흙먼지가 창문을 비집고 들어왔다. 귓바퀴며 콧속이 돌가루로 서걱거렸다.

픽업트럭은 비포장도로를 달렸다. 절벽을 깎아 만든 길이었다. 전장이 넉넉한 트럭이 커브를 돌 때마다 바퀴 하나씩은 허공을 헛돌았다. 그 아래 낭떠러지가 펼쳐졌다. 현지는 까마득한 허공으로 굴러떨어지는 상상을 했다. 균형을 잃고 미끄러지는 바퀴, 몸을 일으키는 사람들, 그럼에도 속절없이 구르기 시작하는 트럭. 세상이 수평으로 누웠다가 뒤집어지면서 속력이 붙겠지. 강판이 찌그러지면서 실내 공간이 좁아지고 에이 필러가 뭉개진다. 머리와 천장 사이의 공간이 줄어들다가 쿵, 바닥이 머리를 향해 달려들면 그것으로 끝. 절벽 아래 납작하게 다져진 모습을 생각하면 괄약근이 얼얼하게 조여들었다.

다오푸 검문소는 군인 둘이 지키고 있었다. 팽쵸가 출입증을 내밀었다. 군인이 퍼밋 서류를 훑어보는 사이 다른 군인은 차 뒤로 돌아가 짐칸을 뒤적였다. 검문소 철문이 열리기까지 일행은 입 한 번 뻥긋하지 않았다. 검문소에서 한참 떨어진 곳에서 차가 다시 달리기 시작했을 때야 현지는 참았던 숨을 토했다. 영하의 날씨에도 땀이 흘렀다.

"쉽지 않죠?"

팽쵸는 와이퍼를 작동시켰다. 흙탕물이 벗겨진 유리창으로 뻥 뚫린 풍경이 나타났다.

"우리 같은 사람이 아니라도 웅아바를 찾는 외국인들은 더러 있어요. '프리 티베트' 문구가 적힌 티셔츠를 몰래 감추고 다니는 사람들이요. 문제는 입경 이후예요. 중국 정부는 외국인들이 웅아바의 실태를 노출시키는 걸 허락하지 않아요. 무사히 촬영을 마치고 돌아가려면 조심해서 행동하세요. 저 없이 티베트 주민과 말을 섞으면 안 돼요. 달라이 라마 사진이라도 들고 있다가 적발되면 바로 안보 교육을 받게 될 거예요."

"달라이 라마 사진 같은 건 없어요."

"하지만 영상은 있죠. 촬영 중에 공안에게 적발되면 무슨 일이 벌어질까요."

현지는 촬영본 메모리카드가 들어 있는 가방을 꼭 쥐었다.

"공안은 현지 씨가 촬영한 영상을 샅샅이 조사할 거예요. 조사 후에는 추방을 당할 거고요. 청두로 돌아가는 버스에 오를 때까지 감시가 붙는데 그렇게 되면 다시 자치구로 돌아오는 건 힘들어져요. 평생 불가능할지도 모르죠. 티베트를 다룬 영화에 참여했던 배우가 다시 중국에 입국하기까지 20년이 걸린 거 알고 있죠?"

트레일러가 지난 자리마다 흙먼지가 일었다. 개방 물결이 다오푸를 뒤덮었다. 티베트 전통 양식으로 지어진 건물들이 무너진 자리를 신식 건물이 채웠다. 언젠가 이곳도 부동산으로 들썩일 날이 올 것이다. 관광객이 몰려들고 상권이 형성되면 필연적으로 따라올 일이었다. 아파트 가격이 급등했다는 광둥성 선전 소식을 접할 때면 현지는 불편한 기시감을 느꼈다. 선전을 개발해 홍콩의 입지를 흡수하려 했던 중국 정부의 의도적인 개입은 정권이 도시의 발전과 몰락을 결정할 수 있다는 것을 증명했다. 선전에 몰아친 광풍이 티베트에 찾아오면 다오푸의 티베트인들은 여전히 티베트인으로 남아 있을까.

팽쵸가 미리 섭외해 둔 인터뷰이가 있다고 했다. 일행은 숙소에 간단하게 짐을 풀고 인터뷰 장소로 향했다. 높고 좁은 골목이 이어졌다. 아이들은 길가에서 아우포를 하고 있었다. 공기놀이와 비슷한 티베트의 놀이였다. 희뿌연 발목들이 얽혔다. 현지는 눈에 닿는 풍경을 카메라에 담았다. 고산지대 특유의 쾌청한 햇볕이 렌즈를 향해 쏟아졌다. 하늘은 맑다 못해 검은 빛을 띠었다.

인터뷰 장소는 가정집이었다. 해가 지기 전인데도 집 안은 컴컴했다. 재래식 주방에 부부가 일행을 기다리고 있었다. 현지는 휴대전화로 조명을 밝혔다. 팽쵸가 부인의 말을 통역했다.

“멀리서 오느라 고생하셨대요.”

현지는 플라스틱 의자에 부인을 앉히고 카메라 각도를 조절했다. 렌즈 앞에 앉은 부인은 불편하고 어색해 보였다. 인터뷰를 준비하는 사이 남편은 외출복을 갈아입고 집을 나섰다. 팽쵸는 공안이 없는지 살핀 뒤 문을 걸어 잠갔다.

“질문을 드릴 거예요. 편하게 대답해주시면 돼요.”

현지가 녹화 버튼을 누르며 말했다. 부인은 고개를 끄덕였다.

“성함이랑 나이가 어떻게 되세요?”

“마흔둘이요. 다와라고 해요.”

42. 다와. 다오푸. 현지는 종이에 인적 사항을 적었다.

“다오푸에는 언제부터 사셨어요?”

“어렸을 때는 간쯔에 있다가…… 남편 만나고 여기서 지냈어요. 부모님이 정해준 이웃 사람이었고요.”

“따로 하시는 일은 없고요?”

“아니요. 남편은 중국인이 운영하는 유흥주점에서 일해요. 힘든 직업이에요. 낮에는 자고 밤에 일하거든요.”

남편을 변호하는 말투였다. 다와는 깍지 낀 손을 잠시도 가만두지 못했다.

“응아바에 오래 계셨네요. 옛날하고는 많이 다르죠?”

“많이 다르죠. 처음 여기 왔을 때는 커다란 산이 응아바를 둘러싸고 있었어요. 아주 커다란 산이요. 지금도 산이 없는 건 아니지만…… 예전과는 달라요. 뭐랄까…… 여긴 좀 작아졌어요. 산만큼 커다란 것들이 생겨서요. 건물이라든지 차라든지…… 사람이 많아요. 예전보다 아주 많아요."

다와가 가늘고 뾰족한 손가락을 들어 부엌 천장에서 내려오는 전구를 건드렸다. 조명이 진자운동을 하며 사방에 그림자를 흩뿌렸다. 현지는 예전 이야기를 좀 더 들려달라고 했다. 생각나는 대로, 편하게. 다와는 아주 오래된 이야기부터 시작했다. 달라이 라마가 노벨평화상을 수상한 이후의 일들이었다. 티베트가 독립 의지로 들끓던 때의 이야기였다. 세계의 이목이 집중된 시점이었고 중국 정부가 거세게 티베트를 압박하던 시기이기도 했다. 다와는 아직 어렸지만 은근한 분노를 껴안고 살았다고, 그 시절 유년기를 보낸 티베트인들은 모두 같은 마음으로 지냈다고 했다. 현지는 팽쵸가 통역해주는 말을 들으며 다와를 주시했다. 다와는 외지인과 시선을 교환하는 것이 어색한 듯 눈을 내리깔았다.

"남편분은 어때요? 지금 생활이 마음에 드신대요?"

"남편은 돈 얘기를 자주 해요. 혜택이 많다면서 공산당에도 가입했어요."

다오푸의 중국인들은 짧은 치마 차림으로 매춘을 했다. 싸구려 분 냄새가 다오푸에 풍기면서 다와의 남편도 조금씩 변했다. 남편은 공산당원들이 알려진 바와는 달리 친절한 사람들이라고 했다. 류머티즘으로 고생하는 다와에게 온천 시설도 제공할 거라고 했다. 하지만 공산당원이 되기 위해서는 종교를 가지지 않겠다는 서약서에 매년 서명을 해야 했다. 중국 정부는 종교에서 비롯된 낡은 습관이 현세의 삶을 불행하게 만든다고 주장하며 종교 금지 정책을 추진했다. 그건 세대와 역사의 단절을 의미했다. 현지는 젊은 티베트인들이 경계의 어느 쪽에 발을 걸치고 있는지가 궁금했다. 다와가 답을 줬다.

"사람들은 이제 산에서 내려와요. 야크를 모는 대신 자동차 정비공이 되고 싶어 하고요."

주민 중 일부는 고산지대를 떠나 중국 주석의 사진이 걸린 집에서 살았다. 달라이 라마 사진 대신이었다. 정부가 제공한 2층짜리 주택의 삶이 얼마나 행복한지 설파하는 인터뷰가 넘쳐났다. 중국 정부가 사전에 섭외한 인물들이 정부 관계자 앞에서 털어놓는 선전용 문구였지만 누군가는 선동에 혹하기 마련이었다. 회유 정책에 설득된 티베트인들은 오랜 시간 지내던 삶의 터전을 떠나 더 낮은 곳으로 내려왔다.

"정부에 대해서는 어떻게 생각하세요."

현지의 질문에 다와는 입을 다물었다. 가늘게 뜬 눈이 이유도 없이 주위를 두리번거리다 주방의 어두운 곳을 향했다.

"중국 정부 말이에요."

"그만해도 될까요."

다와가 말허리를 잘랐다.

"하지만 아직 질문이 남았는데요."

"여기까지 할게요. 그만 가주세요."

검댕으로 얼룩진 손이 현지에게 일어나라고 손짓했다. 팽쵸가 그만하는 게 좋겠다는 눈빛을 보냈다. 현지는 넘치는 질문을 덮고 자리에서 일어섰다. 인터뷰가 끝난 뒤 다와는 좀 더 나이가 들어 보였다. 카메라를 바라보는 눈 주위로 새카만 그늘이 졌다.

팽쵸는 집을 떠나기 전 다와와 몇 마디를 주고받았다. 현지는 팽쵸가 다와에게 돈을 쥐여주는 모습을 문틈으로 봤다. 다와의 구겨진 얼굴이 환하게 펼쳐졌다. 다와의 얼굴에 감춰져 있던 멍 자국도 드러났다.

"남편에게 돈을 받고 인터뷰를 하겠다고 했나 봐요. 액수가 충분하지 않으면 다와 얼굴에 멍 자국이 하나 더 늘겠죠."

민가를 따라 내려오는 길에 팽쵸가 말했다. 현지는 부부의 집에 있던 단출한 집기를 생각했다. 한기에 시달려 부르트고 주름진 다와의 손을 생각했다. 새벽에 돌아온 남편은 밖에서 쌓인 울분을 어떤 식으로 해소하려 했을까. 깨지지 않는 물건을 다와의 얼굴에 던지려 했을까. 그 단단한 응어리를 깨뜨리기 위해 아내에게 얼마나 많은 폭언을 퍼부었을까.

현지는 연민이 고개를 들지 못하게 꾹꾹 눌렀다. 현장에 나온 이상 동정심은 독이다. 판단을 그르치게 만든다. 화염병 대신 렌즈를 들기로 결심한 날부터 심장은 동전처럼 납작하고 차가워야 했다. 현실을 기록하는 것이 현지의 일, 그 속에서 당위를 찾아 변화를 끌어내는 건 남은 사람들의 몫이었다. 심호흡을 했다. 가시 돋친 공기가 기관지를 쓸고 지났다.

"인터뷰는 이걸로 괜찮겠어요?"

팽쵸가 물었다.

"좀 더 필요해요. 큰 건이요."

"큰 거요?"

"큰 사건이요. 재미있는 이야기가 필요해요. 낭파라를 넘는 사람들 이야기가 제일 중요하지만, 그 전에 응아바에서 사람들을 좀 더 만나면 좋겠어요."

"응아바는 여기보다 더 취재하기 어려울 텐데요. 카메라도 못 꺼낼지 몰라요."

"해봐야죠."

숙소로 돌아온 현지는 중요한 영상만 따로 편집한 뒤 자정이 좀 넘어 잠이 들었다. 깊은 잠에 빠지지는 못했다. 냉기로 발가락 끝이 저릿했고 이불 끄트머리에 놓인 코는 시렸다. 밤새워 뒤척이다 아침을 알리는 확성기 소리에 눈을 떴다. 대륙 전체의 시간대가 통일된 탓에 서쪽에 위치한 티베트는 오전 일곱 시에도 어둑했다. 아직 깨지 않은 쿠날과 팽쵸를 두고 현지는 혼자 밖으로 나왔다. 세상의 소리를 도려낸 자리에 다오푸가 존재했다. 뿌연 풍경 속에 건물들이 우두커니 밝아왔다. 사찰 벽을 싸안은 철조망은 침입을 방지하기 위한 구조물이었지만 사찰과 그 외부를 구분 짓기 위한 것만은 아니었다. 사찰을 경계로 그 아래는 한족, 위는 티베트인 마을이었다. 경계선을 따라 오토바이와 자전거를 탄 여행객들이 이동 중이었다. 제 몸만 한 배낭을 짊어지고 라싸까지 이동하는 이들이었다. 치파오 차림에 화려한 숄을 걸친 여자는 타르초를 배경으로 미소를 짓고 있었다. 그 미소의 크기를 자로 재면 티베트인과 중국인을 구분할 수 있을 것 같았다. 여자의 일행으로 보이는 남자가 아크로바틱한 자세로 사진을 찍었고 티베트 주민들은 묘한 표정으로 그 모습을 지켜봤다. 현지는 그 날날의 풍경들을 영상에 담았다.

결국 다오푸에서는 추가 인터뷰를 진행하지 못했다. 군경의 눈을 피해 거리에서 만난 승려들과 이야기를 나누거나 무턱대고 찾아간 가정집에서 실상을 듣는 것이 전부였다. 며칠 더 머무르자고 말하고 싶었지만 팽쵸는 여기서 시간을 지체하면 라싸에서 탈출 가이드와 접선이 불가능할 거라고 했다.

암도로 출발한 건 이틀 후였다. 군인들이 응아바로 가는 유일한 도로를 폐쇄하고 검문 중이었다. 현지는 몸을 낮춰 앉았다. 자연스럽게 행동해야 한다는 걸 알면서도 얼굴은 자꾸 굳었다. 현지가 말했다.

"돌아가야 하는 거 아니에요?"

"괜히 수상한 행동을 해서 쫓겨나는 것보다는 정식 절차를 밟는 게 나아요. 여기도 외국인은 있으니까 걱정 말고요. 서류는 제대로 챙겼잖아요. 공항에서 한 말 기억하죠? 나랑 있을 때는 웃어요."

경비병이 현지와 쿠날에게 중국어로 질문을 했다. 어설프게 대답을 하면 문제가 커질 수 있다는 말을 들었기 때문에 현지는 중국어를 알아듣지 못하는 척했다. 팽쵸가 대신 나서 사업

자 등록 서류와 퍼밋을 내밀었다. 경비병이 서류를 들여다보는 시간이 길었다.

"중국은 자신들이 노예 제도가 운영되는 비참한 국가의 인민을 해방시켰다고 주장하니까. 내세울 명분은 있는 거야."

티베트로 출발하기 전, 포시즌 호스텔 식당에서 설거지하던 동섭이 한 말이었다. 뉴스 화면에는 앵커의 고조된 목소리와 함께 중국과 다람살라의 모습을 교차 편집한 영상이 송출되고 있었다. 인도와 중국의 국경이 지나는 판공호의 모습이 뒤를 이었다. 현지가 말했다.

"일본이 조선을 침략했을 때도, 영국이 인도를 식민지로 삼았을 때도 같은 소리를 했어. 도덕적으로 옳은 침략이 있을까. 행복의 총량을 계량할 수 있을까. 따지고 보면 중국의 무역도 서구 열강이 강제로 개방한 건데 중국은 그 사실을 긍정하지 않잖아."

"얻어맞은 방식으로 때리는 거지."

"효과적이니까."

서구 문명이 아메리카 원주민에게 천연두에 오염된 담요를 건넨 것처럼, 중국은 세균이 없던 티베트 고원지대에 결핵을 몰고 왔다. 서구 문명이 아메리카 원주민에게 위스키를 싼값에 공급한 것처럼, 중국은 티베트에 무로 제조한 산쭈이를 대량 공급했다. 과거 아편으로 신음하던 중국이 들여온 싸고 독한 알코올에 제 신장이 망가지는 것도 모르고 티베트의 젊은 세대는 산쭈이에 의존해 허무함을 달랬다.

검문이 끝났다. 현지는 팽쵸에게 시내를 몇 바퀴 돌아달라고 부탁했다. 카메라를 창가에 올려두고 응아바의 풍경을 담았다. 가끔 군인이 다가와 차를 멈춰 세웠다. 팽쵸가 사업차 중국을 방문한 외국인들을 데리고 관광 중이라고 대답하면 군인들은 카메라를 가리키며 자신들을 찍어서는 안 된다고 했다. 이곳에서 군인이 아니면 뭘 찍을 수 있겠냐고 되묻고 싶었다. 그만큼 무장한 군인과 공안이 거리에 가득했다. 어린 군인들이 바닥에 앉아 서로의 어깨에 머리를 기대고 있었다. 도열을 한 채 바닥에 앉아 지루한 얼굴로 시간을 죽이기도 했고, 거리 곳곳에 위치한 소초에서 돌발상황에 대비하기도 했다. 네 명이 한 조가 되어 순찰 중인 군인들은 분신하는 승려들을 저지하기 위해 등에 소화기를 메고 있었다.

"저것 좀 보세요."

팽쵸가 수도원의 공터에 모여 있는 수십 명의 수도승들을 가리켰다. 서로 짝을 지어 율동을 하거나 박수를 치고 있었다. 화를 내며 소리를 지르기도 했는데 그때 사용하는 언어가 생소했다.

"저건 티베트어예요?"

"아니요. 티베트어도 중국어도 아니에요. 승려들끼리만 이해하는 언어니까 종교 언어라고 할까요."

"뭘 하는 거예요?"

"지식을 공유하는 시간이에요. 토론을 하는 거죠. 서 있는 사람이 박수를 쳐서 앉아 있는 사람에게 시작을 알려요. 여러 주제를 놓고 얘기하는데 가끔 의견이 맞지 않으면 화를 내기도 하죠."

응아바의 촬영도 순조롭지 않기는 마찬가지였다. 사찰에서 승려와 인터뷰를 시도했지만 카메라를 들이대는 순간 사람들은 뻣뻣하게 굳었다. 다오푸보다 응아바에서의 촬영이 더 힘들 거라던 팽쵸의 말이 실감이 됐다. 분신 시도를 한 승려가 입원 중인 병원이 있다는 소식을 듣고 카메라를 들이밀며 찾았을 때는 기어이 신고를 당했다. 병원으로 출동한 공안이 들이닥치기 전 간발의 차로 빠져나올 수 있었다. 법대로 처벌을 받는 것보다 법이 아닌 형태로 처벌받는 것이 두려웠다. 중화인민공화국과 대만이 분리되면서 중국 내 정제화된 민법은 자취를 감췄다. 민법전을 체계화하고 통합하는 시도가 이루어진 것은 21세기의 일이었다.

더 은밀한 곳으로 잠입하고 싶었다. 관공서와 공산당원들이 소개하는 뻔한 선전 문구 대신 사람들이 숨기려 하는 것들, 숨기고 싶은 것들, 가장 깊은 곳에 감춰놓은 썩은 내를 들춰내고 싶었다. 팽쵸는 남은 일이 없다면 미리 라싸로 이동하는 게 좋지 않겠냐고 했다. 응아바에서 라싸까지는 아무리 빨리 차를 몰아도 일주일은 걸리는 여정이었다. 현지는 예정대로 이곳에 조금 더 머무르겠다고 했다.

"그래요. 아직 시간이 좀 있으니까요. 혹시 인터뷰이를 구할 수 있을지도 모르니 수소문을 해볼게요. 이 동네에 아는 사람들이 좀 있어요."

쿠날은 멀리 보이는 풍경만 바라보고 있었다. 부루퉁한 등에 대고 그래도 괜찮겠냐고 물어보려던 마음을 접었다. 머리 위를 태양이 느릿느릿 걸어갔다. 웅아바의 어디로 눈을 돌려도 흙무더기였다. 흙담으로 쌓아 올린 민가는 저녁 어스름 속으로 스며들고 있었다.

현지 일행을 발견한 한 무리의 아이들이 몰려왔다. 현지는 무릎을 구부려 아이들과 눈을 맞췄다. 히말라야를 넘어 다람살라에 도착한 아이들 중에도 이 또래의 어린아이들이 많았다. 그런 아이들의 얼굴은 설산에서 반사된 자외선으로 그을려 있었다. 피란민들이 탈출 과정에서 얻은 동상으로 손가락이나 발가락을 잘라내는 건 드문 일이 아니었다. 국경 지대를 바로 넘지 못하고 히말라야를 우회하다 보면 벌어지는 일이었다. 아이들도 예외는 아니었다. 경계가 심해졌으니 더 멀고 더 높은 탈출 경로를 택했을 것이다. 탈출을 도와주는 가이드에게도 어려웠을 길을 묵묵히 완주한 것이다. 히말라야를 넘은 아이들의 몸은 그릇처럼 고난의 상흔을 담아내고 있었다.

복숭아처럼 볼이 빨간 남자아이가 유독 현지에게 관심을 보였다. 열 살쯤 됐을까. 코바늘로 뜬 스웨터는 아이에게 너무 컸고, 동시에 너무 낡아 보였다. 군데군데 해진 부분으로 마른 피부가 드러났다. 현지는 간식으로 먹으려던 과일을 꺼냈다.

"먹을래?"

현지가 중국어로 얘기했다. 아이는 고개를 저었다. 손으로는 카메라를 가리켰다.

"영상을 보고 싶은 거구나."

현지는 가방에서 휴대전화를 꺼내 다람살라에서 촬영한 영상을 재생했다.

"여기가 인도야. 다람살라라는 곳이야. 달라이 라마가 여기 있어."

현지는 아이에게 카메라를 건넸다.

"직접 촬영해 봐. 이걸 누르면 돼."

녹화 버튼을 누른 아이는 아무 곳에다 렌즈를 갖다 대며 영상을 찍었다. 현지는 렌즈가 자신을 향할 때면 활짝 웃어주기만 했다. 땅과 하늘을 번갈아 찍다가 빙빙 돌기도 하던 아이가 재미있는 것이 있다는 듯 현지의 뒤를 가리켰다. 현지와 팽쵸가, 쿠날이, 뒤를 돌아봤다. 아이가 가리킨 자리에는 무뚝뚝한 회색 벽만 서 있었다.

"이게 뭐?"

다시 돌아봤을 때 아이는 골목을 꺾어 사라지는 중이었다. 한 손에 카메라, 다른 손에는 현지의 가방을 들고 있었다. 현지는 아이의 뒷모습을 잠시 지켜봤다. 쿠날과 팽쵸도 언덕을 오르는 재빠른 몸놀림에 감탄하고 있었다. 담을 넘고 집을 지나 뒷문으로 빠져나가는 모습이 도시의 소매치기와 별반 다르지 않았다.

현지가 먼저 정신을 차리고 아이를 뒤쫓기 시작했다. 팽쵸와 쿠날이 뒤를 따랐다. 아이는 빨랐다. 오르막길에서 내리막길로, 다시 큰 도로가 있는 곳으로 달아났다. 덩치 큰 쿠날이 먼저 나가떨어졌다. 운동 부족이 분명한 팽쵸도 얼마 지나지 않아 걸음이 느려졌다. 현지만 이를 악물고 아이를 쫓았다. 다오푸와 웅아바에서 촬영한 모든 영상이 들어 있는 가방이었다. 왜 방심을 했을까. 자책감에 바짝 약이 올라 손끝이 저릴 때까지 달리기를 멈추지 않았다. 아이의 뒷모습이 조금씩 가까워졌다. 힐끔 뒤를 돌아보던 아이는 대로에서 한 블록 떨어진 낡은 건물을 골라 뛰어들었다. 현지는 신물이 올라오는 것을 달래며 건물 앞에 주저앉았다.

아이가 몸을 숨긴 곳은 티베트 전통 양식으로 세워 올린 건물이었다. 주황색 등이 달린 것으로 보아 여관인 듯했다. 입구 위에는 중국어로 된 현판이 걸려 있었다. 현지인이 있는 곳으로 다짜고짜 들어갈 수 없어 현지는 팽쵸가 도착하기를 기다렸다. 잠시 후 여관에 도착한 팽쵸가 숨을 골랐다. 맞바람을 맞으며 올라온 터라 머리카락이 엉겅퀴처럼 뻗어 있었다. 현지가 말했다.

"애가 이 안으로 들어갔어요. 같이 들어가요."

"잠시만요."

팽쵸는 무릎에 손을 얹고 숨을 색색거리며 잠시 기다리라는 손짓을 했다.

"왜 그래요?"

"여관 이름이요."

팽쵸가 현판을 가리켰다.

"팔랑학이요?"

여덟 팔. 밝을 랑. 배울 학. 팔랑학(八朗學). 팽쵸가 구부렸던 허리를 폈다. 입가에 알쏭달쏭한 미소가 맺혀 있었다.

"한국어로는 그렇게 읽나요? 중국어로는 빠랑쉐라고 읽죠."

"그건 나도 알아요."

"그런데 이건 티베트어예요. 한자를 빌려 쓴 거죠. 티베트어로 빠랑쉐는 검은 천막이라는 뜻이에요."

현지의 귀가 움찔했다. 한기가 등마루를 할퀴고 지나갔다.

여관 안쪽에 리셉션이 보였다. 그 뒤는 주방이었다. 카메라를 훔쳐 달아난 아이는 주방과 로비의 경계에서 얼굴을 내밀고 있었다. 현지가 여관으로 들어서자 아이는 다시 주방 뒷문으로 빠져나갔다. 달아나는 것이 아니라 현지를 안내하는 것 같았다. 현지가 뒤를 따랐다. 리셉션에서 졸고 있던 여자가 몸을 일으켰다. 어리둥절한 얼굴로 상황을 파악 중인 여자를 팽쵸가 붙들었다.

비틀어진 잔디가 서로 엉키고 짚더미로 범벅이 된 마당이 펼쳐졌다. 담장과 벽을 이은 빨랫줄에는 갓 헹궈낸 옷가지가 추위에 빳빳하게 얼어 있었다. 아이가 카메라와 가방을 건넸다. 현지가 카메라를 확인하는 사이 아이는 마당 구석에 섰다. 담장과 담장이 만나 그늘이 진 곳에서 다른 눈이 반짝이고 있었다.

"누구니. 나와."

현지가 말했다.

여자아이가 걸어 나왔다. 어두운 곳에서 밝은 곳으로 움직이는 사이 얇은 그림자를 한 꺼풀 벗는 것 같았다. 낡았지만 깨끗한 상아색 셔츠 위로 어두운 셔츠 한 벌을 더 걸치고 있었다. 집에서 자른 것이 분명한 머리카락은 제멋대로 삐죽삐죽했다.

"안녕하세요."

여자아이가 말했다. 짧은 문장 하나만으로도 서툴다는 인상을 주는 중국어였다.

"안녕."

"누구세요?"

"도둑 잡으러 온 사람. 넌 누구니."

여자아이가 싱긋 웃었다. 드러난 이가 가지런했다.

"재는 도둑이 아니라 내 친구 쓰시얼이에요. 저는 돌마고요."

쓰시얼이 소매를 들어 코를 닦았다.

"돌마?"

"체텐 돌마요."

현지가 아이 앞에 쪼그려 앉았다. 현지는 미간을 찌푸렸고 돌마의 장난기 가득한 얼굴은 꽃잎처럼 벌어졌다. 쓰시얼도 덩달아 옆에서 키득거렸다. 우연과 우연이 겹쳐 만들어진 좌표평면 위에 누군가 커다란 점을 하나 찍어놓은 것 같았다. 질문이 수십 갈래로 나뉘었다.

쿠날이 뒤늦게 도착했다. 잔뜩 화가 나 있어 현지가 말릴 새도 없었다. 쓰시얼의 멱살을 잡아 벽으로 밀어붙인 쿠날의 입에서 알아들을 수 없는 힌디어가 튀어나왔다. 쓰시얼은 작은 손으로 쿠날의 팔을 붙들었다. 허공에 대롱거리는 다리, 새파란 얼굴 위로 벌어진 입과 꼭 감은 눈, 미세하게 구겨지는 표정이 정지 화면 같았다.

바람이 불었다. 잔잔한 진동, 물질이 아닌 파동이 사방에서 밀려들었다. 그것이 현지의 머리를 비집고 들어왔다. 작은 벌레가 날개를 비비며 사각거리는 것 같았다. 현지는 소리가 나는 곳으로 고개를 돌렸다. 돌마가 가느다랗게 눈을 뜨고 보이지 않는 사람과 대화하는 것처럼 뭔가를 중얼거리고 있었다.

쿠날의 발 아래 검은 뱀이 머리를 내밀었다. 베일리 스네이크. 다람살라를 떠나기 전 사계 보고서에서 확인한 적이 있었다. 티베트 고원지대에 서식하는 종이었다. 독이 있었나. 기억나지 않았다.

"뱀이 있어. 쿠날."

현지가 말했다. 쿠날은 듣지 못한 것 같았다. 뱀은 쿠날의 발목을 휘감고 올라갔다. 검은 꼬리가 스르륵 미끄러지며 쿠날의 종아리를 툭툭 건드렸다.

"뱀이 있다니까."

쿠날은 뒤늦게 고개를 돌렸다. 천천히 눈을 내리깔았을 때 뱀은 머리를 똑바로 치켜들고 쿠날을 노려보고 있었다. 세로로 찢어진 노란 눈동자를 마주한 쿠날이 그 자리에 얼어붙었다. 쿠날은 쓰시얼을 붙들고 있던 손을 놓았다. 현지가 말했다.

"움직이지 마."

쿠날은 머리 위로 손을 들었다. 뱀은 혀를 날름거리며 천천히 허벅지를 타고 올라갔다.

현지는 돌마를 주시했다. 돌마가 작은 소리로 쉭, 쉭 할 때마다 뱀이 머리를 틀었다. 마치 돌마의 지휘에 따라 움직이는 것 같았다. 기묘한 춤을 추며 뱀은 쿠날의 몸통을 휘감고 목덜미를 노렸다. 벌린 입 사이로 작고 하얀 이빨이 보였다.

인기척이 있었다. 한 남자가 쇠스랑을 들고 쿠날 뒤쪽으로 다가섰다. 촛농처럼 녹아내린 얼굴에 손가락은 서로 들러붙어 있었다. 퇴화된 기관의 끄트머리 같았다. 소신공양에서 살아난 사람들의 모습이 그랬다. 남자는 뱀을 향해 천천히 쇠스랑을 가져갔다. 뱀이 몸을 젖혀 쿠날의 목에 이빨을 박아 넣으려는 순간 남자가 쇠스랑으로 뱀을 걸어 멀리 던져버렸다.

돌마의 속삭임은 그때 멈췄다.

19

성원과 승희는 대전에 살았다. 중앙 통로 양쪽으로 다섯 채의 집들이 늘어선 작은 아파트였다. 집이 좁아 복도에 장독이나 화분 따위가 놓여 있었다. 볕이 좋은 날에는 주민들이 복도 가득 빨래도 널었다. 가게들이 문을 닫는 시간에는 셔터 긁는 소리가 요란했다.

하루는 승희가 도서관에서 책을 잔뜩 가져왔다. 성원이 물었다.

"이게 다 뭐야?"

"스키너의 언어 행동주의. 소쉬르의 구조주의 언어학. 피아제의 상호 작용 이론. 촘스키의 내재주의. 프로젝트 끝났으면 쉬지 말고 국문학과 수업 참관이라도 해봐."

승희는 언어의 가치를 알지 못하는 과학자는 커뮤니케이터를 개발할 자격이 없다고 했다. 성원은 반박했다.

"공학자가 인문학 서적까지 읽어야 해?"

"짜증 낼 시간에 책이나 읽어. 중요한 페이지는 다 표시해 뒀어."

"좋아. 좋다고. 무슨 말인지 알겠어. 어원 좋지. 어근 어간 어미 접사 다 중요하지. 그런데 언어는 완결성이 낮아. 수학적으로 생각해 보면 체계적으로 정리되지 못해서 불규칙 변형이 난무하는 약속에 불과하다고. 언어를 익힐 시간에 명령어 한 줄 더 익히는 편이 낫지 않겠어?"

승희에게 대들어서 득을 볼 일이 없다는 걸 알면서도 성원은 같은 실수를 반복했다. 승희는 성원을 의자에 앉혔다.

"언어는 감정을 담는 도구야. 그래서 불완전해. 넌 그걸 이해하지 못하니까 공부를 더 해야 하는 거야. 이걸 끝내면 보편 문법을 공부해. 그다음에는 생물학적 결정론, 구조주의 문법과 변형생성 문법의 차이도 익힐 거야. 통사론을 인간 언어 분석 목적으로 한정할 이유는 없어. 우리는 행동 언어를 소스로 의사를 파악할 거니까. 몸이 명사구가 되는 거야. 소리의 높낮이는 동사구고."

승희는 쉬지 않고 일했다. 몸이 좋지 않다고 하면서도 병원에는 가지 않았다. 이 정도로는 끄떡없다는 말로 성원을 안심시켰다. 그 시절을 생각하면 거실 천장에 붙여놓은 야광별이 떠오른다. 햇빛을 받지 못해 언제나 흐릿하게 빛을 뿜고 있었다. 꽃이나 과일은 승희의 취향이 아니었다. 예쁘고 귀여운 것들에 애정을 보내면서도 승희는 그것들을 가까이 두고 싶어

하지는 않았다. 진지함 속에 유머가 있어야 흔들리지 않는 학자가 되는 거라고 했다. 그래서 승희의 미소에도 고단함이 깃들어 있었다.

승희는 매일 저녁 하천 옆 산책로를 걸었다. 배가 나온 중년의 아저씨를 남편으로 둘 수는 없다며 성원을 데리고 나왔다. 마지못해 따라 나간 성원보다 승희가 한참 앞서 걸었다. 성원이 산책로 농구대에 공을 던지고 있으면 승희는 한 시간씩 생각에 잠겨 풀리지 않던 문제에 집중했다. 그런 뒤에는 반드시 누구도 생각하지 못했던 방법으로 해결책을 찾아내곤 했다.

"어떻게 그러지. 넌 천잰가 봐."

성원의 아부에 승희는 싫지 않은 표정으로 대답했다.

"별거 아니야. 과학자에게 필요한 단어 두 개를 가슴에 새기고 사는 거지."

"실험과 검증?"

"어쩌면과 만약에."

승희가 농구장 주위를 천천히 걷다가 물었다.

"커뮤니케이터가 완성되면 뭐랑 제일 먼저 얘기하고 싶어?"

"바퀴벌레."

"뭐야 그게."

승희가 깔깔거렸다.

"진짜야. 동족이 숨어 있는 곳을 대라고 할 거란 말이야. 모기도 좋아. 대체 뭣 때문에 나만 무는지 물어봐야겠어."

눈썹을 찡그린 승희는 아랫배를 움켜쥐고 심호흡을 했다.

언제부턴가 종종 배가 아프다고 했다. 성원은 승희의 이마에 흐른 땀을 닦아줬다.

"괜찮아?"

"네가 웃겨서 그래. 바퀴벌레가 다 뭐야."

"그러는 넌 뭐랑 얘기하고 싶은데."

"음. 난 고래."

"아. 고래. 좋네."

성원은 림을 향해 공을 던졌다. 비실거리며 날아간 공은 그물에 닿지도 못하고 바닥에 통통 튀었다. 그만 가자고, 승희가 저만치 걸어가며 성원을 불렀다. 성원이 달려가 승희의 팔짱을 꼈다. 몸에서는 더운 열이 나고 심장은 두근거렸다.

승희가 쓰러진 건 몇 달 뒤의 일이었다. 논문을 정리하느라 분주하던 차였다. 랩에서 곧바로 응급실에 실려 갔다고 했다. 그 후로 쭉 입원이었다. 소식을 들은 성원이 달려갔을 때 승희는 가부좌를 틀고 앉아 긴 푸념과 의문을 늘어놓았다. 어째서 세상은 이런 구조인 걸까, 어째서 시작과 끝이 있어야 하고 만남과 이별이 존재하는 걸까, 누가 이따위 설계를 한 세상에 우리를 던져놓은 것일까. 아무도 묻지 않은 질문을 했다. 성원이 물었다.

"의사가 뭐래?"

"괜찮대. 과로해서 그렇대. 며칠 쉬면 나아."

"그렇구나. 다행이네."

비가 내렸다. 그래서 기온이 섬뜩하게 내려가 버린 저녁이었다. 병실을 둘러보니 다른 환자가 가지고 있던 화투패와 트럼프 카드가 놓여 있었다. 트럼프 카드를 빌린 성원은 승희 앞에 부채꼴로 펼쳐놓았다.

"게임 할래?"

"무슨 게임?"

"거짓말 게임. 거짓말을 하면 할수록 늪에 빠지는 게임이지. 거짓말을 해도 되고 진실을 말해도 돼."

"무슨 장난인지 모르겠지만, 좋아. 해봐."

승희가 묻혀 있던 미소를 억지로 집어 올렸다. 흔들리고 불안한 초점은 자꾸 성원을 비켜갔다.

"카드 한 장을 뽑아. 나한테 보여주지 말고 너만 알고 있어."

승희는 카드 한 장을 뽑아 성원이 볼 수 없게 가슴에 갖다 댔다. 승희의 눈을 바라본 뒤 성원이 물었다.

"그 카드는 빨간색이야?"

"진실을 말해도 되고 거짓말을 해도 된다는 거지?"

"맞아."

"이 카드는 빨간색이야."

"거짓말."

성원은 질문을 이었다. 카드가 영어인지 숫자인지, 7보다 높은지 낮은지를 물었다. 승희의 카드를 알아내기까지 다섯 번의 질문으로 충분했다.

"어떻게 알았어?"

"네가 거짓말을 하면 알 수밖에. 눈썹이 올라가거든."

“진짜? 알았어. 한 번 더 해봐.”

승희가 카드를 뽑았다. 성원은 아까보다 좀 더 오래 승희의 얼굴을 바라봤다. 구김이 없어 거짓말을 하기에는 부족한, 그래서 여전히 열두 살 때와 변함없이 반짝이는 얼굴이었다.

“승희야. 의사가 뭐래?”

“괜찮다고 했다니까.”

승희가 어색하게 웃었다. 성원은 무시하고 질문을 계속했다.

“뭐래. 의사가.”

“진짜야. 그냥 스트레스랑 피로가 쌓여서 그렇대.”

“거짓말.”

“나 눈썹 안 올라갔거든.”

“미안. 나도 거짓말을 했어. 넌 거짓말을 할 때 눈썹이 올라가는 게 아니야. 머리카락을 쓸어 올리지.”

승희는 천천히, 머리를 만지던 손을 뗐다. 그리고 쿠션을 껴안았다. 몸은 소파에 있었지만 시선은 허공을 더듬었다.

“죽는대.”

승희는 머리를 쓸어 올리지 않았다. 툭 떨어진 시선이 바닥에서 한참을 머물렀다.

20

"고래가 내는 소리는 아주 멀리까지 가. 지구 반대편까지도. 한 마리가 하는 말을 다른 고래도 다 같이 들어."

정원에서 이불을 털던 유코가 말했다. 간만에 볕이 좋았다. 바람이 베갯잇을 천천히 들었다 놓았다. 성원이 유코를 도왔다.

"신경망 같네."

"고래들 사이에는 비밀이 없을 거야. 정치도 없고."

"그렇게 장엄한 발성 기관으로 무슨 말을 하고 있을까."

"무척 중요한 이야기겠지? 지구 온난화 같은 거."

"사랑 고백을 하고 있을지도 모르지. 부고를 전할 수도 있고."

"한 마리가 작살을 맞으면 전 세계에 있는 고래가 그 순간을 공유하겠구나. 고래는 인간을 미워하겠네."

"지구상에 인간을 미워하지 않는 생물이 있기는 할까."

퍼시가 끼어들었다. 유코가 말했다.

"그래. 다른 사람은 몰라도 넌 확실히 미워하겠다 싶다. 지금도 이드를 실험대 위에 올려놓고 싶어서 근질근질하지?"

언젠가 퍼시는 이드의 뇌를 조사하고 싶다고, 뇌피질과 기저핵을 분석하고 싶어 죽을 지경이라고 했다. 성원이 물었다.

"그렇게까지 할 일인가. 뇌에 뭐가 있길래 그래."

"모든 게 있지. 중앙처리장치, 주기억장치, 제어장치."

"영혼은?"

"그런 건 존재하지 않아. 우리가 자아라 부르는 건 뇌와 신경세포의 전기 작용일 뿐이야."

그 말은 좀 슬펐다. 언젠가 사랑하는 사람들은 이 세계 어느 곳에도 존재하지 않게 된다는 뜻이니까. 영혼이 허상이고 인간이 만들어낸 위로에 불과한 것이라면, 우리는 고작 이 작은 몸에 갇혀서 무엇을 이야기하고 무엇을 꿈꾸느라 그렇게 기를 쓰고 생존하는 걸까.

더미에 있던 자료를 모두 불러와 52헤르츠 음성 데이터 분석을 끝내는 데 하루가 걸렸다. 이후의 시간은 52헤르츠를 제외한 다른 주파수대의 음성 데이터와 생체 신호, 환경 정보를 결합해 추출 가능한 결론이 있는지 검토하는 작업에 할애했다. 커뮤니케이터의 데이터 처리 비율은 겨우 절반을 넘어선 상태였고 분석이 끝나도 원하는 결과를 얻기는 쉽지 않을 것 같았다. 기다림은 지루했다. 노려본다고 작업이 빨라지는 것도 아닐 테지만 성원은 자리를 지켰다. 설명할 수 없는 일, 이해하지 못하는 현상은 두려웠다. 과학의 발전은 인류가 공포를 줄여가는 과정인지도 모르겠다는 생각을 했다.

성원이 인류의 미래와 과학의 위대함을 생각하는 동안 퍼시는 에세이를 쓰겠다고 선언했다. 지난 며칠간 뭔가를 구상하느라 열심이긴 했다.

"논문이 아니라 에세이라고?"

유코가 코웃음을 쳤다.

"아직 연구가 끝난 것도 아니잖아."

"지금은 사실관계만 나열해두는 거지. 어차피 결론은 둘 중 하나 아니겠어? 조성원 박사가 실패의 역사에 한 줄을 더하거나, 우리가 이드를 이해하거나. 어느 쪽이건 재미있는 이야기일 거야. 멍청한 몽상가, 혹은 위대한 과학자들."

"왜 전자는 단수고 후자는 복수인 건데."

"다 같이 죽을 필요는 없잖아."

어깨를 으쓱 들어 올린 유코는 쓸데없는 대화는 그만하고 이거나 좀 보라며 성원을 불렀다. 손바닥만 한 휴대전화 화면 속에서 발레복을 입은 아이가 춤을 추고 있었다. 학교 강당의 핀조명이 아이를 비췄다.

"숨겨둔 딸이야?"

"조카야."

"이걸 나한테 보여주는 이유는?"

"머리 아픈 것만 보지 말고 귀여운 것도 좀 보고 살라고."

유코가 볼륨을 높였다. 성원은 목을 빼고 테이블에 머리를 었었다. 너른 무대 위에서 아이는 꽃잎 같았다. 발레복이 너풀너풀 평면 공간을 오르내렸다. 유코의 말이 맞았다. 영상을 시청하는 사이에 풀리지 않는 답을 찾느라 쥐어짜던 머리가 조금은 말랑말랑해졌다. 아이의 손끝과 세 박자의 멜로디가 쉬엄쉬엄하라고 옆구리를 찌르는 것 같았다.

"이드한테도 들려주면 좋겠네."

성원이 말했다.

커뮤니케이터가 중간 분석을 끝냈다. 완성되지 않은 문장들이 성원을 기다리고 있었다. 문장 간에 얕은 상관관계가 읽혔다. 이드는 외부의 소리보다는 환경 요소에 반응하는 경향이 컸다. 기후 변화나 지진에 민감해 보인다는 유코의 말이 입증된 셈이었다. 서로 얽히며 영향을 주는 그래프가 두 사람의 대화를 연상시켰다. 파도가 말을 걸면 이드가 답했다. 대기가, 땅이, 비가, 해와 달이 움직이면 이드는 지축의 회전에 응답하며 노래했다. 그러는 중에도 유코가 재생한 영상에서는 계속해서 발레 음악이 흘렀다.

성원의 머리를 쳐가는 아이디어가 있었다. 그래프와 단어들, 조금 전 유코와 나눈 대화, 음악이 우연한 상호작용을 한 결과였다.

소리. 매질. 반응.

커뮤니케이터는 이드의 말을 티베트어로 변환했고 그걸 다시 영어로 번역했지. 조립은 분해의 역순이잖아. 물론 나사 하나 정도는 자리를 찾지 못하고 헤맬 테지만, 무질서계의 역순이 완벽할 리도 없겠지만, 그렇지만……

“집에 좀 다녀와야겠어.”

생각을 마무리하지 않은 채로 성원이 말했다. 거실에는 계속해서 왈츠가 흘렀고 퍼시는 에세이의 첫 문장을 쓰기 시작한 참이었다.

“대전에?”

휴대전화를 보던 유코가 얼굴을 들었다.

“지금? 간다고? 왜?”

“가져올 게 있어. 내일 다시 올게.”

별장을 나선 성원은 그길로 휴게소 한 번 들르지 않고 차를 몰았다. 대전에 도착하니 저녁이었다. 현관문을 열자 날 선 냉기가 달려들었다. 사람의 부재가 만들어낸 허기였다. 바닥은 희미한 발 고린내를 풍겼다. 발바닥과 장판 사이에 먼지가 돌돌 말렸다.

블루투스 스피커는 책장에 놓여 있었다. 먼지를 털어내고 전원을 올렸다. 한동안 도크에 방치해 뒀던 엠피쓰리 플레이어를 작동하자 승희와 듣던 음악이 흘렀다. 종이컵 속에 세상이 어쩌고 하는 가사였던 것도 같고, 낙하산이나 시계 같은 가사가 나왔던 것도 같다. 어쩌면 몇 개의 노래가 뒤섞였는지도 모른다.

스피커 제원을 검색했다. 재생 시간은 열 시간 정도, 방수 기능이 있지만 수압과 관련된 정보는 나와 있지 않았다. 제작사도 어떤 정신 나간 과학자가 스피커를 바다에 던져 넣을 거라고 생각하지는 못했을 것이다. 수영장에서 음질 테스트를 한 동영상 몇 가지를 확인할 수 있었다. 스피커는 3미터 정도 수심에서는 무리 없이 작동했다. 성원은 마지막으로 재생주파수 영역을 확인했다. 52헤르츠의 주파수로 소리를 낼 수 있는지가 관건이었다.

볼륨을 높였다. 제목을 모르는 노래를 들으며 세상이 조금 넓어진 것 같다고 느꼈다. 어제와 다름없을 둘레 4만 킬로미터의 행성이 노래와 함께 어깨를 편 기분이었다. 성원은 티베트와의 시차를 생각했고 체텐 돌마라는 낯선 이름을 떠올렸다. 45억 년이라는 지구의 나이를, 138억 년이라는 우주의 나이를 생각했다. 별과 은하의 개수를 계산하고 그 속에 살아 있을 생명의 고동 소리를 상상했다.

쿵. 쿵.

누군가 벽을 두드렸다. 이크. 성원은 전원을 내렸다. 아랫집에서 아기가 가늘게 울음을 뽑아냈다.

21

"빠파."

돌마가 남자의 허벅지를 껴안았다. 티베트어를 모르는 현지도 짐작할 수 있는 단어였다.

남자는 쇠스랑을 겨눠 쿠날을 벽으로 몰아세웠다. 작은 체구였지만 불덩이 같은 눈빛이 위압감을 뿜었다. 현지가 물었다.

"중국어를 하세요?"

남자가 고개를 홱 돌려 현지를 노려봤다. 그 눈이 찌를 것처럼 뾰족하고 매서웠다.

"허현지예요. 한국에서 왔고요. 여긴 쿠날. 인도 사람이에요. 나쁜 사람들이 아니에요."

돌마가 남자의 바지를 잡아당겼다. 남자는 쇠스랑으로 쿠날의 가슴을 겨냥한 채 허리를 숙여 딸에게 귀를 기울였다. 화상으로 녹아내린 눈꺼풀 사이를 오가던 조그만 눈동자는 현지와 쿠날을 번갈아 향했다. 이윽고 쇠스랑이 쿠날의 목과 가슴을 긁은 뒤 바닥으로 내려왔다. 돌마의 아빠가 말했다.

"땐진 돈둡입니다."

하얗고 붉은 화상의 흉터로 가득한 손이 떨렸다.

"두 사람이 돌마를 잡으러 온 줄 알았어요."

돈둡은 쇠스랑을 바닥에 박아 넣었다. 거름으로 범벅이 된 손이 자꾸만 미끄러졌다. 현지도 긴장을 풀었다. 겨드랑이가 축축하게 젖어 있었다.

"따라오세요. 방으로 가요."

돈둡이 옷매무새를 바로잡고 앞장서서 걸었다. 주방을 나와 위층으로 가는 좁은 여관 계단이 이어졌다. 로비에서 기다리던 팽쵸가 어떻게 된 일이냐고 물었다.

"여기서 잠깐 기다려줄 수 있어요? 확인할 일이 있어요."

"체텐 돌마를 찾은 거죠? 응아바의 검은 천막에서?"

현지는 자신도 믿기지 않는다는 듯 천천히 고개를 끄덕였다.

"잠깐 기다려줄 수 있어요? 얘기를 좀 해야겠어요."

"그럼요. 통역이 필요하지는 않아요?"

"네. 저쪽이 중국어를 해요."

노련한 코디네이터인 팽쵸는 많은 질문을 하지 않았다. 원하는 만큼 시간을 쓰라고 했다. 그동안 자신은 로비에서 도울 일이 없을지 확인해 보겠다고 했다.

돈둡은 2층 방으로 현지와 쿠날을 안내한 뒤 스차를 내왔다. 찐 찻잎과 야크 젖, 버터와 소금을 섞어 만든 전통 음료였다.

"한국, 그리고 인도라고요."

돈둡이 말했다.

"맞아요."

"무슨 일을 하시는 분들이죠?"

"영상을 촬영해요. 다큐멘터리요."

"응아바 같은 시골에 찍을 게 있나 모르겠네요."

돈둡은 자세한 내용을 묻지는 않은 채 말을 줄였다. 현지도 설명을 더하지 않았다.

"이 여관에는 어떻게 오셨고요?"

"돌마 친구가 우리 물건을 훔쳐서 달아났어요. 여기까지 도망친 걸 쫓아온 거예요."

"애들이 장난을 친 모양이네요. 여긴 놀거리가 많지 않으니까요."

"장난치고는 좀 심했죠. 가방 안에 여태 촬영한 영상이 다 들어 있었거든요."

"쓰시얼한테 조심하라고 일러둘게요. 돌마한테도요."

돌마. 체텐 돌마. 현지는 그 이름을 혀끝에 놓고 굴렸다.

돌마는 저 혼자만 이 상황을 다 이해하고 있다는 듯 묘한 웃음을 짓고 있었다. 돈둡은 불안해 보였다. 시선은 자주 창밖을 향했다. 현지도 따라서 그곳을 봤다. 공안이 지나가는 중이었다. 딱히 돈둡의 집을 감시하는 것 같지는 않았다. 하지만 돈둡은 공안이 지날 때까지 경계를 늦추지 않았다. 공안이 지나간 거리 구석에 눈을 고정한 채로 돈둡이 말했다.

"고생하셨을 테니 잠시 쉬다 가세요. 오래 머무르지는 말고요. 외지인이 이런 곳에 있으면 우리도 오해를 받아요."

돈둡이 자리를 털고 일어섰다.

"저기요."

현지는 방을 나서려는 돈둡을 불러 세웠다. 돈둡은 불단 앞에서 걸음을 멈췄다.

"잠시만요. 여쭤볼 게 있어요."

"뭡니까."

"이상하게 들릴 건 아는데, 혹시 돌마에게 도움이 필요한가요."

돈둡이 고개를 모로 꼬았다.

"그게 무슨 말입니까."

"말 그대로요. 우리가 도와줄 게 있는지 해서요."

돈둡은 의심스러운 눈으로 현지를 노려봤다. 현지에게 꿍꿍이가 있다고 생각하는 것 같았다. 체텐 돌마. 응아바. 돕다. 검은 천막. 단어들이 데굴데굴 바닥을 굴렀다. 방 안을 통통 튀어다녔다. 마음에 점을 찍는 소리가 있었다. 현지는 참았던 숨을 토하듯 말을 이었다.

"사실 우리가 촬영하려는 건 평범한 다큐멘터리가 아니에요. 히말라야를 넘는 피란민들의 이야기를 담으려 해요. 그것 때문에 응아바에 온 거예요."

외부인에게 프로젝트 내용을 발설해서는 안 된다는 사계의 행동 강령을 어기는 순간이었다. 다큐멘터리, 히말라야, 응아바 같은 단어를 들은 쿠날이 움찔했다. 쿠날보다 더 당황한 쪽은 돈둡이었다. 손사래를 치며 현지 앞으로 다가온 돈둡이 목소리를 낮춰 말했다.

"여기서 그런 얘기를 하고 다니면 추방당해요. 당신이 만났던 사람들도 함께 위험해져요. 못 들은 걸로 할 테니 함부로 입을 열지 말아요."

"괜찮아요. 공식적으로는 사업 때문에 방문한 걸로 돼 있으니까요."

"그쪽이 무슨 목적으로 왔건 상관없어요. 우리는 엮이고 싶지 않으니까 더 이상 말하지 말아요."

현지는 돈둡을 무시하고 이어 말했다.

"라싸에 가이드가 기다리고 있어요. 거기서 히말라야로 이동하는 거예요. 낭파라를 넘으면 네팔이에요. 그다음엔 인도의 다람살라고요. 괜히 하는 말이 아니에요. 우리가 도와줄 일이 있어요?"

돌아앉아 있던 돈둡이 눈을 가늘게 떴다. 짧은 침묵. 현지를, 쿠날을, 그리고 돌마를 차례로 바라본 돈둡이 거리를 좁혀 앉았다. 그만큼 목소리는 낮아졌다. 거의 속삭이는 것 같았다.

"정말이에요?"

"정말이에요."

"위험한 일이겠죠?"

"중국 정부에게 허락을 받고 하는 일은 아니니까요."

"같이 이동하는 사람들은 몇 명이나 됩니까?"

"열다섯 명이요. 스무 명이 될지도 몰라요."

"알겠어요. 그런데 나한테 왜 이런 얘기를 합니까."

"말했잖아요. 돌마에게 도움이 필요하냐고."

"그러니까, 그런 질문을 왜 우리한테 하는 겁니까."

현지는 휴대전화를 꺼냈다. 돈둡이 읽지 못할 것을 알면서도 성원이 보낸 문자를 내보였다.

"친구한테 연락을 받았어요. 한국에서요. 동물의 언어를 분석하는 일을 하는 사람이에요. 개나 고양이와 대화하는 기계를 만드는 거예요. 인공지능을 활용해서요. 인공지능이 뭔지 아시나요?"

"압니다."

돈둡이 계속하라는 손짓을 했다.

"그 친구가 요즘은 고래를 연구하는데…… 고래가 말했대요. 웅아바에서 체텐 돌마를 도와주라고요. 여기 빠랑쉐에서요."

돈둡이 코웃음을 쳤다. 비웃는 것 같았다. 그러다 뭔가가 떠오른 듯 웃음기를 거두고 현지를 바라봤다. 돈둡은 다른 세계에 있는 것처럼 생각에 잠겨 있었다. 아까보다 훨씬 긴 침묵이 이어졌다. 현지는 돈둡이 입을 열기를 기다렸다. 다리가 조금 저렸다.

"고래라고 했지요."

"네."

"웅아바에서 체텐 돌마를 찾으라고 했단 말이죠. 빠랑쉐에서."

"돌마를 도우라고 했어요."

열린 창틈으로 마른 풀 냄새와 먼지, 야크 똥을 태운 연기가 들이쳤다. 돈둡이 말했다.

"돌마는 혼잣말을 많이 하는 아이예요. 꼭 누군가와 대화를 하는 것처럼요. 아내가 공안에 잡혀간 이후로는 부쩍 심해졌어요. 뭐 하냐고 물어보면 이상한 소리가 들린다고 해요. 눈을 감으면 여기가 아닌 다른 세계가 보인다고요. 그곳의 소리가 들린다고 했어요. 그쪽에서도 돌마가 보는 걸 본다고 했어요. 그게 누군지, 그곳이 어딘지는 모른다더군요. 처음 보는 모습이라고, 이 근처 어디에서도 그런 존재는 본 적이 없다고 했어요. 그 말을 들었을 때 내가 얼마나 놀랐을지 상상이 가요? 이 애가 귀신을 보는구나 했지요. 자세히 설명을 해보라고 했어요. 그때 돌마가 그린 그림이 저거예요."

돈둡이 뒷마당을 가리켰다. 짚더미가 가리고 선 담장에 못으로 긁은 그림이 가득했다. 서툰 솜씨로 그린 바다였다. 심해에서 솟아오르는 물방울, 수면 위로 내리꽂히는 햇살, 바다에 떠 있는 어선. 그리고 그 가운데 티베트에서 자란 아이가 한 번도 본 적이 없을 커다란 고래가 헤엄치고 있었다. 현지는 카메라를 들어 그 풍경을 찍었다.

"돌마는 바다를 본 적이 없어요. 책이나 잡지에서 봤겠구나 했죠. 길거리에 낡은 책을 파는 곳이 있거든요. 상상력이 많은 아이라고 생각했어요. 아이들은 그렇잖아요? 꿈에서 본 걸 사실이라고 믿는 거요. 돌마는 그 정도가 좀 심한 것뿐이라고 여겼던 거죠. 나중에는 이 아이가 어딘가 잘못됐다는 생각을 했고요. 그런데 언젠가 자기를 만나기 위해 이곳을 찾는 사람들이 있을 거라고 돌마가 말하더군요. 그 사람들은 티베트도 중국도 아닌 곳에서 올 거라고 했어요. 아마도 바다가 가까운 곳에 사는 사람들일 거라고요."

티베트 동쪽에서 동해까지는 직선거리로 2500킬로미터가 넘었다. 현지는 그 막막한 거리를 상상했다. 잘 기획된 마술쇼 한가운데 앉아 있는 기분이었다. 돈둡이 말했다.

"이게 무슨 일인지 나도 모르겠군요."

"저도요."

"하지만 이상한 일이 벌어진 건 분명하지요."

"맞아요. 우연이라도요."

돈둡이 잠시 뜸을 들인 뒤 말을 이었다.

"종교가 있어요?"

"아니요."

"신은 믿나요? 어떤 신이라도요. 세간에서 얘기하는 신이 아니라도 좋아요. 초월적인 존재를, 현지 씨는 믿어요?"

"아니요."

현지는 고개를 저었다.

"저는 무신론자예요. 여기 있는 쿠날은 신을 믿지만…… 돈둡 씨와 같은 신을 믿지는 않을 거예요."

"그렇겠지요. 현지 씨는 그런데도 친구가 하는 말을 믿었습니까? 고래가 돌마를 구하라고 했다는 말을, 진심으로 믿었어요?"

현지는 자세를 반듯하게 고쳐 앉았다.

"조금은요. 모든 일을 설명할 수는 없어요. 우리가 이해하는 건 이 우주의 작은 조각이고 나머지 영역은 과학적인 해석을 하지 못한 상태예요. 그런 일이 벌어진 거라고 생각해요."

"그렇다면 우리를 만나게 한 이 우연이 누군가의 뜻이건 우리가 이해할 수 없는 현상이건 논리적으로 해석하려 하지 않는 편이 좋겠네요. 당장은 알 수 없을 테니까요."

"동의해요."

현지는 돌마를 향해 돌아앉았다.

"어떤 소리를 들었어?"

돌마는 돈둡의 눈치를 봤다. 얘기해도 괜찮냐고 묻는 것 같았다. 돈둡이 고개를 끄덕이자 돌마는 웅얼거리는 중국어로 대답했다.

"목소리들이요."

"어떻게 그럴 수 있지?"

"잘 모르겠어요. 나는 그냥 들리는 걸 들어요. 록빠가 날 찾아오는 사람이 있을지도 모른다고 했어요."

"록빠?"

"록빠는 고래예요. 록빠는 친구라는 뜻이에요."

"내 친구도 고래와 얘기를 해. 그 고래를 이드라고 불러."

"이드라는 이름도 좋아요."

돌마는 외울 수 있을 때까지 이드, 이드 하고 중얼거렸다.

“넌 록빠의 목소리가 들리는 거야? 지금도 록빠와 얘기할 수 있어?”

“날씨가 좋으면요. 구름이 없어야 하고 바람도 잔잔해야 해요. 땅도 조용해야 하고요. 왜냐하면, 평소에도 너무 많은 소리가 들리거든요. 록빠는 멀리 있으니까 집중해야 해요. 그러면 멀리서 록빠가 부르는 소리가 들리고 우리는 인사를 하는 거예요. 내가 보는 걸 록빠도 봐요. 나도 록빠가 보는 걸 보고요. 나는 바다가 어떻게 생겼는지 알아요. 록빠가 어떻게 헤엄을 치는지도 알고, 먹이를 어떻게 먹는지도 알아요.”

“그리고 또? 록빠가 무슨 얘기를 했어?”

“록빠는 내가 다른 나라로 가길 원했어요.”

“어째서?”

돌마는 어려운 말을 곱씹듯 잠시 생각한 뒤 말을 이었다.

“록빠는 내가 필요하다고 했어요. 우리는 통로가 될 거라고…… 언젠가 우리 같은 존재가 수없이 태어날 거래요. 하지만 아직은 아니래요. 우리는 그 시작이 될 거라고 했어요. 록빠도 소중한 존재를 잃은 적이 있대요. 많이 잃었대요. 나도 잃고 싶지는 않대요.”

“록빠가 왜 널 잃게 되는데?”

“공안은 엄마랑 아빠를 좋아하지 않았어요. 계속해서 우리를 감시하고 있어요. 이모는 나를 다른 집에 보낼 거래요. 내일이요. 그런데 아빠는 내가 거기 가면 위험할 거래요. 그 얘기를 록빠한테 했어요.”

돈둡은 삐죽삐죽한 돌마의 머리가 차분히 가라앉을 때까지 쓰다듬었다. 현지는 카메라를 작동시켰다. 돌마는 작은 렌즈와 버튼이 신기한 듯 카메라를 만지작거렸다.

"이걸로 뭔가를 찍고 있는 거죠?"

"티베트 피란민들이 네팔로 탈출하는 걸 촬영하려 해. 내일이면 라싸로 떠나야 하고."

거기까지 얘기했을 때 돈둡이 일어났다. 제단에 놓인 물병을 들고 말했다.

"잠시만 기다려줄 수 있어요? 절을 올려야겠어요. 그 후에 이야기를 계속해도 될까요."

"네. 그럴게요."

현지가 대답했다.

돈둡은 일곱 개의 잔에 물을 받고 절을 했다. 신에게 인사하고 소원을 비는 차캉이라는 의식이었다. 돈둡이 절을 하는 동안 현지는 무릎을 꿇고 기다렸다. 의식을 끝냈을 때 돈둡의 얼굴은 불에 달군 양 붉었다. 현지는 돈둡의 거친 숨이 가라앉기를 기다렸다. 돈둡이 옷매무새를 가다듬으며 자리에 앉았다.

"도움이 필요하냐고 물었죠."

"네."

현지는 거리를 좁혀 앉았다. 돈둡의 울긋불긋한 분홍색 피부가 가까이 보였다.

"사실 돌마와 나는 몇 번이나 티베트를 탈출하려고 했어요. 하지만 그러지 못했어요. 우리를 도와줄 수 있어요? 돌마를 도와줄 수 있어요? 피란민 사이에 자리가 있을지 묻는 거예요. 두 사람 자리는 필요 없어요. 애 하나만 더하면 돼요."

현지는 카메라를 내려놓았다. 질문의 의도를 알아차린 건 잠시 후였다. 돈둡이 계속해서 말했다.

"방금 돌마가 말했죠. 애 이모가 돌마를 친척 집에 보내려 해요. 그게 내일이에요. 나는 그걸 원하지 않아요. 얼마나 많은 부모들이 알지도 못하는 탈출 가이드에게 아이를 맡기는지 모를 거예요. 아이들이 더 좋은 나라에서 지내길 바라서요. 나도 그래요. 다른 부모들보다 더 절실하게요. 돌마가 어떤 인생을 살게 될지 아니까요. 아내는 피란민을 돕다 체포됐고 난 관리 대상이니까요. 돌마를 데려가는 건 결국 공안이 될 거예요. 언젠가는 반드시 그렇게 될 거예요."

방에서는 건초 냄새가 났다. 모래가 창문을 두드렸다. 이불도 천도 모두 모래를 머금고 있었다. 이 건조한 공간이 조금씩 그 형태를 바꾸고 있었다. 느리게 움직이는 물레방아처럼, 하지만 홈에 머금은 물의 무게만큼 확실한 낙차로, 세계의 축이 회전하고 있었다.

"히말라야를 넘는 게 얼마나 힘든 일인지는 알아요. 가이드와 함께 낭파라 입구까지 간 적도 있어요. 순례자 틈에 섞여 라싸까지 갔다가 돌아오기도 했고요. 몇 번이나 시도한 뒤에 결론을 내렸어요. 나는 돌마와 함께 티베트를 떠날 수 없어요. 이 몸으로는 산을 넘을 수 없어요. 돌마 혼자 인도로 가는 방법을 찾아야 해요."

창밖으로 부는 바람이 기세를 더했다. 야트막한 벽들이 진동하고 있었다. 돌담이 이고 있던 먼지가 흩날렸다. 흙은 낙하하고 다시 솟아오르다 결국은 땅으로 주저앉았다. 온통 황토빛이었다.

"나는 세계의 섭리를 믿어요. 당신들이 이곳에 오게 된 이유가 있을 거예요."

돈둡은 옷장에서 작은 가방을 꺼냈다. 그 속은 양말과 속옷으로 빵빵했다. 하지만 돈둡이 준비한 물건들은 돌마처럼 작고 약해 보였다. 그런 물건으로는 절대 히말라야를 넘을 수 없을 것 같았다. 돈둡이 가방에서 봉투를 꺼냈다.

"자, 봐요. 이건 돌마의 신분을 증명해줄 서류예요. 젖지 않도록 비닐봉지로 싸뒀어요. 장갑과 신발도 있어요. 모아놓은 돈이 있으니 그것도 가져가요. 또…… 또 뭐가 필요할까요."

누군가 방으로 올라오는 기척이 있었다. 낡은 여관의 계단이 삐걱거리는 소리가 조금씩 가까워졌다. 돈둡은 모포로 가방을 덮었다. 들창코에 평평한 이마, 가늘게 찢어진 눈을 가진 얼굴이 문틈으로 불쑥 들어왔다. 리셉션에서 졸고 있던 여자였다. 여자는 현지와 쿠날을 힐끗 쳐다본 뒤 신경질적인 말투로 돌마에게 몇 마디를 물었다. 돌마의 대답을 들은 뒤에는 인사도 없이 방을 떠났다. 삐걱거리는 계단 소리는 멀어졌지만 불길한 기운은 떠나지 않았다. 돌마가 말했다.

"라모 이모예요. 왜 여기서 외국인이랑 얘기하는 거냐고 물어봤어요."

"그래서 뭐라고 대답했어?"

"여관에 묵는 손님들이라고 했어요. 손님들한테 이 동네 이야기를 들려주는 중이라고 했어요."

"의심하는 것 같던데."

"이모는 제가 티베트를 벗어나는 걸 허락하지 않을 거예요."

"여길 떠나는 데 이모 허락이 필요하니?"

"이모가 알게 되면 공안을 부를 거예요."

돈둡이 설명을 덧붙였다.

"아까 말한 제 처의 언니예요. 우리를 못 잡아먹어 안달이죠. 처가 티베트를 탈출하는 사람들을 돕다가 체포된 후로 쭉 그래요. 돌마를 지키는 게 자기 역할이라고 생각해요. 실은 그게 돌마를 죽이는 길이라는 걸 모르면서요."

돈둡은 창문을 가린 천을 걷었다. 어느새 낙낙한 어둠이 내려앉은 내리막길을, 융아바에서 라싸로 연결되는 고속도로를 잇는 큰길을 바라봤다. 물감을 푹푹 찍어 그린 듯한 돈둡의 얼굴에서는 표정을 읽기가 쉽지 않았다. 돌마는 등받이가 없는 티베트 전통 양식을 한 의자에 앉아 있었다. 아직 다리가 바닥에 닿지도 않았다. 저 짧은 다리가 히말라야를 넘을 수 있을지, 그 막막한 공간을 지치지 않고 건널 수 있을지 현지는 고민했다.

"잠시 얘기 좀 해."

쿠날이 문밖에서 현지를 불렀다. 현지가 나오자 쿠날은 말소리가 들리지 않도록 문을 닫았다.

"돌마를 그룹에 합류시킬 생각이지?"

"중국어는 언제 배웠대."

"눈치로 알아. 그럴 생각이지?"

"맞아."

"예정에 없던 일이야. 빈자리가 없어."

"방법은 찾으면 돼."

"라싸까지 갔다가 거절당하면 어쩔 건데."

"갤상이 알아봐 준 가이드야. 거절하지 않을 거야."

"그 애가 얼마나 작은지 봤어? 그 짧은 다리가 낭파라를 넘을 수 있을 것 같아?"

"내가 돌볼게."

"계획에 없던 일이야. 변수야. 변수를 줄이는 게 네 역할이야. 피란민들이 예정대로 히말라야를 넘어서 네팔에 도착하는 과정을 카메라에 담는 게 네 역할이라고."

"사람을 구하는 건 우리 일이지."

"이런 식으로는 안 돼. 위험 부담이 커. 인원이 늘어나면 추적에서 달아나기도 쉽지 않아. 애 하나가 다른 사람 모두를 위험하게 만들 수도 있어. 히말라야를 넘지 못하면, 애한테 무슨 일이라도 생기면, 감당할 수 있어?"

"논쟁할 일이 아니야."

분위기는 냉랭하게 얼어붙었다. 쿠날은 액터답지 않은 신중함으로 대안을 찾았고 현지는 리서처로서의 본분을 잊은 채 목표만 생각했다. 쿠날이 먼저 입을 열었다.

"네가 알아서 해. 네가 리더야. 책임도 네가 져야겠지. 이번에는."

"이번에는?"

"돌마가 이크발처럼 되지 않기를 기도하지. 난 이번 프로젝트에서 빠질 거야."

"무슨 말이야."

현지는 눈을 치켜떴다.

"라싸에 도착하면 청두로 돌아갈 거야. 아이를 데려간다면 히말라야는 너 혼자서 넘어야 해."

"거짓말."

"거짓말이 아니야."

"협박이야?"

"계획을 말한 것뿐이야."

쿠날은 현지가 아는 표정을 짓고 있었다. 조소와 멸시, 증오. 이크발이 떠난 후로 쿠날은 한동안 이런 얼굴이었다. 그 시절 쿠날이 보여준 단호한 절연을 현지는 기억했다.

현지는 냉정을 되찾았다. 계산이 바빴다. 돌마와 스무 명의 피란민. 다큐멘터리. 돌마와의 동행이 다른 피란민의 안전한 탈출에 결코 우선하지 않는다는 부등호 그리기. 현지는 어깨를 늘어뜨렸다. 항복 선언이었다.

"네가 얘기해. 직접."

쿠날이 문을 열어 현지를 방으로 들여보냈다. 돈둡은 긴장한 얼굴로 답을 기다리고 있었다. 불안해하고 있었다. 현지는 고개를 저었다. 돈둡이 차게 식는 것 같았다.

"하지만……"

"미안해요."

화를 낼 것처럼 부들거리던 돈둡이 고개를 떨궜다. 현지는 둥글게 말린 돈둡의 등을 쓰다듬었다. 쿠날은 그런 둘을 멀리서 지켜보고 있었다.

잠시 생각에 잠겨 있던 현지가 가방을 열었다. 펜과 노트를 꺼내 중국어로 짧은 글을 적어 돈둡에게 건넸다.

"대신 이걸 드릴게요."

"그건 뭐야."

쿠날이 물었다.

"다람살라와 서울에 있는 포시즌 주소야. 언젠가 티베트를 벗어나면 연락하라고. 이 정도는 해줄 수 있잖아."

쿠날은 눈을 감고 고개를 끄덕였다.

현지가 건넨 종이를 확인한 돈둡이 한숨을 내쉬었다. 올라가지 않는 입꼬리를 애써 둥글게 만들며 미소를 지어 보였다.

"모두들, 오늘은 여기서 자요. 여관에는 빈방이 많아요. 저녁을 준비해둘게요. 혹시 시간이 괜찮을까요? 해가 지기 전에 산에 다녀왔으면 해요. 행운을 빌어드릴게요."

현지는 그러겠다고 했다. 돈둡은 자투리 천을 이어 만든 붕대를 몸에 감았다. 찬 공기가 피부에 닿지 않도록 하기 위해서였다. 지팡이를 점점이 찍으며 돈둡이 이동하는 속도에 맞춰 일행은 느리게 언덕을 올랐다. 야크 젖을 짜는 여인의 뒷모습이 산을 닮아 둥그스름했다. 화톳불 냄새가 머리카락에 스몄다. 오색 깃발을 모아 엮은 티베트 돌 서낭당 라체가 언덕 위에 느슨한 가지를 쳤다. 밧줄마다 빼곡히 매달린 타르초는 푸르륵 말 울음소리를 냈다. 돈둡이 향을 피웠다. 연기가 흐르는 방향에 히말라야가 있었다. 산맥을 삼킨 구름은 눈보라를 뿌릴 준비를 하고 있었다.

"돌마는 동물들의 마음을 읽어요. 어떤 마음인지, 뭘 원하는지 신기하게 알아차려요. 억지로 생각을 뽑아내는 게 아니라 서로를 깊이 이해해요. 공명하는 거죠. 몇 해 전에는 카트만두에 큰일이 벌어졌다는 걸 뉴스보다 먼저 알고 나한테 말해준 적이 있어요. 간절한 것들은 모두 이어져 있대요. 겨우 열 살짜리 아이가, 그렇게 말을 했어요."

소신공양 후에 돈둡이 목숨을 건진 건 천운이라고 해야 할까. 아니면 살아서 꾸는 악몽일까. 돈둡은 돌마를 돌려 앉혔다. 화톳불에 이글거리는 돌마의 뺨이 절반만 붉게 익었다. 돈둡은 돌마에게 경전을 읊게 한 뒤 화톳불에 타르초를 태웠다. 연기가 하늘 높이 올라 흩어졌다. 절절 끓는 돈둡의 눈동자가 구름의 끝을 향했다.

"내일 아침 일찍 떠나세요. 해가 뜨기 전에. 그래야 낮 시간에 맞춰 라싸에 도착할 수 있어요. 관광객인 척하려면 그 편이 좋겠죠."

네 사람은 오를 때보다 느린 속도로 언덕을 내려왔다. 쿠날이 돈둡을 부축했다. 풀이 쓰러진 자리를 따라 현지가 걸었고 그 뒤를 돌마가 따랐다. 언덕과 언덕이, 산과 산이 층층이 드러누워 있었다. 그 위를 이불처럼 덮은 하늘은 검고 짙었다. 돈둡이 언덕을 내려가며 말했다.

"행동은 업을 쌓아요. 내가 쌓은 업은 기꺼이 받아들이기로 했어요. 하지만 내가 순응하는 건 내 스스로 만든 업이에요. 자유의지를 방해하는 억압에는 저항하기로 마음을 먹었어요. 그렇지 않았다면 이미 쉬운 방도를 찾아 순응했겠죠. 그것이 순리라고 생각하면서요. 나는 그러지 않았어요. 사람의 마음이 그런 거예요. 굴복하다 저항하고, 무너지다 힘을 합하고."

현지를 따라오던 돌마가 물었다.

"다람살라는 어떤 곳이에요?"

"티베트 망명정부가 있는 곳이지. 아름다운 곳이야. 호수가 있고 산도 있어. 다람살라에서 동쪽으로 두 시간 거리에는 티베트 어린이 마을이 있고. 티베트 아이들의 생활 공동체야. 학교와 기숙사를 함께 운영해. 정원이 예뻐. 교복도 예쁘고. 체크무늬 셔츠에 녹색 스웨터, 파란 바지 교복은 타르초를 두른 것 같아. 네가 좋아할 것들이 많아."

"뭐가 있는지는 중요하지 않아요. 뭐가 없는지가 중요하지."

돌마가 중얼거리듯 말했다.

돈둡이 각자 지낼 방을 알려줬다. 화장대와 옷장이 전부인 조촐한 방이었다. 구석 자리를 차지한 배낭이 사람의 등짝처럼 무더 보였다. 무생물들이 뿜는 냉기 가운데서 현지는 둥글게 몸을 말았다. 죽은 것들이 가득한 정원을 뒤로하고 여관은

까맣고 매서운 밤으로 저물었다. 졸음은 밀려들고 하품이 터져 나오는데도 한 번 작동한 머리가 좀처럼 시동을 끌 생각을 하지 않았다. 목구멍이 죄어들었다.

다음 날 새벽, 일행은 조용히 잠자리를 정리하고 짐을 챙겼다. 여관을 나올 때까지도 밖이 어둑했다. 쿠날과 팽쵸는 거의 밤을 샌 것 같았다. 새벽 공기가 너무 차가워 시동이 걸리지 않았다. 팽쵸가 엔진을 손보는 동안 현지는 겨드랑이에 손가락을 끼워 넣고 추위를 견뎠다. 쿠날은 뒷좌석에 앉아 지루함과 싸우는 중이었다. 여관 문이 열리고 돈둡이 나왔다.

"자, 여기. 참파와 야크 치즈를 좀 넣었어요. 산에 오를 때 가져가는 것들인데, 라싸까지 가는 길에 요기가 될 거예요."

뒷좌석에 가방을 던져 넣은 돈둡은 조금 떨어진 곳으로 물러섰다. 팽쵸가 용을 쓴 끝에 시동이 걸렸다. 픽업트럭에 훈기가 돌았다. 스카프를 벗은 현지는 입김이 부옇게 번진 차창을 닦았다. 짐칸을 두드리는 소리에 돌아보니 돈둡이 손을 흔들고 있었다. 불길한 살갗을 드러낸 회색 벽들이 라이트 불빛에 휩쓸려 멀어졌다.

라모는 가슴에 손을 올렸다. 이유도 없이 심장이 방망이질쳤다. 나쁜 꿈을 꾼 것 같았지만 내용은 기억나지 않았다. 질척이는 길을 기어서 지나온 듯 끈적한 질감만 손끝에 남아 있었다. 두근거림은 쉽게 진정되지 않았다.

미심쩍은 기운이 여관에 가득했다. 지난 저녁 쓰시얼이 여관으로 뛰어들었을 때부터 그랬다. 뒤따라 들어온 티베트인 가이드와 외국인 두 사람의 얼굴은 불안과 짜증, 기대로 범벅이 돼 있었다. 돈둡은 돌마와 외국인들을 데리고 위층으로 올라가기까지 했다. 여관에 하룻밤을 묵겠다며 가이드가 두둑이 숙박비를 챙겨준 것까지는 좋았지만 구린 냄새는 빠져나가지 않았다.

돈둡이 뭔가를 꾸미고 있다면, 여관을 찾은 외국인들이 관련이 있다면 라모도 가만히 있지 않을 생각이었다. 분신 시위나 탈주는 물론 수상한 외지인을 신고하는 것만으로도 포상금을 받을 수 있었다. 라모는 돈이 절실했다. 평범하고 안온한 날들이 그리웠다.

자동차 시동 거는 소리가 들렸다. 동이 트기도 전이었다. 누군가 바삐 짐을 정리하고 있었다. 속닥거리는 돈둡의 목소리가 들렸다. 라모는 벌떡 몸을 일으켰다. 맨발로 로비를 가로질러 여관 문을 열었다. 희뿌연 후미등이 막 골목을 빠져나가고 있었다. 외국인들의 트럭인 것 같았다.

돈둡은 문을 박차고 나온 라모를 바라보고 있었다. 감정을 읽기 힘든 얽은 얼굴에서도 당혹스러움이 느껴졌다. 그 표정이 많은 것을 설명해줬다. 라모는 손님 방으로 달려갔다. 외국인들은 보이지 않았다. 돌마의 방도 마찬가지였다. 훈기가 남은 방에 이불만 흐트러진 채 놓여 있었다.

"돌마는?"

라모가 물었다.

"돌마는 어디 있어?"

돈둡이 시선을 피했다. 손은 뭔가를 숨기듯 주머니에 처박혀 있었다. 라모는 돈둡에게 다가가 팔을 홱 잡아챘다. 완력에 이끌려 나온 손 안에 구겨진 종이가 있었다. 어설픈 중국어로 휘갈긴 문장이 보였다.

'새벽에 떠날게요. 돌마를 짐칸에 태워놔요.'

라모는 로비로 내려가 전화기를 쥐었다. 돈둡이 라모를 붙들었다. 라모는 돈둡을 힘껏 밀쳤다. 돈둡이 종이 인형처럼 바닥을 뒹굴었다. 허리라도 다쳤는지 일어나지 못했다. 엎드린 채로 발작 같은 기침만 했다.

라모는 공안에게 여관의 위치와 외국인들의 인상착의를 알렸다. 자신이 누군지, 외국인들이 여관에 언제 도착했는지, 어떤 수상한 행동을 했는지, 도망치듯 떠난 트럭이 어느 방향으로 떠났는지 일렀다. 조카를 꼭 찾아달라고, 라모는 간절히 애원했다.

사이드미러가 번쩍였다. 안개등을 올린 차가 한 차례 경적을 울렸다. 팽쵸가 말했다.

"순찰차예요."

현지가 뒤를 돌아봤다. 순찰차 옆에는 공안이 탄 오토바이가 있었다. 픽업트럭이 뿜어대는 먼지를 뚫고 거리를 좁히며 달려오고 있었다.

다시 경적이 울렸다. 팽쵸는 모르는 척 차를 멈추지 않았다.

트럭 방향을 틀었다. 상점 주인들이 가게를 열 준비를 하는 골목길이었다. 핸들을 꺾는 순간 오토바이가 벽과 트럭 사이를 비집고 튀어나왔다. 트럭 바퀴가 흙길을 긁으며 미끄러지다 오토바이 앞에 멈춰 섰다. 팽쵸의 얼굴이 굳었다.

손전등이 어지럽게 내부를 비췄다. 공안은 모두 셋이었다. 계급이 가장 높아 보이는 공안이 운전석 유리창을 두드리며 내리라는 손짓을 했다. 팽쵸가 먼저 차에서 내렸고 나머지 공안들이 현지와 쿠날을 차에서 끌어냈다. 손전등을 들고 있던 공안은 팽쵸의 신분증을 확인했다. 팽쵸가 실없는 농담을 했지만 모자를 깊게 눌러쓴 공안은 쓴웃음도 짓지 않았다.

"물러서라네요."

팽쵸가 손짓을 했다.

"차를 살펴보겠대요. 신고가 들어와서요."

공안들은 차에 있던 물건을 밖으로 꺼냈다. 배낭에 있던 등반 장비와 방한용품이 바닥에 쏟아졌다. 그사이 다른 공안이 짐칸을 덮은 방수천을 쿡쿡 찔렀다. 방수천이 간지럼을 타는 것처럼 들썩였다.

머리 위로 새 한 마리가 퍼덕거렸다. 길 위 한가운데에서 지휘를 하듯 날개를 펼친 상태였다. 콩알처럼 까만 눈은 줄곧 공안과 현지 일행을 따라 움직였다. 그 뒤로 다른 새가, 또 다른 새가 차례로 날아왔다. 새들은 주위를 경계하거나 높은 울음소리로 지저귀지 않았다. 또렷이 고정한 목으로 공안을 바라보며 젖은 깃을 털었다.

"새가 있어."

현지가 말했다. 쿠날이 헛웃음을 지었다.

"그게 중요해?"

"하지만…… 너무 많아."

상공을 선회하던 새들이 하나둘 활강을 멈추고 시장 거리 양쪽 건물에 나란히 앉았다. 기괴하리만치 지저귀지 않았다. 무슨 일이라도 터지기를 기다리는 것 같았다. 새들의 머리가 짐칸을 수색하는 공안을 따라 일제히 움직였다.

공안이 짐칸에 놓인 방수천을 걷었다. 돌마는 몸을 웅크린 채 누워 있었다. 눈을 감고 있으면 아무도 자신을 발견하지 못할 거라고 믿는 듯 눈꺼풀을 꼭 닫고 있었다. 팽쵸가 파랗게 질렸다.

체포하라고, 계급이 가장 높은 공안이 소리쳤다. 다른 공안이 위협적으로 고함을 지르며 현지와 쿠날을 보닛에 엎드리게 했다. 차가운 철판이 현지의 뺨에 닿았다. 씩씩 내뿜는 쿠날의 콧김은 철판 위에서 서리가 됐다.

공안과 돌마 사이에는 신경전이 벌어졌다. 공안이 돌마의 목덜미 옷을 끌어당겼다. 돌마는 적재함 난간을 쥐고 버텼다. 아이의 힘이 건장한 어른을 이길 수는 없었다. 공안은 돌마를 뜯어내다시피 바닥에 내팽개쳤다. 돌마가 뒷걸음질로 벽에 붙었다. 공안이 다가오는 순간 돌마는 입술을 달싹이며 뭔가를 중얼거리기 시작했다. 그건 티베트어도 중국어도 아니었다. 언어가 아닌 것 같았다. 주문이나 잠꼬대에 가까웠다. 하지만 어떤 언어보다도 명확하게 머리를 두드리는 소리였다. 엔진 소리, 마니차가 돌아가는 소리와 사원의 종소리, 야크의 울음소리, 계곡을 따라 흐르는 강물 소리, 그 건너편에서 귀를 간질이는 속삭임이었다.

주위의 소음이 멎었다. 귀가 제멋대로 용도를 재설정하는 느낌이었다. 한차례 이명이 지나갔다. 귀가 물에 젖어 질척거리는 것 같았다. 그 축축한 질감을 뚫고 새 한 마리가 자리를 박차고 날았다. 두어 바퀴 골목 위를 돌며 날갯짓을 했다. 가볍고 자유로워 공기 같아 보였다. 새는 날개를 접었다. 허공을 활공해 정교한 각도로 미끄러지던 새의 발톱은 스르륵, 돌마를 붙들고 있던 공안의 뺨을 벴다. 공안은 무슨 일이 벌어졌는지도 모르는 눈치였다.

벌어진 틈으로 흐르는 붉은 피가 신호였다. 달리기 출발을 알리는 총성이 울린 듯 새 떼가 일제히 날개를 퍼덕이며 공안들을 향해 날아갔다. 눈과 귀를, 손을 마구 쪼아댔다.

현지는 돌마를 안고 차에 뛰어들었다. 쿠날은 조수석을 차지했다. 팽쵸가 페달을 밟았다. 트럭이 벽을 긁으며 도로에 올라섰다. 팽쵸는 놀란 주민들을 피해 검문소 방향으로 핸들을 틀었다. 길이 없는 언덕이 나타났다. 트럭이 덜컹거릴 때마다 땅이 보이고 하늘이 보이다 다시 땅이 보였다. 바리케이드와 소초를 우회한 트럭은 간신히 도로 위로 올라섰다. 그 앞으로 쭉 잘 닦인 도로였다. 팽쵸가 가속 페달을 밟았다.

현지는 무릎에 손을 얹고 심호흡을 했다. 팽쵸는 누가 쫓아오지는 않는지 수시로 사이드미러를 확인했다. 쿠날은 보조석 손잡이를 꽉 쥐고 있었다. 침착한 모습을 잃지 않은 건 돌마뿐이었다. 현지가 돌마에게 물었다.

"다친 데는 없어?"

돌마가 고개를 끄덕였다. 쿠날이 불안한 눈으로 주위를 살폈다.

"라싸에 가기 전에 붙잡힐 거야. 애는 여기 내려놓고 가."

현지는 쿠날을 무시하고 돌마에게 안전벨트를 채웠다. 쿠날이 다시 말했다.

"그럼 라싸까지만 이동해. 거기서 다른 가이드를 구해. 우리 팀에 합류시키는 건 위험해."

"사복 공안이 가이드로 위장한 경우가 많아. 사계에서 구해 준 쪽이 안전해. 여러 명이 이동하니까 도움도 받을 수 있고."

현지는 가방 가장 깊숙한 곳에 숨겨둔 메모리카드를 꺼냈다.

"지금까지 촬영한 영상이 모두 여기 있어. 오늘 촬영한 걸 제외하고 청두부터 빠랑쉐에 들어가기 전까지를 찍은 전부야. 오늘부터 나는 돌마를 지킬 테니까 촬영한 영상은 모두 네가 가지고 있어. 우리한테 무슨 일이 생겨도 넌 이걸 지켜. 카트만두에 도착하면 그때 돌려줘."

쿠날은 메모리카드를 주머니에 집어넣었다. 뒤를 따라오는 차들은 보이지 않았다. 현지는 돌마의 손을 쥐고 말했다.

"너는 엄마를 만나러 라싸로 가는 길이야. 누가 물어보면 그렇게 말해. 응아바에 있는 가족들 허락을 받았다고 얘기하면 돼. 하지만 우리와는 전혀 모르는 사이라고 해야 해. 차를 얻어 탔을 뿐이라고. 무섭거나 거짓말을 할 자신이 없으면 중국어를 못하는 척하면 돼. 절대 공안에게 네 이름을 말하면 안 돼. 무슨 일이 있었는지도 얘기하면 안 돼. 산을 넘을 생각만 해야 해. 다람살라에 가는 거야."

트럭이 커브를 돌았다. 구불구불한 산길 사이 자리한 언덕 멀리 돈둡이 보였다. 바람에 춤을 추는 타르초 옆이었다. 푸르스름한 새벽 풍경 속에 하늘과 땅이 맞닿은 색상은 서로를 구분할 수 없어 흐릿하기만 했다. 돌마가 유리창에 손을 얹었다. 하얀 손자국이 차창에 번졌다.

트럭은 어둑한 도로를 빠져나갔다. 새벽 바람이 타르초와 룽다를 매몰차게 흔들었다.

22

응아바가 멀어졌다. 작은 점으로도 남아 있지 않았다. 팽쵸는 카오디오에서 흐르는 티베트 민요를 따라 불렀다. 티베트 전통 민요를 중국인들이 현대식으로 편곡한 노래라고 했다. 무슨 내용인지 물어보니 그냥 평범한 사랑 노래라고 했다.

"쓰시얼이 좋아하던 노래예요."

돌마가 말했다. 현지는 돌마를 향해 돌아앉았다.

"기억나. 우리 카메라를 가지고 달아난 애지. 그런데 이름이 왜 쓰시얼이야? 중국어로 사십이라는 뜻이지?"

"맞아요. 쓰시얼 아빠가 마흔두 살에 쓰시얼을 낳았거든요. 공무원이 티베트 이름을 지어서는 안 된다고 했대요. 마땅한 이름이 없어서, 중국인 공무원이 멋대로 정해버렸대요."

"쓰시얼이랑 친했지?"

"네. 제가 쓰시얼한테 두 분을 여관으로 데려와 달라고 했어요. 그래서 쓰시얼이 가방을 훔친 거예요. 쓰시얼은 제 부탁이라면 다 들어주거든요."

"그랬구나. 다른 친구는?"

"별로 없어요. 애들하고 노는 것보다 야크를 보는 게 더 좋아요. 야크는 순하고 멍청해요. 자는 거 아니면 먹는 거 두 가지만 생각해요. 개는 무서워요. 어떤 개들은 사람을 싫어하거든요. 난 새를 보는 게 제일 좋아요. 새들은 말이 많아요. 새들은 사람 구경하는 걸 좋아해요. 제일 싫어하는 건 두더지예요. 귀엽게 생겼는데 너무 어두운 데서만 살아요."

돌마는 엄마의 낡은 옷이 뿜어내는 먼지 냄새가 그리워서 가끔 모포에 코를 파묻고 잠이 든다고 했다. 그러고 있으면 재채기가 나온다고도 했다. 돌마는 가족 이야기도 했다. 라모 이모의 잔소리, 아빠의 일그러진 흉터, 그리고 응아바에 두고 온 모든 것들에 대해 얘기했다. 현지는 적당한 맞장구와 추임새로 돌마의 이야기에 호응했다.

팽쵸는 라싸 도착을 앞두고 가이드 자격증과 자동차 번호판을 교체했다. 기름을 채우러 주유소에 들렀을 때 돌마는 먹은 걸 게워냈다. 앉은 채로 토하는 바람에 차내에 토사물이 쏟아졌다. 응아바를 떠난 지 얼마 되지 않았을 때부터 노릇노릇한 얼굴로 숨을 몰아쉬던 차였다. 생수로 시트를 씻어도 쉰내가 가시지 않아 문을 열고 달려야 했다. 찬 공기가 목구멍으로 쏟아졌다. 돌마는 자주 몸을 뒤척였다.

접경지대나 외국인 출입이 금지된 마을 인근에서 검문소를 통과했다. 가이드와 함께 정식 허가서를 갖추고 여행하는 외국인에게 공안은 별 관심을 보이지 않았다. 배부른 야생동물의 여유였다. 점령지를 관할하는 공안은 우월감으로 나태해졌고 그 안일함 덕에 일행은 한숨을 돌릴 수 있었다.

도로 우측으로 라싸강이 보였다. 안전모를 쓰고 외줄비계에 위태롭게 매달린 인부들이 건물을 올리는 중이었다. 옆 차선에는 관광버스가 섰다. 유리창에 머리를 기대고 있던 승객들이 하나씩 잠에서 깼다. G318 국도를 벗어난 픽업트럭은 중심도로로 이동했다. 거주 구역의 밋밋한 콘크리트 건물에서 사회주의의 냄새가 났다.

칭짱 열차가 들어오면서 라싸에 변화의 바람이 불었다. 구시가지에는 옛 흔적이 남아 있었지만 시내는 자본의 물결에 한바탕 휩쓸린 뒤였다. 신의 땅이라는 이름의 라싸에 아디다스와 버거킹이 들어왔다. 상권은 한족의 차지였다. 현대식 건물에 갖은 장식을 한 상점 간판이 번쩍였다. 중국식 교복을 입은 아이들이 보도블록 위를 웃으며 지나갔고 계단에 걸터앉은 서양인 관광객이 그 모습을 사진에 담았다. 도로에는 아스팔트 냄새가 짙게 풍겼다. 티베트 문자보다 한자가 더 자주 눈에 띄었는데 한자와 영어로만 안내된 간판도 적지 않았다. 더 이상 티베트어를 가르치지 않는 라싸의 학교 소식을 전해 들을 때면 티베트의 정체성이 몇 세대 후 얼마나 옅어져 있을지 예상할 수 있었다. 약국에 부착된 포스터에서 피부가 하얀 여자가 웃고 있었다. 고산지대의 건조하고 추운 환경이 만들어낸 빨간 볼을 없애준다는 성형외과 광고였다. 내지인을 닮고 싶어 하던 이들이야 일제강점기의 조선에도 있었으니 티베트인들이 한족을 흉내 내는 것도 이해 못 할 바는 아니었다. 하지만 씁쓸하고 부끄러운 마음이 차오르는 건 어쩔 수 없었다.

팽쵸는 동쪽 티베트인의 거주지역인 구시가지부터 한족이 거주하는 서쪽의 신시가지까지 차를 몰았다. 한때 이스트 키람이라 불리던 도로는 이제 센트럴 베이징 로드, 북경중로라 불렸다. 티베트 불교의 상징인 포탈라궁 앞에 중국이 세운 상징이었다. 티베트 고유의 명칭이 사라진 자리에 점령국의 문자가 맥락도 없이 붙는 걸 지켜보면서 현지는 선명한 기시감을 느꼈다.

성윈에게 연락을 시도했지만 휴대전화가 꺼져 있었다. 응아바에서 돌마를 찾아 함께 라싸에 도착했다는 내용의 문자만 남겨 놓았다. 동섭에게도 전화를 걸었다. 괜찮냐고, 별문제 없냐고 묻는 것이 많이 긴장된 말투였다.

"아직은 괜찮아. 열흘 후에 낭파라를 넘어 국경에 도착할 거야."

현지와 쿠날은 탈출 여정의 막바지가 되면 무거운 짐을 모두 버리고 오를 계획이었다. 국경에서의 랑데부가 중요한 이유였다.

"알았어. 국경에서 기다리고 있을게."

"앞뒤로 하루 정도는 차이가 날 수 있으니 감안해. 여차하면 비박을 해야 할 거야. 그리고 열 살 정도 되는 아이가 쓸 만한 장비를 준비해줘. 양말이나 장갑 같은 거. 구급약도 준비하고."

"왜? 같이 이동하는 애가 있어?"

"체텐 돌마라는 아이와 함께 이동하는 중이야. 도착하면 얘기해줄게."

동섭과 통화를 끝낸 뒤에는 권 팀장에게도 중간보고를 했다. 괜스레 높은 톤으로 전화를 받는 팀장의 마음 씀씀이가 고마웠다.

"잘하고 있어. 리서처는 몸 아끼는 거 아니니까 제대로 굴리고 와."

"내일부터는 구를 수밖에 없으니까 걱정 마세요."

"그래. 티베트에 있는 걸 다행으로 알아. 제일 폭발하기 쉬운 나라는 따로 있다고."

"일 터졌어요? 신장위구르예요? 아니면 예멘? 수단?"

"아니. 부탄이야, 부탄."

"왜요 거긴?"

"폭발하기 쉬운 나라라니까. 부탄."

권 팀장이 전화기 너머에서 키득거렸다.

사계에 처음 출근하던 날 현지는 팀원들 앞에서 음지에서 일하면서 양지를 지향하겠다고 포부를 밝혔다. 제 딴에는 농담이랍시고 꺼낸 소리였지만 권 팀장은 떫은 표정을 감추지 못했다. 그날 신입사원 환영 회식 자리에서 옆자리에 앉은 선배가 권 팀장이 1987년에 대학을 졸업한 거 아냐고 물었다. 박종철 사건에 항의하며 졸업생들이 식장을 빠져나간 해였다. 그 텅 빈 졸업장을 사진으로 남긴 인물이 권 팀장이었다고 했다. 장난으로 내뱉은 안기부의 슬로건을 권 팀장이 어떻게 받아들일지는 뻔했다. 그런데도 현지에게 싫은 소리 한 번 하지 않는 사람이었다.

“농담 그만하고 응원이나 해주시죠.”

“어떻게 하면 응원이 되나.”

“다음에 비행기 탈 때는 비즈니스 끊어주세요.”

전화가 끊어졌다.

현지는 숙소까지 카메라를 들고 걸었다. 라싸와 낭파라를 대비시켜 화면을 구성하면 좋겠다는 생각이었다. 팽쵸는 가이드 자격증을 내걸고 앞장섰다. 번화가의 등산용품점에서 돌마가 사용할 경량 패딩과 작은 신발을 구입했다. 동상에 대비해 양말도 넉넉히 준비했다. 쇼핑을 끝낸 뒤에는 조캉사원 앞 가게에서 차를 마셨다. 담배 연기가 자욱해 기침이 터졌다. 그 모습을 본 노인들이 웃었다. 노인들이 아닐지도, 어쩌면 현지보다 불과 몇 살 많은 또래일지도 모를 일이었다. 햇볕에 너무 많이 노출된 티베트인의 나이를 짐작하기는 쉽지 않았다. 그에 비하면 서빙을 하는 종업원은 나이를 짐작하기 쉬웠다. 찌그러진 주전자에 차를 채우고 손님이 부르면 달려갈 준비를 하는 앳된 얼굴이 스물이 채 되지 않아 보였다.

찻집 앞에서는 도박이 한창이었다. 사람들은 마작패나 카드를 펼쳐놓고 돈을 걸었다. 희푸른 담배 연기가 대기에 흩어졌다. 그 맞은편에 공안 초소에는 시위 진압에 쓰는 장비가 걸려 있었다. 중국인을 향하는 일은 없을 장비들이었다. 분리된 인종과 보이지 않는 국경은 하나의 중국이라는 구호를 공허하게 만들었다. 관제 야당을 들러리로 내세운 단독 정당의 장기 집권과 헌법 조항을 뜯어고치며 체제 연장을 시도하는 권력자가 공허를 더했다. 현지는 티베트 만두 모모와 인도 요거트 라씨를 하나씩 주문해 숙소로 돌아왔다. 티베트의 하루는 빨리 저물고 늦게 밝았다.

이튿날 일행은 탈출 가이드와 접선하기로 한 마트로 향했다. 그쪽에서 먼저 현지를 알아보고 접선할 거라고 했다. 약속 시간이 조금 지났을 때 양손에 빵과 우유를 든 남자가 마트에서 나왔다. 움푹 꺼진 눈이 쉬지 않고 주위를 경계하는 중이었다. 남자는 손가락을 까딱거리며 일행을 마트 옆 구석진 골목으로 불렀다. 현지가 남자 옆에 섰다. 뺨은 붉었고 이마에 주름살이 깊었다. 젊었을 때부터 자외선을 쬐고 자라 일찍 나이가 들어버린 피부였다. 머리는 두피에 착 달라붙어 뒤통수를 향해 흘렀다. 수염과 코털은 하얗게 세어 있었다.

"잭."

빵빵한 입에서 튀어나온 말투가 퉁명스러웠다.

"잭이요?"

"존이라고 해도 돼. 제임스라고 해도 좋고."

잭은 영어를 썼다.

"아, 활동명이네요. 좋아요. 우리도 활동명을 써요. 나는 계피고 저기 있는 인도 사람은 차파티요. 이쪽은 가이드인 팽쵸."

"말 안 해도 돼. 그쪽 이름을 외우지 않을 거고, 얼굴을 기억하지도 않을 거야. 필요한 건 벌써 포시즌한테 들었으니 궁금한 것도 없어. 그런데 이 애는 뭐지."

잭이 돌마를 가리켰다.

"우리랑 같이 이동할 아이예요."

"왜?"

"네팔에 데려가 달라고 부탁을 받았어요. 애 한 명 더 데려가는 건 문제 없겠죠?"

"똑똑한 아이야?"

"네?"

"똑똑하냐고."

"그럼요. 아주 영리한 아이예요."

"그럼 여기서 집까지 혼자 돌아갈 수는 있겠네."

잭은 손가락 두 개를 흔들며 말했다.

"내가 부탁을 받은 건 두 사람이야. 여자 하나, 남자 하나, 모두 어른. 계획에 없던 애는 데려갈 수 없어."

"뭐요?"

"왜 자꾸 두 번 말하게 하는 거야. 애는 두고 간다고."

현지는 잭의 말을 납득할 수 없어 잠시 입을 다물고 있었다. 담장 위에 현수막이 요란하게 펄럭였다. 잭은 짜증이 가득한 얼굴로 현지의 답을 기다리고 있었다.

"얘도 티베트 사람이에요."

"그래. 넌 한국인이고 이 덩치는 인도인이지. 길에는 중국인 공안들이 득실거려. 내가 국적을 신경 쓸 것 같아? 난 돈을 받고 국경을 넘어. 돈만 받으면 이스라엘과 팔레스타인 사람을 한 팀에 넣을 수도 있어. 하지만 일이 틀어지는 건 안 돼. 팀에 합류해서 히말라야를 넘으려면 두 가지는 반드시 지켜. 계획을 따라. 내 말에도 무조건 따라. 꼬맹이는 계획에 없었고, 나는 이 애를 두고 가기로 결정했어."

잭의 입에서 문장이 가시처럼 갈라져 나왔다. 자주색 입술이 허연 김을 뿜었다. 대답을 기다리던 잭이 말했다.

"선택 못 하겠어? 그럼 간다."

잭이 돌아섰다. 미련 없이 성큼성큼 멀어졌다. 잭을 붙잡으려던 현지의 손이 허공을 긁었다. 현지가 우물쭈물하는 사이 팽쵸가 달려 나갔다.

"잠시만 기다려요, 현지 씨."

팽쵸는 이미 멀찍이 걷고 있는 잭을 멈춰 세웠다. 자신을 노려보는 잭 앞에서도 서글서글한 웃음을 거두지 않았다. 두 사람 사이에 티베트 말이 오갔다. 팽쵸가 침착하게 잭을 설득하나 싶었는데 잠시 후 잭의 낯빛이 창백해졌다. 충격을 받은 것 같았다. 잭은 펄쩍 뛰며 화를 내더니 급기야 연석을 걷어차기까지 했다. 길길이 날뛰는 잭에게 주위의 시선이 쏠렸다. 팽쵸가 잭을 진정시켰다. 몇 마디를 더 건넨 뒤에는 잭이 누그러들었다. 팽쵸는 잭의 어깨를 가볍게 토닥였고 잭은 어쩔 수 없다는 듯 고개를 끄덕였다. 팽쵸가 돌아왔다.

"뭐라고 했어요?"

현지가 물었다. 팽쵸는 어깨를 으쓱 올리며 대답했다.

"공안을 부르겠다고 했어요. 두 분이야 추방당하는 걸로 그치겠지만 저 친구는 일이 커지겠죠."

"그랬더니요?"

"어디 한번 그래보라고, 다 같이 죽자고 하던데요. 좋은 가이드는 아닌 것 같아요. 갤상이 어쩌다 저런 사람을 소개했는지는 모르겠네요. 아무튼, 시간은 부족하고 일정은 정해져 있으니까 좋게 정리했어요. 돈을 좀 더 챙겨주면 돌마도 데려가겠대요."

"돈으로 해결할 수 있다면 문제없어요. 얼마가 더 필요해요?"

"3인분이요. 큰 거 하나 잡았다 이거죠."

잭이 턱짓으로 길 건너편에 있는 ATM기를 가리켰다. 현지는 그 자리에서 현금을 인출했다. 은행 한 곳에서만 필요한 금액을 모두 인출할 수 없어 카드 몇 장을 꺼내야 했다. 현지는 잭이 요구한 액수의 절반만 건넸다. 잭이 얼굴을 찌푸렸다.

"지금은 이것만요. 나머지는 출발할 때."

잭은 입맛을 다시더니 현지의 귀에 대고 목소리를 낮춰 말했다.

"적지 말고 외워. 오늘 밤 열 시, 라싸강과 318 국도가 만나는 곳에 공사장으로 빠질 수 있는 곳이 있어. 공업단지 들어가기 전에. 트럭이 기다리고 있을 거야. 늦으면 그냥 갈 거야. 외웠어?"

"열 시. 라싸강과 318 국도가 만나는 곳, 공사장."

잭은 빠른 걸음으로 사라졌다. 멀리서 공안 하나가 현지 일행을 주시하고 있었다. 팽쵸가 그만 가자고 현지를 재촉했다.

"일단 자리를 옮기죠. 식당에서 기다리다가 밤에 약속 장소로 가요. KFC가 티베트에 최초로 진출한 외식 브랜드라는 거 알아요?"

처음 들었다고 하니 이곳을 촬영하는 것도 의미가 있을 거라고 했다. 감자튀김을 순식간에 먹어치우는 돌마를 위해 쿠날은 치킨 너겟과 작은 햄버거를 더 주문했다.

현지는 팽쵸에게 왜 이 일을 하냐고 물었다. 그게 궁금했다. 편한 삶이 지척에 있는데, 언제든지 KFC를 먹고 아디다스를 사 입을 수 있는데 왜 위험한 일을 자처하는지. 팽쵸는 같은 질문을 돌려줬다. 현지 씨는 왜 티베트까지 왔냐고. 어째서 한국에서 안전한 일상을 보내지 않느냐고. 어쩌자고 돌마까지 데리고 히말라야를 넘을 생각을 했느냐고.

"모르겠어요."

현지가 대답했다.

"모르겠어요. 정말로."

붉은 승복을 입은 승려들이 거리를 지났다. 아이들이 슬리퍼 차림으로 아스팔트 위를 달렸다. 시간은 느리게 흘렀다.

저녁이 됐다. 팽쵸가 약속 장소로 차를 몰았다. 거리를 장식한 붉은 조명 위로 공사장 크레인에 달린 야간 투광기가 환했다. 간이 외벽 너머 그림자로만 남은 인부들의 하얀 눈자위가 나타났다 사라지곤 했다.

잭이 말한 접선 장소는 안내 표지판 하나 없는 모래벌판이었다. 수십 미터 간격으로 설치된 가로등 사이로 어둠이 듬성듬성 깔려 있었고 그 너머로 라싸강의 습지대가 펼쳐졌다. 작업을 끝낸 레미콘과 굴착기가 잠을 자는 짐승처럼 엎드려 있었다.

팽쵸는 주차장을 향해 전조등을 깜빡였다. 중장비 사이에 놓인 트럭이 작은 불빛으로 응답했다. 운전석에서 잭이 내렸다. 빨간 담뱃불이 피었다가 졌다. 희미하고 붉은 담뱃불 주위로 연기가 퍼졌다. 외진 주차장에는 라싸강이 흐르는 소리만 아득했다. 잭이 트럭을 덮은 방수포를 걷었다. 짐칸에 피란민들이 어깨를 겹쳐 앉아 있었다. 허공에 뜬 흰자위가 불안하게 깜빡였다.

"연락할 곳이 있으면 지금 마지막으로 해. 연락이 끝나면 전화기를 넘기고."

성원에게 연락을 했지만 휴대전화가 꺼져 있다는 안내 멘트만 들렸다. 짧은 문자를 보낸 뒤 잭에게 휴대전화를 건넸다. 잭은 유심칩을 꺼내 바닥에 짓이긴 뒤 휴대전화를 돌려줬다. 차 한 대가 경적을 뿌리며 지나갔다. 전조등 불빛이 권태로 찌든 잭의 얼굴을 밝혔다. 현지는 가방에서 나머지 금액을 잭에게 건넸다. 팽쵸의 손에도 돈을 조금 쥐여줬다. 두 사람은 나와 함께 있는 동안에는 관광객이고, 여기 오는 관광객들은 모두 웃는다고 말하던 첫날같이 팽쵸는 웃고 있었다. 언젠가 다시 오겠다고 현지가 말했다. 안녕이라고 말하는 것보다 그쪽이 작별 인사로 어울릴 것 같았다. 팽쵸는 사탕과 초콜릿이 가득 들어 있는 비닐봉지를 돌마의 가방에 넣어줬다.

일행은 트럭에 올랐다. 승려와 어린아이들이 불안한 눈을 깜빡이고 있었다. 어깨를 바싹 붙여 앉은 피란민들의 등 뒤로 방수포가 매섭게 펄럭였다. 야크 털 비린내, 닭똥 냄새 같은 것들이 흐릿하게 떠돌았다. 현지는 숨을 크게 들이마셨다. 아찔한 암모니아 향이 코를 휘젓고 난 뒤에는 아무 냄새도 맡을 수 없었다.

쇳소리와 함께 시동이 걸렸다. 트럭이 밤의 도로를 달렸다. 현지는 손에 입김을 불어 귀를 덮었다. 잘 가요. 조심해요. 팽쵸의 목소리가 허공에 울렸다. 돌마는 방수포를 걷었다. 트럭이 내뿜는 연기와 마른 흙먼지 속에서 팽쵸가 손을 흔들고 있었다.

트럭은 여덟 시간을 내리 달렸다. 짐칸 이음매가 삐걱이는 소음이 끊이지 않았다. 닭장 같은 차 안에서, 밖이 보이지도 않는 어둠 속 누울 수도 없는 좁은 공간에서. 침샘이 붓고 팔다리가 땡땡하게 얼었는데도 잠깐 쉬었다 가자는 한마디를 하기가 그렇게 힘들었다. 새벽이 되었을 때야 차가 섰다. 좌우로 개활지가 펼쳐진 도로 위였다. 방수포를 들추자 고원지대의 냉기가 휘몰아쳤다. 멀게만 보였던 히말라야 산맥의 줄기가 성큼 다가와 있었다. 벌판 위에 쓰러져가는 집이 한 채 서 있었다. 피란민들이 하나둘 빼근한 몸을 일으켰다.

"여기가 어디예요?"

현지가 물었다. 잭은 빠진 사람은 없는지 머릿수를 세며 대답했다.

"르카쩌시 딩르현. 낭파라로 가려면 더 걸어야 해. 따라와. 천천히. 조용히."

티베트 이름으로는 시가체의 팅리종으로 지도로 확인했을 때는 낭파라에서 그리 떨어지지 않은 곳이었다. 잭은 피란민들을 폐가로 들여보낸 뒤 문에 자물쇠를 채웠다. 바람은 폐가 주위를 휘휘 돌며 좁은 틈새를 두드렸다. 아이들은 하얀 입김을 뿜으며 어깨를 말았다.

"여기서 자. 화장실을 가고 싶으면 뒷문으로 나가서 적당한 데다 싸고. 볼일을 봤으면 삽으로 묻어. 밤이 되면 다시 출발할 거야. 열 시간은 걸어야 해."

"밤에 걷는다는 말이에요?"

"밤이 되면 감시가 느슨하니까. 눈보라가 불면 감시병도 초소에 숨어서 꼼짝도 하지 않거든."

잭은 모포를 펄썩거리면서 돌아누웠다. 현지는 돌마가 누울 만한 자리를 찾아 침낭을 펼쳤다. 피란민들도 폐가 구석에 놓인 모포 중 깨끗한 것들을 집어 저마다 잠자리를 만들었다. 판자를 얼기설기 이어놓은 천장 사이로 별이 보였다. 새벽 동이

트면서 작은 점들이 하나씩 사라졌다. 설핏 잠이 들었다 깼다. 담배 냄새에 눈을 뜨니 어느새 오후였다. 잭이 아직 깨지 않은 피란민들의 코에 담배 연기를 뿜었다. 피란민들은 기침을 하며 잠에서 깼다. 떠날 채비를 하는 현지에게 잭이 다가왔다. 불쑥 손을 집어넣어 배낭을 헤집더니 편광 고글을 찾아냈다.

"좋은 거야?"

"비싸요."

"저 위에 국경수비대가 득실거려. 반사되는 건 다 금지야."

잭은 고글을 밟아 깨트렸다.

"어쩌나. 비싼 걸 못 쓰게 돼서."

잭이 능글맞게 웃었다.

"괜찮아요. 사실 싼 거니까."

잭은 해가 완전히 떨어지고 나면 출발할 거라고 했다. 밤이 되기를 기다리며 현지는 피란민들과 인사를 나눴다. 어른들은 중국어를 하지 못해 돌마가 통역에 나섰다.

"우린 국제 구호 단체에서 온 사람들이고 다큐멘터리를 찍는 중이라고 말해줄래. 낭파라를 넘을 때 촬영을 해도 괜찮을지도 알면 좋겠어."

피란민들은 어두운 표정이 됐다.

"승려들을 촬영하는 건 괜찮대요. 그런데 여기 있는 둘은 얼굴이 나오면 안 된대요."

아직 티베트에 남아 있는 가족을 걱정하는 거겠지. 현지는 아이들을 촬영할 때는 가능한 한 얼굴을 가리고 뒷모습만 담겠다고 약속했다.

해가 저물었다. 폐가를 나오자 소름 끼치는 추위가 기다리고 있었다. 해발 5000미터, 영하 40도까지 내려가는 신의 땅이었다. 정상에 올랐을 때 이 산은 인자한 신의 표정을 짓고 있을까. 아니면 돌과 얼음으로 된 연옥의 모습을 하고 있을까. 현지는 미끄러지는 배낭을 추켜올렸다. 쿠날이 현지를 앞지르며 말했다.

"너 랜턴에 아이젠까지 챙겼던데. 짐을 버리는 게 좋지 않겠어? 고도가 높아지면 눈썹도 무겁게 느껴질걸."

"이게 네 목숨을 구할지도 몰라."

"랜턴이? 그런 걸 켰다가는 국경수비대가 5킬로미터 밖에서도 우리 위치를 알아볼 텐데?"

언덕길을 빠르게 올라가는 쿠날은 무척 가벼워 보였다. 현지는 짧게 자란 풀을 발견하고 주머니에 넣었다. 손끝으로 비벼 즙을 내면 숨결에 스치는 풀 냄새를 맡을 수 있었다. 그런 게 필요했다. 몇 시간 후면 한동안 살아 있는 식물을 볼 수 없을 것 같았다.

일행은 야음을 틈타 바삐 걸음을 옮겼다. 포상금을 노리고 경계 지역을 지나는 피란민을 찾고 있을 주민들을 경계해야 했다. 겁이 났다. 덜 묶은 매듭 때문에 모든 일정이 엉망이 될까 봐, 사소한 실수가 누군가의 목숨을 앗을까 봐. 현지는 이 세계가 확률과 통계로 이해가 가능한 곳이라고 믿었다. 어쩌면, 만약에, 혹시나 같은 단어는 현상을 설명하지 못했다. 돌마를 보고 있으면 무심코 던진 휴지 조각이 벽에 맞아 절묘하게 쓰레기통에 그대로 골인해버린 것 같았다. 균열과 이탈이었다. 돌발상황을 즐기는 성격은 못 되었다. 프로젝트가 끝나면 이번에는 좀 오랜 휴식기를 가져야겠다고 생각했다.

공기는 콧구멍을 쪼갤 듯 차가웠다. 초오유 꼭대기에 만년설이 귀신 같은 모습으로 둥둥 떠 있었다. 검고 깊은 산 위에서 깨진 돌조각이 자꾸만 굴러 내려왔다.

23

배가 지난 자리가 물길을 만들 뿐 고요한 바다에는 푸드덕거리는 지느러미, 비늘 한 점 보이지 않았다. 달은 불길한 모습으로 이지러져 파도 위에 기울었다. 성원은 주먹을 쥐었다 폈다 했다. 미지근한 피가 손가락 끝까지 닿는 데 시간이 걸렸다. 배 위에서 맞는 겨울 공기는 맵고 차가웠다. 퍼시는 좀처럼 기운을 차리지 못하고 갑판에 누워 있었다.

먼바다로 나온 터라 휴대전화는 전원을 꺼놓은 상태였다. 잠깐 육지와 거리가 가까워졌을 때 전원을 켰더니 문자와 부재중 통화 메시지가 쏟아졌다. 모두 현지였다.

응아바에서 체텐 돌마를 찾았어. 어린애야.

전화 좀 받아봐. 검은 천막은 팔랑학이라는 여관이었어.

돌마도 라싸에 함께 왔어.

아직도 전화가 안 되네. 확인하면 연락 줘. 빨리.

돌마와 같이 이동 확정. 가이드 설득함.

대기 중.

곧 출발.

휴대전화를 꺼야 한대. 한동안 연락이 안 될 거야.

네팔에 도착하면 다시 전화할게.

며칠 치의 문자가 한꺼번에 도착한 것으로 보아 발신에 문제가 있던 모양이었다. 그 내용이 이해가 되지 않아 어려운 책을 읽는 것처럼 반복해서 읽었다.

"이번 연구가 정리되면 여행을 할까 해."

유코가 기지개를 켜면서 말했다. 조타실에 놓인 노트북에는 기상 데이터가 떠 있었다. 성원은 휴대전화를 주머니에 집어넣었다.

"좋지. 나도 다녀올까 봐."

"가고 싶은 곳이 있어?"

"바라나시."

"음. 인도에 있는 곳 말이지?"

"응."

"예전에 다녀온 적이 있어. 생각하는 것과는 다를지도 몰라."

"그런가. 사진으로 봤을 때는 멋지던데. 바라나시가 아니라면 화성은 어때."

"산화철과 이산화탄소의 공간이지. 혼자 있기 딱 좋겠네."

"너처럼 로맨스가 없는 사람은 천문학자가 됐어야 하는데 왜 해양생물학자가 됐어?"

"점수에 맞춰서 대학에 간 것뿐이야."

"대학 생활은 어땠어? 연애 같은 것도 했어?"

"그럼. 지구과학을 공부하던 친구랑."

"그 남자는 어디서 뭘 하는데?"

"5년 전에 나랑 이혼했지. 지난달에 천문학자와 재혼했고. 괜찮을 줄 알았는데 막상 소식을 들으니까 속이 상하더라."

"미련이 있어?"

"그런 게 아니야. 통계적으로 사랑한 사람을 잊으려면 알고 지낸 시간의 절반이 걸려."

"힘든 일이네."

"힘든 일이지."

"한가한 소리들 하시네. 잡담할 시간 있으면 일이나 해. 빨리 마무리하고 육지로 돌아가자고."

퍼시가 몸을 일으켰다. 평소에도 고약해 보이던 얼굴이 멀미 탓에 유독 신경질적으로 느껴졌다. 배를 세운 유코가 검은 방수 코팅이 된 장비를 바다에 던져 넣었다. 성원이 물었다.

"그건 뭐야?"

"전남편한테 빌린 거야. 일본에서 공수해 온 거. 탄성파 생성용 에어건과 기상용 레이더가 설치돼 있어. 굴절법으로 조사하는 거야. 양방향 파동방정식을 써서 리버스 타임 마이그레이션으로 계산하면 돼. 레이더는 우량 밀도를 분석할 거고."

"하나도 못 알아들었어."

유코는 장난이었어, 하며 웃었다.

"이드는 기상 변화에 민감하잖아. GPS가 작동하지 않으니 기상 변화를 측정하는 거야. 그걸로 방향만 잡으면 돼. 거리가 가까워지면 커뮤니케이터가 GPS 신호를 포착할 테니까."

"분석할 시간은 충분하겠어?"

"그럼. 반사파 교차상관 현상은 음향 임피던스를 균등화하면 되고, 밀도 모형은 더미 밀도 모형을 사용할 거야. 기상용 레이더로 파악한 데이터를 더하면 방향과 거리가 나오지."

"멀미 나."

흔들리는 물 위에서 장비가 자리를 잡았다. 장비가 정상적으로 작동하는 걸 확인한 유코는 테이블에 단단히 팔꿈치를 붙인 채 수식 분석에 집중했다. 계산을 끝낸 뒤에는 더 먼 바다로 배를 몰았다. 숨이 턱턱 막히는 안개 속에서 고랑이 깊은 파도가 몰아쳤다. 파도의 정점과 정점 사이, 그 파장을 지나는 동안 배는 낭떠러지로 떨어졌다가 솟구치는 피칭을 이어나갔다. 파도가 배의 옆면을 때려 횡방향으로 기울어지는 롤링은 견딜 만했지만, 배가 파도의 저점에서 절을 하듯 곤두박질치는 피칭이 계속될 때면 배 속이 굼실댔다. 배에 있는 모든 것들은 제자리에 있지 못하고 파도와 중력이 이끄는 대로 기울었다. 안개의 중심부에 도착한 유자호가 크게 회전했다. 경유 타는 냄새가 주위를 채웠다. 유코가 말했다.

"난 어렸을 때 시골에서 자랐어. 그냥 시골이 아니야. 전기도 잘 들어오지 않는 산골 오지였어. 거기에는 50센티미터짜리 지렁이도 있어. 상상이 가? 지렁이가 두 뼘 길이라니까. 소리도 내."

키를 돌리며 신호가 유도하는 곳으로 배를 모는 유코는 신이 나 있었다.

"지렁이가 소리를 낸다고?"

"그럼. 귀뚜라미처럼 울어."

"1미터 되면 말도 하겠네."

하늘이 검었다. 먹구름을 다져 만든 거대한 손이 하늘을 덮고 있는 것 같았다. 성원은 손을 앞으로 뻗었다. 손바닥에 차가운 점 하나가 찍혔다. 비였다. 한 방울씩 쏟아지던 빗줄기가 이내 장대비가 됐다. 맹물이 짠 바다를 향해 무의미하게 돌진했다. 창을 때리는 묵직한 빗물을 와이퍼가 힘겹게 밀어냈다. 유자호의 라이트는 고작 몇 미터 앞을 비출 뿐이었다. 새파란 산맥처럼 파도가 밀려왔다. 유코는 파도가 배 옆구리를 때리지 않도록 방향을 조절했다. 배에 있던 모두는 우현으로 굴렀다. 쏟아질 듯 기울었던 배는 간신히 균형을 잡고 일어섰다.

커뮤니케이터가 GPS 신호를 포착했다. 트래커도 신호를 수신하는 중이었다. 이드의 각속도와 수심, 생체 정보를 알려주는 정보였다. 소름 끼치게 낮고 단단한 이드의 음성 신호가 소란한 그래프를 그리며 데이터로 저장됐다. 성원은 후처리 명령어를 입력했다. 커뮤니케이터는 이드의 생체 언어 분석 작업을 시작했다. 바다는 거짓말처럼 요동치기를 멈췄다. 안개와 바람이 모두 물러간 고요 속이었다. 지도에 이드의 위치가 표시됐다. 조사단에게서 조금 떨어진 곳이었다. 멀미로 얼굴이 하얗게 질린 피시가 말했다.

"해풍호가 올지도 몰라. 이미 근처에 와 있을지도 모르고."

잠시 생각하던 유코가 말했다.

"그래. 따로 움직이는 게 좋겠어."

"어떻게?"

"성원, 네가 장비를 챙겨. 보트를 타고 가. 해풍호가 있다면 우리를 따라올 거야. 분석에 성공하면 돌아오고."

세 사람은 수납함에서 고무보트를 꺼냈다. 에어펌프로 공기를 주입한 뒤 선외기를 장착하니 그럴듯한 군용 고무보트가 모습을 드러냈다.

"프로펠러가 물에 잠기고 나면 시동 로프를 당겨. 두 번만. 그 뒤에 초크밸브를 닫고 다시 시동 로프를 당기면 돼. 엔진을 돌리면 방향을 잡을 수 있어."

성원은 우의를 걸치고 보트에 올랐다. 엔진을 작동시키자 보트는 순식간에 유자호에서 멀어졌다. 유동하는 바다 위, 거대 생명체 앞의 고무보트는 작은 점처럼 느껴졌다.

유자호와 충분히 거리가 벌어졌을 때 성원은 스피커와 노트북을 블루투스로 연결했다. 접속이 완료되었다는 알람음이 울렸다. 성원은 노트북에 테스트용 문장을 입력했다.

Hello World.

커뮤니케이터는 성원이 입력한 문장을 티베트어로 번역한 뒤 이드가 구사하는 문법 체계에 맞춰 음성 신호로 변환했다.

음성 신호의 주파수대를 52헤르츠로 조절하고 엔터키를 눌렀다. 스피커에서 깊은 바다를 헤엄치던 이드를 꼭 닮은 음색이 흘러나왔다. 성원은 출력을 높인 스피커를 고무보트에 결박된 끈에 묶어 물에 담갔다. 배터리는 충분했고 커뮤니케이터는 필요한 작업을 끝냈다.

안녕, 이드.

이드에게 전송할 첫 문장을 앞에 두고 성원은 멈칫했다. 이드는 유코가 붙인 이름이었다. 이 고래가 자신이 이드라고 불린다는 사실을 알 리가 없겠지. 성원은 이드라는 글자를 지웠다.

안녕, 친구.

괜찮아 보였다. 트랜슬레일리언과 커뮤니케이터는 티베트어로 번역한 문장을 이드가 알아들을 수 있는 음성 신호로 변환했다. 이후의 대화가 같은 과정을 거칠 수 있도록 매크로를 설정했다.

타시델렉, 록빠.

엔터키를 누른 성원은 이드의 반응을 기다렸다. 알고리즘 누락, 이드가 발화하는 주파수와 가청 주파수의 차이, 스피커의 출력 부족. 실패할 가능성은 수십 가지나 됐지만 성원은 커뮤니케이터를 믿기로 했다. 커뮤니케이터의 기초를 만든 승희를 믿기로 했다. 승희는 언어가 모든 생명을 연결하는 도구라고 했다. 육천 개로 쪼개진 언어의 기원은 하나일 거라고, 생명체에 내재된 언어 창조 체계를 이해하고 싶다고 했다. 그렇게 세상을 이해하고 싶다고 했다. 그 꿈을 위한 커뮤니케이터였다.

바닥이 들썩였다. 수면이 둥그런 모양으로 부풀었다. 성원은 고무보트 바닥에 몸을 붙이고 노트북을 껴안았다. 그래프가 바삐 움직였다. 52헤르츠의 주파수로 바다를 진동시키는 고래의 소리를 트래커가 포착했다. 커뮤니케이터는 그 울음이 240데시벨에 달한다고 알려줬다.

이드를 처음 본 날을 떠올렸다. 너무 거대해서 생명체라고 느껴지지 않았던 이드를, 그래서 차라리 섬이라고 불러야 할 것 같았던 고래를, 인식의 외부에서 헤엄치는 신념 같던 존재를.

모니터에 짧은 문장이 떴다.

누구

성원은 손가락 끝에 입김을 불어 넣었다.

너는 누구인가. 고래가 묻고 있었다. 되묻고 싶은 질문이었다. 그러는 너는 대체 누구인가.

성원은 다음 문장을 준비했다.

24

인도 텔랑가나주 하이데라바드의 액터가 현지에게 촬영을 도와달라며 연락을 해 왔다. 팔 년 전, 우기를 앞두고 덥고 습한 날씨가 이어지던 날이었다.

차파티라는 활동명으로 활동하는 액터는 빚으로 엮인 노동계약의 실상을 추적 중이라고 했다. 담보노동이라 불리는, 인도산업연맹이 금지한 고용 방식이었다. 영국의 한 방송사는 노역 현장에서 탈출하려다 붙잡혀 손이 잘린 노동자의 이야기를 세상에 알리기도 했는데 그 역시 차파티가 촬영한 영상에 기반한 기사였다.

하이데라바드는 사이버라바드라 불릴 만큼 IT 산업이 발달한 도시였다. 수억 달러의 자산을 보유한 유명 인사나 고위층이 사업 기회를 엿보며 앞을 다퉈 찾는 곳이기도 했다. 경호 업무에 동원된 경찰들은 VIP가 탄 차가 막힘없이 지나갈 수 있도록 스크럼을 짜고 군중을 통제했다. 그 대가로 한 달에 만오천 루피를 벌었다. 경찰에 저지당해 높은 사람들 코빼기도 구경하지 못한 군중들은 낡고 더러운 옷에 맨발 차림이었다. 한 달에 이천 루피를 버는 이들이었다. 취재 대상은 하이데라바드의 벽돌 공장이었다. 차파티는 현지에게 마지막 몇 주간의 잠입 취재를 요청했다.

첫 미팅이 있던 날 회의실 의자에 기대앉은 차파티는 공들여 다듬은 콧수염을 만지작거리고 있었다. 포마드를 바른 머리에 윤기가 흘렀다. 현지는 이 젊은 인도인이 처음 볼 때부터 마음에 들었다. 차파티는 상대의 기분을 배려한 유머를 구사할 줄 알았고 정의감으로 불타올랐으며 새로운 것들을 익히는 일에 열중했다. 살짝 처진 눈매는 상대의 입을 조용히 응시했고 귀는 열려 있었다. 자신을 찾는 곳이 있으면 마다하는 법이 없었다.

위성사진 분석과 관련 담당자 취재가 현지의 몫이었다. 잠입 지역을 조사한 자료를 펼쳐놓고 설명할 때면 차파티는 현지의 말을 경청한 뒤 사소한 부분까지 빼놓지 않고 질문을 했다. 날카로운 질문 앞에서 현지는 진땀을 흘렸다. 자료 조사가 부족했음을 인정하고 재조사에 착수하기도 했다. 좋은 파트너였다고 할 수 없지만 서로에게 유용한 파트너임은 분명했다. 두 사람의 호흡은 퍼즐 조각처럼 맞아 들어갔다. 현지는 차파티가 수행하기에 좋은 형태로 동선과 목표를 정리했고 차파티는 현지가 기대한 이상의 성과를 가지고 돌아왔다. 소속 지부가 다른 활동가들이 만났을 때는 어느 정도 신뢰가 쌓인 뒤 본명을 묻는 것이 관례였는데, 두 사람은 한 달이 지난 뒤에야 서로의 본명을 밝혔다.

"나는 허현지예요."

호기심과 경계심의 중간에 자리 잡은 차파티의 시선이 현지를 향했다. 잠시 후 차파티가 말했다.

"쿠날 카 푸르. 그냥 쿠날이라고 불러요."

프로젝트를 한 달여 남겨놓은 어느 날 쿠날은 공장이 내려다보이는 언덕에 엎드려 촬영하기 좋은 장소를 물색 중이었다. 더위가 기승을 부려 집중력이 쉽게 흐트러지는 날씨였다. 벽돌 공장의 남자들이 진흙을 만들기 위해 젖은 구덩이로 뛰어들었다. 그사이 여자와 아이들은 벽돌 틀에 진흙을 짓이겨 모양을 만들었다. 일가족이 동원돼 벽돌을 굽기도 했다. 동향을 살피던 쿠날 뒤에 기척도 없이 한 아이가 불쑥 나타났다.

"넌 걸음이 가볍구나."

해를 등지고 선 아이에게 쿠날이 말했다. 깃털같이 휙휙 흙먼지가 나부끼는 중에 아이 몸도 가볍게 흔들렸다. 손과 발에 진흙이 하얗게 말라붙어 있었다. 쿠날이 물었다.

"너도 저 공장에서 일하니?"

"네."

"그런데 왜 여기 있니."

"원래 이 시간에 일이 끝나요. 집에 가는 길이에요."

"그렇구나. 이름은?"

“이크발이요.”

이크발은 키도 작고 손발도 작은데 눈만 유독 컸다. 그 커다랗게 겁을 먹은 눈이 자주 희번덕거렸다. 꼼지락거리는 맨발이 지저분하고 거칠었다. 쿠날은 이크발에게 집까지 데려다주는 조건으로 오늘 일을 비밀로 해달라고 부탁했다.

이크발은 하이데라바드 외곽의 빈민가에 살았다. 판자를 얼기설기 잇거나 진흙을 개어 쌓아 올린 움막이 늘어선 부락이었다. 어떤 집은 금이 가거나 깨져서 상품 가치가 없어진 벽돌로 집을 쌓아 올렸다. 기차가 다니지 않는 철도를 사이에 두고 빼곡하게 들어선 빈민촌에는 시큼한 냄새를 풍기는 옷가지가 빨랫줄마다 걸려 있었다.

쿠날은 현지에게 이크발을 소개했다. 현지가 공장 내부 상황을 확인하고 싶다고 했기 때문이었다. 이크발이 카메라를 들고 내부를 촬영할 수 있으면 다큐멘터리에 도움이 될 것 같았다. 벽돌 공장에서 일하기 전에는 동네 아이들을 따라 기차역으로 끌려다니던 앵벌이였다고 했다. 서양 여행객들이 최우선 구걸 대상이었고 그다음은 동양 여행객들이었다. 남자보다 여자에게 접근하는 쪽이 좋았고 아이가 있을 법한 중년이라면 더할 나위 없었다. 돈을 받지 못하면 과일이라도 받아야 했고 받은 과일은 다시 팔아 돈으로 바꿨다. 그렇게 모인 돈은 아이들을 관리하는 어른들에게 전달됐다. 여행객들이 건네는 동정의 파편이 이크발에게는 생존 수단이었다. 경찰은 라티라는 기다란 몽둥이를 들고 순찰을 돌았다. 경찰에게 들키면 현장에 있는 아이들만 얻어맞았다. 혹독한 환경은 이크발에게 재빠른 몸과 영악한 눈치를 선물했다. 그 능력 덕분에 이크발은 카메라를 숨긴 채 공장 이곳저곳을 드나들며 은밀한 대화들, 현장의 실상을 전해달라는 현지의 부탁을 충실히 수행할 수 있었다. 이크발을 움직이는 건 시대의 명분, 변화하는 세상, 좀 더 나은 기회가 아니었다. 이크발은 현지의 부탁을 수행할 때마다 약간의 돈을 쥘 수 있었고 프로젝트에 참여한 모두는 아이를 이용한다는 죄책감 없이 촬영에 매진했다.

촬영 막바지에 이르렀을 때 팀 내에서 벽돌 공장의 장부를 손에 넣으면 좋겠다는 의견이 나왔다. 공장 수익과 노동자들의 격차를 숫자로 보여준다면 그 파급력이 굉장할 거라고들 했다. 장부를 가지고 나오는 건 몸이 작고 민첩한 데다 눈치까지 빠른 이크발 몫이 됐다. 현지가 말했다.

"몰래 들어가서 장부만 갖고 나오면 돼. 결국 범죄를 증명하는 건 돈의 흐름이거든. 그런 뒤에 소탕을 하는 거야."

이크발은 눈가와 이마가 쪼글쪼글해지도록 얼굴을 찌푸렸다.

"괜찮을까요?"

그을음으로 얼룩진 공장 굴뚝을 보면서 이크발이 말했다. 현지는 이크발을 다독였다.

"계획대로 하면 돼. 일단 사무실로 가. 사람들이 있으면 바로 나와. 들키면 핑계를 대는 거야. 화장실을 써야겠다고 하건, 몸이 아프다고 하건. 아무도 없으면 장부를 가져오고. 뭐가 뭔지 모르겠으면 일단 중요해 보이는 걸 다 가져와."

"중요한 게 뭔지 어떻게 알아요?"

"중요한 건 숨겨놓는 법이지. 캐비닛과 서랍을 뒤져."

이크발은 휴대전화를 통화상태로 두고 이어폰을 착용한 뒤 공장으로 들어섰다. 현지와 쿠날은 언덕에 차를 대고 망원경을 들었다. 벽돌 공장의 사무실은 1층짜리 단칸 건물이었다. 창문으로 이크발의 짧은 머리카락이 보였다.

"주방이 있어요."

이크발이 속삭였다.

"그 옆에는 창고가 있고요. 기름 냄새가 나요. 아무도 없어요. 아, 사무실이 있어요. 주방에 뒷문이 있으니 나중에 그리로 빠져나오면 될 것 같아요."

이크발은 방으로 미끄러져 들어갔다. 옷이 바닥을 스쳤고 바스락거리는 소리, 서랍을 덜컹 열고 닫는 소리가 이어졌다.

"찾은 것 같아요. 숫자가 많아요. 이거…… 여기 있는 것들을 다……"

실내로 들어갈수록 수신 상태가 좋지 않았다. 쿠날은 그만 나오라고 하는 게 좋겠다고 했고 현지는 이크발이 알아서 할 수 있도록 놔두자고 했다.

한 무리의 사람들이 건물 뒤에 나타났다. 대표와 직원들인 듯했다. 차에서 내린 이들이 곧장 사무실이 있는 건물로 직진했다. 쿠날이 일어섰다. 현지는 쿠날을 붙들어 주저앉혔다.

"가만히 앉아 있어. 일 망치지 말고."

"이크발이 위험하잖아."

"영리한 애야. 사람들 소리가 들리면 알아서 빠져나올 거야."

발소리가 가까워졌다. 뭔가 부딪히고 넘어지는 소리와 웅얼거리는 대화가 이어지다 통화가 끊어졌다. 한참을 기다렸지만 이크발은 나오지 않았다. 언뜻, 창문으로 이크발을 본 것 같았다. 물에 빠진 사람처럼 필사적으로 흔드는 손을 본 것 같았다. 그 손이 빨리듯 아래로 사라지는 순간을 목격한 것 같았다. 이번에는 현지가 먼저 일어섰다.

하이데라바드의 경찰청장이 벽돌 공장에서 벌어지는 강제노역 촬영 영상과 증거 자료를 건네받은 건 그날 저녁이었다. 고위 간부들에게까지 불똥이 튈 사안이라는 걸 직감한 경찰청장은 현지와 쿠날에게 소탕 작전 전까지 접근 금지 통보를 내렸다. 작전이 시작되고 나면 가장 먼저 공장에 접근을 허용하고 촬영에도 협조하겠다는 조건이었다. 하이데라바드 벽돌공장의 실태만 알리기보다는 현지 경찰과 정부의 노력이 계속되고 있다는 메시지를 전달하는 쪽이 더 나을 거라는 판단이었다.

하이데라바드 전역 수십 곳에 달하는 공장에 대한 수색 작전은 사흘 후 시작됐다. 경찰들이 조를 이루어 내부를 수색했다. 죄를 지은 것도 아닌 아이들이 경찰을 보면 달아나기 바빴다. 수색은 몇 시간 동안 이어졌다. 부지는 넓었고 인원은 부족했다.

더운 날이었다. 죽은 염소의 살점이 크림처럼 녹아 바닥을 흘렀다. 파리가 그 위에 쉬를 슬었다. 쿠날은 러닝셔츠로 땀을 닦으며 길을 텄다. 현지는 카메라를 들고 그 뒤를 따랐다. 외발 수레가 황야의 공장 대지에 덩그러니 쓰러져 있었다. 아직 열기가 식지 않은 가마 뒤로 걸음을 옮겼을 때 피딱지가 맺히고 벗겨지기를 반복한 뒤꿈치가 현지의 눈에 들어왔다. 도비가트의 왈라보다 두꺼운 굳은살이 박인 발바닥이었다. 아이의 것이었다.

이크발이 떠난 후로 쿠날은 언제나 화가 나 있었다. 응축된 분노로 자신을 가두고 표적 없는 적개심을 표출했다. 온화하고 이성적인 사계의 활동가 차파티는 사라지고 거친 쿠날만 남았다. 개처럼 인도 전역을 돌아다녔다. 몸을 수놓은 흉터의 수만큼 쿠날은 단단해졌다. 비난의 대상을 찾고 있는 건지도 몰랐다. 현지는 쿠날이 위안을 찾을 수 있다면 얼마든지 과녁이 되어줄 자신이 있었다. 엉키고 꼬인 마음이 날리는 주먹을, 차분히 받아낼 생각이었다. 쿠날은 거절하지 않았다. 농담과 정의감으로 세상을 관조하던 쿠날이 현지에게 저주를 퍼부었다. 어느새 그게 습관이 돼서 이제 두 사람 사이에는 독침 같은 말투와 흉터만 남은 것 같았다.

눈보라가 매섭게 기지개를 켰다. 생명의 정기를 빨아 먹으며 자라는 운무였다. 맞은편에서 불어오는 바람에 코를 맡기면 차가운 눈의 냄새, 단단한 돌 냄새가 찬 공기에 섞여 흘렀다.

압제를 벗어나 자유를 찾기 위한 항쟁, 정의로운 귀환 같은 수사는 책과 영화에서 만나는 낭만이었다. 섭씨 25도의 극장에서 쿠션감이 좋은 의자에 앉아 양손을 가지런히 모으고 눈물을 쏟을 준비가 된 관객들이 만나게 될 안온함이었다. 현실은 달랐다. 추위에 귓불이 쩍 갈라졌고 돌마의 걸음은 느렸다. 얼음 알갱이가 속눈썹에 달라붙었다. 끝이 보이지 않는 절벽 아래에서 돌풍이 불었다. 가지 말라고 붙잡는 것 같기도, 어서 가버리라고 등을 떠미는 것 같기도 했다. 도시의 눈과 히말라야의 눈은 그 물성이 달랐다. 폭신폭신한 스펀지가 아니라 끈적끈적한 진흙이었다. 아직 온기가 남은 발가락과 냉기가 침범하기 시작한 발목 사이의 온도 차는 시간이 갈수록 빠르게 줄어들고 있었다.

피란민들은 잭의 랜턴에 의지해 방향을 잡았다. 촛불을 끈 것처럼 훅 사라지는 불빛은 위험을 알리는 정지 신호였다. 무기질의 공간, 어둠과 적막이 내린 돌무더기 위에서 싸라기눈을 맞으며 숨을 죽인 채 엎드리고 있으면 낭파라는 무자비한 영하의 입김을 지상에 내렸다. 어둠 속에 희미한 불빛이 번지면 피란민들은 옷에 묻은 눈을 털어내고 걸음을 옮겼다. 눈보라 속을 행진하는 피란민의 뒷모습을 찍으며 현지는 벌어지지 않은 일을 걱정했다. 등대 역할을 하는 잭이 없으면 이 어둠 속에서 뭘 이정표 삼아 걸어야 할지 걱정이었고 카메라가 고장나기라도 하면 어떡할지 걱정이었다. 국경수비대가 나타나면 어디로 달아나야 할지, 예고 없는 악천후가 찾아오면 어떻게 대비해야 할지 걱정이었다. 돌마 걱정이 가장 컸다. 현지는 이 작은 존재에게서 잠시도 눈을 떼지 못했다. 힘들다는 말 한마디 없이 짧은 보폭으로 눈길을 걷는 사이 돌마의 체력은 빠른 속도로 줄었다.

피란민들은 미풍에도 날아갈 듯 비틀거리면서, 순식간에 팽팽하게 조여드는 종아리를 주무르면서도 무리에 뒤처지지 않도록 걸음을 재촉했다. 행군은 낭파라 꼭대기에 해가 뜨기 시작한 즈음에야 끝이 났다. 야영에 적합한 지형을 발견하면 잭은 걸음을 멈추고 말했다.

"여기서 쉬어. 비닐을 깔고 모포를 덮어. 체온을 유지해."

안내는 티베트어로 한 번, 영어로 한 번이었다. 잭은 담배를 물었다. 피란민들도 잭을 따라 허공에 연기를 피워댔다. 연기 속으로 각자의 고민이 휘발했다. 어떤 불빛은 다른 불빛보다 좀 더 오래 타올랐고, 어떤 불빛은 나오기 무섭게 어둠 속으로 모습을 감췄다.

현지는 무리에서 빠져나와 먼 곳으로 걸어갔다. 히말라야의 하늘과 눈으로 덮인 벌판, 그 위에 알알이 박힌 피란민의 모습을 카메라에 담았다. 어떤 날은 일행을 앞서가 영상을 찍었고 다른 날은 일행이 지나가기를 기다렸다가 뒷모습을 담았다. 좋은 장면을 남기기 위해서는 남들의 두 배를 걸어야 했다. 촬영을 끝내고 돌아오면 돌마는 쿠날의 품에서 잠들어 있었다. 그 옆이 현지의 자리였다. 침낭 속에서 몸을 비비면 천천히 온기가 올랐다.

사흘째 되던 날 현지는 마지막 비스킷 봉지를 뜯었다. 비스킷은 입 안의 침을 남김없이 빨아들였다. 남은 비스킷 몇 조각은 승려들과 함께 나눠 먹었다. 입을 오물거리며 열심히 비스킷을 삼키던 승려들이 움직임을 멈췄다. 시선은 멀리 떨어진 어떤 곳을 향해 점처럼 꽂혀 있었다. 현지는 고개를 돌려 뒤를 봤다. 가루눈이 작은 소용돌이를 일으키는 가운데 장막을 걷고 나타난 것처럼 개 한 마리가 서 있었다. 긴 갈기를 가진 개였다. 검은 털은 눈에 젖어 녹고 얼기를 반복하며 꼬이고 갈라져 있었다. 검은 눈동자가 번쩍였다. 개는 피란민 무리를 향해 다가오는 중이었다.

너도 배가 고플 테지. 현지는 남은 비스킷 한 조각을 들고 일어섰다. 언제 나타났는지 잭이 다급히 현지의 허리띠를 잡아 끌어 내렸다. 동시에 짧고 강한 휘파람을 두 번 불었다. 움직이지 말라는 신호였다. 피란민들이 제자리에 엎드렸다. 개는 계속해서 무리를 향해 거리를 좁혔다. 현지가 잭에게 물었다.

"왜 그러는데요."

"저거 도키야. 너희 나라에서는 뭐라고 부르는지 모르겠지만. 티베탄마스티프? 짱아오? 뭐든. 눈표범도 잡는 놈들이야."

사자개구나.

중국의 부유층이 기른다던 견종이었다. 돈이 된다는 소문이 퍼지면서 한때 사자개 교배지가 수천 곳이 넘게 생겨났다. 인기가 사그라들고 운영이 힘들어지자 교배장에서는 개들을 풀어버렸다. 야생으로 달아난 사자개들이 들개가 됐다. 현지는 야생 사자개가 한 달에 물어 죽이는 사람이 이백 명 가까이 된다는 이야기를 들은 적이 있었다. 눈앞에 있는 도키는 사진으로 보던 위풍당당한 모습이 아니었다. 제국의 빈민가로 밀려난, 땅을 파고 썩은 고기를 탐하는 미천한 신분으로 수직 낙하한 개들의 왕이었다.

"쫓아버리면 되잖아요. 개는 한 마리고 숫자는 우리 쪽이 훨씬 많은데요."

"모르는 소리. 도키는 혼자 다니지 않아. 선두에 선 저놈이 우두머리일 거고, 곧 다른 놈들도 나올 거야."

잭의 눈이 검은 도키와 그 뒤에 펼쳐진 설원을 차례로 더듬었다. 현지의 시선이 잭을 따라 움직였다. 역시나 얼마 떨어지지 않은 곳에 회색 도키 두 마리가 피란민들의 목덜미를 노리고 있었다. 위협적으로 목을 긁는 소리는 서늘한 화음이 되었다. 시퍼런 안광이 눈보라 사이로 가까웠다.

쿠날이 나섰다. 두 다리를 눈더미에 박고 피켈을 들었다. 검은 도키가 그 주위를 느릿느릿 돌았다. 개들의 우두머리는 서두르지 않았다. 회색 도키 하나가 피란민을 향해 짖었다. 모두가 그쪽을 바라보는 순간 검은 도키는 쿠날을 향해 몸을 날렸다. 쿠날이 휘두른 피켈이 채찍처럼 도키의 등짝을 때렸지만 두꺼운 가죽 아래까지 타격을 입히지는 못했다. 도키가 쿠날 위로 아가리를 벌렸다. 쿠날은 팔을 들어 얼굴을 감쌌다. 그걸 방패처럼 사용하려는 모양이었다. 도키는 기꺼이 그 위에 이빨을 꽂았다.

돌마가 보이지 않았다. 현지가 놀라 고개를 두리번거리는데 돌마는 어느새 쿠날 가까이 있었다. 누가 말릴 틈도 없이 옷에 묻은 눈을 툭툭 털고 검은 도키를 향해 걸었다. 뱀이 나타났을 때처럼, 새 떼가 공안을 물리쳤을 때처럼 돌마는 알아들을 수 없는 말을 빠르게 속삭이고 있었다. 검은 도키가 돌마를 향해 돌아섰다. 쿠날의 패딩에서 거위 털이 뭉텅 빠져나왔다.

"재는 뭐야. 미친 거야?"

잭이 속삭였다. 돌멩이를 집어 들고 던질 준비를 하는 잭에게 현지가 말했다.

"잠깐만. 기다려 봐요."

돌마는 검은 도키 앞에 섰다. 대뜸 손을 내밀더니 강아지를 어르기라도 하듯 갈기를 쓰다듬었다. 검은 도키가 하얀 콧김을 뿜었다. 낮게 으르렁거리면서도 눈앞에 놓인 것이 벽인 양 움직이지 못했다. 체중이 30킬로그램밖에 되지 않는 여자아이가 야생 짐승을 다루는 광경 앞에서 모두는 미동도 없이 제자리를 지키고 있었다. 자칫 이 불안한 균형이 깨질까 두려워했다. 불안한 정적 사이에 눈보라만 희미하게 시야를 가렸다.

사람들의 시선이 돌마와 검은 도키에게 집중된 사이 회색 도키 한 마리가 돌마를 향해 다가가고 있었다. 그걸 발견한 잭이 소리쳤다.

"조심해, 멍청아!"

잭이 내지른 소리에 모두가 꿈에서 깨어났다. 돌마는 검정 도키를 쓰다듬던 손을 멈추고 뒤를 돌아봤다. 검정 도키도 최면에서 풀리기라도 한 것처럼 갈기를 흔들며 물러났다. 회색 도키는 검정 도키와 돌마의 거리가 멀어지는 순간 땅을 박차고 달려 나가 돌마의 팔을 물었다. 생각하고 움직인 것이 아니었다. 공포에 질린 짐승이 흥분을 주체하지 못한 것이다. 돌마는 당황하지 않았다. 회색 도키가 이성을 잃고 자신을 물 것을 알고 있던 것 같았다.

돌마는 회색 도키에게 뭔가를 속삭였다. 낮고 조곤조곤하게, 달래듯이. 잠시 후 회색 도키의 으르렁거림은 애처로운 콧소리가 됐다. 팔에 꽂혔던 이빨이 천천히 뽑혀 나갔다. 이빨에 묻은 피를 혀로 닦아낸 회색 도키가 바닥에 배를 깔고 몸을 낮췄다. 돌마는 몸을 낮춘 도키를 쓰다듬어줬다.

개들이 울었다. 한 마리를 따라 다른 한 마리가 젖은 코를 치켜들었다. 긴 하울링이 낭파라에 메아리쳤다. 도키들은 한 마리씩 눈보라 속으로 걸어갔다. 잠시 후 눈 위에는 들짐승의 발자국만 어지러이 남아 있었다.

현지가 돌마에게 달려가 팔을 걷었다. 물린 상처가 깊었다. 주위의 혈관은 이미 검게 물들었고 뻥 뚫린 구멍에서 더운 피가 솟구쳤다.

"괜찮니?"

현지는 돌마에게 물었다.

"아파요."

지우개로 얼룩을 지우듯 팔을 슥슥 문지르며 돌마가 대답했다. 현지는 배낭에서 응급치료 키트를 꺼냈다. 꾸덕꾸덕한 반고형의 연고를 돌마의 팔에 바르는 사이 쿠날은 붕대를 준비했다. 잭은 일행 옆에 쪼그려 앉았다. 도키 떼가 나타났을 때보다도 근심 많은 얼굴이었다. 묻고 싶은 것이 많은데도 마음속에 두려움이 도사려 그러지 못하는 눈치였다. 치료가 끝날 때까지 옆에 앉아 있던 잭은 뭔가 말을 하려다 말고 짐을 챙겨 들었다.

눈발이 선처럼 땅과 하늘을 이었다. 돌마가 보여준 짧은 기적은 곧 기억에서 지워졌다. 얼마 지나지 않아 피란민들은 누구도 그 일을 언급하지 않았다. 기적이 필요한 순간은 앞으로도 몇 번이나 남아 있었다.

조용한 행군이 이어졌다. 거대한 풍광 속에서는 원근감을 느끼기가 힘들었다. 버스 정류장이나 전봇대, 건물의 블록같이 거리를 가늠할 비교 대상이 없기 때문이었다. 작게 보였던 바위가 실제로는 사람 키보다 컸다. 손에 잡힐 것 같던 야영지에는 반나절을 걸어도 도착하지 못했다. 거리감이 떨어지니 체력 안배가 힘들었고 쉽게 피로가 쌓였다. 별은 물결이 되어 출렁이다 흩어지고 모여들었다. 흐릿한 시야와 술에 취한 듯한 몸 상태가 고산병 증상이라는 걸, 관자놀이에 나사못이 박히는 두통을 느끼고 나서야 현지는 깨달았다. 쿠날이 가방을 뒤져 알약 하나를 건넸다. 아세타졸이라고 했다. 현지는 차가운 눈을 집어 알약과 함께 삼켰다.

"여기서는 눈썹도 무겁게 느껴질 거라고 했잖아."

쿠날은 현지의 짐을 자신의 배낭에 옮겨 담았다. 어깨는 가벼워졌지만 증상은 나아지지 않았다. 가시를 세운 분설이 돌풍에 휩쓸려 아래턱을 찔렀다. 식욕은 사라지고 먹은 음식 대부분이 대변으로 빠져나왔다. 이동 중에는 뒤처리가 곤란했기 때문에 식사량을 줄였다.

언제부턴가 멧부리 아래 멀건 하늘과 희박한 공기를 밀치고 올라온 환각이 현지를 괴롭혔다. 눈으로 뒤덮인 자드락길 너머에 초원이 펼쳐져 있었다. 싱싱한 잔디가 이슬을 머금었고 야크 떼는 한가로이 풀을 뜯었다. 서로 부대끼는 룽다와 타르초 아래에서 돈둡이 현지에게 내려오라 손짓했다. 왜 그리 높은 곳에서 고생하고 있냐고. 여기로 와서 따뜻한 야크 젖을 마시라고.

"야. 정신 차려."

쿠날의 목소리에 현지는 빼근한 눈꺼풀을 들어 올렸다. 초원은 사라지고 막막한 눈밭만 땅과 하늘을 이었다. 해가 뜨기 전이었다. 독수리가 상공을 배회하며 긴 울음소리를 냈다. 현지는 북쪽의 평원, 티베트의 시가지가 있던 곳을 손으로 더듬었다. 환상은 눈보라와 함께 사라졌지만 돈둡의 목소리는 광풍에 실려 아직도 현지를 부르고 있었다.

"조금만 쉬었다 가요."

현지가 말했다. 잭이 씩씩거리며 돌아왔다.

"여기서 더 쉰다고 낫지도 않아. 다음 야영지까지는 아직 한참 멀었고. 일어나. 안 그러면 버리고 갈 테니까."

현지는 무릎에 손을 얹고 숨을 몰아쉬었다. 명치에 걸린 숨이 시원스레 오가지 못하고 겉돌기만 했다. 잭이 현지의 어깨를 거칠게 잡아채더니 억지로 끌었다. 쿠날이 잭의 멱살을 쥐었고 잭은 쿠날의 손을 뿌리쳤다. 잠깐 몸을 부딪쳤을 뿐인데도 두 사람 모두 숨이 거칠었다.

"나 괜찮아. 갈게. 가요, 우리."

현지가 말했다.

"몸을 아껴. 그러다 정말로 쓰러져."

쿠날의 만류에도 현지는 굽은 허리를 폈다. 짧게 땋은 뒷머리마저 무겁게 느껴졌다.

"언제부터 그렇게 걱정해줬다고."

"걱정이 아니라 관리야."

쿠날이 현지를 부축했다. 쿠날의 입김이 닿은 수염 끄트머리마다 서리가 맺혀 있었다.

어둠이 걷히고 산맥 너머 대기가 검푸른 색으로 밝아왔다. 히말라야에 뻗어 있던 시커먼 영원이 자전 속도에 맞춰 물러날 준비를 하자 잭은 완만한 경사지 아래 자리를 잡았다. 돌무더기가 제단을 쌓아 올린 듯 구릉을 이룬 곳이었다. 겨우 추위를 막을 만한 바위 두 개가 20여 미터 거리를 두고 떨어져 있었다.

"여긴 우리가 묵을 거야. 그쪽 일행은 저 작은 바위 뒤에서 자."

현지는 잭이 말한 바위로 짐을 옮겼다. 잭은 잠자리를 준비하는 피란민들에게 비닐이 찢어지지 않도록 주의하라고 했다.

물이야 눈을 녹여 마시면 되고 불이 없으면 날 음식을 구덩이에 묻어 얼려 먹으면 그만, 그러다 먹을 게 떨어지면 그때는 어차피 탈출을 포기해야 하니 고민할 일이 없지만 비닐에 문제가 생기는 건 골치가 아프다고 했다. 모포에 습기가 차면 짐이 무거워진다. 이동 속도가 느려지는 건 차치하더라도 꽝꽝 언 모포 위에서 잠을 잘못 잤다가는 몸이 고장 나기 십상이었다. 그 상태로 계속 걷다 보면 마을로 돌아갈 수도 없는 상태에서 얼어 죽기 딱 좋다는 거였다. 잭은 바지춤을 내리더니 바위 주위를 돌아가며 오줌을 눴다.

"지금 뭐 하는 거예요?"

"영역 표시하는 거야. 도키 때문에."

"여기까지 올라오지는 않을 것 같은데요."

"굶주린 놈들이 무슨 짓을 할지 어떻게 알고."

잭은 피란민들이 있는 곳으로 돌아갔다. 현지는 멀어지는 잭을 보며 중얼거렸다.

"조심성이 과하네."

"고마워해야지. 잭 덕분에 위험한 것들은 다 피하고 있으니까."

쿠날이 바위 아래 짐을 몰아넣고 침낭을 펼치며 말했다.

"그냥 걷기만 하는데 뭐."

"그냥 걷는 게 아니야. 크레바스가 있는 곳들을 죄다 피해서 걷고 있잖아."

그런가. 생각해 보면 잭이 갑자기 방향을 트는 경우가 있었다. 그 옆에는 보통 사람이라면 절대 그 존재를 알아차리지 못했을 크레바스가 퍼런 냉기를 뿜으며 입을 벌리고 있었다. 눈으로 덮여 육안으로는 확인이 불가능한 낭떠러지였다. 전문 산악인들도 발을 헛디뎠다가 목숨을 잃는 곳이 크레바스였다.

"잭이 조심성 많은 것도 이해해줘야지. 다녀온 적이 있는 모양이니까."

"어딜."

"감옥 말이야. 고문받은 흔적을 봤어. 두 번 다시 경험하고 싶지 않겠지. 물론 여기서 개한테 물려 죽고 싶지도 않을 거고."

국경을 넘다가 체포된 피란민들은 소를 기절시킬 때나 쓰는 쇠막대로 전기 고문을 받게 된다고 했다. 피란민들이 사망하거나 처형을 당하면 중국 당국은 그 가족에게 처형에 필요한 총알값과 오랏줄, 시체 처리 비용을 청구한다고 했다. 경비병은 피 묻은 시계를 차고 또 다른 희생자를 찾아 헐떡일 것이다.

현지는 침낭 속에 몸을 뉘었다. 두통은 서서히 사라졌지만 갈증이 더 심해지고 구역질이 났다. 심장이 빠르게 뛰었다. 기울어진 햇볕이 무자비하게 눈을 쪼았다. 낭파라는 히말라야를 넘는 구름을 붙들었다. 쉴 새 없이 침낭을 두들겨대던 눈보라는 저녁이 될 때까지 멎지 않았다. 현지는 잠이 들고 깨기를 반복하며 다시 출발할 시간을 기다렸다.

타시델렉

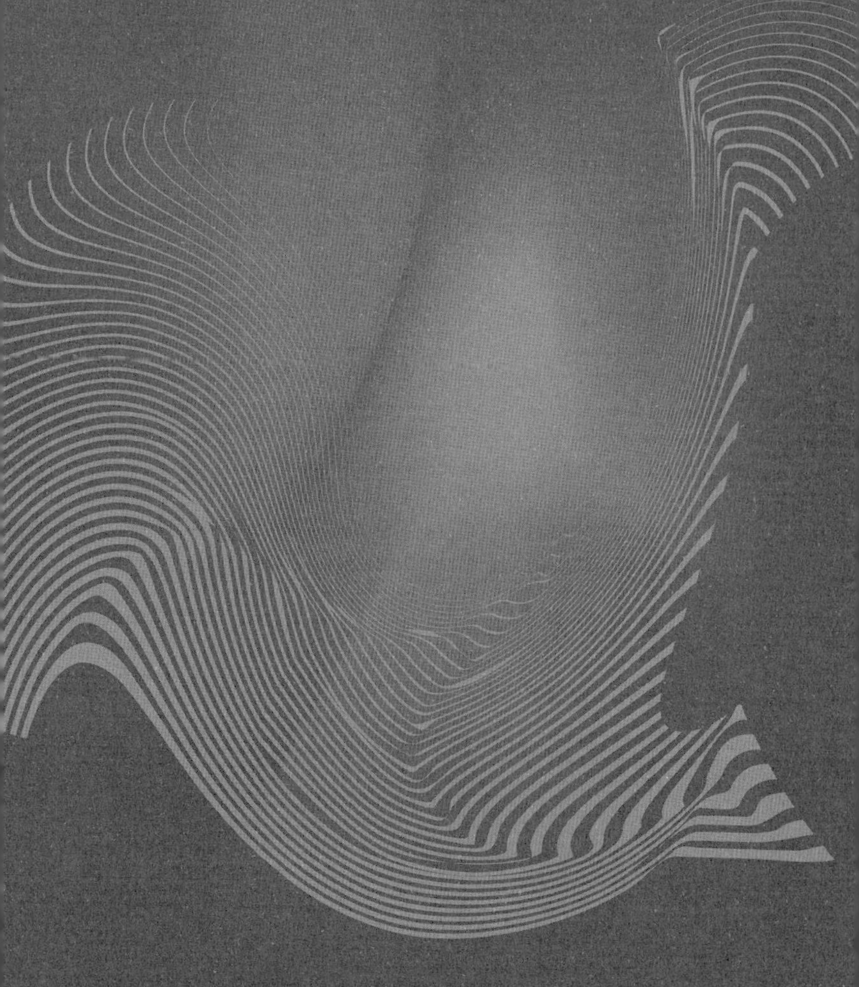

25

안개가 성원의 손을 감쌌다. 그 주위로 이른 달빛이 내려앉았다. 바다는 우주처럼 고요했다.

누구.

이드가 답을 기다리고 있었다. 추위에 곱은 손이 떨렸다. 보트에 달린 작은 전등 아래 성원은 오타를 내지 않도록 한 글자씩 꾹꾹 키보드를 눌렀다.

인간이야.

다음 대답은 전보다 더 빨랐다. 이것이 대화라는 사실을 이드가 인지했다. 커뮤니케이터는 이드가 발화하는 52헤르츠의 주파수를 분석 대상으로 산정하고 필터링 작업에 돌입했다.

이름.

이드는 인간에게 이름이 있다는 것을 알고 있었다. 인간의 문화를 이해한다는 뜻이었다. 이드가 구사하는 문장이 암기한 내용을 반복하는 것이 아니며 이드에게 언어를 이해할 지능이 있다는 의미였다. 성원은 커뮤니케이터에 자신의 이름을 입력했다. 한국어로 된 조어를 발음하는 것이 쉽지 않은지 이드는 띄엄띄엄 성원의 이름을 되새겼다. 커뮤니케이터는 이드의 발음을 지오, 시엉, 우언으로 번역해냈다.

그래. 그게 내 이름이야.

성원은 자신이 방금 고래와 이름을 주고받았다는 사실을 깨달았다. 웅크리고 있던 희열이 돌연 어둠 속에서 튀어나왔다.

너. 부정. 머리. 내부. 말.

조사가 없는 문장 구조였다. 단어만 이어놓은 형태로 주어와 목적어도 알 수 없어 맥락을 유추하기 힘들었다. 성원은 머리를 굴려 문장을 재구성해 봤다. 너는 머릿속으로 말하지 않는다, 대신 소리로 말한다. 몇 개의 단어를 유의어로 치환하고 적당한 위치에 배치하니 그럴듯해 보였다.

바다가 들썩거렸다. 성원은 소리가 들리는 방향으로 돌아앉았다. 이드가 브리칭을 하며 나타났다. 고래 뛰기라 부르는, 물 밖으로 뛰어올라 수면에 몸을 부딪치는 행동이었다. 기생충을 제거하기 위해서라는 해석도 있었고 소화를 하는 과정이라는 해석도 있었다. 어느 쪽일까. 성원은 대화 기능을 유지한 상태로 커뮤니케이터의 기능들을 활성화시켰다. 분화된 두 알고리즘이 각각 언어와 감정 해석을 담당했다. 감정 해석을 맡은 커뮤니케이터가 이드의 행동을 기쁨의 표현이라고 분석했다. 수면으로 솟구친 이드의 눈이 멀찍이 성원을 바라보고 있었다.

성원이 물었다.

맞아. 나는 머릿속으로 말하지 않아. 머릿속으로 말하는 사람이 있어?

체텐 돌마.

어떻게? 돌마와 어떻게 연결된 거야?

통로. 머리. 바람. 빛. 이야기. 감정. 감각.

성원은 공간을 가로지르는 투명한 고속도로를 상상했다. 특정한 생명체만 송수신이 가능한 메시지, 웜홀과 영혼의 양자적 얽힘, 무형의 정보를 실어 나르는 통로와 그 속을 채운 매질. 돌마가 오감이 아닌 새로운 감각을 보유한 아이라면. 이 대기에 공기가 아닌 다른 매질이 존재한다면. 바다가 바닷물로만 이루어진 것이 아니라면. 우리의 공간이 우리가 이해한 그대로가 아닌, 어떤 통로들로 이루어진 차원의 중첩이라면.

고개를 저었다. 무의미한 가설은 세우지 않기로 했다. 이해하지 못하는 영역으로 담대하게 내디뎌야 했다. 허공에 몸을 던지는 것이다. 중력가속도와 공기 밀도와 저항을 이해한다고 추락을 피할 수는 없다. 아무리 계산기를 두드려도 결국 몸은 떨어지게 돼 있다. 필요한 건 그저 낙하산 핸들을 당기는 일이다.

난 스피커를 사용하고 있어.

스피커. 소리. 도구. 나. 너. 말. 듣다.

밤의 바다를 울리는 포효가 이어졌다. 이드가 낙하하는 순간 물에 비친 달의 조각이 파편으로 날아갔다. 대화는 이드가 잠수한 뒤에 다시 이어졌다.

돌마. 티베트. 인간. 언어. 다르다. 고래. 언어. 모르다. 지오 시엉 우언. 이해. 처음.

커뮤니케이터가 표시하는 건조한 단어의 나열 속에도 이드의 환희가 담겨 있었다. 그걸 알 수 있었다. 성원도 같은 심정이었다.

네가 응아바의 체텐 돌마를 도와달라고 하는 걸 들었어. 그래서 친구에게 부탁했어. 왜 그랬어? 왜 돌마를 도와 달라고 했어?

돌마. 잇다. 우리.

우리? 뭘 이어?

나. 보다. 돌마. 돌마. 나. 보다.

하지만 이제 넌 돌마가 아니라도 사람과 얘기할 수 있어. 지금처럼 장치를 쓰면 돼.

그것. 가짜.

가짜?

진짜. 마음. 연결. 필요. 서로. 원하다. 시기.

작은 갯바위가 옆을 지났다. 파도가 해변으로 밀려와 얼고 그 위에 다시 바닷물이 고여 만들어진 해빙이 쌓였다. 이드는 그 옆을 멀찍이 돌아갔다. 바다는 온통 파랑이었다. 푸른 젤리로 만든 지붕을 머리에 이고 성원은 깊은 곳으로 흘러들었다. 너울 치는 해수면이 별빛을 반사했다. 커다란 분수공이 물 밖으로 나올 때마다 트래커가 반짝였다. 해야 할 일이 떠올랐다.

등에 박혀 있는 작살을 뽑아야 해.

허락. 통증. 등.

보트를 가까이 갖다 댄 성원은 이드의 등에 박힌 작살을 쥐었다. 피하조직 아래까지 단단히 박혀 있어 피부를 양쪽으로 조금 벌려야 했다. 갈고리 모양의 끝부분이 빠져나오자 이드는 푸르륵, 숨을 뱉었다.

널 잡으려는 사람이 있어. 또 이런 무기를 들고 찾아올 거야. 달아나야 해.

긍정. 인간. 두려움.

이드가 방향을 틀었다. 둘은 육지의 반대편으로 천천히 움직였다. 이드가 잠수할 때마다 작은 소용돌이가 일었다. 물길을 따라 흐르던 보트는 그 가장자리를 따라 더 큰 바다로 부드럽게 질주했다. 바다에 길을 내는 것 같았다.

어떻게 한 거야?

무엇.

지금 하는 거. 꼭 바다를 조종하는 것 같잖아. 넌 지진이 나는 곳을 알아. 태풍 속에 숨어. 어떻게 그러는지 궁금해.

땅. 말하다. 소리. 듣다. 바다. 말하다. 나. 부탁하다. 땅. 바다. 대답하다.

지느러미를 흔들며 나아가는 이드의 등에서 트래커가 반짝였다. 커뮤니케이터의 기쁨 영역에 해당하는 그래프가 삐죽 솟았다.

넌 지금 기분이 좋구나.

너. 만나다.

나도 기뻐. 너와 얘기할 수 있어서.

부정.

이드의 짧은 대답이 성원을 멈칫하게 만들었다.

아니라고?

지오 시엉 우언. 슬프다. 나. 듣다. 소리.

무슨 소리?

모두. 그것. 소리.

성원은 보트 엔진을 정지시켰다. 주위를 밝히고 있던 헤드랜턴을 끄고 어둠에 집중했다. 노트북 모니터가 발하는 어스름한 광원과 달빛 아래, 유선형의 몸이 앞으로 쑥 뻗어나갔다.

너. 그립다. 나. 듣다. 나. 알다.

무슨 뜻인지 모르겠어.

나. 듣다. 지오 시엉 우언. 생각하다. 모두. 덤비다. 하다.

다 덤비라고 해. 마음이 딸깍 기울었다. 성원은 자판에서 손을 뗐다. 독백이 점점이 찍힌 모니터를 가만히 응시했다.

원하다. 사람. 말하다. 나. 듣다. 아프다. 괴롭다. 사람. 나. 듣다.

과거. 괴로움. 배. 아래. 내리다. 작다. 손. 창문. 두드리다. 목소리. 듣다. 사람. 죽다. 슬픔.

알다. 사람. 마음. 침몰. 배. 바다. 돕다. 살리다. 원하다. 헤엄치다. 목소리. 작아지다. 빨리. 빨리. 목소리. 멀다. 목소리. 사라지다. 작다. 목소리. 없다.

지금. 동일. 듣다. 바람. 불다. 파도. 치다. 목소리. 듣다.

이드는 사방이 수평선으로만 남아 있는 바다를 헤엄쳤다.

이드의 머리가 향한 곳에는 어스름이 밝아왔다. 새벽빛이 서서히 별을 집어삼켰다. 그대로 영원히, 대양으로 나아갈 수 있을 것 같았다. 동쪽으로 헤엄치던 이드가 지느러미를 틀었다.

왜 그래?

지오 시엉 우언. 달리다. 멀리.

무슨 말이야?

지오 시엉 우언. 달리다. 빠르다.

내가 빨라? 빨리 달려?

커뮤니케이터가 작동을 멈췄다. 감정 그래프의 공포와 불안 수치가 수직으로 치솟았다. 이드는 성원이 자신의 말을 이해하지 못한다는 사실에 답답해하고 있었다.

잠시 후 커뮤니케이터가 작동했다. 이드가 말을 쏟아냈다.

강요. 너. 가다. 지금. 달리다. 멀다. 빠르다. 달리다. 멀다. 지금. 빠르다. 강요.

정신이 번쩍 들었다. 명령어였다. 달린다는 뜻이 아니었다. 달아나라는 말이었다.

채찍을 휘두른 듯 찰싹, 소리가 공기를 갈랐다. 파도를 뚫고 낚싯배가 달려 나왔다. 유자호를 한참 우회해 돌아온 석기였다. 광기로 번들거리는 얼굴이었다.

성원은 보트에서 일어섰다. 다리에 쥐가 올랐다.

26

쿠날이 현지의 침낭을 열어젖혔다. 돌풍이 뺨을 긁었다.

"뭔데."

쿠날은 바위 너머 야영지를 가리켰다. 피란민들이 보이지 않았다. 잭의 노란 오줌 자국만 남아 있었다.

"잭은 어디 있어? 다른 사람들은?"

"떠났어."

"어디로? 왜?"

"우릴 버리고 간 거야. 방해가 된다고 생각했겠지. 피란민들은 잭의 명령을 거부하기 힘들었을 테고."

잇몸에서 풋내가 올라왔다. 몸의 연약한 부위들이 죄다 아우성을 치고 있었다.

"빨리 이동하자. 발자국이 지워지기 전까지 따라붙어야지."

쿠날이 협곡 너머를 가리키며 말했다. 현지는 배낭에 짐을 쑤

셔 넣었다. 옷깃에 매달려 있던 얼음 조각이 후드득 떨어졌다.

세상은 무리 지어 내리는 눈발 속으로 고요히 침전했다. 순백의 눈밭은 어느덧 가시나무 숲이었다. 낭파라는 더 이상 피란민들을 네팔로 안내하는 희망의 여정이 아니었다. 이빨을 드러낸 덫이었다. 허기진 야수였고 서릿발 가득한 가시를 펼친 악마였다. 밤이 되자 북서풍을 타고 눈보라가 몰려왔다. 시야가 와르르 무너졌다.

피란민이 남기고 간 발자국은 오래 이어지지 않았다. 방향을 잃고 얼마 되지 않아 칼바위 능선을 사이에 둔 갈림길이 나타났다. 정상에 가까운 곳으로 이동하면 체력소모가 큰 대신 시간을 아낄 수 있다. 둘러 가는 길에서는 군경과 마주칠 가능성이 높았다. 쿠날은 아래쪽을 택했다. 고뇌를 벽돌처럼 켜켜이 쌓고 쿠날은 전진했다. 그중 몇 개는 이크발이 얹었을 것이다. 내쳐지고 상처받고 조각이 나면서 쿠날은 단단해졌다.

싸락눈이 쌓였다. 서로를 붙들지 못하고 바스러지는 입자였다. 등이 땀으로 축축했다. 현지는 땀이 얼지 않도록 마른 수건으로 등을 닦았다. 동통이 날개뼈를 따라 퍼져나갔다. 발가락을 기어오르는 냉기가 매서웠다. 볼을 타고 흐른 땀은 턱 끝에서 얼었다. 점점이 새겨진 붉은 자국은 동상의 징조였다. 현지는 감각이 없어진 볼과 코끝을 문질렀다. 희망의 신호는 보이지 않았지만 뒷일은 생각하지 않기로 했다. 리서처는 자신에게 무책임해야 했다. 보안요원에게 붙잡히고 형사 앞에서 신문을 받아도, 그것이 자신을 해하는 결과로 돌아오더라도 입을 다물 수 있어야 했다. 비겁하게 숨던 때가 있었다. 운 좋은 방관자였던 적이 있었다. 부끄러운 과거에도 속에 작은 칼 하나는 품고 살았다. 다른 사람 인생을 망치지는 않겠다는 신념 하나는 가지고 살았다. 그 신념이 현지를 낭파라로 끌고 왔다.

땅만 보며 걷던 현지가 고개를 들었다. 쿠날이 멀찍이 떨어진 곳에서 엎드려 있었다. 프라이팬처럼 움푹 들어간 지형을 엄폐물 삼아 먼 곳을 염탐하는 중이었다. 산등성이를 따라 무리 지어 이동하는 까만 점들이 보였다. 도키일 리는 없다. 이미 들개가 살기에는 너무 높은 고도였다. 그렇다면 사람이다. 그림자들은 피란민의 것처럼 구부정하지 않고 꼿꼿했다. 구름이 걷혔다. 새까맣게 보이던 점들이 선명해졌다. 두 단어가 하나로 겹쳐졌다. 국경, 그리고 경비대. 현지도 바닥에 몸을 붙였다. 쿠날이 눈밭을 비비듯이 기어 현지에게 다가왔다.

"정기 순찰일 거야. 지나가길 기다렸다가 이동하면 돼."

돌마가 현지의 손을 꼭 쥐었다. 입술은 자줏빛이 되어 있었고 동공이 불안하게 흔들렸다. 공허를 향해 뻗은 촉수가, 등날을 기어오르는 감각이 뭔가를 느끼는 것 같았다. 군인들의 이동 경로를 확인한 현지가 말했다.

"저 사람들 뛰고 있잖아."

"그게 뭐?"

"이쪽으로 뛰어오고 있잖아."

경비대원이 호루라기를 불었다. 설산의 호루라기 소리가 단숨에 수 킬로미터를 이동했다. 맞은편 산등성이에서도 국경수비대가 모습을 드러냈다.

일행은 바위 뒤에 몸을 숨겼다. 쿠날이 바위 가장자리로 머리를 내미는 순간 총성이 울렸다. 가까운 곳에 쌓인 눈이 들썩였다. 연거푸 날아온 총알이 바위에 부딪치며 불꽃을 튀겼다. 현지가 돌마를 껴안았다. 귀에서 흐르는 피를 닦으며 쿠날이 말했다.

"갈라지자. 내가 먼저 위로 갈 테니까 넌 돌마를 데리고 아래로 내려가. 저쪽은 무장한 상태니 우리보다 걸음이 느릴 거야. 경비대를 따돌린 다음에 저 산등성이를 넘어서 만나."

"네가 표적이 되겠다고?"

"다른 방법이 없어."

상의도 없이 쿠날이 달렸다. 군인들이 자신을 발견할 때까지 커다란 덩치를 감추지 않았다. 어둠 속에 섬광이 번쩍였다. 탄환은 쿠날을 쫓았다. 현지는 돌마와 함께 습곡의 경사면을 따라 이동했다. 이동하다가 뒤를 돌아봤다. 풀썩 일어나는 눈먼지가 점차 쿠날을 향하고 있었다. 단발로 이어지던 총성이 연사로 바뀌는 순간 쿠날이 고꾸라졌다. 쿠날은 비틀거리다 쑥, 자취를 감췄다. 현지는 바위 뒤에 몸을 숨겼다.

수색조가 쿠날이 사라진 자리로 모여들었다. 중국어로 나누는 대화가 야음을 타고 전해졌다. 반복되는 단어가 있었다. 리에펑. 찢어진 틈. 조어의 의미는 금방 파악할 수 있었다. 설산에 있는 찢어진 틈. 갈라진 공간. 절망감이 목젖 아래까지 밀려올라왔다. 수색조는 크레바스 아래로 랜턴을 어지러이 비췄다. 넓은 원통 형태로 펼쳐진 불빛은 이따금 현지와 돌마가 숨어 있는 바위를 스치고 지나갔다.

수색조가 담배를 빼물었다. 라이터 불빛에 어른거리는 얼굴들이 설산을 배경으로 가면처럼 떠 있었다. 총과 군복을 어둠에 묻어두니 모두 앳되고 평범해 보였다. 메케한 타르 냄새와 눈 밟는 소리가 낭파라에 흩어졌다.

눈 위에 담배꽁초를 박아 넣은 수색조 하나가 소총을 빼 들었다. 총구에서 벌건 불길이 치솟았다. 뭔가를 확인하는 두 발이었다. 구름이 달을 가렸다. 멎었던 눈보라가 몰아쳤다. 수색대는 안개 속으로 사라졌다.

현지는 크레바스가 있는 곳으로 향했다. 깊고 파란 얼음벽이 현지를 마주했다. 쿠날을 불렀지만 돌아오는 대답은 없었다. 돌마가 현지의 옷을 잡아끌었다. 작은 손가락이 크레바스의 구석진 곳을 가리켰다. 검은 물감을 문지른 듯한 암흑 속에 사람의 형상이 보였다. 현지는 눈이 어둠에 적응하기를 기다렸다. 어른거리던 형상이 점차 모습을 갖춰나갔다. 차갑게 얼어붙은 사람의 다리가 보였다. 하얀 냉기가 크레바스를 향해 폭포처럼 빨려들었다.

"여기 기다리고 있어."

현지는 바닥으로 내려갈 만한 루트를 찾았다. 랜턴을 입에 물고 아이젠을 신발에 채웠다. 피켈을 땅에 박은 현지는 아이젠으로 빙벽을 힘차게 걷어찼다. 단단한 얼음이 갈라지며 아이젠이 깊숙한 곳에 박히는 걸 느낄 수 있었다. 피켈을 쥔 손을 느슨하게 풀면서 체중을 실어봤다. 아이젠은 여전히 그 자리에서 몸을 받치고 있었다. 양손에 쥔 피켈을 번갈아 빙벽에 꽂았다. 다시 아이젠을 한쪽씩 뽑아 좀 더 낮은 곳에 밀어 넣고 체중을 실었다. 그런 작업의 반복이었다. 시선은 랜턴 불빛이 닿지 않는 백색의 어둠 끝에 머물렀다. 크레바스 밑바닥에서 뭔가가 기어 나와 다리를 움켜쥘 것 같았다. 발목에 느껴지는 미끌거리는 압력이 현지를 아래로 끌어내리고 있었다.

한순간 집중력이 흐트러졌다. 비껴 찍은 피켈이 벽에서 튕겨 나왔다. 얼음 조각이 눈을 때렸다. 몸이 왼쪽으로 기우는가 싶더니 아이젠을 박은 얼음이 무너져내렸다. 수직의 벽을 타고 현지는 미끄러졌다. 장갑이 벗겨졌다. 절망이 우르르 쏟아져 내렸다.

'괜찮아. 현지야. 괜찮아.' 이명이 거세게 귓가를 후렸다. 누구 목소리였더라. 돌마일까. 쿠날일까. 성원 선배, 승희 언니, 권 팀장, 동섭. 누구의 음성도 아니면서 동시에 모두의 음성 같기도 했다. 정신을 차리라고, 여기서 힘이 빠지면 얼어 죽는다고, 열 살짜리 애를 위에 두고 얼음 사이에 끼어 죽을 수는 없지 않겠냐고 다그치는 소리였다. 헙. 현지는 기합을 토했다.

얼음벽이 갈라진 곳에 손가락이 걸렸다. 녹고 깨지고 다시 얼기를 반복해가며 날카로워진 균열이었다. 피부가 찢어지는 것도 모른 채 벽을 붙들었다. 벌어진 근육이 펄떡펄떡 토해내는 피로 빙벽이 붉게 물들었다. 현지는 호흡을 가라앉혔다. 눈을 감고 혀를 윗니에 붙였다. 숨을 들이쉬고 멈췄다가 천천히 내뱉었다. 감각은 다시 예리해졌다.

머리 위로 새까만 하늘이 보였다. 돌마의 작은 머리가 불안한 표정으로 현지를 내려다보고 있었다. 발아래에는 시체가 있었다. 낯익은 옷차림이었다. 목표는 하나로 좁혀졌다. 뭘 해야 할지 정리되는 기분이었다. 현지는 딱딱하게 굳은 시체를 피해 바닥에 착지했다.

27

해풍호가 달려들었다. 석기는 흔들리는 배 위에서도 집중력을 잃지 않았다. 호를 그리고 풍랑을 비집으며 겹겹이 쌓인 파도의 장벽 사이로 드러난 이드의 등을 향해 작살을 겨냥했다. 이드가 몸을 틀었다. 작살이 꽂히는 게 먼저였다. 뾰족한 쇳덩이가 피부와 지방층을 갈랐다. 밧줄이 연결된 끄트머리만 남긴 채 근육을 절개하고 들어간 작살은 이드를 옭아맸다. 이드가 끌어당기는 힘에 해풍호가 휘청였다. 그게 석기를 신나게 한 것 같았다. 로데오 경기를 하듯 손을 높이 치켜들었다.

가다. 멀다. 지오 시엉 우언. 달리다.

요동치는 감정의 곡선 아래 떠오른 이드의 단어들을 보며 성원은 숨을 크게 들이마셨다. 구름 가운데 뻥 뚫린 하늘이 보였다. 달은 노란 불빛을 뿜으며 지글거렸다.

유자호는 뒤늦게 도착했다. 파도에 비틀거리며 나타났다.

해풍호를, 작살에 찔린 이드를 확인한 유코가 눈을 크게 떴다. 유자호가 최고 속력으로 돌진했다. 배와 배가 충돌했다. 쇠가 우그러지는 감촉이 텅 빈 바다를 울렸다. 파도는 단단한 벽이 되어 성원의 얼굴을 강타했다. 화끈거리는 통증과 함께 옆구리가 뒤틀렸다. 안경이 어딘가로 날아가 시야는 뿌옇게 변했다.

유자호는 충돌의 여파로 침묵했다. 엔진 잔향음이 희미하게 흩어지다 멎었고 배는 파도를 따라 흘렀다. 해풍호의 선체에도 균열이 났다. 망가진 연료통에서 기름이 샜다. 검은 무지개가 포말에 섞여 출렁였다.

해풍호의 탐조등이 이드를 비췄다. 석기는 조타실과 갑판을 오가며 해머로 배를 때리기 시작했다. 방향을 틀어 달아나려 할 때마다 쾅, 저항의 눈빛을 내비칠 때마다 쾅, 작살에 꽂힌 이드가 포기할 때까지 힘을 뺐다. 같은 자리를 돌던 이드의 몸에 조금씩 기름이 묻어났다. 투우장의 소처럼 최후의 일격을 기다리며 이드가 움직임을 멈췄다. 그 모습을 확인한 석기가 조타실에서 엽총을 들고 나왔다. 홀쭉하게 마른 볼이 입 안으로 말려들었다. 지방이 꺼진 자리에 해골 같은 안구가 도드라졌다.

석기는 한 호흡 한 호흡 거리를 가늠하다 이드가 수면에 가까워지는 순간 방아쇠를 당겼다. 총성과 함께 바다를 뒤덮은 휘발유에 불이 붙었다. 희뿌연 시야 속에서 불길이 희번덕거렸다. 화염은 이드를 덮쳤다. 설명할 수 없이 독한 냄새가, 유독가스가 사방에 번졌다. 이드가 울었다. 언어가 아닌 소리로 울었다. 고통의 데시벨에 비례해 석기의 얼굴은 희멀겋게 벌어졌다.

커뮤니케이터는 감정을 표현하는 모든 단어들을 모니터에 쏟아냈다. 이드의 호르몬이 소용돌이치고 있었다.

성원은 이드가 있는 곳으로 보트를 몰았다. 가스와 불길이 기도 아래로 미끄러졌고 고막은 그릇 닦는 소리로 달그락거렸다. 이명이 귀를 감쌌다. 이드의 울음소리가 목덜미를 훑어내릴 때마다 물컹한 감정도 성원에게 흘러들었다. 이 풍경이 오랜 시간 자신을 괴롭힐 거라는 걸, 승희의 마지막이 그랬듯이 이드의 마지막도 끝나지 않는 절망을 안겨줄 거라는 걸 성원은 알았다. 돌아서서 달아나는 게 나을지도 모른다고 생각하면서도 몸은 자석처럼 이드를 향해 다가갔다.

화염 속에 일렁거리던 그림자의 형상이 선명해졌다. 해풍호는 이드의 몸통이 만들어낸 완만한 경사면에 기대 닻을 내린 듯 작살을 꽂고 있었다. 이드가 흘린 핏물과 기름으로 벌겋게 젖어 번들거렸다. 석기는 선수에 서 있었다. 입을 살짝 벌리고, 다가오는 성원을 보며 얼굴을 찌푸렸다. 엽총을 까딱거리며 무슨 말을 하려는 것 같았다. 성원은 두 팔을 들었다. 이드를 해치지 말아달라 애원했다. 석기는 엽총을 드는 것으로 대답을 대신했다. 경고도 없이 쇳조각이 공기를 갈랐다. 일부러인 듯 총알은 먼 곳을 명중했다. 그 거리가 조금씩 가까워졌다. 성원은 거북이처럼 어깨를 움츠렸다. 탄환이 떨어지면 석기는 여유롭게 탄창을 채웠다. 어깨부터 손목까지, 일직선으로 고정된 팔 끝에 놓인 총신이 반듯했다.

마침내 총알이 성원의 어깨를 관통했다. 통증이 전신을 감쌌다. 절로 터지는 비명이 성원의 것이 아닌 듯 혼자 날뛰었다. 심장박동이 곤두박질치며 감각이 뒤섞였다. 성원은 바다에 몸을 던졌다. 총알은 연거푸 날아들었다. 두 번째로 명중한 총알은 성원의 폐를 뚫었다. 시큼한 피가 입 안에 고였다. 아랫배에서 뜨거운 기운이 훅 빠져나갔다. 가슴에 뚫린 구멍으로 차가운 바닷물이 흘렀다. 성원은 숨을 깊이 들이마실 수가 없어 애처로운 잔 호흡으로 가슴을 깔딱거리기만 했다.

석기는 다시 팔을 쭉 뻗었다. 실수가 없도록, 호흡을 멈추고, 공이치기를 뒤로 젖혀 준비를 끝냈다. 공포심은 하얀 손가락을 뻗어 성원의 귀를 막았다. 목구멍으로 자꾸만 피가 넘어갔다. 뱉어내도 끈질기게 밀려들었다. 석기의 입가에 희미한 웃음기가 돌았다. 멸시와 조롱이, 희열이 뒤섞인 미소였다.

마지막 총알은 성원의 목을 꿰뚫었다. 식도와 기도가 뒤엉켜 두부처럼 뭉개졌다. 젖은 쇠붙이 냄새가 가득 풍기는 가운데 성원은 고요히 진동하는 늪으로 가라앉았다.

28

동섭은 어려서부터 운동에는 소질이 없다는 말을 지겹게 들었다. 팔다리는 근육 하나 없이 말랑말랑하고 눈에는 광택이 없었다. 소심하고 겁이 많았다. 멍하게 앉아 있다가 누가 옆을 지나가기라도 하면 화들짝 놀라기 일쑤였다. 수시로 배앓이를 했다. 내세울 거라고는 학교 성적밖에 없어 공부에 매진했다. 중국집 코스요리를 처리하듯 법대에 진학하고 사법시험을 통과했다. 시간이라는 x축과 성취라는 y축으로 이루어진 2차원 평면에 그린 인생이었다.

연수원에서 처음 정장을 입었다. 풀을 먹인 와이셔츠 깃이 천천히 목을 써는 기분이었다. 양복 어깨 패드는 부담스레 푹신했고 바지통은 헐렁했다. 새끼발가락은 가죽 구두에 짓눌려 아팠다. 왜 좋은 대학 나와서 사법연수원까지 마친 사람이 사계 리걸 팀에 지원했냐는 질문을 받았을 때 동섭은 정장이 입기 싫었다고 대답했다.

신념으로 사는 성격은 아니었다. 다만 세상 공부를 하고 싶었다. 경험을 쌓고, 이 세계의 은밀한 질서를 체득한 다음 안전하고 밝은 곳으로 돌아올 계획이었다. 동섭의 인생에 z축이 등장한 시점이었다. z축은 동섭을 강남 사거리의 고공 시위 현장으로 이끌었다. 정부 기관의 부패를 들여다보게 했고 내부 고발자의 은밀한 토로에 귀를 기울이게 만들었다. 공장에서 쏟아지는 폐수 냄새에 코를 벌름거리게 만들더니 급기야 히말라야로 동섭을 끌고 왔다.

추웠다. 추워도 너무 추웠다. 기분 좋게 뜯은 선물 포장 속에 곰 인형 대신 드라이아이스가 들어 있는 기분이었다. 왜 하필 네팔인지, 어쩌자고 히말라야인지, 어째서 마흔이 넘은 나이에 군인의 감시를 피해 설산을 오르고 있는 것인지.

준비 과정이 순탄치 않았다. 짐을 옮기는 것부터가 문제였다. 네팔의 셰르파는 동섭의 짐을 가지고는 절대 검문소를 통과하지 못할 거라고 했다. 네팔의 국경수비대가 굳이 중국과 분쟁이 생길 만한 일을 벌일 이유가 없다는 것이었다. 한 셰르파가 돌포파를 이용해 짐을 옮기자는 제안을 했다. 돌포파는 히말라야에 거주하며 물건을 실어 나르는 티베트인들이었다.

매년 8월경이면 티베트의 드록파 유목민이 짜부예차카에서 캐낸 소금을 가지고 국경지대로 이동했다. 이걸 다시 네팔로 가져오는 건 돌포파의 몫이었다. 돌포파는 룽파 지역까지 이동해 티베트에서 가져온 소금과 물건을 교환해 겨울이 되면 원래 있던 곳으로 돌아가는데 경계 지역에 짐을 가지고 접근할 수 없었던 동섭은 네팔의 티베트 숙소 주인에게 돌포파를 통해 짐을 옮겨달라고 부탁했다.

돌포파들이 야크를 몰고 검문소를 통과하는 사이 동섭은 검문소를 돌아 가시덤불을 넘었다. 수용소를 연상시키는 노란 불빛이, 그리고 그 앞을 지나는 돌포파 무리가 보였다. 셰르파는 그 뒤를 따르고 있었다. 문제는 그 이후였다. 검문소 불빛이 멀어지는 순간 돌포파가 자취를 감췄다. 밤길은 어두웠고 야크의 울음소리는 방향을 알 수 없이 사방에서 울렸다.

산을 올라야 할지 내려가야 할지, 아니면 기다리고 있어야 할지 알 수 없는 상황에서 동섭은 야크 소리를 따라 그저 걸었다. 죽어라 산을 올라 겨우 돌포파를 따라잡은 건 다음 날 돌포파의 중간 숙소에서였다. 셰르파와 함께 이틀 동안 산을 올랐다. 얼마나 더 가야 하냐고 물었을 때 셰르파는 손가락 세 개를 들어 태양을 가리켰다. 사흘 후에 국경에 다다를 수 있다는 뜻이었다.

경계 지역 너머로는 모두 군사 통제 구역이었다. 당국의 묵인, 혹은 느슨한 감시 아래 고개를 푹 숙이고 네팔 쪽으로 걷는 피란민들을 만나기도 했다. 티베트에서 탈출한 스무 살 언저리의 승려들이었다. 촬영하려는 동섭을 셰르파가 말렸다.

"얼굴이 알려지면 티베트에 남은 가족들이 피해를 볼 수도 있어서 그래요."

셰르파는 탈출하는 사람의 나이에 따라 가이드 고용 비용이 달라진다는 이야기를 들려줬다. 청년층이 가장 저렴하고 아이들은 조금 더 많은 비용을 지불해야 했다. 탈출에 가장 많은 비용이 드는 건 노인들이었다. 그래서 티베트에 남겨진 노인들은 가족을 떠나보내고 홀로 남겨지는 일이 많았다. 셰르파의 말을 들은 후로 동섭은 피란민들에게 카메라를 들이대지 못했다. 그래서 영상에 남은 건 사람들의 뒷모습, 높은 산, 낮은 산, 추운 산, 더 추운 산이었다. 네팔에서 티베트의 국경으로 가는 여정이 이 정도라면 그 반대 여정이 어떨지는 눈에 훤했다. 제시간에 도착할 수는 있을까. 정상에서 약속한 시간에 만나지 못한다면, 서로는 얼마나 오랜 시간을 기다려야 할까. 쓸데없는 감정에 휘말려 일을 그르치지 않을지도 걱정이었다. 현지는 강한 인간이지만 간혹 감정을 주체하지 못할 때가 있었다. 술이 거나하게 취한 날이면 더욱 그랬다. 사계 사무실 근처에 있는 주점에서 펼치는 현지의 주장은 대개 과격해서 두 사람은 수시로 목소리를 높여 논쟁을 벌였다.

"생각해봤는데, 앞으로는 우리도 변화가 있어야 할 것 같아. 언제까지 다큐멘터리나 찍고 있을 거야. 나체 시위라도 해야지."

혀가 꼬부라지기 시작한 현지의 말을 한 귀로 흘리면서 동섭은 소주 한 병을 더 주문했다. 현지가 대답 좀 해보라고 재촉했다.

"무슨 말인지는 알겠는데, 보통은 그 반대로 진행되지 않나. 나체 시위를 하던 단체들이 이제는 영상을 활용하지 않을까 싶은데. 게다가 나체 시위 같은 건 다 이슈몰이지. 쇼잉이잖아."

"그럼 화염병이라도 던져야지. 요즘 시민단체는 너무 신사적이야. 이런 거라도 해야 관심을 갖지."

"대중이 인정하는 투쟁을 해야지. 지금이 80년대냐 90년대냐. 동아리 활동하는 게 아니잖아."

"대중이 인정하는 투쟁? 동아리 활동? 그게 뭔지 네가 알아?"

현지가 날을 세웠다.

"에어컨 켜놓고 히터 틀어놓고 현수막이나 만드는 게 제대로 된 투쟁이야? 언론 동원하고, 정치권에 굽실거리는 게 무슨 투쟁이냐고. 선비님 소리는 마누라 가랑이 사이에나 하시고, 투쟁은 폭력이야. 소주병에 기름을 넣건, 기름에 사카린을 타서 넣건, 불을 붙이고 던져야 투쟁이라고. 뭐든 해야 투쟁이라고."

"갑자기 왜 급발진이야. 있지도 않은 마누라 얘기는 또 뭐고."

현지는 소주병을 집어 던질 듯 말듯 시늉을 했다.

"뭐 하냐."

"화염병 투척 연습한다. 왜."

"그걸 왜 여기서 해. 리서처가 얼굴 다 팔고 다니려고 환장했냐."

"아 진짜. 리서처라고 부르지 말랬지."

“동네 사람들이 너 알아보고 다니면 무슨 수로 잠입 취재할 건데.”

“내가 연예인이냐? 누가 알아본다고 그래.”

“야, 허현지. 정신 좀 차리지?”

“미쳤냐고. 이름 말하지 말라고.”

옆 테이블에서 지켜보고 있던 중년 무리 중 하나가 ‘조용히 좀 합시다, 허현지 씨.’ 하고는 낄낄거렸다. 현지는 풀이 죽어 자리에 앉았다.

구릉지가 끝나고 다시 가파른 산길이었다. 소매 틈을 파고든 냉기가 팔다리를 얼얼하게 더듬었다. 입김은 서리가 되어 마스크에 달라붙었다. 카메라 배터리 잔량은 온도계에 비례해 곤두박질치고 있었다. 화면에 담을 것이라고는 설산이 전부라 카메라는 배낭에 집어넣었다. 고도가 높아질수록 동섭은 내면으로 추락했다. 바닥에 푹푹 빠지는 발을 뽑아내면서 동섭은 며칠 새 가물가물해진 일상의 풍경을 곱씹었다.

부엉이를 닮은 휘파람 소리가 들렸다. 셰르파가 멀리서 동섭에게 손짓을 했다. 비탈 아래 감시 소초의 불빛이 주위를 훑고 있었다. 동섭은 등대처럼 다가왔다 멀어지는 불빛을 피해 몸을 낮췄다. 머리 위로 흐르던 어둠은 목덜미를 타고 내려와 발밑에 고였다. 차이는 어둠을 걷어내며 동섭은 더 높은 곳을 향해 걸음을 옮겼다. 습기가 자작자작 얼어붙으며 코털이 바스락거렸다. 두통이 가라앉지 않았다. 몸 곳곳에 산재해 있던 통증이 머리의 작은 부분으로 밀려드는 기분이었다. 그 둥글고 작은 부위가 추위에 쪼그라든 것 같았다.

돌과 얼음의 히말라야는 지구가 아닌 어떤 곳이었다. 하얀 로브를 걸치고 생명 위에 군림하는 제왕이었다. 현지도 같은 경험을 하고 있을까. 낭파라의 반대편은, 대체 어떤 상황일까. 셰르파가 동섭의 등을 밀었다. 정상은 구름에 가려 허연 입김을 뱉고 있었다.

잭이었다. 눈구덩이에 파묻힌 채 식어 있었다. 근심 많은 붉은 얼굴 그대로였다. 다리는 관절의 반대 방향으로 꺾여 있었다. 크레바스를 기어오르느라 손톱이 뒤집힌 손가락은 얼어서 뻣뻣했다. 얼음벽에는 붉은 고드름이 맺혀 있었다. 배와 가슴에 총알 자국이 하나씩 남아 있었지만 그것들은 이미 피까지 얼어붙은 고깃덩어리에 박힌 쇠붙이에 불과했다. 잭을 죽인 건 추위였다. 죽음의 잔열이 얼음벽을 따라 가지를 뻗었다. 현지는 잭의 부릅뜬 눈을 감겨줬다.

옆에서 신음 소리가 들렸다. 빙벽 구석에 쿠날이 누워 있었다.

"괜찮아?"

현지가 물었다. 쿠날은 힘겹게 몸을 일으켰다.

"뭐 하러 여기까지 내려온 거야."

"네가 죽었을까 봐."

"죽었으면 그냥 가야지."

"메모리카드를 갖고 있잖아. 네가."

쿠날은 입술을 일그러뜨리며 주머니에서 메모리카드를 꺼

냈다.

“정말 여기에 지금까지 촬영한 게 다 들어 있어?”

“원본은 내 가방 안에 잘 들어 있어. 라싸에 가기 전까지 찍은 것들은 백업도 해뒀고.”

“그런데 왜 나한테 이걸 맡긴 건데.”

“책임감 좀 가지라고.”

“그럴 줄 알았어.”

“그럴 줄 알았으면 왜 받은 건데.”

“그럴 줄 알았으니까.”

현지는 쿠날의 신발에 아이젠을 채웠다. 발목을 다쳤는지 쿠날은 통증을 참으며 심호흡을 했다. 두 사람은 빙벽이 비스듬하게 기울어진 곳을 찾아 자리를 옮겼다. 현지가 말했다.

“피켈이 두 개뿐이야. 먼저 올라가.”

쿠날은 다리 한쪽을 벽에 걸친 뒤 피켈을 박았다. 다친 몸으로 어떻게든 조금씩 위를 향해 올랐다. 현지의 얼굴에 우수수 파편이 떨어졌다. 쿠날이 크레바스를 탈출하기까지 30여 분이 걸렸다. 돌마의 작은 환호성이 들렸다. 현지는 쿠날이 던진 피켈과 아이젠을 받아 크레바스를 올랐다. 쿠날보다 10분이 덜 걸렸고, 그걸 자랑하듯 시계를 가리켰다.

현지는 길을 떠나기 전 주위의 검은 돌을 모아 엑스자를 만들어두었다. 누군가 책을 발견해 고향으로 돌려보내 줬으면 했다. 끊어졌던 피란민들의 발자국이 크레바스 너머로 이어졌다. 방향은 틀리지 않았다. 남은 건 거리와 시간의 문제였다.

고도가 높아지면서 정적은 대지를 집어삼켰고 대기는 파랑과 짙은 파랑, 검정과 더 진한 검정으로 뒤섞였다. 쿠날은 아무도 쫓아오지 않는 뒤를 수시로 돌아봤다. 현지도 같은 기분이었다. 음험한 무엇이 등을 노리는 것 같아 바삐 움직였다. 어두운 낮과 밝은 밤이 얽혔다. 있는 힘껏 걷고 최선을 다해 잠들었다. 패배했다는 낙심, 죄스러운 마음을 품고 평생을 살고 싶지 않았다. 네팔에 도착하지 못한 돌마를 상상하고 싶지 않았다.

"네가 죽으면 어떻게 해줄까."

쿠날이 물었다. 뒤를 돌아보지 않고 말을 건넨 탓에 커다란 등짝이 말을 거는 것 같았다.

"재수 없는 소리 마."

"진심으로 묻는 거야. 여긴 춥고 건조해. 시체가 썩지 않아. 잭을 봤잖아. 얼음 밑에 묻어줄까. 아니면 그 자리에 그대로 놔둘까. 절벽 아래로 굴려줄 수도 있어."

"그대로 둬. 눈으로 덮어줘. 살아 있을 때 모습 그대로 있는 게 좋아."

"좋긴 뭐가 좋아. 그건 감옥이야. 형기가 정해지지 않은 감옥. 영혼이 몸에 계속 머무를걸. 살아 있을 때 모습 그대로 방부제 처리되는 것보다는 독수리에게 뜯어 먹히는 게 나을지도 몰라."

"그래. 네가 죽으면 꼭 그렇게 해줄게."

수분을 빼앗긴 입술이 갈라졌다. 혀와 입천장은 하얀 곰팡이가 뿌리를 내린 듯한 구내염으로 범벅이 됐다. 처음에는 얼얼한 통증이 느껴지더니 언제부턴가는 그마저도 감각이 없었다. 눈이 감기고 무릎이 꺾이는 순간 대지가 현지를 향해 강펀치를 날렸다. 이마에서 피가 후드득 떨어졌다. 쿠날이 현지의 얼굴을 닦았다. 쿠날의 장갑에도 붉은 피가 스며들었다.

현지는 지금이 오랜 시간 쿠날에게 하지 못했던 이야기를 할 때라고 생각했다. 지금이 아니면 하지 못할 이야기였다. 여기서는 무슨 말을 꺼내도 끓어오르지 않고 냉정하게 얘기할 수 있을 것 같았다.

"이크발을 보내지 말았어야 했을까."

쿠날의 뒤틀린 눈썹이 현지를 마주했다. 현지가 이어 말했다.

"내가 돈으로 그 애를 샀어. 돈으로 그 애를 죽인 거야. 그 생각이 자꾸 나."

쿠날은 거친 숨이 잔잔해지기를 기다렸다. 헤 벌어진 입에서 험한 말들이 튀어나올 것 같았다.

"왜 지금 이 얘기를 꺼내는 건데."

"미안해."

"거짓말."

현지는 눈썹 뼈를 타고 흐르다 굳어버린 피를 떼어냈다.

"미안해."

"거짓말."

입김이 시야를 가렸다. 뻑뻑한 눈을, 현지는 감았다 떴다.

"미안해. 정말로. 미안."

발목에 자박자박 차이는 눈을 쓸며 쿠날이 걸었다. 현지는 자꾸 무너지는데 쿠날은 성큼성큼 걸었다. 환영으로 떠도는 광경이 있을 것이다. 눈을 감으면 언제나 환하게 손을 흔들며 인사하던 이크발의 모습이 보일 것이다. 벽돌로 지은 집만 봐도 심장이 뭉개질 것이다.

슬퍼서 날카로워지는 사람들이 있다. 약해 보이기 싫어서다. 쿠날은 우는 모습을 들키고 싶지 않을 때면 빨리 걸었다. 오토바이를 타고 달아났다. 프로젝트를 핑계로 사람들과 멀어졌다. 덩치는 산만 한 인간이 수시로 울었다. 울면서 걸었다. 이 작은 행성의 외진 곳을 향해 보폭을 넓혔다.

멈췄던 폭설이 이어졌다. 피란민들이 남긴 발자국이 모두 지워졌다. 하얀 눈을 쏟아내는 하늘은 왜 하얀색이 아니라 잿빛인 줄 아냐고 팽쵸가 물어본 적이 있었다. 팽쵸는 죽은 이의 몸이 재가 되어 바스러지면 하늘로 올라가 수증기와 얽혀 다시 눈송이가 된다고 했다. 낭파라에 쌓인 눈도 그렇게 켜켜이 높이를 더해 왔다고, 티베트 사람들이 쪼개지고 증발해서 국경으로 가는 길에 하얀 벽돌을 쌓았다고 했다. 그 벽돌이 내 발을 자꾸 붙들어요, 하면 팽쵸는 웃어요, 할 것 같았다.

이후 며칠의 기억은 흐릿했다. 시간은 순차적으로 흐르지 않았다. 시간의 방문을 무작위로 여는 것 같았다. 쿠날이 등을 돌린 채 온기가 사라진 불쏘시개를 뒤적일 때, 돌마가 바싹 마른 입술에 눈을 한 줌 집어 문지를 때, 현지는 간헐적으로 정신을 차렸다. 속이 비렸다. 타는 갈증을 해결하고 싶다는 생각, 당장이라도 관짝 크기의 굴을 파고 기어들어 영면을 취하고 싶다는 욕망만 남았다. 하얀 눈밭에 뿌리를 내린 보리수를 봤다. 은빛 폭포가 절벽 아래를 흘렀다. 방사형으로 날아드는 눈보라 사이로 찾아오는 희끗한 환각이었다. 낭파라에서 목숨을 잃은 피란민의 환영이 정상을 향해 걸었다. 환영은 멈추지 말고 움직이라고 현지의 등을 떠밀었다. 하지만 환영을 향해 카메라를 들었을 때 뷰파인더에는 낭파라의 눈밭과 텅 빈 어둠만 담겨 있었다. 두렵고 막막한 기분을 지울 길이 없었다. 밤의 끝을 향해 걷는 길은 생의 마지막을 생각하게 만들었다. 마지막 숨을 쉬는 모습, 마지막으로 누운 장소, 마지막으로 손을 쥐고 있을 사람을 생각했다. 자신이 세상을 떠난 뒤에 벌어질 일을, 현지는 생각했다. 그 생각을 멈추려 현지는 쿠날의 등만 쳐다봤다. 방패 같은 등을, 돌마를 이고 움직이는 전차를 따라 걸었다. 정신이 아득해지는 중에도 묵묵히 쿠날을 밀었다. 그런 쿠날이 멈추는 순간이 찾아왔다. 연료가 떨어진 걸까. 지친 걸까. 커다란 등을 때렸다. 이대로 멈추면 셋 다 죽는 거라고. 포기하지 말고 걸으라고.

"그만 밀어. 이제 내리막길이야."

쿠날이 말했다. 티베트에서 시작한 바람이 이지러진 달을 향해 하늘로 뻗었다. 머리 위로 백색 지붕을 펼친 눈의 길이었다. 하얀 영혼들이 무수히 낙하하듯 분설이 어깨에 내려앉았다.

"국경이라고."

낭파라의 네팔 쪽 경사로를 따라 올라오는 빛이 있었다. 더듬더듬, 현지는 숫자를 셌다. 모두 셋이었다. 산허리를 가로지르는 능선 위에 랜턴이 바삐 흔들렸다. 동섭이 푹푹 빠지는 다리를 끌어올리며 다가왔다. 핫팩을 흔들어 현지와 쿠날에게 하나씩 던지는 동섭의 얼굴은 제법 그을려 있었다.

"다른 사람들은? 가이드는 어디 가고?"

동섭이 물었다. 귀에 닿는 입김이 따뜻했다. 장갑을 벗은 현지는 손가락을 입에 넣었다. 혀에 닿은 손가락마다 찌릿찌릿, 감각이 돌아왔다.

"말하자면 길어. 일단 이 아이부터 챙겨줘. 같이 탈출한 아이야."

"얘가 체텐 돌마구나."

동섭은 돌마의 신발과 양말을 벗겼다. 발가락이 오래된 모과처럼 검었다

"아파? 통? 부통?"

돌마의 발가락을 누르며 동섭이 물었다. 돌마는 고개를 저었다. 동섭은 돌마의 양말을 깨끗한 것으로 갈아 신긴 뒤 얼굴에 바셀린을 덕지덕지 발랐다.

"동상이네. 양말이 젖어서 그래. 일단 부다나트로 가서 치료를 받자. 리셉션은 그 후에 가도 돼."

카트만두에는 원형의 작은 마을이 있다. 수천 년 동안 그 자리를 지키고 있는 티베트 불탑 스투파를 중심으로 망명정부의 사무실과 게스트하우스, 상점, 학교가 위치한 곳이었다. 티베트 보건부에서 운영하는 병원이 있는 곳이기도 했다. 네팔에 도착한 티베트인들이 가장 먼저 찾는 곳으로 그 중심의 스투

파를 부다나트라고 불렀다.

"셰르파 마을에 공항이 있으니 비행기를 타고 이동하면 될 거야. 도착 시간 맞춰서 예약해뒀어."

"얼마나 걸려?"

"내가 왔던 길을 되돌아가야지. 빨리 움직이면 나흘 안에 도착해."

셰르파가 짐을 나눠 들었다. 어깨가 가벼워진 만큼 발걸음도 가벼웠다. 머리를 조여대던 고산증이 물러가고 짜르르한 온기가 세포를 깨웠다.

일행은 네팔 국경 근처 거주민과 수도원의 문을 두드려가며 밤을 보냈다. 쉬지 않고 이동한 덕에 꼭 나흘째 되던 날 셰르파의 작은 마을에 도착할 수 있었다. 활주로가 마을 외곽까지 뻗어 있었다. 기온이 높아지면서 얼어붙었던 냄새도 돌아왔다. 양말은 축축했고 티셔츠는 간장에 담갔다 건진 것 같았다. 마을을 덮은 검은 흙에 현지의 마음이 들떴다. 푹신푹신한 땅, 은은한 온기와 생명력을 품은 흙에 발을 묻었다. 부러지기 직전의 활시위를 내려놓는 기분으로 낭파라의 단단하고 날카로운 것들이 남긴 기억을 털어냈다.

"저걸 봐."

쿠날의 등에 업힌 돌마에게 현지가 말했다.

"곧 카트만두야. 너처럼 티베트를 탈출한 사람들이 마을을 꾸몄지. 거기서 며칠 쉰 뒤에 다람살라에 갈 거야. 어린이 학교에 다니게 될 거야. 홈이라는 기숙사도 있어. 새로운 친구들을 많이 만나게 될 거야. 달라이 라마도 만날 거고. 분명 널 반겨 줄 거야. 네 비밀을 알면 많이 놀랄 거고. 사실 갤상한테 널 소개시켜주고 싶어. 그래도 될까? 그 무뚝뚝한 아저씨가 어떤 반응을 보일지 궁금하거든. 수업은 재미있을 거야. 넌 궁금한 게 많잖아. 좀 더 나이가 들면 더 넓은 곳으로 갈 수도 있어. 유럽, 아프리카, 미대륙…… 돌마야?"

현지는 돌마의 얼굴을 쓰다듬었다. 손에 시큼한 것이 닿았다. 돌마가 흘린 침이었다. 비니모자 아래는 땀으로 젖어 있었다.

"돌마야. 왜 그래."

돌마가 떨고 있었다. 체온이 높았다. 현지가 내지른 비명에 사람들이 멈춰 섰다.

쿠날은 돌마를 바닥에 눕히고 수통을 꺼내 입술에 물을 흘려 넣었다. 물이 닿는 순간 돌마가 눈을 뒤집으며 발작했다. 동섭이 물었다.

"혹시 이 아이, 개한테 물렸어?"

"물렸어. 어떻게 알았어?"

"물을 두려워하는 건 광견병 증상이야."

쿠날은 돌마의 팔에 감긴 붕대를 풀었다. 도키의 송곳니 자국에서 노란 고름이 쏟아졌다. 상처 주위는 퉁퉁 부어 있었다. 탄성 한계를 넘어선 고무줄처럼 돌마가 축 늘어졌다. 활주로를 바라보는 직선 도로에 차 한 대가 대기 중이었다. 쿠날이 돌마를 안고 차를 향해 달렸다.

너무 걱정하지 말라고, 괜찮을 거라고 누군가 말했다. 말을 한 사람이 동섭인지 쿠날인지, 아니면 셰르파인지 알 수 없었다. 영어인지 한국어인지도 현지는 기억하지 못했다. 뒷머리가 묵직하게 눌리는 느낌과 함께 차가 출발했다. 유리창에 내리는 눈발이 빠른 속도로 멀어졌다. 입술을 핥는 돌마의 혀가 회색이었다. 그 혀로 록빠를 불렀다.

차는 심하게 덜컹거렸다. 작은 돌이 차체를 때렸다. 쌓인 눈의 무게를 이기지 못하고 머리를 숙인 나무가 시야를 스쳤다. 하늘은 뿌옇게 들떠 있었다.

29

“모닝펌을 할 거야.”

승희가 말했다. 아침을 닮은 머리라니 시적인 헤어스타일이라 생각했다. 점심 먹고 잠시 다녀오면 되겠다고 성원이 말했다. 링거를 꽂고 병상 가장자리에 놓여 있던 승희의 팔과 그 끝에 달린 손가락이 웃는 것처럼 느릿느릿 흔들렸다.

“모닝펌은 미용실 손님이 없는 아침 시간에 받을 수 있는 서비스야. 오후에 가면 런치펌이나 이브닝펌이 되겠지. 가격도 배로 비싸겠고.”

예약 전까지 시간이 좀 남아 집에 들렀다. 승희는 계절이 네 번 바뀌도록 꺼내지 않았던 옷을 침대에 올려놓고 가장 마음에 드는 걸 골라 입었다. 브래지어를 벗은 승희의 앙상한 등이 자전거 체인을 연상시켰다. 드르륵, 손가락으로 긁어내리면 멍 자국마다 녹물이 묻어 나올 것 같았다.

열처리 기계가 승희의 머리 주위를 회전했다. 성원은 미용실 소파에서 잡지를 보며 시술이 끝나기를 기다렸다. 가벼운 머리카락이 떨어진 자리. 윤기 없이 푸석한 모발에 억지로 영양제를 공급한 흔적. 기울어진 아침 햇살 아래 승희가 머문 곳마다 하얀 먼지가 피었다.

"예쁘네. 괜찮다."

"전부터 하고 싶었던 거야."

"진작에 하지 그랬어."

"바빠서 못 했지 뭐."

펌을 끝낸 승희는 네일아트도 하고 싶다고 했다. 테이블에 손을 올려놓은 승희는 손톱이 날렵하고 부드러워지는 과정을, 오일과 핸드크림이 피부를 덮는 순간을 지켜봤다.

"좋아. 이것도 예뻐."

성원이 말했다.

"그런가. 이런 건 처음 해봐."

아직 마르지 않은 손톱을 승희가 조목조목 뜯어봤다. 거스러미가 잘려 나간 자리가 매끈했다.

"그래. 듣고 보니까 예쁜 것 같아."

충혈된 흰자위가 성원을 피해 달아났다.

승희는 무너지는 모습을 감추고 싶어 했다. 어차피 무너질 것을 알면서도 무기력하게 지는 인간으로 남기를 거부했다. 그래서 죽는 날까지 머리를 꾸미고 손톱을 손질했다. 밖에 나갈 수 없는 상태가 됐을 때는 샌딩바와 클리퍼를 사다 직접 손톱을 꾸몄다. 원체 손재주가 좋은 사람이었다. 회로 기판 위에 납을 올리던 인두기 대신 네일아트용 핀셋을 쥔 것뿐이었다. 나중에는 손톱에 작은 그림까지 그려 넣었다. 나비와 꽃, 악기를 연습 삼아 그려보던 승희가 죽기 일주일 전에는 해골과 무덤을 손톱에 새겼다. 양손 중지에 하나씩, 노란 바탕에 검은 실루엣이었다. 불길하게 이런 건 왜 그리냐고 했지만 승희는 무덤까지 가져갈 작품이니 절대 지우지 말라고 당부했다. 난해한 유머 감각 앞에서 성원은 웃어야 하나 울어야 하나 고민했다.

의사는 승희가 겨울을 넘기지 못할 거라고 했다. 승희에게 그 말을 전하는 건 성원의 몫이었다. 다소 사무적인 자세로, 비커에 실험 용액 눈금을 맞추는 것처럼 성원은 달력을 짚었다. 이 언저리인 모양이야, 하면서. 마음은 쉽사리 갈피를 잡지 못하고 까마득한 절벽 위에서 외줄 타기를 했다.

"잘됐네. 학기 중에 떠나면 귀찮은 일이 많을 거야. 방학까지는 살아 있을게."

방학이 되면 열심히 병수발을 들라는 승희의 고약한 농담 앞에서도 성원은 어떻게 반응할지 알 수 없었다.

그해 마지막 강의는 인공지능과 머신러닝의 이해라는 이름의 3학점짜리 교양 수업이었다. 타이틀은 거창했지만 인공지능의 역사와 신경망, 딥러닝 시스템을 개괄하는 것이 전부였다. 강의 내용은 어렵지 않았지만 준비는 착실히 했다. 승희가 곁에 있을 날이 얼마 남지 않았는데도 수업에 힘을 쏟았던 건 어쩌면 승희가 세상을 떠나지 않을 거라는, 다시 건강해질지도 모른다는 기대 때문이었다.

성원은 스크린에 강의자료를 띄웠다. 복잡한 수식도 문장도 없이, 짧은 영어 한 줄이 떴다.

Do the right thing.

"포드가 컨베이어 벨트로 대량생산 시스템을 구축했다는 사실은 유명하죠. 포드의 모토는 '옳은 일을 하라'입니다. 포드의 도덕성을 얘기하려는 게 아니에요. 정말로 포드가 옳은 일만 했다고 할 수도 없고요. 하지만 자동차 업계는 여전히 산업의 최전선에서 인공지능을 가장 활발히 수용하는 분야입니다. 옳은 일을 해야 하는 사업인 거죠. 그 옛날 컨베이어 벨트로 옳은 일을 추구했다면 이제 자동차 회사는 인공지능으로 옳은 일을 해야 하는 게 아닐까요. 철로를 이탈한 전차의 딜레마 들어본 적 있죠? 맞습니다. 트롤리 딜레마요. 인공지능은 그 딜레마에서 어떤 선택을 할까요. 인공지능의 선택을 옳은 선택이라고 정의할 수 있을까요. 우리는 그 책임을 누구에게 물어야 할까요."

학부생의 절반은 졸았고 절반은 딴생각을 했다. 마음 같아서는 성원도 풀밭에 누워 잠이나 자고 싶었다. 하지만 do the right thing. 옳은 일을 해야지.

"한동안은 이런 도덕적 딜레마에서 자유로울 거예요. 요즘 말하는 알고리즘이란 통계 분석의 딥러닝에 가까우니까요. 그러니까 딥러닝은 목표에 도달할 때까지 자발적으로 반복 작업을 수행하고 개선하는 머신러닝의 일환이고, 가장 인간을 닮은 학습법이라고 할 수 있어요. 현시점에서는 인공지능이 내린 선택은 인류가 쌓아온 행적의 평균이고, 거기서 발생하는 도덕적 딜레마는 인류 전체의 책임인 거죠."

꾸역꾸역 수업을 마무리 지으며 성원이 물었다.

"질문 있는 사람?"

기지개를 켜던 학생 하나가 깜짝 놀라 손을 내렸다.

수업 자료를 챙겨 강의실을 빠져나왔다. 교수동에서 시작해 인문대 뒷길을 달렸다. 벌거벗은 정원에 나뭇가지가 뒤틀리는 계절이었다. 마지막으로 커뮤니케이터와 트래커를 점검하고 싶다며 승희가 연구실을 찾았다. 간단한 코딩 작업을 마치고 두 사람은 도시락을 먹었다. 환자용 저염식단이 테이블에 놓였다.

"내년 여름에 여행이나 다녀올까."

성원이 말했다. 승희는 잠시 성원의 얼굴을 바라보다 눈을 깔고 젓가락을 들었다. 연근을 아작아작 씹었다. 승희의 입이 비워지기를, 성원은 참을성 있게 기다렸다.

"그때 봐서."

성원은 고개를 끄덕였다.

"그래. 내년 여름에. 봐서."

승희는 하얀 무절임과 계란말이를 차례로 입에 넣었다. 의식을 수행하듯 계란말이와 잡곡밥을, 잡곡밥과 콩나물국을, 콩나물국과 조기구이를 씹고 삼켰다. 빈 공기에 물을 조금 부어 마시고 입을 헹궜다. 승희가 말했다.

"뉴런은 천억 개가 넘는대. 시냅스는 백조 개고. 그것들이 모여서 내 사고체계를 구성한다는 거지. 그렇게 대단한 것들이 모여서 만든 뇌인데, 가끔 오류가 나. 멍하게 있다가 정신을 차려보면 모르는 곳에 와 있을 때가 있잖아. 분명히 눈은 뜨고 있었는데. 광자는 눈에 날아와서 시각 정보로 전환이 됐을 텐데. 뇌가 무시한 거겠지. 하지만 모르겠어. 보는 게 뭔지도 모르겠어. 감각이 뭔지 모르겠어. 만지고 먹고 듣는 것들은 진짜야? 우리는 실재하는 걸까? 난 정말로 여기 있는 걸까. 연구실에서 밥을 먹고 있잖아. 너랑 같이. 그런데 이게 진짜인지 모르겠어."

도시락을 닫는 승희의 손등에 돋은 혈관이 창백했다.

계절이 지났다. 시간이 지날수록 회진 시간도 줄었다. 의사가 다녀간 뒤 승희는 베개에 굽은 목을 얹고 하얀 시트를 가슴까지 끌어 올렸다. 간병인이 복도에서 전화하는 소리로 시끌시끌했다. 누군가 틀어놓은 쇼프로에서는 방청객들이 웃고 있었다. 한물간 공개 코미디였다. 승희는 반대쪽으로 돌아누웠다. 살짝 열린 환자복 사이로 골반뼈가 도드라졌다. 옆구리가 결리고 콧물이 흘러 숨쉬기가 힘들다고 했다. 매섭게 체중이 줄었다. 승희가 누웠던 자리는 작은 새가 머무른 듯 옴폭 패여 있었다. 얇은 피부 아래 맥박이 가지런히 폴짝였고 작은 콧방울이 뱉는 숨결은 미지근했다. 승희가 말했다.

"그런 적 있지 않아? 어떤 냄새를 맡으면 옛날 일이 떠오르는 거. 냄새는 순간을 기억하게 만드는 힘이 있나 봐."

“관계 기억이래. 시각과 청각으로 저장된 기억이 냄새 덕에 풍성해지는 거지. 상상을 하게 만드는 거야.”

“과학은 편한데 얄미워. 모든 걸 설명해버리니까 재미가 없어지잖아.”

“그게 좋아서 과학을 연구하는 거 아니었어?”

“도저히 알아낼 수 없는 몇 가지는 남아 있으면 좋겠어. 사후세계 같은 거. 그건 모두가 믿고 싶은 환상 같은 거야. 환상은 증명하지 말아야 해. 믿음의 대상이 사라지니까. 그때는 누굴 향해 손을 모을지 알 수 없어지니까.”

승희가 반대편으로 몸을 뒤척였다. 마른 볼 위로 살짝 감긴 눈이 흐릿했다. 어깨에 올린 성원의 손에 자신의 손을 포개면서, 승희는 한숨처럼 말했다.

“넌 나 못 잊어서 어떡하니.”

“잊겠지. 그렇게 기억력이 좋지도 않은걸.”

성원은 뱉은 말을 후회했다. 가습기와 공기청정기의 조용한 진동음. 시계 초침 소리. 소독약 냄새. 몸을 뒤척이는 환자들. 복도를 울리는 발걸음 소리. 어둠 속에 반짝이는 화재 감지기의 불빛. 텔레비전 모니터에 반사된 바깥의 그림자. 어느 하나도 잊지 못할 것을 성원은 알고 있었다.

연명 치료를 거부하고 집으로 돌아온 승희는 젖은 비닐봉지처럼 누워 있기만 했다. 중력을 이기지 못하고 바닥에 찰싹 붙어 침잠하던 승희의 피부가 무척 얇았다. 그 위로 번지던 무채

색의 반점들이, 어쩌면 지워질 것도 같아서 성원은 조심히 문질러보곤 했다. 나 없으면 어떻게 살 거야? 그렇게 물어보던 승희를 생각했다. 나도 따라 죽지 뭐. 속으로는 그렇게 말하면서도 차마 입 밖으로 꺼낼 수는 없었던 날들을 생각했다. 제 손으로 꾸민 커튼과 벽지를 더듬으며 무너져내리던 승희를 생각했다. 커뮤니케이터를 붙잡고 새로운 알고리즘을 개발하던 승희를 생각했다. 자신이 세상에 남길 것이 있다면 이 알고리즘이 될 거라고 했다. 언젠가 영혼의 목소리를 포착할 수 있게 된다면 이 알고리즘이 사람의 언어로 번역을 해줄 거라고 했다. 동화 같은 이야기였다. 승희는 꿈을 꾸게 해주는 친구였다. 승희가 있어 성원도 동화 같은 꿈을 꿨다.

승희는 바스락거리는 베갯잇에 머리를 올리고 몸은 곧게 뻗은 채 팔을 옆구리와 나란하게 뉘어 놓았다. 배 위에 얹은 손은 거칠어서 마른 진흙을 떠올리게 했다. 승희는 언젠가 다시 바라나시에 다녀오면 좋겠다고 했다. 10년도 전에 고작 일주일 머물다 온 곳이지만 여전히 그 뒷골목의 지린내와 갠지스강의 운무가 떠오른다고 했다. 앙상한 손가락으로 사진을 한 장씩 넘기며 그곳의 가난한 아이들이 얼마나 영악한지, 수시로 정전이 되는 거리가 어둠에 잠겼을 때 갠지스강 위로 번개가 내리치는 순간이 얼마나 황홀한지 설명하는 순간을 승희는 좋아했다.

"가트가 여든 개가 넘어. 사람들이 빼곡히 모여서 빨래도 하고 명상도 하고 목욕도 해. 저녁이 되면 아르띠 뿌자라는 의식을 열어. 보트를 타고 강으로 나가면 가트를 환하게 밝혀놓고 뿌자를 치르는 모습을 볼 수 있어. 난 그 광경이 좋아서 매일 보트를 탔어."

사진 속에는 흰 천으로 감싼 뭔가가 바닥에 놓여 있었다. 이건 뭐냐고 물어보니 승희는 세상에서 가장 은밀한 비밀을 말해주겠다는 표정으로 속삭였다.

"화장을 기다리는 시신이야."

하리쉬 찬드라 가트 근처에 위치한 호스텔이 승희의 숙소였다. 화장터가 내려다보이는 곳이었다. 사진 속에서 마른 장작을 쌓아둔 유족들이 허리춤에 손을 올린 채 화장을 기다리고 있었다. 소와 관광객들이 아무렇지 않게 그 옆을 걸었다. 누군가는 잿가루가 흐르는 갠지스강에서 수영을 하거나 빨래를 했다. 그래서는 안 될 것 같은 것들이 뒤섞여 있었다. 그래서 성원은 바라나시에 가 보고 싶었다. 갠지스에 발도 담그고 명상도 하고 사람들 틈에서 부대끼면서 뭔가를 버리고 싶었다.

승희가 숨을 쉬는 간격이 조금씩 길어졌다. 길고 얇아서 좁은 오솔길 같던 숨소리가 마침내 대기 중에 섞여 사라졌다. 그게 성원이 기억하는 승희의 마지막 모습이었다. 겨울이 끝나기 전 긴 이야기의 마지막 페이지를 덮는 것처럼 승희는 눈을 감았다.

승희가 연구에 몰두할 때면 심연에 가라앉아 가벼운 명상에 접어든 것 같았다. 시야가 좁아지면서 어두워지고 아무 소리도 들리지 않는 상태가 되면 누구의 방해도 없이 집중할 수 있다고 했다. 승희의 영원에 그런 순간들이 펼쳐져 있기를, 성원은 바랐다.

승희가 떠나고 성원은 사망 신고 절차를 밟았다. 금결원 자료에 승희가 가입한 보험 리스트가 떴다. 보험사마다 요구하는 서류가 달랐고 이미 제출한 것을 다시 요구하기도 했다. 온라인 접수도 받지 않아 직접 창구에 접수하거나 팩스를 보내야 했다. 관공서 업무나 세금, 공과금은 승희가 처리했기 때문에 보험사를 들락거릴 때마다 승희 생각이 났다. 아내를 떠나보내기 위해 최선을 다했지만 모든 일이 마무리되고 안정이 찾아온 뒤에는 몇 배나 더 승희가 보고 싶었다. 포스트잇에 승희의 이름을, 승희가 연구하던 과제와 책의 제목을 생각나는 대로 적었다. 작은 포스트잇을 빼곡히 채운 뒤에 다른 포스트잇을 채웠다. 그렇게 한 장씩 겹쳐놓은 포스트잇을 구겨 쓰레기통에 던졌다. 노란 종이 공이 쓰레기통으로 빨려 들어갔다. 승희가 즐겨 쓰던 양은 냄비를 씻었다. 수세미로 문지를 때마다 어째서인지 카레 냄새가, 커피 냄새가, 라면 냄새가 났다. 그런 냄새들이 마음으로 파고들어 와 저마다 하나씩 공간을 차지하고 문을 닫는 기분이었다. 사람이 떠난 자리가 맨홀처럼 깊고 검은 상처를 남기는 줄 알지 못했다. 그 맨홀 속을 비집고 들어가 앉았다. 시궁창 냄새와 하수구를 가로지르는 쥐들의 소리를 들었다. 더러운 것들이 있는 줄을 알면서도 무겁고 동그란 맨홀 뚜껑을 닫았다. 쇳덩어리가 덜컹, 자물쇠를 채웠다.

그럼에도 성원은 탈출 속도에 도달하지 못한 로켓이었다. 승희가 쓰던 노트를 발견할 때면 우울은 바닥을 찍었다. 몸이 허약해질수록 단어가 잘 생각나지 않는다며 품사를 종류별로 정리하던 승희였다. 이건 접속사인지 부사인지 모르겠어. 아무리 공부를 해도 어렵다니까. 그러면 성원은 가만히 누워 승희의 노트를 펼쳤다.

그럼에도 불구하고, 하지만, 그래서, 그리고, 마침내, 비로소, 반드시, 결국은. 눈에 보이는 단어를 소리 내어 읽었다. 노트의 마지막에 승희가 정리한 글을 몇 번이고 읽었다.

사건은 인류가 기억하고 기록한 사실의 총체야.
어떤 사건은 장면으로, 질감으로, 색감과 촉각으로, 맛과 향으로 기억돼.
어떤 사건은 단어로, 문장으로, 축약된 하나의 감정으로 기억돼.
어떤 사건은 왜곡되고 변질돼. 해석을 가미해 재구성되기도 해.
하지만 오염 물질을 압도적인 힘으로 산화시키는 건 결국 사건을 관통하는 진실이야.
어떤 사건은 절대 잊히지 않아.
사건을 기억하게 하는 것은 언어야.
인간은 통사 규칙을 적용해 문장을 만들어. 언어의 개념을 형성하고 모방과 학습을 통해 사고 영역을 확대해. 언어는 고도화된 진화의 산물인 동시에 인간의 사회 활동을 구성하는 마지막 수단이야. 언어는 창조야. 언어는 사고의 기준이야. 스스로를 정화하는 주문이면서 상대를 조종하고 상처 입히는 무기이기도 해. 의미의 집합이고 공동체를 구성하는 체계야. 언어는 인류가 만들어낸 최고의 도구야.

기억해.

인간은 언어야.

살아 있는 모든 건 언어야.

우리는 전체의 부분이고 언어는 세계의 파편이야.

우리는 언어야.

죄스러운 하루가 숙제처럼 성원을 기다렸다. 창문을 열어 환기하고 청소기를 돌렸다. 설거지를 했고 섬유유연제에 옷을 담갔다. 형체를 알 수 없는 일요일 아침 냄새가 났다. 아이들 노는 소리가 겨울의 끝을 간질였다. 시린 발을 가랑이 사이에 집어넣고 책을 읽으면서, 몇 번을 빨아도 곰팡내가 가시지 않는 이불 속에서, 현실과 비현실의 경계 속에서 성원은 몇 번씩 잠이 들고 깼다. 승희는 타인의 불행이 더 쉬워 보인다고, 진짜 고통은 불행이 나를 관통하는 순간에 명치를 찌르는 법이라고 했다. 승희가 떠난 뒤에야 그 말을 실감할 수 있었다.

성원은 한동안 전국을 돌아다녔다. 샘플 수집이 핑계였다. 커뮤니케이터와 트래커를 들고 강과 바다에서, 늪과 들에서 동물을 관찰했다. 어깨와 종아리에 파스가 늘었다. 차가운 거실 바닥에 누워 피로를 달래면서 소중한 것들을 잃어버린 사람들의 가슴에도 파스를 붙여주고 싶다는 생각을 했다. 잘 펴 발라서, 빙하 같은 그곳이 조금은 느슨해졌으면 했다. 느슨해지고 느슨해져서 하늘도 날고 바다도 건너고 지구를 빙빙 돌아 다시 이곳으로 돌아왔을 때 조금은 괜찮은 기분이 되어 있었으면 좋겠다고 생각했다.

결국에는 시간이 흘렀다. 위로의 말들은 뜸해지고 동정하는 시선도 무뎌졌다. 사람들은 그런 식으로 승희를 향한 그리움을 조금씩 덜어냈다. 다들 망자를 떠나보낼 준비를 하는데 성원만 뒤처지는 것 같았다. 잊으려 하면 더 생각이 났다. 그럼에도 불구하고, 하지만, 그래서, 그리고, 마침내, 비로소, 반드시, 결국은. 승희가 그리웠다.

30

손가락 사이로 뜨거운 것이 흘렀다. 총알이 머물고 지난 자리마다 무서운 통증이 가지를 쳤다. 피비린내가 코에 닿았다.

작은 균열들이 머릿속에서 무수히 분열했다. 중력과 관성이 소용돌이쳤다. 딸꾹질같이 이어지던 호흡이 얕아지면서 머지않아 영혼과 육체를 이어주던 실이 끊어질 거라는 걸 짐작할 수 있었다. 의식은 깊고 차갑고 공허한, 어떤 어두운 곳으로 흘렀다.

성원이 생각한 죽음은 마취제를 놓은 것처럼 찾아오는 단절이었다. 숫자 열을 세기 전에 다가오는 정적, 그걸로 모든 것이 끝날 거라 믿었다. 하지만 시간은 바늘로 점을 찍어 선을 잇듯 한없이 0에 수렴하는 속도로 흐르는 중이었다. 바다에 펼쳐진 화염이 춤을 멈췄다. 머리 위로 쏟아지던 물보라도 허공에 뜬 채 멎어 있었다. 그 거친 물결 사이의 작은 거품들을 하나하나

셀 수 있을 것 같았다. 마지막 순간에는 살아온 인생이 한눈에 펼쳐진다고들 하던데 대체 그걸 어떻게 아는 걸까. 죽어본 사람이 말해준 것도 아닐 텐데. 그런 생각을 하는 성원에게도 의식이 깜빡이는 순간, 그 좁은 틈을 비집고 묵은 기억들이 걸어왔다. 부끄러웠던 순간들, 시대의 야만성에 치를 떨었던 날들. 가족들, 친구들, 기쁘고 흥분되던 그 모든 시간들. 숨차게 넘어가던 페이지들은 가장 떠올리고 싶지 않은 한 장면에서 오랜 시간을 머물렀다. 힘을 잃고 풀려나던 승희의 손, 곳곳에서 터지는 울음, 꿈인 것만 같아 눈물도 나오지 않던 병원 복도를 성원은 가로질렀다.

지우고 싶은 과거를 떠올리며 마지막 순간을 맞이하고 싶지 않았다. 건강했던 승희를 생각하기로 했다. 처음 만난 날을, 열두 살 봄 향기가 물씬 풍기던 날의 승희를 추억했다. 살랑거리던 교실 커튼과 햇볕, 승희의 목소리와 웃음과 입술, 손가락과 머리카락과 깜빡이던 눈을 아직 기억했다. 사라지거나 작동하지 않아 이름을 잃어버리고 흔적으로만 남은 오랜 것들이, 그 풋내 가득한 날들이 승희를 생각하면 여전히 그 자리에 생생했다.

무수한 별이 하늘에 떴다. 깊은 졸음이 성원을 쓰다듬었다. 저항하지 않고 눈을 감았다. 눈꺼풀 안에서 환영이 실체를 가진 양 욱신거렸다. 빗금으로 미끄러지는 육신에서 뭔가가 떨어져 나갔다. 마지막 호흡인 듯싶었다. 접착제에 붙어 있던 손가락을 천천히 떼는 느낌이었다. 늘어났던 피부가 제자리로 돌아오는 반발력으로, 퉁.

그 후로는 모든 것이 꿈결이었다.

이드는 수면을 향해 비석처럼 꼿꼿이 서 있었다. 커다란 부유물이 되어 파도에 휩쓸리던 이드가 실눈을 떴다. 묽은 동공이 성원을 응시했다. 투명한 더듬이가 이마에서 뻗어나가 천천히 얽히며 서로의 고통과 응어리를 교환했다. 비언어의 언어로 나누는 소통 끝에 깊이를 측정할 수 없는 공허가 성원을 향해 몰려왔다. 두껍게 쌓인 허기와 공허가 이드의 배 속을 단단히 채우고 있었다. 이드는 지느러미로 성원을 슥 건드렸다. 핏기없이 창백한 몸에 바닷물이 들이쳤다. 낡은 배관을 청소하듯 썩은 것이 밀려 나왔다. 코와 입은 누렇고 찐득거리는 액체를 토했고 가랑이 사이에서 오래된 변이 덩어리져 터졌다. 오염된 것들이 바다로 빠져나오며 성원의 몸에도 맑은 물이 흘렀다. 세상의 모든 색을 품은 파도가 다가왔다. 빙하 같은 파랑과 용암 같은 빨강이, 별빛처럼 반짝이는 주황과 발가벗은 노랑이 뒤섞여 소용돌이쳤다. 사물의 윤곽이 선명해졌다. 바다는 유속과 온도에 따라 시시각각 옷을 갈아입으며 채도를 더해갔다. 어지러울 정도로 선명한 바다 냄새가 뒤따랐다. 물보라의 군무가 펼쳐진 자리에 코를 얼얼하게 만드는 달콤함이 남았고 따뜻한 바다와 차가운 바다가 만나는 곳에서는 포도향이 났다.

'같이 가자.' 이드가 그렇게 말하는 것 같았다.

차갑고 무거운 안개가 내려앉았다. 해수면은 구름 위로 흐르듯 고요했다. 파도는 부드럽게 성원을 들어 올렸다. 이 황량한 물의 땅은 오래전부터 이곳에 살던 누군가의 소유였고 성원은 그곳을 침범하는 중이었다. 이드는 수압이 조여드는 심해로 성원을 이끌었다. 초대받지 못한 객은 앞을 더듬거리며 나아갔다.

이드는 노래로 언어를 지었다. 박자와 리듬, 음계를 가진 선율이 파도에 맞춰 춤을 췄다. 진동주파수는 악보가 되어 혈관에 흘러들었다. 커뮤니케이터 없이도 이해할 수 있는 감정의 결합이었다.

바닥이 더 낮은 바닥으로 쏟아졌다. 시각과 청각이, 촉각과 후각이 하나의 지점으로 뭉개졌다. 듣고 있는 것을 만지고 보고 있는 것을 냄새 맡을 수 있었다. 아직 이름을 지어주지 않은 수백 가지 색으로 갈라지는 하늘을 봤고 파도와 파도가 부딪쳐 파편으로 튀어나오는 물방울의 수를 단숨에 헤아릴 수 있었다. 바람이 수면에 스치며 만들어내는 음의 높이를 말할 수 있었다. 음과 음 사이에 존재하는 또 다른 음을 이름 지을 수 있었다. 성원과 이드는 그 사이를 질주했다. 일렁거리는 해저의 달빛이 둘의 피부에 닿았다.

이드는 날개를 닮은 지느러미를 양쪽으로 넓게 펼치고 깊은 바다를 유영했다. 먹먹한 소용돌이의 한가운데 푸른 대기로 가득한 우주에서, 이드는 우아하게 창공을 활강하는 새였다. 환상과 환상이 겹겹으로 덧대어진 영역의 틈을 열고 더한 고요로 스며들었다. 압력이 어깨를 내리눌렀다. 선선한 파랑이

짙어졌다. 고래들의 노래가 들렸다. 물방울 조각마다 달빛이 어지럽게 비꼈고 해초는 숲이 됐다. 길고 하늘거리는 나무 끝에서 목화꽃을 닮은 물방울이 피었다. 이드의 낮고 맑은 노래가 해류를 따라 번져나갔다. 그 소리에 바다 생물들이 화답하며 노래했다. 수만 겹을 쌓아 이룬 압력과 시간 속에 숨겨둔 세상의 내피였다.

성원은 심연으로 가라앉았다. 파랑은 사라지고 검정만 남은 곳이었다. 죽은 생명들이 그곳에 가라앉아 있었다. 영혼의 물결이 곁을 지나며 자신의 사연을 게워냈다. 마주하기 힘든 상흔이, 맨정신으로 듣기 어려운 고백이, 그 끝에 이어지는 분노와 회한이, 원망과 억울함이 비명처럼 성원을 지났다. 언제 마지막 숨을 쉬었는지 알 수 없어 기일을 모르는 생명들, 아직도 생전의 모습으로 가족의 꿈을 빼곡히 채워 넣고 있을 령들, 하얀 뼈와 장기가 어른거리는 바다의 고요 속에서 주저하는 성원을 이드는 앞으로 밀었다. 지구가 거칠게 몸을 끌어당기자 어떤 변곡점을 지나친 기분이었다. 한쪽 문을 닫고 반대편 문을 열었을 때 마주한 세계는 심해에 떠오른 우주였다. 달이 창백한 빛을 쏘아 내리는 가운데 지구에서는 볼 수 없었던 별이 하늘에 펼쳐졌다.

과거의 모든 곳에 놓인 기분이었다. 세계의 풍경. 우주의 풍경. 가고 싶던 장소. 보고 싶던 시간. 과거. 현재. 공간과 공간. 시간과 시간. 그것들을 잇고 꿰맨 자리. 장소와 시기의 중첩. 우주를 가로지르는 교차로. 성원은 모든 곳에 존재했고 어디

로든 갈 수 있었다. 수십 갈래로 갈라지는 길 중 하나를 성원은 택했다. 낡고 좁은 통로였다. 소리와 냄새가 사라지고 적막이 쏟아지는 가운데 한 목소리가 기다리는 곳이었다. 감정의 물결을 통과한 끝에 성원을 부르는 음성이 있는 곳이었다.

단단한 것에 발이 닿았다. 굵은 소금이 저들끼리 비비며 바스러졌다. 방향을 알 수 없는 바람이 불었다. 평온해서 슬픈 얼굴이 보였다. 얼어붙은 세계에서 유일하게 빛을 발하는 존재였다. 희끗한 형체는 빛과 어둠의 경계 사이에 뭉개진 채 푸르스름했다.

쥐어, 하고 내미는 손이 있었다. 앞에 놓인 것이 제 넋을 어디로 끌고 가는지도 모르고 성원은 덥석 안았다. 깡마른 손등에 살이 찼다. 이지러진 존재는 조금씩 형태를 갖춰 성원이 알던 모습이 되었다.

'괜찮니.'

기억보다 생생한 그대로의 형체가 물었다. 성원은 대답하지 못했다. 질문이 입 안을 굴렀다.

너는 어떻게 그토록 말간 얼굴로 웃을 수 있지.

어쩜 그리 가벼운 걸음걸이로 다가올 수 있지.

머리카락을 쓸어 올려 잠을 깨워주던 예전처럼, 부드럽게 어루만지는 그 목소리는 어디서 흘러나오는 거지.

승희를 갉아먹던 병마의 흔적은 보이지 않았다. 눈 아래 드리워져 있던 그림자는 지우개로 지운 듯했고 해쓱했던 뺨은 살이 차올라 잘 익은 사과 같았다. 그리움보다, 반가움보다, 미안함이 앞섰다.

승희의 손길이 물결의 흐름에 이끌려 너풀거렸다. 느린 손짓이 성원의 이마를, 뺨을, 턱과 목을, 가슴을 차례로 붙들어줬다. 풍경은 무연한 해변이 되어 있었다. 수천 개의 행성이 하늘을 빼곡히 채운 우주 아래 놓인 바다가 부드럽게 발가락을 쓸었다. 승희가 곁에 와 앉았다. 성원의 어깨 위에 올린 머리가 가볍고, 따뜻했다.

'고마워.'

승희가 말했다.

'고마워. 내 자리를 정리해줘서. 엄마를 위로해줘서. 연구를 계속해줘서. 고마워. 다 고마워.'

승희가 성원의 손을 쥐었다. 잔잔한 물결이 승희를 지나 성원에게 전해졌다. 세상을 떠나는 날 그대로, 해골과 무덤을 그린 네일아트가 남아 있었다. 그 모습이 성원을 웃게 만들었다.

'나는 잘 지내. 여기서도 그래. 가끔 보고 싶은 사람을 만나러 가. 그 사람을 생각하면 어느새 그곳에 있어. 아빠는 가끔 내 사진을 꺼내. 엄마 몰래, 서재에서 조용히. 아빠가 내 이름을 부를 때 나는 아빠 뒤에 서 있어. 담담한 시선이 사진 위로 떨어지는 걸 지켜봐. 하고 싶은 말이 많은데 소리가 닿지 않아. 엄마는 가끔 내가 보이는 것처럼 멍하게 말을 걸어. 잘 지내니, 하고. 그때는 한없이 시간이 멈춰 있는 느낌이 들어. 시공간이 무의미해진 찰나에, 난 잠시 엄마한테 닿아. 그러면 따뜻하고, 포근하고, 위안이 돼. 그러니까 난 괜찮아. 아무도 원망하지 않

아. 너도 그러지 않았으면 해. 옳은 일을 해. 실험실에서 몰두하는 네 모습이 좋았어. 그런 너를 사랑했어.'

하고 싶은 말은 목에 걸려 빠져나오지 않았다. 단어들이 혀를 꾹꾹 눌렀다. 승희는 괜찮다는 듯 말을 이었다.

'내 손을 쥐고 있던 네 체온을 기억해. 생경한 밤이었어. 두렵고 긴장되는 순간이었어. 하지만 곧 편안해졌어. 몸도 마음도 놓을 수 있었어. 나를 괴롭히던 것들이 몸에서 떨어져 나갈 때마다 안도했던 것 같아. 난 혼자가 아니야. 많은 사람과 함께 지내. 여기서도 웃고, 여기서도 농담을 해. 새로운 사람을 만나고 새로운 세계를 탐험해. 하지만 네 몸은 아직 바다에 있어. 돌아가. 땅에 발을 붙이고 살아. 옳은 일을 해. 지지 마. 하지만 즐겨. 웃고 울어. 감정이 하는 말에 귀를 기울여. 있는 힘껏, 살아. 나는 나를 부르는 곳에 있어. 내가 있어야 할 곳에, 나는 있어. 네가 부르면 내가 있을 거야. 발끝이 바다에 닿으면 나는 널 만날 거야.'

성원은 검은 물이 빽빽하게 흐르는 아래를, 그리고 달빛이 살랑대는 위를 올려봤다. 승희가 일어섰다. 팔을 벌려 성원을 안았다. 승희의 속삭임이 눈꽃처럼 귀에 내렸다.

'언젠가 너도 이곳에 오겠지. 그때가 되면 우리는 우주의 가장자리로 마음껏 퍼져나갈 거야. 우리가 원하는 모든 곳에 존재하게 될 거야. 모든 세상을 보고 느낄 수 있을 거야. 멋지지 않니. 수억 년, 수십억 년이 걸릴지도 모르는 일이지. 하지만 이곳에서 시간은 무한하고 무해해.'

따뜻한 기운이 뼈를 채우고 살을 만들었다. 상처를 들쑤시던 흉통이 물러나고 새 피부가 돋았다. 썩은 고름이 빠져나간 자리에 맑은 피가 흘렀다. 부끄럼이 많던 어린 시절의 기억부터 폐와 기도를 뚫고 지나간 총상을, 밤을 지새우게 만들던 병증과 세상을 향한 울분을, 상처를, 바다가 받아주는 느낌이었다. 승희가 흘러들었다. 바다가 온통 승희였다. 세상이 전부 승희였다.

'다 덤비라고 해.'

승희의 손이 풀린 실타래처럼 스르르 늘어졌다. 승희가 탄탄한 두 다리를 힘차게 저었다. 산 자를 그리워하는 죽은 이들의 목소리가 고막을 두드렸다. 머릿속에서 돌던 영사기의 필름이 끊어졌다. 승희는 흔적으로 옮어졌다.

환상이 끝난 자리에 바닷물이 밀려들었다. 부력이 성원을 끌어올렸다. 신경세포와 척수가 촘촘하게 재구성되는 감각이 전신을 휘감았다. 막혔던 숨이 터지며 냄새가 들이쳤다. 폐를 압박하던 발작은 움직임을 멈추고 부드러운 물결이 되어 흩어졌다. 성원은 물을 토해내고 퍼런 공기를 들이마셨다. 파고가 만들어낸 산등성이가 끝나는 곳에서 멈췄던 시간이 다시 흘렀다.

눈이 내렸다. 눈이 아니라 재였다. 하늘 가득 매운 잿가루가 날렸다. 이드는 천천히 옆으로 기울었다. 빛나던 눈이 깜빡. 깜빡. 마침내 침묵이었다. 바다가 부르는 장송곡은 동심원이 되어 먹구름과 함께 번져나갔다. 새벽의 고요가 찾아왔다.

31

눈으로 덮인 비탈이 끝나자 건조한 바위 지대였다. 유리창이 검푸른 하늘과 갈색의 대지를 번갈아 비췄다. 아크릴 창문 너머 기울어진 대지의 한쪽에 카트만두가 보였다. 난기류 속에서 동체가 몇 차례나 자유낙하했다.

트리부반 공항을 앞에 두고 비행기가 크게 선회했다. 안전벨트가 골반을 바짝 당겼다. 비행기는 활주로에 추락하듯 착륙했다. 노면의 진동은 닳고 닳은 서스펜션을 거쳐 아랫배에 전해졌다. 얼음 가루가 휘날리며 창을 덮었다.

엔진이 꺼지기도 전에 쿠날이 문을 열었다. 기압차를 중화하는 칼바람이 쏟아졌다. 일행은 서둘러 공항을 빠져나갔다. 동섭이 택시를 잡았다. 돌마를 뒷좌석에 눕힌 쿠날이 발부터 밀어 넣었다.

"부다나트 스투파요."

현지가 말했다. 공항을 빠져나온 택시는 넓은 길로 접어들었다. 동섭은 휴대전화에 지도를 띄웠다. 15분 후면 도착할 거라고 했다.

현지는 숨을 몰아쉬었다. 네팔의 경찰이나 군인이 위안을 주는 게 아니었다. 제복은 언제나 현지에게 위압감을 줬다. 현지를 위로한 건 패스트푸드점의 햄버거였다. 자동차 운전학원과 대형 쇼핑몰, 미용실이 현지를 안심시켰다. 손톱에 젤을 바르는 사람들과 나이키의 운동복, 아디다스 운동화를 보는 순간 티베트를 빠져나왔다는 실감이 났다.

기사가 브레이크를 밟았다. 몸이 쏟아지듯 앞으로 쏠렸다. 부다나트 입구까지 순례객의 행렬이 이어져 있었다. 기사는 앞을 가리키며 달리는 시늉을 했다. 쿠날이 택시에서 내렸다. 현지는 쿠날의 등에 돌마를 올렸다.

거리의 물건이 자꾸만 발에 챘다. 낡은 차들이 내뿜는 매연, 비포장도로를 뒤덮은 먼지 냄새로 아찔했다. 상가 건물의 간판이 어지럽게 현지를 지나쳤다. 광장으로 날아든 비둘기 떼가 보도블록과 지붕 위에 무리 지어 앉아 그 모습을 지켜보고 있었다. 기원을 알 수 없는 죄책감과 아프고 시린 마음이 콩처럼 딱딱해져서 현지를 헤집었다.

병원 로비에는 시큼한 소독약 냄새와 부다나트의 향냄새가 뒤섞여 있었다. 쿠날은 돌마를 이동식 병상 위에 내려놓았다. 간호사가 위층으로 올라가 의사를 불렀다. 티베트인 의사가 가운을 껴입으며 무슨 일이냐고 물었다.

"티베트 아이예요. 낭파라를 넘어서 여기까지 왔어요. 그런데 도중에 리 다그한테 물렸어요. 그러니까…… 도키한테요."

의사는 말이 끝나기도 전에 병상을 밀었다. 돌마의 손이 무심히 병상 밖으로 떨어졌다. 의료진들이 티베트어로 내뱉는 단어 하나하나가 긴박했다. 응급실로 돌마를 따라 들어가려는 일행을 간호사가 막아섰다.

소동이 지나가고 병원은 고요했다. 사람들이 현지 일행을 쳐다보고 있었다. 쿠날은 머리를 싸잡고 관자놀이를 꾹꾹 눌렀다.

동섭이 수속을 밟는 동안 현지는 권 팀장에게 전화를 걸었다. 걸걸한 목소리가 대답했다.

"카트만두니."

"네. 도착했어요."

그 이상 할 말이 떠오르지 않았다. 권 팀장이 뭐라도 말해주기를, 궁금한 것들을 물어주길 현지는 기다렸다.

"차파티랑 동섭이도 잘 도착했겠지?"

"네."

"원본 영상은 메일로 보내줘."

호들갑을 떨지 않는 권 팀장이 좋았다. 감정에 휩쓸리지 않는 사무적인 말투 덕분에 현지도 마음을 가라앉힐 수 있었다.

"그런데 목소리가 왜 그러니."

"모르겠어요…… 그냥. 일이 잘못될까 봐서요."

팀장은 한동안 말이 없었다. 수화기 잡음이 대화의 공백을 채웠다. 현지가 말을 이었다.

"팀장님. 나이가 들면 꿈이 좀 줄어들어요?"

"전혀. 꿈은 더 쌓이고 하고 싶은 것도 여전히 많아. 가질 수 없다는 걸 알면서도 욕심은 멈추지 않고. 그래서 과거가 억울하고 미래는 암울하고 그래."

"그런데 어떻게 참아요?"

"못 참아. 꾸준히 노련해져야지. 그래서 잘 숨기고 잘 절제하는 것처럼 보이게 포장을 하지."

팀장은 웃었다. 이어서 전화기로 전해지는 숨소리는 깊었다.

"계피 넌 감정이 너무 많아. 그래서 머리로 해야 할 일에 감정을 개입시켜. 프로젝트가 끝나면 다른 자리를 알아봐. 액터나 리서처 말고."

"생각해 볼게요."

현지의 손과 발에 작은 동상이 가득했다. 자외선과 냉기, 거친 땅에 노출된 피부는 붉었다. 치료를 권하는 간호사를 뒤로 하고 스투파로 걸어 나갔다. 순례자들은 스투파를 돌며 종을 울리고 향을 피웠다. 사각형의 탑은 황금색 모자를 눌러쓴 눈 사람의 모습으로 스투파를 내려보고 있었다. 수년 전 대지진 이후 카트만두는 무너진 것들을 재건하기 위해 여전히 애쓰고 있었다. 스투파를 지키고 있는 사리탑은 힘겹게 제자리를 찾아 일어섰다. 망가진 돌마도 그럴 수 있을까. 벽돌을 쌓는 것처럼 그리 쉽게 돌마를 일으킬 수 있을까. 만트라를 읊으며 뭔가를 소망하는 사람들 사이를 걸으며 현지도 뭔가를 빌었다. 그만큼의 질량으로 허탈해졌다. 혼자 살아남았다는 죄책감이 가슴을 쿡쿡 찔렀다.

"사무실 가서 돌마 난민 신청하고 입국 절차 밟아 놓을게."

뒤따라 나온 동섭이 말했다.

"너 되게 냉정해 보인다?"

"냉정한 건 너야. 난 객관적인 거고."

"법을 공부한 사람은 도덕적이어야 하는 거 아닌가."

"법은 수학보다도 감정이 없는 학문인걸. 동시에 불완전한 시스템이고. 나는 상황도 사람도 판단하지 않아. 그냥 현실을 인식할 뿐이지."

동섭과 헤어진 현지는 스투파의 한 게스트하우스를 택해 문을 열었다. 히말라야를 등정했던 등반가들의 서명이 담긴 사진과 함께 티베트의 역사를 알려주는 지도가 벽지를 대신해 붙어 있었다.

막 숙소를 잡은 일본인 커플이 그 앞에 서서 대화를 나누는 중이었다. 릭샤 기사들이 손님을 잡느라 분주했다. 방으로 올라간 현지는 노트북을 열었다. 수십 기가바이트로 저장된 한 달간의 기록을 하드 드라이브에 옮겨 담았다.

좁은 창밖으로 난 하늘에는 보름달이 떠 있었다. 티베트 사람들은 보름달이 뜨는 날에 공덕도 악덕도 모두 곱절이 된다고 믿었다. 그렇다면 공덕을 쌓아야겠지. 피켈과 아이젠 대신 키보드와 마우스의 도움을 받을 차례였다. 현지는 편집을 시작했다. 작은 모니터 속에는 세상에 내놓고 싶은 이야기가 가득했지만 현지는 정답을 꺼내 보이고 싶지 않았다. 이 막막한 세상에는 질문이 필요했다.

32

석기는 입가에 묻은 설태를 닦아냈다. 워커 속에서 짓무르고 불어 터진 발가락이 비명을 질렀다.

고래는 허연 배를 까뒤집은 채 물 위에 떠 있었다. 이런 고래도 경매에 부칠 수 있을지 궁금했다. 단박에 숨통을 끊어야 선도가 좋은 법인데 이 고래는 엽총으로 등짝을 헤집어놓은 데다 불이 붙은 채로 한참을 돌아다녔으니 제값을 받고 팔기는 글렀다 싶었다. 그래도 좋았다. 원구에게 자랑스레 돌아갈 수 있게 된 것만으로도 만족이었다.

외국인들이 건너편 배 위에서 쫑알거리며 손가락질을 하고 있었다. 총구를 겨냥하니 이내 겁을 먹고 벌벌 떠는 꼴이 우스웠다. 석기는 허공에 엽총 한 발을 더 갈겨줬다.

바다는 남은 기름을 자작자작 태웠고 진눈깨비는 수면에 닿기 무섭게 녹아 사라졌다. 교수는 파도를 따라 출렁였다. 팔다리가 음악에 맞춰 춤을 추는 것 같았다. 몸통이 구부정하게 수면 위로 떴다. 폐가 거기 있기 때문이다. 시간이 지나면 공기가 빠지고 가라앉을 것이다. 그러다 다시 부패가 시작되면 가스로 인해 몸이 둥둥 뜰 것이다. 그 전에 먼바다로 흘러줬으면 했다.

하지만 시체는 가라앉지도, 먼바다로 흘러가지도 않았다. 조금씩 해풍호 근처로 다가오고 있었다. 석기는 가늘게 눈을 떴다. 어둠 속에 시선을 고정했다. 잠깐이긴 하지만 분명 교수가 움직이는 걸 본 것 같았다. 시체가 고개를 쳐들 것 같은 착각에 석기는 방아쇠에 손가락을 걸었다. 그리고 정말로 시체가 손을 휘저으며 첨벙거렸을 때는 기겁을 하며 엉덩방아를 찧었다.

교수는 신생아처럼 빽빽거리며 혼란스러워했다. 불길 속에서 허우적거리는 모습이 지옥에서 돌아온 것 같았다. 불안과 공포가 석기를 속에서부터 잡아먹었다. 석기는 방아쇠를 당겼다. 한 발은 영 엉뚱한 곳에다 날려 먹었다. 다시 총을 쐈을 때는 시원하게 탄환을 때리는 맛 없이 공이가 헛손질을 했다. 약실이 비어 있었다. 외국인들한테 호기롭게 한 방 날린 걸 잊고 있었다.

석기는 하부 선실로 내려갔다. 충돌했을 때 손상이 있었는지 어느새 배는 사선으로 기울어 있었다. 창의 절반은 물에 잠겨 있었고 다른 절반은 수면을 비췄다. 집기와 화투패가 바닥을 굴렀다.

배를 고치고 원구를 돌봐야지. 우선 이 상황을 정리하고 난 뒤에. 저놈들을 제거하고 나서. 서랍에서 탄환을 꺼냈다. 젖은 탄환이 손에서 자꾸 미끄러졌다. 욕설을 뱉으며 석기는 허리를 숙였다. 순간 배가 휘청였다. 암초인가 싶었지만 느낌이 달랐다. 바닥을 긁으며 지나가는 것이 아니라 뭔가가 배를 잡아당기는 것 같았다. 반듯한 직사각형이었던 하부선실이 사다리꼴로 기울어지며 선체가 덜컥 내려앉았다. 석기는 창을 내다봤다. 죽은 고래가 해저로 곤두박질치고 있었다. 작살에 연결된 밧줄은 단단히 배를 붙들고 있었다.

투광기가 펑 소리를 내며 빛을 잃었다. 어둠이 스멀스멀 기어 나왔다. 석기는 문고리를 잡아 당겼다. 수압으로 뒤틀어진 문은 꿈쩍도 하지 않았다. 어깨로 들이받아도 소용이 없었다. 창문에는 단단하게 용접된 방범창이 설치돼 있었다. 석기는 마구잡이로 총을 쐈다. 탄알은 선체 깊숙이 박히거나 쇠붙이에 튕겨 나왔다.

굉음이 배허리를 뚫고 들어왔다. 석기는 그제야 뭔가 잘못됐다는 걸 깨달았다. 담요를 모아 물이 들어오는 곳들을 막아봤지만 소용이 없었다. 바다가 아가리를 벌렸다. 깨진 유리창으로 검은 파도가 달려들었다. 바닷물은 금세 허리 높이로 차올랐고 그 부피만큼의 공기 방울이 선 외로 빠져나갔다. 하부선실에 수압이 높아지면서 나사못이 툭툭 터졌다. 배는 소용돌이를 따라 빙글빙글 돌았다. 구역질이 났다. 아랫배에서부터 위장을 말아 위로 올려보내는 느낌이었다. 명치부터 목젖까지 비린내가 가득했다.

석기는 비명을 질렀다. 두꺼운 유리창과 파도의 벽이 목소리를 집어삼켰다.

오랜 시간이 지나도록 성원은 그날 바다에서 벌어진 일을 이해하지 못했다. 이드가 보여준 것이 환상인지 실재인지. 정말로 승희의 영혼과 대화를 나눈 것인지. 죽어가는 성원을 이드가 되살려놓은 것인지.

퍼시는 휘발유가 뿜어내는 유독가스 때문에 환각을 본 거라고 했다. 그 말이 맞을지도 모른다. 하지만 성원은 믿고 싶었다. 자신이 짧은 시간 승희의 영혼과 손을 맞잡고 있었던 거라고. 승희를 생각할 때면 승희도 그 바람을 듣는다고. 세상을 떠난 누군가를 생각하면 우주를 헤엄치던 영혼이 산 사람 곁에 다가와 잠깐 머물다 간다고. 바다에서 만난 수많은 영혼들도 가끔 가족의 곁을 찾아가 잘 지내고 있다고, 언젠가 만나게 될 거라 속삭이다 돌아간다고 믿고 싶었다.

그럼에도 매일이 악몽이었다. 이드의 최후를 함께 한 후로 밤마다 찾아오는 지옥이었다. 깊은 잠에 빠지지 못했고 의미 없는 꿈들에 뒤척였다. 시작은 언제나 바다였다. 이드가 흘린 피가 붉은 카펫처럼 깔린 차가운 바다. 기름때 위로 이드가 솟았다. 솟았다가 가라앉았다. 다시 솟고, 가라앉았다. 이드의 등에서 피와 기름이 뒤섞인 물줄기가 흘러나왔다. 끈적거리는 액체가 다 씻겨나가고 맑은 물도 다 빠져나와 바람만 휑하게 빠져나갈 때까지 이드는 자맥질을 했다. 이드의 마지막 숨결이 공기 속으로 흩어지는 걸 꿈에서도 느낄 수 있었다. 영혼의 무게가 손에 잡힐 듯했다. 빛을 잃은 심장이, 작동을 멈춘 뇌가 거기 있었다. 커뮤니케이터는 심전도계처럼 천천히 결괏값을 띄우며 이드의 소멸을 알려줬다.

해석 불가. 데이터 부족. 해석 불가. 데이터 부족.

데이터 부족.

데이터 없음.

프로그램 종료.

자신을 괴롭히던 것들, 수많은 갈등, 이해할 수 없는 행동을 뒤로 하고 이드는 심해로 추락했다. 육중한 껍질을 일으켜 솟은 파도는 손톱 같은 물보라를 펼치며 자글자글 구름을 할퀴었다. 번뇌의 붉빛은 사라졌다. 두꺼운 지방층이 녹으며 기름이 떴다. 이드는 회색빛이었다. 이 거대한 고래가 다시는 일어나지 않을 거라는 걸 알면서도 성원은 그 주위를 헤엄쳤다. 절망이 켜켜이 쌓인 바다에서 발을 저었다. 그러다 축축하게 젖은 몸으로 눈을 떴다.

이드가 떠난 지 얼마 지나지 않아 울성에 쨍한 해가 떴다. 잔잔한 파도 위로 태양으로 만든 꽃잎이 부딪혀 깨지는 듯했다. 조사단은 부두에 앉아 한참 동안 바다를 봤다. 선한 얼굴을 한 바다 아래 고래로 태어난 신이 잠들어 있었다. 무덤이 된 바다를 보고 있으면 마음의 상처가 매섭게 뻗어 나왔다. 진실한 것들은 흩어지고 찌꺼기만 납작하게 남은 기분이었다.

33

티베트 어린이 마을에서는 오전 다섯 시 반에 하루를 시작했다. 일과는 오전에 모두 끝나지만 저녁이 되기 전에는 청소나 숙제를 마무리해야 했다. 현지가 마을에 도착했을 때 아이들은 수돗가에서 양동이에 물을 받아 빨래를 하는 중이었다.

아이들은 홈이라고 부르는 작은 건물에 수십 명 단위로 모여 지냈다. 자투리 천이나 소품을 가져다 공간을 꾸몄는데 취향과 개성이 묻어나는 디자인은 각각의 홈을 표현하는 상징이 됐다. 홈에 돌마는 보이지 않았다. 침대만 정갈하게 정리돼 있었다. 아침에 먹었어야 할 약은 협탁에 놓여 있었다.

기적과 함께 한 몇 주였다. 동섭은 돌마가 죽음의 문턱에서 살아 돌아온 거라고 했다. 현지는 그런 진부하고 연약한 문장으로 돌마의 귀환을 표현하고 싶지 않았다. 돌마는 사신의 귀싸대기를 후려쳤다. 뺑 뚫린 해골에 박치기를 하고 빼앗은 낫을 지팡이 삼아 지옥의 언덕을 기어 올라왔다. 스투파의 병실 침상에 걸터앉은 동섭은 인터넷에서 검색한 내용을 읊었다.

"증상이 나타난 뒤의 광견병은 치료법이 없대. 발열에 마비 증상까지 있었지. 그건 바이러스가 이미 중추신경계에 도달했다는 의미고 발병 후 생존율은 제로에 가깝대. 그런 돌마가 살아난 거야."

마니차를 휘감아 나가는 바람 사이에 돌마의 목소리가 있었다. 현지는 목소리를 따라 걸었다. 어린이 마을의 가장 높은 건물 옥상으로 향했다. 간격이 좁은 계단을 올라가 녹슨 쇠문을 열자 깨금발을 하고 난간에 기댄 돌마가 보였다. 병의 기운이 사라지고 투명해진 얼굴이었다. 조각난 영혼에 접착제를 붙이고 코끝에 달랑거리는 상실감을 털어내는 중이었다. 현지는 돌마 옆에 섰다.

"여기서 뭐 하니."

"목소리를 들으러 왔어요."

"들려?"

"네. 그런데 록빠 목소리가 들리지 않아요."

돌마가 힘없이 말했다.

"이제 록빠는 없어요."

멀리 맥그로드 간즈 초입의 터미널에 버스 한 대가 들어오고 있었다. 제 몸보다 큰 배낭을 멘 여행객들이 기지개를 켜며 내렸다. 아직 숙소를 구하지 않은 여행객들에게 호객꾼이 붙었다. 한국인 배낭여행자도 눈에 띄었다. 대개는 북인도를 일주한 뒤 여행의 종착지로 맥그로드 간즈를 택한 이들이었다. 군대를 다녀왔으면 스물네댓쯤 됐을까. 20년 전 현지에게도 그런 나이가 있었다. 전대의 야만성과 후대의 안일함 속에서 방황하던 시기였다. 여러 갈래로 끝을 찢어놓은 죽창이 젊은 청원 경찰의 눈을 향해 날아들 때도 있었지만 사카린을 섞은 화염병이나 깨진 보도블록이 머리 위를 날아다니는 시절은 돌아오지 않았다. 현지는 언제나 누구의 편에 서야 하는지 고민이었고, 고민의 끝에는 늘 약자가 있었다. 약자가 언제나 정의의 편인 건 아니지만 악한 강자에 맞서는 건 정의라고 믿었다. 나이가 들수록 방향성을 잃는 날이 늘어나고 안정적인 삶과는 거리가 멀어지고 있었다. 그게 좋았다. 안주하지 않는 인생이 좋았다. 다람살라에서 티베트로 카메라 한 대를 들고 움직일 수 있는 삶이 좋았다. 그리고 언젠가 그러지 않아도 되는 시절이 오기를 바랐다. 스스로를 깎아서 얻을 수 있는 평화였지만, 그때가 되면 비로소 자신도 닳은 몸으로 바닥에 뿌리를 내릴 수 있을 것 같았다. 바람보다 먼저 눕거나 바람보다 먼저 일어나지 않아도 되는, 그냥 바람에 따라 흔들리면 되는 인생을 살 수 있을 것 같았다.

현지는 돌마의 손을 잡고 옥상을 내려왔다. 홈 로비에 설치된 텔레비전에서는 축구 경기가 한창이었다. 어느 나라의 시합인지, 국가대항전인지 친선경기인지도 알 수 없었다. 한쪽이 다른 쪽을 이기고 있었고 시합은 후반전 종료를 앞두고 있었다. 축구에 별 관심이 없는 현지였지만 그 순간 화면에 전사

된 푸른 잔디와 패스를 받는 선수들의 움직임, 뿔피리 소리를 묻어버리는 관중의 응원은 아름다웠다. 뭉쳐있던 근육과 얼어붙은 마음이 달걀국처럼 풀어지는 느낌이었다.

커튼을 걷었다. 창밖으로 하늘이 펼쳐졌다. 현지는 그 위에서 반짝이고 있을 별들을 상상했다. 박자에 맞춰 정교한 춤을 추고 있을 모든 것들을. 그 질서를. 인도에서 중국으로, 네팔로, 다시 인도로, 자전하는 지구를 내려다보고 있을 상공의 모든 것들을. 눈을 질끈 감았다 뜨면 서울 하늘 아래일 것 같았다. 현지는 먼지를 뭉쳐 창밖으로 던졌다. 답답함과 억울함을, 슬픔을, 던져봤다.

기억이 물었다. 너는 어디 있는가.

미래가 물었다. 너는 아직도 오지 않았는가.

현지는 대답했다. 나를 떠나 너에게로 걸어간다고. 소금쟁이처럼, 위태로운 현실 위에 발을 딛고 너를 향해 다가간다고.

34

노점상 불빛이 수증기에 반사돼 뿌옇게 엷어졌다. 사람들은 추위와 싸우며 도로로 쏟아졌다. 자동차 소음, 땀과 향수 냄새, 광고판과 가로등의 조명, 인파는 서로 어깨를 부딪치고 몸을 비비면서도 기어이 돌아가야 할 곳으로 걸었다. 낡은 복도식 아파트를 따라 성원도 걸었다. 집이 아니라 기억 속으로 들어온 기분이었다.

청소기부터 돌렸다. 흡입구가 각질과 먼지를 빨아들이는 모습을 무심히 바라봤다. 그리고 섬유유연제보다 나프탈렌에 더 오래 노출되었던 이불을, 그 이불 옆 칸에 자리한 겨울옷을, 양말과 속옷이 들어 있는 옷장과 유통 기한이 한참 지났을 구급상자 속 약을 처리해야겠다는 생각을 했다. 낡은 모든 것들을 처리해야 했다. 이를테면 기억이라든지 추억이라든지 과거라든지 하는 것들, 암울한 답습이나 구차한 변명들을. 그래서 좀 더 가벼워지고 나면 살랑살랑 바다에 실려 떠내려가고 싶었다.

프로젝트가 끝나고 성원은 두 가지를 잃었다. 하나는 이드였고 다른 하나는 20년이 넘게 타고 다닌 승용차였다. 보험사 직원은 이렇게 관리를 안 한 차가 여태 굴러가는 게 신기하다며 혀를 찼다. 보험사에 폐차 처리를 부탁했다.

차량 말소등록 통보를 받은 날이 승희의 기일이었다. 아침 일찍 고속버스를 타고 청주로 향했다. 동부 외곽순환도로에서 시외로 빠져나가니 멀찍이 저수지가 내려다보였다. 드문드문 보이는 무덤을 지나 언덕을 오르면 산허리를 평탄화해서 만든 가족묘지 터가 펼쳐졌다. 봉분이 일정한 간격으로 두 자리씩 늘어서 있었고 그 아래에 평장묘가 위치했다.

곡소리가 나지 않는 무덤이 좋았다. 말라서 건조한 무덤이 차라리 나았다. 무덤은 대개 유족이 흘린 눈물로 젖어 있었고 감정의 홍수는 성원을 지치게 만들었다. 곡소리는 사람의 감정을 불필요한 수준으로 고양시켰다. 한바탕 울분을 쏟아내는 용도로 무덤을 찾기는 싫었다. 두 손을 기도하듯 모아 마른 풀을 비비자 바스러진 풀잎이 바람에 실려 날아갔다.

낮고 정갈한 봉분이 성원을 마주했다. 단정한 묘비가 승희를 닮았다. 그 위에 '힘내!'라는 묘비명이 새겨져 있었다. 성원은 화강암 묘비에 손을 얹었다. 손등을 따라 찬 기운이 번졌다. 이맘때 추위를 많이 타던 승희가 옆에 있는 것 같았다. 성원은 날이 추워 그러는 척 두 팔로 양쪽 어깨를 감쌌다. 그 속에 승희가 들어와 있으면 했다.

세상을 떠난 사람들이 묻히고 묻혀서 지표면에 수도 없이 많은 봉분이 솟고 나면, 그래서 온 땅이 무덤투성이가 되면 그때 후손들은 어떤 결론을 내릴까. 기억도 기록도 없는 망자의 공간이 가장 먼저 지워지겠지. 외로움이 깊었던 사람이 표적이 되어서, 이장을 할 필요도 없이, 누군가의 공간을 굴삭기로 파내고 건물을 올리겠지. 승희가 있는 자리도 그렇게 되겠지. 언젠가는, 우리 모두가 그렇게 되겠지. 피라미드도 타지마할도 언젠가는 사라지는 날이 오겠지. 그런 생각을 하면 아득해졌다. 아득해진 뒤에는 두려워졌고 두려움을 버텨내고 나면 비로소 허무해졌다.

뒤를 돌아봤을 때 한영식 교수가 보였다. 아침 일찍 오면 마주치지 않아도 될 줄 알았더니 서로 같은 생각을 한 모양이었다. 한 교수는 상석에 햄버거 세트를 올려놓았다. 승희가 좋아하던 프랜차이즈 브랜드의 치즈버거였다. 성원이 퉁명스레 말했다.

"먹지도 않을 거 뭐 하러 올려놓으십니까."

"신경 쓰지 마. 인사만 하고 금방 갈 거야."

"금방 갈 거 서울에서 뭐 하러 오셨어요. 괜히 서로 불편하게."

한 교수는 주머니에 손을 꽂았다. 물끄러미 무덤에 고정한 시선에 죄책감은 느껴지지 않았다.

"그러게. 조 박사 있는 줄 알았으면 오지 말 걸 그랬지."

성원은 한 교수가 가져온 햄버거를 꺼내 들었다. 배가 고프지 않은데도 한 교수 보라고 햄버거를 씹었다. 식은 패티에서 고기 누린내가 났고 감자튀김은 눅눅했다. 급하게 먹다가 사레가 들렸다. 한 교수가 콜라를 건넸다. 탄산이 날아가 설탕물과 다를 바 없었다. 한 교수가 말했다.

"그걸로 밥이 되나. 같이 내려가. 식사는 제대로 해야지."

승부를 가리기 위한 대화도 아니었는데 원투펀치를 맞은 기분이었다. 상대는 팔을 벌리고 화해를 구하는데 이쪽은 막고 내치는 법만 알았다. 성원은 남은 햄버거를 입에 쑤셔 넣고 일어나 옷에 묻은 흙을 털었다. 마른 잔디가 바닥을 굴렀다.

한 교수는 동네 국밥 가게로 성원을 데려갔다. 메뉴판에 적힌 거라고는 국밥과 국밥 곱빼기, 수육과 주류가 전부였다.

"가족 묘터가 있는 곳이라 명절 때마다 여기 왔어. 승희도 같이."

한 교수가 메뉴판에 있는 음식을 모두 주문했다. 첫술을 뜨기 전에 소주부터 따랐다.

"연구는 어때. 커뮤니케이터는 완성했나."

"연구에 완성이 어디 있나요."

"커뮤니케이터가 마음을 읽으면 완성이지. 사람의 마음이건 동물의 마음이건, 읽으면 성공하는 거 아니었나."

"그런 걸 어떻게 만듭니까. 세상 다 뒤집어지겠네요. 거짓말도 못 하고요. 능력이 있어도 그런 기계는 안 만들 겁니다."

"최소한 억울할 일은 없겠지. 진심이 전해질 테니까."

"전할 진심이라도 있으신가 봅니다."

"있지."

안타까움과 원망 사이, 차마 매섭지 못한 목소리로 한 교수가 답했다. 한 교수는 휑한 머리를 쓸어 올렸다.

"공학자가 생각이 너무 많으면 못 써. 연구만 해. 생각은 사회과학이니 인문과학이니 하는 친구들이 하게 놔두고."

"언제까지 그런 조언을 하실 겁니까."

"미안하네. 이 나이가 되면 자주 주제를 넘어."

한 교수는 연이어 소주 두 잔을 털어 넣었다. 술을 잘 마시는 양반이 아니었다. 금세 얼굴이 붉어졌다.

"알고리즘을 공개했다고 들었어. 상용화가 가능한 수준이라며. 돈을 벌 기회였을 텐데 왜."

"저 혼자 하는 것보다 여럿이 하는 쪽이 더 빠릅니다. 우리는 그렇게 진보하는 거예요."

"공동작업 좋지. 좋아. 하지만 특허를 낼 수도 있잖아."

"저 혼자 힘으로 해낸 게 아니잖아요. 승희가 도와줘서 시작할 수 있었어요. 다른 과학자의 연구 성과를 참고했고요. 그렇게 태엽을 감을 겁니다. 한 바퀴 열심히 돌리면, 그만큼 앞으로 나갈 수 있어요."

옆 테이블의 손님들이 소리를 높여 떠들었다. 빈자리를 정리하는 종업원이 그릇을 달그락거렸다. 한 교수는 전보다 조금 더 늙어 '보였다'. 목과 입 주위의 주름살을 세다가 성원이 말했다.

"승희를 봤습니다."

한 교수가 성원의 소주잔을 채웠다.

"꿈이라도 꿨나."

"모르겠습니다. 꿈인지 생시인지. 그런데 정말 보긴 했습니다. 만지고 느꼈습니다. 소리를 들었습니다."

"좋은 꿈을 꿨네."

한 교수가 숟가락을 들었다. 하려던 말을 뜨거운 국물과 함께 삼켰다. 뚝배기 바닥을 긁고 깍두기를 씹으면서 머쓱한 마음을 숨기려 했다. 하지만 한 교수는 속마음을 쉽게 들키는 사람이었다. 승희가 그랬던 것처럼.

"어떻던가."

"뭐가요."

"승희. 어떻던가."

"웃고 있었습니다. 안부를 전해달라 했고요."

"그런가."

말끝마다 무수히 많은 말줄임표를 찍으며 둘은 다시 말이 없었다. 끈적거리는 식탁에 손목이 쩍 붙었다 떨어졌다. 성원은 열심히 반찬을 집어 먹었다. 그러다 뭔가 이야기를 하고 싶어졌다. 속에 있는 뭔가가, 곁에 있는 누군가가 그런 부탁을 하는 것 같았다.

성원은 긴 이야기를 시작했다. 유코의 부탁으로 처음 울성에 내려갔던 날, 흔들리던 바다, 안개 속에서 마주한 고래, 이드가 작살에 찔린 일, 커뮤니케이터가 이드의 말을 처음으로 분석해내던 찰나의 희열, 돌마라는 아이를 도와 달라고 외치던 이드와 그런 돌마를 구하기 위해 뛰어든 현지, 이드가 맞이한 최후의 순간과 그 직전에 마주한 수많은 영혼의 물결을 묘사했다. 승희 이야기를 했다. 병색이 씻겨 내려간 승희의 목소리가 어땠는지를. 그 얼굴이 얼마나 건강해 보였는지를. 승희가 무엇을 소망했으며 어떤 축복을 빌어줬는지를. 힘을 내라는, 힘껏 살아가라는 승희의 말을 전했다. 이야기가 끝났을 때 한 교수는 쪼그라든 눈을 손톱처럼 구부렸다.

"승희가 살아 있었다면 무슨 수를 써서라도 조 박사를 도우려고 했겠지. 사랑하는 사람이니까. 그게 계속 마음을 긁어. 자네를 볼 때마다 그 애가 생각나."

목에서 가래가 끓었다. 성원이 헛기침을 했다.

"선생님."

"장인어른이라고 해. 그리고 술 한 잔 따라."

형광등 불빛이 차가웠다. 한 교수의 얼굴에 그늘이 졌다. 갈라진 주름살마다 슬픔이 깃들었다.

"질문이 있는데."

"말씀하세요."

"만나는 사람은 없나."

"없습니다."

"왜."

"아는 사람이 그러던데요. 사랑한 사람을 잊으려면 만났던 시간의 절반이 필요하다고요."

"그럼 곧 준비가 되겠네."

"승희를 처음 좋아하게 된 게 열두 살 때입니다. 그때부터 좋아했어요. 다른 사람을 만나려면 아직 한참 멀었습니다."

"오래도 좋아했네."

"오래 좋아했지요."

덤덤한 척하려 했는데 자꾸 말끝이 갈라졌다. 작은 공들이 목을 채우고 있는 느낌이었다. 한 교수의 목에도 작은 공들이 꿈틀거리고 있을까. 두 사람 모두 잔을 비우지 못했다. 갈 길을 잃은 술잔이 허공에 머물렀다. 한 교수가 소매로 입을 막았다. 그 사이로 신음과 울음이 새어 나왔다. 좁은 어깨가 지진이 난 것처럼 들썩였다. 성원은 울대를 꿀렁거리며 하지 못한 말도 함께 삼켰다. 입속을 구르던 액체가 목구멍으로 넘어갔다.

사람의 마음에도 해일이 일고 지진이 난다. 태풍이 불고 땅이 뒤집어진다. 성원은 오랫동안 그 사실을 잊고 살았다. 연구만 생각하느라, 사람이 아닌 것들만 생각하느라 사람을 잊고 지냈다. 이제 겨우 사람을 이해할 수 있게 됐는데 승희는 세상에 없고 장인은 울고 있었다. 뭘 어찌할지 몰라 성원은 그저 무릎 위에 얌전히 손을 올렸다. 한 교수가 썩은 것들을 게워 낼 때까지, 문드러진 상처에 새 살이 돋을 때까지 조금씩 무너지는 것을 지켜만 봤다.

"가봐야겠습니다."

성원은 자리에서 일어났다. 한 교수는 얼른 가 보라고 손짓했다. 무언가에서 해방된 듯, 비로소 자유로운 모습이었다. 성원도 그랬다.

35

연구실에 식구가 늘었다. 이름이 마루였다. 경완이 데려왔기 때문에 성은 최 씨였다. 최마루는 보호단체에서 구조한 유기견이었다. 임시보호 중에 입양을 결정했는데, 학대를 받은 경험 때문에 겁이 많았다. 앞다리를 절었고 꼬리가 기역자로 꺾여 있었다. 마루는 성원이 불러도 잠깐 관심을 보일 뿐 이내 경완의 발치에 앉아 다리에 턱을 괴고 심심하게 엎드렸다.

트래커는 마루의 동선을 실시간으로 추적해 커뮤니케이터에 전송했다. 개선된 알고리즘이 40센티미터짜리 하얀 몰티즈를 안면부와 몸통, 네 다리, 꼬리로 분류했다. 녹색 도형과 화살표가 각 요소를 구분 짓고 주석을 달았다. 커뮤니케이터는 다시 안면부를 눈, 코, 귀로 구획을 나눈 뒤 빨갛게 튀어나온 혀를 별개의 구성요소로 처리했다. 각 관절의 각도와 이동 속도, 음성 신호를 분석하기 시작했을 때 마루는 앞발을 들고 성원에게 기대 낑낑거렸다. 가까이 손을 가져가니 발랑 드러누워 배를 까고 꼬리를 흔들었다. 음성 인식 정보와 행동 데이터 수집을 마친 커뮤니케이터가 마루가 원하는 것을 추론해냈다.

"간식."

경완이 벌떡 일어나 마루를 불렀다.

"맘마 줄까? 우리 마루 맘마 줄까?"

"경완이 너, 마루 애 취급하는 것 좀 그만해줄래."

"애 맞죠 뭐. 다섯 살밖에 안 됐는데."

"사람 나이로 치면 중년이야."

"하루살이는 하루면 죽는데요. 저녁이 되면 하루살이한테 인사라도 하고 다녀야겠네요. 강아지는 다 아기예요."

경완이 개껌을 뜯었다. 마루는 경완 앞에서 발라당 배를 뒤집어 까고 꼬리를 흔들었다. 커뮤니케이터가 사람 목소리를 흉내 낸 기계음으로 말했다.

"좋아. 행복해."

"진짜? 행복해?"

마루가 경완의 품에 안겼다. 이발한 지 얼마 되지 않아 털이 짧고 부드러웠다. 턱을 긁어주는 성원의 손바닥을 마루가 핥았다.

"난 개들의 존재 이유를 모르겠어."

"꼭 이유가 있어야 존재하는 건 아니잖아요. 그냥 있는 거예요. 평생 사람을 따르고 꼬리를 흔들면서, 먹고 자고 뛰고 그렇게 살아요. 그래서 얘들은 순수해요. 사람하고는 다르죠."

"사람이 어떤데."

"득실을 따지고 명분을 찾고 뭐라도 얻어내려고 수를 쓰죠. 의도가 뭔지 생각하게 만든다니까요. 원하는 것도 많아요. 나한테 뭔가를 원한다는 건 내가 변하길 바란다는 거잖아요. 그래서 불편해요. 부모님이 결혼 안 하냐고 얘기하는 것도 불편하고 집주인이 월세 올려달라고 해도 불편하고요."

"나도 불편하겠네. 이래라저래라 지시만 하니까."

"제가 교수님 불편해하는 거 모르셨어요?"

"알지. 그런데 마루는 안 불편하냐. 얘야말로 너한테 원하는 게 많잖아."

"괜찮아요. 저는 얘한테 바라는 게 없어서요. 얘가 저한테 원하는 건 그냥 개껌이고요. 포장만 뜯으면 되는 일이에요. 집게손가락 두 개로 누군가를 행복하게 해줄 수 있으면 얼마든지 해줘야죠."

"너무 개한테만 애정을 쏟지 마. 세상에는 아직도 굶어 죽는 사람이 많아."

경완은 강아지용 간식을 뜯었다. 마루는 배를 바닥에 대고 뒷다리를 쭉 뻗었다. 컹 하고 짖는 소리에 커뮤니케이터가 반응했다.

"줘. 줘."

경완이 멀찍이 간식을 던졌다. 마루는 발바닥에 불이 붙도록 연구실을 가로질렀다.

"제가 교수님보다는 돕는 사람 많을 것 같은데요. 후원금으로 나가는 돈이 얼만데요."

"얼만데."

"많아요. 많으니까 앞으로 연구비 좀 팍팍 따오세요. 커뮤니케이터 개선해서 기업에 팔기도 하고 텔레페서도 하고요."

"텔레페서는 또 뭐냐."

"방송 나오는 교수요."

"요즘은 신조어가 너무 많아."

"언어가 살아 있다는 증거죠. 앞으로도 계속 연구할 거리가 많다는 뜻이기도 하고. 연구할 거리가 많은 건 과학자에게 축복이잖아요?"

새끼 고양이 목소리를 흉내 내며 경완이 낑낑거렸다. 이 인간을 어떻게 하면 좋을까. 성원은 트래커의 분석 대상을 경완으로 설정했다. 배고파 61.7%. 졸려 31.4%. 외로워 6.4%. 나머지 0.5%에 감춰 놓은 경완의 진심이 궁금했다.

메일이 도착했다. 제목도 본문도 없었지만 첨부파일을 보고 발신자를 짐작할 수 있었다. 'Free_Dolma.mp4'. 성원은 컴퓨터에 파일을 내려받았다.

"뭐예요?"

"내 동아리 후배가 찍은 거야. 티베트 탈출하는 영상. 우리가 힘든 세상을 살고 있다는 증거지. 같이 볼래?"

의자를 가져온 경완이 옆에 앉았다. 성원은 커튼을 쳤다. 좁은 랩 안에 티베트의 고원이 펼쳐졌다. 후반 작업이 되지 않은 날것 그대로의 영상이었다. 자막도 내레이션도 삽입돼 있지 않았다. 그래서 현지의 눈을 따라가는 듯한 영상이었다.

영상은 한 여인의 인터뷰로 시작했다. 침침한 조명 아래 이마 주름이 유독 깊었다. 웃어서 생긴 주름이 아니라 걱정이 많아 새겨진 굴곡이었다. 눈썹 옆에 희미한 멍 자국이 보였다. 현지 코디네이터로 보이는 사람이 느릿느릿 통역을 해줬다. 나이, 가족이 몇 명인지, 살던 곳이 어디인지 등의 시시한 질문과 답이 반복됐다.

이어서 다람살라 풍경이 보였다. 렌즈를 앞에 두고도 긴장한 기색 없이 그네를 타는 남자아이가 있었다.

"그날 얘기 좀 해 봐. 티베트를 떠나던 날. 아침이었어? 아니면 저녁?"

카메라를 들고 있는 현지의 목소리였다. 아이가 대답했다.

"하루 전날에 엄마가 트럭이 와서 날 데려갈 거라고 했어요. 우리는 밤에 출발했어요."

"몇 명이 같이 이동했어?"

"잘 모르겠어요. 많았어요."

"가이드는 어땠어? 친절하게 대해줬니."

"네. 켈상 직메 아저씨요. 아이들을 좋아했어요. 같이 이동한 사람들도 다 좋았어요. 쿤촉 아저씨랑 초모 아저씨도 우리를 많이 도와줬어요."

"그랬구나. 쿤촉 아저씨랑 초모 아저씨는 가끔 만나니?"

"두 분은 같이 넘어오지 못했어요."

아이의 얼굴이 나쁜 기억으로 일그러졌다. 금방이라도 울

것 같은 표정이었다. 코디네이터가 그만 찍는 게 좋지 않겠냐고 물었다. 하지만 카메라는 계속해서 아이를 향했다. 오히려 아이가 눈물을 쏟기를 노골적으로 기다리는 것 같았다.

"그래서, 기분이 어떠니. 응? 쿤촉 아저씨랑 초모 아저씨가 보고 싶지 않아?"

현지가 아이를 재촉했다. 끝내 대답을 하지 않는 아이의 얼굴이 크게 클로즈업되면서 장면은 끝이 났다. 성원은 이 불편한 영상이 삭제된 부분을 모아둔 편집본이라는 사실을 뒤늦게 알아차렸다.

여관에서 돌마를 만나는 장면은 다른 장면들보다 유독 많이 흔들렸다. 카메라는 담장에 그려진 고래 그림을 한참 동안 비췄다. 화면은 곧 눈으로 덮인 산으로 이어졌다. 낭파라의 바위는 날카로웠고 눈보라는 매서웠다. 이빨을 드러낸 도키와 크레바스에 누워 있는 잭의 시체를 현지는 가감 없이 화면에 담았다.

맥그로드 간즈에 도착한 돌마의 스틸컷을 보여주며 영상은 끝났다. 음악도 엔딩크레딧도 없이 돌마의 얼굴만 화면에 가득했다. 좁은 랩에 놓인 모니터 앞에서 성원도 경완도 말이 없었다. 마루는 랩 구석에 놓인 케이지에 누워 기분 좋은 낮잠을 자고 있었다. 많은 일이 지나고 모든 것이 제자리로 돌아왔는데 그 당연한 회복이 낯설었다.

창문 너머 풍경은 정물로 멈춰 있었다. 멀리 아파트가 늘어선 신시가지 사이로 하천이 흘렀다. 쥐꼬리만 한 하천의 끝에도 결국은 바다가 있을 것이다. 동해, 대서양, 인도양, 태평양. 바다는 다시 하늘과 맞닿을 것이다. 이드는 곡예사처럼 몸을 비틀며 빌딩 사이를 유영하고 있을지도 모른다. 그렇게 생각하고 보니 하얗게 부서지는 구름 위로 하늘은 어느새 쪽빛 바다였다. 이드는 달이 뜨는 곳으로 쉼 없이 흘렀다.

그날 성원은 비행기 표를 구했다. 미국행 한 장. 인도행 한 장. 다음날에는 미국과 인도 비자를 신청했다.

스테이트컬리지 공항에서 유코가 성원을 반겼다. 오전 비행기로 먼저 도착했다고 했다. 퍼시는 공항 출구에 차를 대놓고 있었다. 알록달록한 하와이안 셔츠 차림의 퍼시는 흰 스니커즈에 선글라스까지 쓰고 있었다. 성원은 악수를 청하는 손을 쳐내고 퍼시를 안아줬다. 그만하라며 퍼시가 밀어낼 때까지 등을 토닥였다.

왜건이 폭스힐 로드를 달렸다. 왕복 2차선 도로 양쪽으로 나무판자로 만든 울타리에 나무 전신주가 늘어서 있었다. 퍼시가 일하는 학교 티셔츠를 입은 학생이 조깅을 하는 중이었다. 햇빛은 울창한 숲이 만들어낸 그늘 사이를 비집고 쏟아졌다. 퍼시는 기분 좋게 페달을 꾹꾹 밟았다. 도로 왼쪽으로 군사기지가 지나갔다. 몸은 말짱한데도 총신이 기다란 라이플을 보면 아직 심장이 덜컥 내려앉을 때가 있었다. 성원은 의자를 젖히고 헤드레스트에 머리를 뉘었다.

"너희는 하나도 안 변했어."

퍼시가 말했다. 시차 적응이 덜 된 유코가 졸린 목소리로 대답했다.

"아니야 퍼시. 우리는 모두 변했어. 이드를 만났던 사람들은 다 변했어."

퍼시는 대학교 인근 주택가에 차를 세웠다. 베이지색 페인트를 칠한 판자와 다갈색 벽돌로 지은 2층 주택 앞이었다. 벽마다 커다란 창이 나 있었고 현관문 앞에는 성조기가 날렸다. 퍼시가 먼저 집으로 들어갔다. 현관을 지나자 실링팬이 천천히 도는 거실이었다. 벽난로 위에 가족사진이 놓여 있었다. 주방과 거실 사이에 놓인 아일랜드 식탁에 예쁜 접시가 가지런했다.

"생각보다 깔끔하게 해놓고 사는걸."

성원이 말했다.

"아내 솜씨야. 내 작업실은 하수처리장과 폐차장 중간쯤 돼."

"가족들은?"

"몇 시간 뒤에나 올 거야. 너희들을 많이 보고 싶어 했어."

"왜?"

"내 말을 못 믿더라고. 바다에서 무슨 일이 있었는지 제대로 설명해줘야 할 거야."

퍼시는 맥주를 꺼내왔다. 잔디 깎는 냄새가 희미하게 날아들었다. 거실을 둘러보던 성원의 시선이 작은 장식장에 머물렀다. 화석과 암석 아래 설명을 적어놓은 철제 이름표가 달려 있었다. 트래커에 달린 카메라로 장식장을 비추자 커뮤니케이터가 화석의 이름들을 한국어로 번역했다. 엘라시아 삼엽충, 앵무조개, 연잎성게, 암모나이트 같은 것들이었다.

"이제 커뮤니케이터가 텍스트도 분석해?"

유코가 물었다.

"응. 포털 사이트에 훨씬 못 미치는 성능이지만. 커뮤니케이터보다 뛰어난 제품들은 널렸어. 커뮤니케이터는 여전히 동물과 대화하기 위해 개선하는 중이지."

"일본어도 번역할 수 있어?"

"그럼. 아무 말이나 해 봐."

잠시 생각하던 유코는 짧은 일본어 문장을 읊었다. 성원은 유코가 말한 문장이 곧바로 한국어와 영어로 번역되는 모습을 보여줬다.

"훌륭해. 이드가 남긴 선물이네."

유코가 맥주병을 높이 들었다. 성원이 병을 들어 화답했다.

"선물이 하나 더 있어."

퍼시가 말했다.

"울성을 떠날 때 챙긴 게 하나 있었거든."

퍼시는 장식장에 달린 서랍을 열어 나무 상자를 꺼냈다. 그 속에 뼛조각 같은 것이 들어 있었다. 어른 주먹만 한 크기에 코끼리 상아색이었다. 유코가 말했다.

"그건 이드 이빨이잖아. 사냥 전리품이라도 챙긴 거야?"

불편한 기색을 내비치는 두 사람을 보며 퍼시는 고개를 저었다.

"바다에서 건진 거야. 이드가 그렇게 되고 나서…… 그러니까 조성원 박사가 살아 돌아온 뒤에 말이야. 이게 바다에 떠 있었다고. 유코가 한 말이 생각났어. 이빨이 있으면 이드의 나이를 알 수 있다고 했잖아."

"맞아. 이빨을 염색해서 절단하면 치수강의 그 단면에 나이테 같은 무늬가 보여. 그걸로 나이를 알 수 있어. 생장층이라고 해. 상태를 보니 이미 분석을 한 모양이네."

"응. 생물학과 교수에게 부탁했어."

유코의 말대로 반으로 갈라진 부분이 보라색으로 염색돼 있었다. 그 속은 수없이 많은 물결 무늬로 빼곡했다. 유코가 말했다.

"이드는 200년도 넘게 살았던 것 같아. 그보다 더 오래 살 수도 있었겠지."

이드의 이빨은 최면술사의 펜듈럼처럼 천천히 흔들렸다. 이드가 낮은 음성으로 성원을 부르는 것 같았다. 귓바퀴에 파도가 쳤다.

퍼시의 가족은 저녁에 돌아왔다. 퍼시의 아내 엠마는 필라델피아의 차터 스쿨에서 일하는 교사였다. 넉살이 좋아 처음 보는 순간 좋은 친구가 될 수 있을 거라는 확신을 주는 사람이었다. 딸 낸시는 말총머리를 묶은 말괄량이였고 아들 노아는 집에서도 좀처럼 헬멧을 벗지 않는 스케이트보더였다. 아내와 아이들이 쉬는 사이 퍼시는 저녁을 준비했다. 낸시와 노아는 손을 씻고 돌아와 바다에서 있었던 일이 사실이냐고 캐물었다. 이드가 정말로 그렇게 컸냐고. 바다에서 추격전을 벌인 게 사실이냐고. 엠마 역시 볼록렌즈 너머로 커다란 눈을 굴리며 성원과 유코의 대답을 기다리고 있었다.

"이드는 보잉747보다 커. 무게는 그 두 배고."

과장을 섞은 유코의 설명에 아이들은 이미 홀려버린 얼굴이었다. 낸시가 물었다.

"이드가 사람 말을 한다는 것도 정말이에요?"

"그럼. 티베트어를 유창하게 하지."

오븐 타이머가 울렸다. 퍼시는 오븐 장갑을 끼고 미트로프와 으깬 감자, 시금치 프리타타를 올려놓았다. 놀랍게도 좋은 냄새가 났다. 엠마는 으깬 감자를 떠 성원과 유코의 접시 위에 올려놓았다.

"남편은 달변가가 못 돼요. 하던 얘기를 계속해 주세요."

"그래요. 하지만 재미있는 이야기는 아닐지도 몰라요. 아이들이 듣기에는 좀 무서운 이야기도 있고요."

"상관없어요. 남편이 하는 일이 궁금한 것뿐이니까. 여기서 몇 시간만 차를 타고 나가면 바다예요. 수영도 하고 배도 타지만 우리는 거기가 어떤 곳인지 잘 모르는 것 같네요."

유코는 솜씨 좋은 이야기꾼이었다. 유코가 울성에서 벌어진 일을 소설 쓰듯 펼쳐놓았다. 이야기가 지루해진다 싶을 때면 없는 이야기까지 덧붙여가며 흥미를 끌었다. 유코의 이야기 속에서는 용병부대와 거대 기업의 음모가 등장했다. 성원은 미 국방성을 해킹할 수 있는 개발자였고 퍼시는 사제 폭탄

제작이 가능한 엔지니어였다.

"정말이에요? 아빠가 그랬어요?"

노아가 물었다. 성원이 맞장구를 쳤다.

"그럼. 유코와 나는 한동안 아무 소리도 듣지 못했어. 잠시 귀가 멀었거든. 퍼시는 팔을 들어 올릴 수도 없었지. 1미터만 가까이 있었어도 큰일이 났을 거야. 다행히 퍼시는 달리기가 빨랐어."

"맞아. 치타처럼 빨랐지."

퍼시는 대화에 참여하지 않았다. 그저 자신이 차린 음식을 즐기는 가족과 동료를 보면서 즐거운 웃음을 짓고 있었다. 이따금 와인을 머금었고 음식이 부족하지는 않은지 확인했다. 사랑하는 사람과 함께 있는 퍼시는 행복해 보였다.

이야기는 늦은 밤까지 이어졌다. 식사를 끝내고 와인을 마셨다. 큰 잔에 와인을 부어놓고 퍼시는 곧 이드 이야기가 출판이 될 거라고 발표했다. 모두 축배를 들었다. 엠마가 성원에게 앞으로 계획이 어떻게 되는지 물었다.

"인도로 갈 거예요. 돌마를 만나야지요."

"좋아요. 다음에 그 이야기도 꼭 들려주세요. 행운을 빌어요."

성원은 그러겠다고 했다.

해변을 따라 가트가 늘어섰다. 회색 바다 위 바위섬에 비베카난다 메모리얼과 디루발루바르 석상이 나란히 서 있었다.

육지의 가장자리마다 놓인 돌계단이 섬을 기어오르는 파도에 젖었다.

인도 최남단에 위치한 힌두교의 성지 깐야꾸마리였다. 늦은 시간에도 가트는 목욕하는 사람들로 북적였다. 종교 의식인 동시에 더위를 식히는 방법이기도 했다. 가끔 전기가 나가는 탓이었다. 에어컨도 선풍기도 실링팬도 작동을 멈추면 살과 살이 닿는 곳마다 땀이 맺혔다. 사람들이 하나둘 밖으로 나와 물에 몸을 담갔다. 어둠이 내려앉은 작은 어촌 마을은 저녁노을이 만들어낸 금빛 물결 조각으로 출렁였다. 그 아래 사람들의 실루엣이 연극처럼 움직였다. 바다는 벌건 해를 집어삼키는 중이었다. 뜨거운 것을 뱉어내는 것 같기도 했다. 일출과 일몰은 역순으로 서로를 닮아 있었다.

"깐야꾸마리에 자리 잡길 잘한 것 같아. 아라비아해, 벵골만, 인도양이 여기서 만난대."

성원이 말했다. 현지는 손을 가볍게 적실 정도의 바닷물을 손바닥에 담아 올렸다.

"이건 그냥 물이야 선배. 바다를 나눈 건 사람이고. 파도에는 이름이 없어."

이름 없는 파도 위로 이름 없는 물보라가 흩어졌다. 그 위에서 돌마가 허우적거렸다. 팔을 저으라고 현지가 소리쳤다. 돌마는 대꾸 없이 첨벙첨벙 헤엄을 치며 더 먼 바다로 나갔다.

"재 지금 기분이 안 좋아. 어제 내가 자기 버리고 낭파라에서 도망가는 꿈을 꿨대."

낭파라가 남긴 상처는 아직도 현지를 괴롭혔다. 자외선이 할퀴고 간 자리를 스카프와 선글라스로 가려야 했다. 동상 자국이 남아 있는 얼굴에 선크림을 몇 겹이나 발랐다. 머리카락은 갈색으로 그을렸다. 상처는 더디게 회복되는 중이었다.

"아직 애잖아. 그냥 사과하지 그랬어."

"했지. 그런데 안 된대. 내가 자기를 버린 게 꿈이었으니까 사과도 꿈에서 받아야 한다는 거야."

악몽이었을 것이다. 총천연색의 바다가 칙칙한 회색으로 변해갈 때의 절망을 성원도 알고 있었다. 돌마의 꿈도 구정물이 되어 있을 것이다. 아직도 폐허가 된 세계에 돌을 쌓아 재건하는 중일 것이다. 성원이 물었다.

"돌마는 어떤 어른이 될까."

"되고 싶은 사람 되라고 해. 딴 건 모르겠고 빨리 수영이나 익히면 좋겠는데."

"곧잘 하는 걸 뭐."

"더 잘해야지."

"그럼 들어가서 강습이라도 해주든지. 사과도 할 겸."

"추워."

성원은 짜이가 담긴 종이컵을 들었다. 숙소에서 가지고 나온 것이 아직 따끈했다. 계피와 카다멈 향이 코끝에 닿았다.

"그리고 좋은 선생님이 있잖아."

돌마는 어느새 바다 한가운데까지 나가 있었다. 힘이 빠진 돌마가 팔 젓기를 멈추고 물 위에 누웠다. 그 주위로 물보라가 일었다. 작고 귀여운 소용돌이였다. 요람 같은 파도가 돌마를 감싸고 뭍으로 날랐다. 달빛 아래 출렁이는 꼬리는 돌마를 들어 올렸다.

"저 고래는 이름이 뭐야?"

"록빠. 돌마에게 고래는 다 록빠야."

작은 돌고래가 점프했다. 돌마의 머리 위로 아치를 그리며 날아갔다.

현지와 돌마는 인도 해안을 따라 여행하던 중이었다. 티베트 어린이 마을에서 생활하던 돌마가 얼마 지나지 않아 공부에 흥미를 잃은 탓이었다. 돌마는 규율에 익숙해질 생각이 없는 아이였다. 시간표와 숙제를 혐오했다.

"다른 애들은 얻지도 못한 기회야. 배부른 소리 하지 마."

현지가 잔소리를 하면 돌마는 공부나 진로보다 중요한 게 있다며 씩씩거렸다. 세상을 좀 일찍 알아버린 아이의 당돌함이었다. 그래서 강하고, 또 허무할 정도로 약한 아이이기도 했다. 현지는 돌마의 부모가 티베트를 탈출할 때까지 자신이 돌마를 맡겠다고 했다. 쿠날과 한바탕 싸워야 했지만 이번에는 현지의 목소리가 더 컸다.

둘은 뭄바이나 고아 같은 대도시와 망갈로르, 알레피 같이 잘 알려지지 않은 휴양지를 방문했다. 마음에 드는 곳이 있으면 며칠이고 몇 주고 머물렀다. 처음 바다를 본 돌마는 입을 다물지 못했다. 작은 불덩어리가 돌마의 몸속으로 들어간 것 같았다. 틈만 나면 바다로 나간 돌마는 잔잔한 파도 속에서 꿈틀거리는 생명의 신호를 기다렸다. 록빠가 돌아오기를 기다린다고 했다.

"록빠는 세상에 없어."

방갈로 난간에 기대 온종일 바다만 보는 돌마에게 현지가 말했다. 하지만 돌마는 바다에서 눈을 떼지 않았다. 수평선에서 밀려오는 구름, 맵고 덥고 짠바람의 움직임을 읽었다. 현지는 돌마가 부상에서 회복하는 중이라고 생각했다. 이드가 존재했던 흔적이, 공기 중에 섞여 있을지도 모르는 숨결이 돌마에게는 연고가 되어줄 거라 믿었다.

깐야꾸마리에 도착했을 때 돌마가 한밤중에 현지를 깨웠다. 게스트하우스가 문을 닫고 요란한 파티도 끝난 시간이었다. 숙취가 현지를 괴롭혔다. 스위스에서 왔다는 여행객이 술로 도전해 온 탓이었다. 호기롭게 덤볐고, 보기 좋게 나자빠졌다.

돌마는 바다로 나가고 싶다고 했다. 새벽 세 시였다.

"꼭 지금 가야 해?"

"네. 지금 가야 해요."

단호한 말투에 현지는 홀린 듯 돌마를 따라나섰다. 안개가 짙은 밤이었다. 가트에 잔잔한 파도가 밀려왔다. 뭔가 먼바다에서부터 다가오고 있었다. 달빛도 보이지 않을 만큼 진하고 끈적끈적한 공기 속에서 모습을 드러낸 건 작은 돌고래였다. 돌마는 바다에 몸을 담갔다. 둘은 헤어졌던 연인처럼 바다를 헤엄쳤다. 비취색 불빛이 주위를 밝혔다.

"언젠가 유코와 퍼시를 소개해줄게. 네 걱정을 많이 했거든."

짜이를 후후 불어 식히며 성원이 말했다. 현지는 많이 구부러지고 상한 머리카락을 쓸어 올렸다.

"선배는? 걱정 안 했어?"

"했지. 하지만 금방 그만뒀어. 여러 가지 가설을 세워봤거든. 네가 실패할 경우의 수는 떠오르지 않았어."

"믿음이 지나치시네."

"네가 그렇게 만든 거야."

"선배가 모르는 게 있어. 선배는 본인이 무디다고 생각하지. 사실 안 그래. 감정이 많아. 그래서 약한 마음을 들킬까 봐 포장하고 사는 거야. 근데 감정도 가끔 드러내야 해. 햇볕도 쬐고 비도 맞아야 건강해져."

"그럴 거야. 앞으로는."

돌고래에 부착한 트래커가 신호를 전송했다. 데이터가 쌓였지만 커뮤니케이터는 아무 문장도 돌려주지 않았다.

"안 돼?"

"응."

성원은 이드와 교감하던 순간을 생각했다. 색채를 잃고 침전하는 마음의 구석을 들춰보던 이드였다. 커뮤니케이터도 그럴 수 있을까. 기쁨과 슬픔이, 좌절과 희망이 몇 그램씩 계량돼 있는지 파악할 수 있을까. 트래커를 몸에 붙이면 감정도 인수분해 할 수 있을까.

돌마가 해안으로 올라왔다. 현지가 수건으로 돌마의 머리를 닦아줬다. 돌고래는 우아한 나선을 그리며 물을 뿜었다.

돌마는 앞으로 무수히 많은 록빠가 나타날 거라고도 했다. 52헤르츠의 주파수로 이야기하는 고래가 하나 둘 인간을 향해 손을 내밀 거라고, 인간은 그때를 기다려야 한다고 했다. 그때는 컴퓨터도, 트래커도, 커뮤니케이터도 필요하지 않을 거라고 말했다.

"조합이 좋네."

성원이 말했다.

"조합?"

"너랑 돌마 말이야. 그리고 록빠. 잘 어울려. 고구마랑 우유랑 김치처럼."

"아플과 아이스크림처럼 말이지."

"짜장면 짬뽕 탕수육."

"비밀과 거짓말."

"멀더와 스컬리."

"선배랑 승희 언니."

"그래. 승희랑 나."

언어로 표현하기 힘든 감정이 성원을 지났다. 그 한계 너머에 성원이 전달하고 싶은 진심이 있었다. 진심을 전할 방법이 없어 주저하던 날들이 있었다. 말로 하면 아무것도 아닌 것이 될 것 같아 기다리기만 하던 날들이 있었다. 형태소의 어디에 마음을 담아야 할지 몰라서. 어떤 단어들로 문장을 구성해야 진심이 될지 몰라서. 어쩌면 생명이 하는 모든 행위는 광의의 언어일지도 모른다. 분쟁과 갈등은 언젠가 인간이 서로를 온전히 이해하게 되는 날 사라질 불순물일지도 모른다.

돌마는 별을 품은 눈으로 록빠를 바라보며 뭔가를 얘기했다. 커뮤니케이터가 돌마의 말을 번역했다.

"북극에는 고래의 무덤이 있대요. 아직 사람 손이 닿지 않은 곳이에요. 죽을 때가 되면 고래들은 그곳으로 향한대요. 죽음을 기다리는 고래들이 슬픈 노래를 부르면, 그 소리를 들은 다른 고래들이 따라서 노래하기 시작해요. 이어달리기를 하는 것처럼 서로 전달하는 거예요. 그러다 보면 전 세계에 있는 고래가, 수백 수천 마리의 고래가 동시에 노래할 때도 있어요. 록빠는 그 소리가 세상에서 가장 슬픈 소리라고 했어요."

"이드는 거기에 도착했을까."

"도착했을 거예요. 섬이 되어 있을 거예요. 세상에서 가장 아름다운 노래를 부르고 있을 거예요."

성원은 이드가 부르는 노래를 상상했다. 시간이 흐르면 조금씩 흩어져 지구를, 우주를 헤엄쳐 다닐 이드를 그리워했다. 승희와 이드가 어느 무한한 공간에서 만나 이야기를 나누고 있을 거라 생각하면 마음이 편안해졌다. 성원도 언젠가 기꺼이 그곳에 갈 수 있기를 바랐다. 완벽한 이방인의 신분으로 이곳을 스쳐 저곳으로 헤엄치는 것이다. 언젠가 우리는 우리가 아닌 존재가 되어 다른 모두와 섞일 것이다.

우주의 숨소리가 쏟아졌다. 광활한 호흡은 노래가 되어 지구를 품었다. 이드가 창조한 서사의 일부가 되어, 성원은 새로운 풍경을 사색했다. 하얀 달이 바다에 젖었다. 돌마는 다시 바다에 뛰어들었다. 시간이 가는 것도, 밥때가 지난 것도, 손가락이 불어 쭈글쭈글해지는 것도 모르고 파도에 흔들렸다.

인공지능이 고래와 이야기하려면 얼마나 많은 시간이 걸릴까.

사람이 고래와 이야기하려면, 사람이 원숭이와 이야기하려면.

원숭이가 고래와 이야기하려면 또 얼마나 많은 시간이 지나야 할까.

언젠가 인간이 나무나 풀과도 이야기하고 곤충의 생각을 읽을 수 있는 때가 오면, 이 작은 푸른 별이 아니라 더 먼 곳까지 지성이 닿아 우리가 좀 더 넉넉한 사고를 할 수 있게 되면, 그때가 되면 우리는 더 많은 것들을 뛰어넘을 수 있을까. 인간은 인간이 아니고 고래는 고래가 아닌 세대가 되면 국경과 인종, 종교로 인간을 분류하지 않아도 괜찮을까. 이 모두를 그저 생명으로 바라볼 수 있을까. 살아 있는 동안에는 볼 수 없을 그때가 그리웠다. 오지도 않은 미래가 그리웠다. 성원은 차가운 모래를 쥐었다. 빛나는 모래 알갱이가 손금을 따라 빼곡했다. 손에도 바다에도 하늘에도 별이 반짝였다.

우주에서 바라보면 지구는 반짝이는 섬이겠지. 사람을, 고래를, 수백만 종의 생명체와 이 땅에 존재하고 존재했던 모두를 가득 싣고 우주를 달리는 섬. 그 섬에 생명이 반짝이고 있겠지.

성원은 섬이 부르는 노래에 귀를 기울였다. 언어가 아니라도 느낄 수 있는 감정의 형태였다. 안녕, 이라고 말하는 듯한, 아이의 옹알이를 닮은 노래가 작고 동그랗고 파란 모습으로 끝없이 구르고 있었다. 많은 것들을 그립게 만드는 소리였다.

노래는 바다로, 하늘로, 대기 밖 텅 빈 공간으로 너울 치며 기지개를 켜듯 뻗어나갔다.

〈끝〉

<참고 문헌>

『티베트 말하지 못한 진실』 / 폴 인그램 / 알마 / 2008

『굿바이 티베트』 / 마리아 블루멘크론 / 하얀연꽃 / 2010

『히말라야를 넘는 아이들』/ 마리아 블루멘크론 / 지식의 숲/ 2005

『영혼의 도시 라싸로 가는 길』 / 알렉산드라 다비드 넬 / 르네상스 / 2008

『희박한 공기 속으로』 / 존 크라카우어 / 황금가지 / 2007

『고래』 / 애널리사 배르타 / 사람의 무늬 / 2016

『언어의 역사』 / 데이비드 크리스탈 / 소소의 책 / 2020

『언어의 탄생』 / 필립 리버만 / 글로벌콘텐츠 / 2013

(제목 / 저자 / 출판사 / 출판년도 순)

발끝이 바다에 닿으면

1판 1쇄 찍음 2023년 8월 7일
1판 1쇄 펴냄 2023년 8월 14일

지은이 | 하승민
발행인 | 박근섭
편집인 | 김준혁
펴낸곳 | 황금가지

출판등록 | 2009. 10. 8 (제2009-000273호)
주소 | 06027 서울 강남구 도산대로 1길 62 강남출판문화센터 5층
전화 | **영업부** 515-2000 **편집부** 3446-8774 **팩시밀리** 515-2007
홈페이지 | www.goldenbough.co.kr

도서 파본 등의 이유로 반송이 필요할 경우에는 구매처에서 교환하시고
출판사 교환이 필요할 경우에는 아래 주소로 반송 사유를 적어 도서와 함께 보내주세요.
06027 서울 강남구 도산대로 1길 62 강남출판문화센터 6층 민음인 마케팅부

ISBN 979-11-7052-287-4 03810

㈜민음인은 민음사 출판 그룹의 자회사입니다.
황금가지는 ㈜민음인의 픽션 전문 출간 브랜드입니다.